More than a Mistress
by Mary Balogh

あやまちの恋に出逢って

メアリ・バログ
島原里香[訳]

ライムブックス

MORE THAN A MISTRESS
by Mary Balogh

Japanese translation rights arranged with Dell Books,
an imprint of The Random House Publishing Group,
a division of Random House, Inc.
through Japan UNI Agency, Inc., Tokyo

あやまちの恋に出逢って

主要登場人物

ジェーン・イングルビー……………………伯爵令嬢
ジョスリン・ダドリー……………………トレシャム公爵。愛称トレッシュ
ダーバリー伯爵……………………ジェーンの亡父のいとこ
シドニー・ジャーディン……………………ダーバリー伯爵の息子
レディ・ウェブ……………………ジェーンの亡母の親友
チャールズ・フォーテスキュー……………………ジェーンの幼なじみ
フェルディナンド・ダドリー……………………ジョスリンの弟
アンジェリン・ヘイワード……………………ジョスリンの妹。愛称アンジー
キンブル子爵……………………ジョスリンの友人
コナン・ブルーム……………………ジョスリンの友人。愛称コーン
エドワード・オリヴァー……………………ジョスリンの決闘相手
レディ・オリヴァー……………………オリヴァー卿の妻
ミック・ボーデン……………………ボウ・ストリートの捕り手

1

　春の朝の冷え冷えとした空気の中、上着を脱いでシャツ姿になったふたりの紳士が、これから相手の頭を吹き飛ばそうとしていた。少なくとも、その予定だった。彼らはハイドパークの奥のほうの朝露に濡れた芝の上に立ち、互いの存在を無視するかのごとくそっぽを向いている。いよいよ相手に狙いを定め、撃ち殺すときが来るのを待って。

　とはいえ、その場にふたりきりでいたわけではない。名誉をかけた決闘にふさわしく、ここに至るまでにいくつもの手順が踏まれた。さすがに手袋は投げられなかったが、正式な果たし状が送られた。送った側と送りつけられた側の双方が、介添人を通して今朝の決闘を決めたのだ。そして今、どちらの介添人もこの場に来ている。それ以外に医師も、男性ばかりの見物の一団までも。この一行は朝早くからベッドを抜けだし――もしくは昨夜の酒宴から帰宅もせずに――自分たちの知りあいふたりが相手の息の根を止めようとするのを嬉々《きき》として見に来たのだ。

　この決闘を申し込んだ側で背の低い太ったほうの男性は、しきりにブーツで地面を蹴り、手の指を動かし、乾いた唇を繰り返し舐《な》めた。顔は血の気を失い、着ている白いシャツの色とほとんど区別がつかなくなっている。

「わかった。向こうに話してきてくれ」彼は震える声で介添人に告げた。「言っておくが、こちらは何も期待していないぞ。一応の形式として尋ねるだけだ」

介添人はすみやかにその場を離れ、相手側の介添人のもとへ行った。話を聞いた介添人は自分の側の決闘者へ伝えに行った。背が高く優雅なもう一方の決闘者は、上着を脱いで一段と男ぶりが際立っている。上半身は白いシャツの上からでもはっきりわかるほどたくましく、膝丈ズボン《ブリーチズ》にブーツを重ねた脚も長い。シャツの袖にあしらったレース飾りを手入れの行き届いた美しく長い指で整えながら、彼はいかにもくつろいだ様子で友人たちと話をしていた。

「オリヴァーは風に吹かれた木の葉みたいに震えているぞ、トレシャム」ポティエ男爵が片眼鏡をのぞきつつ言った。「あの様子だと、三〇歩の距離から撃っても大聖堂の壁さえ外しそうだ」

「しかも歯をガチガチ鳴らしている。馬の蹄《ひづめ》でもあるまいし」キンブル子爵がつけ足す。

「本当に彼を殺してしまうつもりかい、トレシャム?」そう問いかけた若いマドックスは、冷静そのもののまなざしに見つめ返された。

「それが決闘というものだろう?」

「終わったら〈ホワイツ〉で朝食にしないか、トレッシュ」キンブル子爵が口をはさんだ。

「それから〈タッターソールズ〉にもつきあってくれよ。二輪馬車につなぐのにちょうどよさそうな葦毛《あしげ》が新しく二頭、売りに出されているんだ」

「ああ。これが片づき次第な」ここで決闘者は、袖口からも友人からも注意をそらした。介添人が近づいてきたのだ。「どうした、コナン？」彼はいささかじれったそうに尋ねた。「さっきから何を待っているんだ？　こっちは早く朝食をとりに行きたいんだが」

この決闘者の介添役をすでに三回務めたことのあるサー・コナン・ブルームは、彼の落ち着きぶりに少しも驚かなかった。事が終わってみると、いつもながらこの友にはかすり傷ひとつない。そして朝食の席では、何ごともなかったようによく食べる。大変な危険に身をさらしたというのに、傍目《はため》にはせいぜい馬で公園をひと駆けしてきた程度にしか見えないのだ。

「オリヴァー卿は、きみからの丁重な謝罪の言葉を受ける用意があるそうだ」

周囲から笑いが起こった。

多くの人が黒と見まがう濃いブラウンの瞳が、瞬《まばた》きもせずコナンを見つめ返した。いかにも高慢そうに整った細面の顔は、片方の眉がわずかにあがったのを除いて、まったくの無表情だ。

「妻を寝取られたと騒いで決闘を申し込んできた男が、謝罪ひとつですべて水に流すというのか？」彼は言った。「ばかばかしい。そんなことを伝えにわざわざここまで来たのか、コナン？」

「考えてみてもいいんじゃないか？」コナンが言った。「トレシャム、ぼくは介添人としての役目を誠実に果たしたいんだ。オリヴァーの射撃の腕は決して悪くないぞ」

「それが本当なら、ぼくを撃ち殺してもらおう」決闘者はこともなげに言った。「これ以上ぐずぐずせずにな。見物人が明らかに退屈しはじめている」

コナンはあきらめたようにかぶりを振って肩をすくめ、オリヴァー卿の介添人、ラッセル子爵のもとへ引き返して伝えた。トレシャム公爵は謝罪の必要をなんら認めない、と。

こうして事態はいよいよ避けがたくなった。正直なところ、ラッセル子爵はさっさと片をつけてこの場を解散したかった。いくら奥まった一角にせよ、触法行為である決闘の舞台としては、ハイドパークは人目につきすぎる。ウィンブルドンコモンのほうがまだ安全だ。なのに、オリヴァーがどうしてもここでやると言い張ったのだった。

拳銃に弾がこめられ、ふたりの介添人によって念入りに調べられた。見物人が息を詰めて見守る中、決闘者たちは互いの顔を見ることなくそれぞれの拳銃を手にした。指示された位置に背中合わせに立ち、合図を受けて決められた歩数だけ進んで向かいあわせになる。そして注意深く相手に狙いをつけ、自分は狙われにくくなるよう相手に対して斜めに立つ。いよいよ、ラッセル子爵が掲げる白いハンカチが振りおろされるのを待つばかりとなった。

息苦しいまでの静けさがあたりを支配した。

そのとき、ふたつのことが同時に起こった。

ハンカチが振りおろされた。

誰かの叫び声がした。

「やめて!」その声は訴えた。「やめて!」

女性の声だった。少し離れた木立のほうからだ。決闘者たちが集中できるよう静かに見守っていた見物人のあいだから不満の声があがった。

トレシャム公爵は驚き、強い怒りに駆られた。こんな大事なときに邪魔をするとは、なんという不心得者だ。彼は拳銃を構えた右手をおろし、声のしたほうをにらみつけた。

オリヴァー卿も驚いたが、こちらはすばやく体勢を立て直し、発砲した。

ふたたび女性の叫び声がした。

公爵は倒れなかった。そればかりか、はじめは撃たれたようにさえ見えなかった。だが、完璧に磨きあげられたブーツから少し上のふくらはぎあたりに、不意に真っ赤な血の染みが現れた。あたかも見えない手が伸びて、絵筆をさっと走らせたように。

「恥知らずめ！」ポティエ男爵が脇から叫んだ。「オリヴァー、卑怯《ひきょう》だぞ！」

まわりからも同様の声があがった。相手がいったん構えを解いたにもかかわらず発砲したオリヴァー卿に、次々と非難が浴びせられる。コナンが急いで近づこうとするあいだにも、公爵の血はみるみる大きく広がっていき、医師が地面にかがみ込んで鞄を開いた。ところが公爵は左手をあげて人々を制し、拳銃を持つ右手をふたたびあげた。銃口は標的をぴたりととらえて動かない。彼は表情すら変えなかった。ただし、狙いすましたその瞳は、相手が死を覚悟せざるをえないようなすさまじい気迫に満ちていた。

オリヴァー卿は逃げなかった。凍りついたように立ち尽くしたまま、おろした右手の拳銃をぶるぶると震わせている。

見物人がふたたび静まり返った。例の女性も沈黙している。周囲の空気が耐えがたいまでに張りつめた。

そのときトレシャム公爵が、これまでの決闘でいつもそうしてきたように相手から狙いを外し、虚空に向けて発砲した。

彼のブリーチズを染める鮮血は、さらに大きく広がっていた。

一〇〇〇本もの針で刺されたような痛みに耐えて立ち続けるのは並大抵ではなかった。まともな紳士なら待つのが当然の状況下で発砲するとは許しがたい。トレシャム公爵ことジョスリン・ダドリーは、そもそもオリヴァー卿を殺すことはおろか、けがを負わせる気すらなかった。ただ少しばかり冷や汗をかかせて、生涯の思い出を脳裏に走馬灯のごとく駆けめぐらせてやろうと思っただけだ。さらに、あの男にこう考えさせたかった。射撃の名手であるだけでなく、決闘ではいつも相手を嘲るようにあらぬ方向へ発砲し、弾を無駄にすることで知られるトレシャム公爵も、今回ばかりは本気で自分を撃ち殺すつもりだろうか、と。

撃ち終えた拳銃を濡れた芝生に投げ捨てたときには、激痛以外はもう何も感じられなかった。それでも立ち続けていたのは、ひとえにプライドからだ。オリヴァーのような男に、まんまとこちらを仕留めたなどと宣言させるわけにはいかない。

それにジョスリンはまだ怒っていた。いや、そんな生やさしいものではない。全身を焼き尽くしそうなすさまじい憤怒《ふんぬ》だ。その矛先はオリヴァー卿ではなく、このような事態を招いたそもそもの原因に向かった。

彼は首をめぐらし、目を細めて木立の切れたあたりを見た。ついさっき、そこでひとりの若い女が金切り声をあげたのだ。おそらく朝早くから使いに出された下働きの女に違いない。彼女は仕事をするうえで最も大切なこと――言われたことだけを忠実に果たし、他人のことに首を突っ込まないという基本原則を忘れたのだ。二度と忘れないようにしてやらなければ。

その女はまだそこにいて、驚愕《きょうがく》したように両手で口を押さえていた。もう金切り声はあげていない。彼女が男でないのがなんとも残念だ。男であれば、けがの手当てのためにこの場から運びだされるまでに、馬の鞭《むち》で背中をいやというほど打ち据えてやったのに――ああ、それにしてもなんという痛みだ。

拳銃を投げ捨ててから、まだいくらも経っていなかった。サー・コナン・ブルームと医師が急いでこちらにやってくる。見物人たちが興奮してざわつく中、誰かが呼びかけた。

「トレッシュ、よくやったぞ」キンブル子爵だ。「あんな卑怯な男を撃ったところで、きみの銃弾が汚れるだけだ」

返事代わりにもう一度左手をあげながらも、ジョスリンはその若い女から目を離さなかった。そして相手をぞんざいに手招きした。

もしまともな頭があるなら、彼女は一目散に逃げるはずだった。こちらは追える状態ではないし、この場にいるほかの誰も、粗末な灰色の服を着た使用人の女を公爵に代わって捕まえようとはしないだろうから。

しかし、その娘はどうやらまともではなかった。ためらうように何歩か前に出たと思うと、足を速めてジョスリンの目の前にやってきたのだ。

「あなたはばかよ!」彼女はものすごい剣幕で叫んだ。自分がどういう身分の人間かも、貴族に向かってこんな口をきいたらどんな結果になるかも頭にないらしい。「決闘なんてくだらないことに体を張るなんてどうかしているわ。もっと自分の命を大切にしたらどうなの? けがをしたのは自業自得よ」

これ以上立っているのは無理と思われるほどの痛みに耐えながら、ジョスリンは相手をにらみつけ、冷ややかにやり返した。

「黙れ! さっきの銃弾でこちらが命を落としていたら、きみはおそらく殺人罪で縛り首になるところだぞ。そっちこそ余計なことに首を突っ込むのをやめて、自分の命を大切にしたらどうなんだ?」

怒りに頰を紅潮させていた娘は、その言葉を聞いて一気に青ざめた。目を大きく見開き、口をかたく閉じて見つめ返す。

「トレシャム」コナンがやってきて言った。「早く脚の手当てをしたほうがいい。出血がひどいぞ。今、医者が毛布を広げているから、そこまでキンブルとふたりで担いでやる」

「担ぐだと? ばかな」ジョスリンは娘を見据えたまま笑い、彼女に言った。「ちょっと肩を貸せ」

「トレシャム――」コナンがたまりかねたように言う。

「わたしは仕事に向かう途中なのよ」娘が応えた。「急がないと遅れてしまうわ」

だがジョスリンは、すでに彼女の肩に手をまわして寄りかかっていた。それも思った以上に相手に体重をかける形で。撃たれたほうの脚を動かしたとき、それまでの痛みが子どもだましに思えるほどの激痛が走った。

「こうなったのはきみのせいだ」やけに遠くにいるような気がする医師を目指してゆっくり歩きだしながら、ジョスリンは厳しい顔で言った。「おとなしく肩を貸して、その生意気な舌を口の中にしまっておけ」

見ると、オリヴァー卿がベストと上着を身につけているところだった。彼が使った拳銃をラッセル子爵がケースにしまい、もう一方の拳銃を回収するためにジョスリンの横をすり抜けていく。

「意地を張らずにお友だちに担いでもらうほうが身のためよ」娘が言った。

彼女は肩でジョスリンの体重をしっかり受け止めていた。背が高くほっそりしているが、ひ弱な質《たち》ではなさそうだ。この娘は明らかに肉体労働に慣れている。それにおそらく、生意気な態度を懲らしめるための折檻《せっかん》にも。いずれにせよ、いまだかつて下層階級の女からこんな物言いをされたことはなかった。

樫の木の下に広げられた毛布のところにたどりついたとき、ジョスリンは今にも気を失いそうになっていた。

「さあ、ここに横たわってください」医師が言った。「では、傷を見せてもらいましょうか。いやはや、撃たれた位置がよくありませんな。出血もひどい。これはもう切断するしかなさそうです」

まるで床屋が、この部分の毛は余分だから切ったほうがいいと客に言うような口ぶりだ。オリヴァー卿が連れてきたこの外科医はかつて軍に所属していた。要するに、何かというとすぐに瀉血《しゃけつ》や切断をしたがる手合いだ。

ジョスリンは周囲もはばからず大声で悪態をついた。

「少し見ただけでそんなことわからないでしょう」娘が大胆にも医師に食ってかかった。

「切断なんて簡単に言うものじゃないわ」

「コナン」痛みに屈するまいと歯を食いしばりながら、ジョスリンは言った。「ぼくの馬を取ってきてくれ」馬はここからそう遠くない場所につないである。

まわりに集まってきた友人たちが口々に反対した。

「馬だって？　いよいよ頭がどうかしたのか」

「トレシャム、ぼくの馬車に乗れ。すぐに持ってくる」

「行くなよ、コナン。トレシャムは今、まともにものが考えられないんだ」

「しかしあっぱれだな、トレシャム。それでこそ男だ」

「いいから馬を取ってこい！」娘の肩に指を食い込ませながら、ジョスリンは振り絞るように叫んだ。

「仕事に遅れるわ」彼女が抗議する。「そうしたら、わたしは間違いなく首よ」

「それこそ自業自得だろう」ジョスリンはさっき自分が言われた言葉をにべもなく返した。

コナンが馬を取りにその場を離れ、医師が反論しようとする。「もういい！」ジョスリンは医師をさえぎった。「かかりつけ医をダドリー・ハウスに来させる。彼なら脚を切り落とすとは言うまい。言えば仕事をなくすだけだからな」そこで娘に目をやった。「馬に乗るのを手伝ってくれ」

馬のほうを向こうとしたとき、目の前にオリヴァー卿が現れた。

「まったく納得がいかないぞ、トレシャム」相手はまるで自分のほうが負傷したかのように声を震わせていた。「貴様、私を卑怯者に仕立てる腹で、わざと娘のほうを見ただろう。それに狙いを外して撃つとはなんだ。みなに知れたら、こっちが笑い物じゃないか」

「殺されたほうがよかったとでも？」それはまさにジョスリン自身の心境だった。気をたしかに持たないと、今にも失神してしまいそうだ。

「自分の身が大切なら、二度と妻に近づくな」オリヴァー卿が言った。「次は果たし状など送らないからな。その場で犬みたいに撃ち殺してやる」

相手は返事も待たずに歩み去った。その背中に向かって人々が「恥知らず！」と罵声を浴びせる。一部の野次馬は、医師が芝の上で公爵の脚を切断するところを見物できそうにないとわかって明らかにがっかりしていた。

「手伝ってくれ」ジョスリンは娘の肩にしっかりつかまり、コナンが連れてきてくれた愛馬のキャバリエに近づいた。

馬にまたがるのは困難を極めた。持ち前の高いプライドがなければ、そしてしぶしぶながらも黙って手を貸してくれる友人の存在がなければ、とても無理だった。小さな傷ひとつでこれほどの苦痛を強いられるとは知らなかった。しかも、先の見通しはさらに暗い。弾丸は貫通しておらず、ふくらはぎの内側に残ったままなのだ。先ほど医師にはああ言ったものの、本当に脚を切らずにすむのかまったく自信がなかった。ジョスリンは歯を食いしばってコナンから手綱を受け取った。

「隣を一緒についていくからな、トレシャム」コナンが言った。「この大ばかめ！」

「では、ぼくが反対側につこう」キンブル子爵が明るく告げる。「そうすれば途中で落馬しても、どちらかが受け止められるからな。それにしてもさっきはよく言った、トレシャム。あの医者はまるで役立たずだ」

娘がジョスリンをまっすぐ見あげて言った。

「わたしはこれで少なくとも半時間は遅刻よ。あなたと、あなたのくだらない喧嘩と、もっとくだらない決闘のせいで」

ジョスリンは上着のポケットに手を伸ばしかけ、自分がシャツとブリーチズとブーツしか身につけていないことを思いだした。

「コナン」彼はいらだたしげに言った。「ぼくの上着のポケットに金貨があるはずだ。この娘にやってくれ。半時間分の労働の報酬としてはじゅうぶんすぎるくらいだろう」

ところが彼女はすでにジョスリンに背を向けて、芝の上を歩み去りはじめていた。うしろ姿がまだ怒っている。

「よかったな、トレシャム」ポティエ男爵が遠ざかる彼女の姿を片眼鏡越しに見送りながら言った。「下働きの女が公爵に決闘を申し込める世の中でなくて。でないときみは、また明日の朝ここに立たなきゃならないところだぞ」おかしそうに笑う。「その場合は、彼女が勝つほうに賭けないわけにはいかないな」

ジョスリンはそれどころではなかった。今はわが身の持てる力のすべてを痛みに耐えることに振り向けるので精一杯だ——途中で気絶して馬から落ちるような失態を演じることなく、なんとかグローヴナー・スクエアのダドリー・ハウスにたどりつかなければ。

ジェーン・イングルビーは二週間かけて今の仕事を見つけた。このロンドンに頼れる知りあいがひとりもおらず、帰ることもできず、持ってきた金だけではどんなに切りつめてもあとひと月も持たないと悟った時点で、彼女は通りに軒を連ねる店や、仕事の口ききをしてくれる斡旋所を一軒一軒まわった。

もともと心配ごとを抱えていたところへ手持ちの金が尽きていっそう追いつめられた頃、ようやく婦人帽子店の助手の仕事を見つけた。朝から晩まで雑用ばかりさせられる職場で、店主はいつも虫のいどころが悪く口やかましい。この女性は〈マダム・ド・ローレン〉の名前で店の看板をあげていて、客が来ると大げさな手ぶりを交えながらフランス風のアクセントで話した。でも、奥の作業部屋でお針子たちに話すときはただの下町訛《なま》りになる。彼女たちに賃金を尋ねると、雀の涙ほどの額だった。

それでも仕事は仕事だ。ここで働けば、少なくとも毎週賃金がもらえて食べていける。さびれた通りで見つけた小さな貸し部屋の家賃も払える。

こうしてジェーンは二日前から、その店で働きはじめた。今日でようやく三日目。そして遅刻した。それなりの言い訳はあるものの、どんなことになるやら考えるのも恐ろしい。マダム・ド・ローレンは言い訳に耳を貸してくれる人だろうか？

残念ながらそうではなかった。着いてから五分後、ジェーンはふたたびそそくさと職場をあとにすることになったのだ。

「決闘だって？」ジェーンの説明を聞いたマダムは腰に両手を当てて言った。「ちょっと、あたしを舐めてもらっちゃ困るわね。今どき殿方はハイドパークで決闘なんかしないわ。ウインブルドンコモンでやるのよ」

あいにくジェーンはふたりの決闘者のフルネームを知らなかった。ただし、けがをしたほうの紳士は――髪が黒く、高飛車で怒りっぽい人だった――まわりからトレシャムと呼ばれていた。住んでいる屋敷はダドリー・ハウスだ。

「あのグローヴナー・スクエアの？　トレシャムのこと？」マダムは両手を振りあげた。「それならわかるわ。あんな命知らずはどこを探してもいないもの。まったくとんでもない人よ」

一瞬、ジェーンは助かったと思った。ようやく信じてもらえたようだ。ところがマダムはにわかに顎をつんとあげ、ジェーンを見下したように笑いだした。作業場にいるほかのお針子たちも、いつも頭があがらないマダムに目を向けられて同じように笑いだす。

「それであんたはあたしに、脚を撃たれたトレシャム公爵が帽子店の助手の助けを借りたと信じさせる気なの？」そう尋ねておきながら、マダムはジェーンの返事も待たずにまくしたてた。「あたしを甘く見るんじゃないわよ。本当は決闘を見物していて遅れたんでしょう。公爵は脚の手当てのためにブリーチズを脱がされたんじゃないの？　どうせあんたはぽーっと見ていたんでしょうよ。まあ、無理からぬことだけど。なんといっても、あそこの形がはっきり見えたでしょうからね」

お針子たちがまた忍び笑いをもらし、ジェーンは自分の顔が赤くなるのがわかった——ひとつには恥ずかしさ、もうひとつは怒りのために。

「わたしが嘘をついているというんですか？」思わず、そう口走ってしまった。

マダム・ド・ローレンが世にも恐ろしい目でジェーンをにらみつけた。

「そうよ」しばらく間を置いて続ける。「まさにそのとおり。あんたはもう来なくていいわ。もっとも——」彼女はふたたびお針子たちのほうに目を向けて皮肉っぽく笑った。「嘘でない証拠に、トレシャム公爵から署名入りの手紙をもらってきたら考え直すけど」

お針子たちがこらえきれずに吹きだし、ジェーンはみなに背を向けて部屋を出た。店から外に出て歩きだしたとき、二日分の賃金をもらいそこねたことに気づいた。

これからどうしよう？　この仕事を紹介してくれた斡旋所を、たった三日しか経っていないけれどもう一度訪ねてみようか？　とはいえ、前回なかなか仕事が見つからなかったのは、それまで仕事をした経験も紹介状もないという問題のためだった。たった二日働いただけで遅刻と嘘で首になったとなれば、もっと問題に違いない。

　手持ちの金は三日前に使い果たしていた。賃金の支払日まで持ちこたえるための食料と、働くのに適したこの粗末なドレスに消えたのだ。

　急に言いようのない不安に襲われ、ジェーンは歩道に立ち尽くした。どうしよう？　どこへ行けばいいの？　今からチャールズを見つけに行こうと思っても、そのための旅費がない。便箋一枚買うことすらできない。それに、たぶん自分は追われている。ロンドンにやってきてもう二週間以上になるし、おそらく足がついているだろう。誰が追ってきてもおかしくないのだ、なんといっても――。

　考えまいと思っても顔が青ざめた。

　今この瞬間にも、知った顔が目の前に現れるかもしれない。自分が本当に追われていたとそのときわかるだろう。労働者階級にうまく紛れ込めば見つからないかもしれないと思ったが、今となってはそれも難しくなってしまった。

　仕事を首になったことを伏せて、ほかの斡旋所を当たってみるべきだろうか？　といっても、どこの事務所もすでに五、六回はのぞいたと思うけれど。

　そのとき向こうからやってきた太った紳士がジェーンにぶつかり、毒づきながら去っていった。ぶつかられた肩をさするうちに、またしても怒りがふつふつとこみあげた。今日になって、もう何度目かの怒りだ。まず許せないのは、あのやたらと怒りっぽい決闘者――トレシャム公爵だ。人のことを、まるで自分に仕えるためにだけ存在するものか何かのように扱った。それから人を嘘つき呼ばわりして、自分の気晴らしのためになぶりものにする女店主。下層階級の女性とはこれほどまでに無力で、これほどまでに虐げられるべき存在なのだろうか？

あの公爵には、仕事を失うとはどういうことなのかわからせてやる必要がある。こちらにとって仕事は――生きるか死ぬかの問題なのだ！　それにあのマダムは、証拠もなしに人を嘘つき呼ばわりしてはいけないと知るべきだ。彼女はさっきなんと言った？　たしか、嘘でない証拠にトレシャム公爵から署名入りの手紙をもらってきたら考え直すと言ったはず。だったら、その手紙を手に入れよう。

あの公爵に書いてもらうのだ。

住所はわかっている。グローヴナー・スクエアだ。そこがどういう場所かも知っている。ロンドンに着いてまだ間もない頃、自分が完全にひとりぼっちで誰にも助けてもらえないとわかり、不安と恐怖に押しつぶされそうになる前、メイフェア界隈《かいわい》をひとりとおり歩いたのだから。トレシャム公爵は、そのグローヴナー・スクエアのダドリー・ハウスに住んでいる。

ジェーンは心を決めて歩きだした。

2

ダーバリー伯爵は〈パルトニーホテル〉に部屋を取っていた。彼はロンドンに来ることがめったにないため、タウンハウスを持っていない。本当はもう少し宿泊費のかからないホテルがよかったのだが、体面を保つことも考えないわけにはいかず、しかたなくここにした。そんなわけで、彼はコーンウォールのキャンドルフォードになるべく早く帰れることを願っていた。

伯爵のホテル住まいがどのくらい続くことになるのかは、今、彼の目の前にいるひとりの人物にかかっていた。脱いだ帽子を手にして部屋に立つその男は、物腰は丁寧でも卑屈な印象はまったくなかった。髪を油できれいに撫でつけてあり、小柄で動作がきびきびしている。伯爵が想像するボウ・ストリートの捕り手（ボウ街の治安事務所の逮捕係。ロンドン警視庁警官の原型になった）のイメージとはずいぶん違ったが、この男の肩書はまさにそれだった。

「そちらはひとり残らず捜索に当たるのだろうな」ダーバリー伯爵は言った。「容易に見つかるはずだぞ。なんといっても彼女は世間知らずの田舎娘で、この街で知りあいといえばレディ・ウェブだけだ。しかもそのレディ・ウェブは不在にしている」

「お言葉ですが」男が口を開いた。「われわれはほかの案件も抱えています。私の下にひとりかふたり助手をつけるつもりです。有能な人間ばかりですから、どうかご心配なく」

「そう願いたいものだ」伯爵は低い声で応えた。「こちらはそのために大金をはたいているのだからな」

男は軽く頭をさげた。「では、その若い女性の容姿についてお聞かせください」

「背が高く痩せている。金髪で、中身に似合わずかなりの美人だ」

「年齢は？」

「二〇歳だ」

「そうすると、単なる失踪人という扱いでよろしいのですか？」男は絨毯《じゅうたん》の上で姿勢を正した。「私の印象では、どうもそれだけではなさそうですが」

「ああ、違う」伯爵は顔をしかめた。「彼女は恐ろしい犯罪者なのだ。殺人犯だよ。私の息子を殺し――まあ、殺すに近いことをした。息子は今も昏睡状態にあり、もう長くもちそうにない。それに彼女は窃盗犯でもある。屋敷から現金や宝石類をごっそり持ちだしたのだ。必ず見つけなければならない」

「そして法の裁きを受けさせましょう」男が応じた。「差し支えなければ、その若い女性について詳しく聞かせてください。外見の目立った特徴や癖、嗜好、好んで行きそうな場所などを。どんなささいなことでもかまいません。早期解決に役立ちます」

「それなら――」ダーバリー伯爵は不機嫌そうに言った。「まずは椅子にかけたまえ。きみの名前は？」

「ボーデン」男は答えた。「ミック・ボーデンです」

ジョスリンはすっかり酩酊《めいてい》状態だった。こういうときは立っているほうがいいのだが、今はあいにくベッドに横になっている。だから、部屋がぐるぐるまわる感じがいつもより物足りない。

「よせ！」彼は、ブランデーのグラスをふたたび差しだしたコナンに向かって手を振りあげた――少なくとも気持ちのうえでは。「これ以上飲めば……抵抗できない……やぶ医者どもに……脚を切られる」唇も、舌も、脳みそさえも思うように動かない。

「さっきも申しあげたとおり、ご本人の同意もなく切断などいたしません」やぶ医者呼ばわりされて明らかに気を悪くしたらしく、ドクター・ティモシー・レイクスが顔をこわばらせた。「ですが、弾丸はかなり深いところにあるようです。悪くすると骨にめり込んでいるかも――」

「て、てき――」ジョスリンは懸命に意識を集中させた。酔っ払って呂律《ろれつ》がまわらなくなる人間のことは日頃から軽蔑している。「摘出しろ」大量に摂取したアルコールのおかげで、今は痛みを感じない。しかし、いかに頭が朦朧《もうろう》としていようと、弾を取りだすときの痛みは免れないことくらいわかっている。これ以上、苦痛を先延ばしにしても意味はない。「さっさとやれ！」

「私の娘が今にも到着するはずなのです」医師が困ったように言った。「あれはこういうとき、とても頼りになるんですよ。ここへ呼ばれて、すぐにフッカム図書館へ使いをやったのですが、どうも行き違いになったようで」

「役に立たん娘だ！」ジョスリンは毒づいた。「いいからさっさと――」

そのときコナンが口をはさんだ。

「来たぞ」明らかにほっとしたような声だ。

「いや、違いますな」レイクスが言った。「娘ではなくただのメイドです。しかし、この際かまわんでしょう。きみ、ちょっとこっちへ来なさい。きみは臆病な性分かね？　公爵の侍従のように血を見ただけで卒倒するか？」

「どちらの答えもノーです」メイドが答えた。「でも、何か誤解を――」

「こっちへ」レイクスがじれったそうに促す。「今から公爵の脚の弾丸を摘出する。きみは私に指示されたとおり器具を手渡し、作業しやすいよう血を吸い取るのだ。もっと近づいて。ここに立ちなさい」

ジョスリンは両手でマットレスをつかんで体を動かさないようにした。一瞬だけメイドの姿が見えたが、すぐに医師の陰に隠れて見えなくなった。まもなく全身が引き裂かれるような激痛に襲われ、何も考えられなくなった。どこにも逃げ場のない、想像を絶する苦しみだ。医師が傷を切り開き、弾を見つけようとどんどん奥を探る。コナンが太腿を両手でしっかり押さえつけて動かないようにしていた。ジョスリンはそれ以外の部分を動かさないよう死に物狂いで耐えた。両手でマットレスを握りしめ、目をかたく閉じ、歯を食いしばって。何があろうと悲鳴だけはもらすまい――ただその一心で。

時間の感覚がなくなった。永遠とも思われるひとときが過ぎ、やがてレイクスが静かな声で摘出完了を告げた。

「取れたぞ、トレシャム」まるで坂道を何十キロも駆けあがってきたようにあえぎながら、コナンが言う。「峠は越えた」

「まったく、なんなんだ！」ジョスリンはひとしきり悪態をついてから言った。「弾ひとつ取りだすのに午前を丸々つぶす気か、レイクス？」

「これでもできるだけ急いでやりましたよ」医師が答える。「弾は筋肉組織と腱に入り込んでいました。損傷の程度はなんとも判断しかねますが、雑な処置をすれば間違いなく障害が残ったでしょう。結局は切断が避けられなくなったかもしれませんぞ」

ジョスリンはふたたび悪態をついた。そのとき、ひんやりと心地よく濡れた布が額に、続いて左右の頬に押し当てられた。自分の体がひどく熱くなっていたことに気づき、彼は目を開いた。

そのとたん、そこに彼女がいることに気づいた。黄金色の髪を無造作にひっつめ、唇を憮然と引き結んだ顔――ハイドパークで見たときとまったく同じだ。粗末な灰色のマントとボンネットはなくなっているが、ひどい身なりに変わりはない。着ているドレスは灰色で、襟元が詰まった安物だった。たしかに今の自分は、痛みのほとんどが気にならないほど酔っ払っている。それでもここは間違いなくロンドンの屋敷で、これは自分の部屋のベッドのはずだ。そして彼女はハイドパークから職場に向かったはず。

「ここで何をしている？」ジョスリンは厳しく問いただした。

「あなたの血を吸い取り、今は汗を拭いてあげています」そう答えると、彼女は向きを変えて布を洗面器の水に浸し、ふたたびジョスリンの額をぬぐった。なんと図々しい女だ。

「ああ、きみか！」コナンがようやく気づいて声をあげた。

「誰が入れた？」そう言いながらもジョスリンは、レイクスに脚に何か当てられて顔をしかめ、罵り声をあげた。

「たぶんあなたの執事です」彼女が答えた。「あなたに用があると言ったとたん、こちらに通されました。屋敷に他人を入れるときは、もう少し慎重になるように注意したほうがいいですよ。もしもわたしが不審者だったらどうするんです？」

「きみがまさにそれだ！」そう怒鳴ったとき、動かされた脚に激痛が走り、ジョスリンは思わずマットレスを握りしめた。レイクスが包帯を巻きはじめたのだ。「いったいなんの用で来た？」

「どなたか存じないが」レイクスが気づかわしげに口をはさんだ。「あまり患者を興奮させないでもらえないかね。できれば——」

「用件は」彼女は医師の言葉を無視して言った。「今朝あなたに無理やり引き止められたせいで、わたしが仕事に遅れてしまったことを証明する手紙をもらいに来ました」

どうやら自分は思った以上に酔っているらしい。

「出ていけ！」ジョスリンは無礼千万な娘に向かって声を荒らげた。

「そうはいきません。このままだとわたしは首なんです」そう言いながらも、彼女は濡れた布をジョスリンの顎と首筋にそっと押し当てた。

「できれば――」レイクスがふたたび言いかける。

「それがどうした？」ジョスリンはやり返した。「仕事を失おうと、路上に放りだされて餓死しようと、こちらの知ったことか。きみさえいなければ、ぼくはこんな浜に打ちあげられた鯨みたいな無様なことにはならなかった」

「わたしがあなたを拳銃で狙ったわけじゃないわ。引き金を引いたわけでもない。わたしはあのとき、あなたたちふたりに対してやめるように声をあげたんです」

不意にジョスリンは現実が信じられなくなった。ぼくは労働階級の女と口論をしているのか？　自分の部屋の自分のベッドで？　彼は相手の手を払いのけた。

「コナン」厳しい声で言い渡す。「さっきの金貨をこの女にくれてやれ。それでも出ていかないなら、表に放りだしてきてくれ」

コナンが一歩だけ前に出た。

「出ていくものですか」娘は背筋を伸ばし、恐ろしい目でジョスリンを見おろした。頬が赤くなっている。恐れ多くも公爵に対して腹を立て、それを隠そうとする気すらないらしい。

「署名の入った手紙をいただくまで、てこでもここを動かないわ」

「トレシャム」コナンが笑いを含んだ声で言った。「ものの数秒ですむことじゃないか。ぼくが紙とペンとインクを取ってこよう。なんなら文章も書いてやるよ。きみは署名するだけでいい。彼女にしてみれば生活がかかっているんだ」

「うるさい！」ジョスリンは怒鳴った。「まるで話にならん。この女は従僕につまみだされないかぎり、ここに居座るつもりだぞ。レイクス、終わったか？」

医師はすでに作業を終えて鞄のほうを向いていた。

「終わりました、閣下」彼はトレシャムのほうを向いた。「医師の務めとして、かなりの重傷だと申しあげておきましょう。少なくとも三週間は脚を宙に浮かせた状態を保っていただかないと、予後は保証いたしかねます」

ジョスリンは医師を呆然《ぼうぜん》と見つめた。これから三週間にわたって身動きひとつできないというのか？　それほどひどいことがこの世にあるだろうか？

「どうしても手紙をくださらないというのなら」娘が言った。「代わりにあなたがわたしを雇ってください。黙って飢え死にするのはごめんです」

ジョスリンは、この悲惨な事態の直接原因である彼女に目を移した。今回は四度目の決闘だった。これまでかすり傷ひとつ負うことなく、くぐり抜けてきたのだ。それなのに今日、金切り声をあげたこの娘に気を取られ、うっかりオリヴァーに体の正面を向けてしまった。それでオリヴァーは自分が撃たれる心配なしに、こちらに狙いをつけることができたのだ。そうでもなければ、あの男が撃ったところで一メートルは狙いを外していただろう。

「わかった」ジョスリンはとげとげしく応えた。「きみをぼくの看護婦として三週間だけ雇おう。先に言っておくが、こんなことなら餓死したほうがましだったと思わせてやるから覚悟しておけ」

彼女は表情ひとつ変えることなく言った。「賃金はいくらいただけるんですか？」


翌朝目覚めたとき、ジェーンは自分がどこにいるのかわからなかった。ようやく慣れてほとんど気にならなくなっていた酔っ払い男の怒鳴り声も、女の金切り声も、子どもの泣きわめく声も聞こえない。腐ったキャベツや、ジンや汚物のにおいもしない。感じるのは静けさと、毛布のぬくもりと、ほのかな石けんの香りだけだ。

ここはグローヴナー・スクエアのダドリー・ハウス。一瞬でそれを思いだし、ジェーンはベッドの上掛けをはねのけて上質な絨毯敷きの床におり立った。昨日あれから貸し部屋の主に事情を話し、わずかな荷物を取ってきて、ダドリー・ハウスの使用人たちが出入りしている裏口で自分の滞在する場所を尋ねた。おそらくほかのメイドたちと一緒の屋根裏部屋をあてがわれるだろうと思っていた。ところが家政婦は、使用人の部屋は今どこもいっぱいで、ベッドの空きがないと言った。よって、公爵の看護婦には客間に寝泊まりしてもらうと。

たしかにその客間は狭く、裏庭を見おろす位置にあった。それでもここ最近の暮らしを思えば、はるかに上等だった。少なくともプライバシーを保てるし、じゅうぶん快適に過ごせる。

新しい雇い主とはあれからまだ顔を合わせていない。昨日、彼女が図々しくも――というより、ほとんどやけっぱちのように――やっと見つけた仕事を首にならないよう助けてくれないなら、代わりにそっちが雇ってくれと詰め寄ったのが最後だ。ジェーンと医師が部屋を出たあと、おそらく公爵は家政婦が作った鎮痛剤入りの温かい飲み物を飲まされたのだろう。体内のアルコールと鎮痛剤が相互作用をもたらし、彼はあっという間に深い眠りに落ちたはずだ。

今朝の公爵は、おそらくすさまじい頭痛にさいなまれるだろう。もちろん脚も相当痛いはずだ。ともかく、今も彼に脚が二本ついているのは、ひとえにあの外科医の腕がすばらしかったからだ。

ジェーンは冷たい水で顔を洗い、すばやく服を着替え、髪をブラシでとかして三つ編みにし、頭のうしろで小さくまとめた。帽子店から支払われた賃金で買ったふたつの白いキャップのうちのひとつをかぶる。実は昨日、あれからマダム・ド・ローレンの店に行き、トレシャム公爵の屋敷に雇ってもらうことになったと報告した。マダムは驚いた顔で二日分の賃金をくれた。ほかにすることが思い浮かばなかったのだろう。

部屋を出たジェーンは、看護婦として仕事をする前に朝食がもらえることを期待して厨房に向かった。

餓死したほうがましだったと思わせてやる、と公爵は予告した。きっと本気に違いない。あれほど不遜で、短気で、礼儀作法のなっていない男性も珍しい。もっとも、昨日はそうなってても無理はない状況だった。彼は途方もない激痛に辛抱強く耐えていたのだ。ただし口の悪さだけはどうにもならないのか、周囲の人間に片っ端から暴言を浴びせていたが。

いったいこの先、どんな目に遭うことか。そんなことを考えながら厨房に着いてみると、不覚にも自分がいちばん遅くまで寝ていたことがわかった。少なくともここでの仕事は、マダム・ド・ローレンの店ほど退屈ではなさそうだ。しかも食事と部屋がついているうえに、これまでの二倍の賃金がもらえる。

もちろん、わずか三週間のことだけれど。


目が覚めたとき、ジョスリンの脚はまるで特大の虫歯ができたようにずきずきと痛んだ。部屋の明るさからすると、今は朝か夕方のどちらかに違いない。おそらく朝だろう。昨日は午後も夜も眠り続け、そのあいだ延々とおかしな夢を見ていた。こうして目が覚めても気分は全然よくない。むしろ最悪だ。

どうしても意識が脚の痛みにばかり向いてしまう。頭痛のことは考えるのもいやだった。頭の大きさがふだんの一〇倍にも感じられ、まるで誰かの見えない手で太鼓代わりに叩かれているようだ――それも外側からではなく内側から。胃のほうも無視するにかぎる有様だった。そして口の中は、妙な味のする綿を詰め込まれている感じだ。

こんな悲惨な状況でもたったひとつ喜ばしいのは、どうやら熱だけはないことだった。負傷者が手術後に命を落とすのは、けがそのものより熱のためであることが多いのだ。

ジョスリンはベッド脇の紐《ひも》を乱暴に引っ張り、ひげ剃り用の水を持ってきていない侍従に怒りをぶつけた。

「今朝はゆっくりおやすみになられたいかと思いまして」

「何が〝思いまして〟だ！　おまえの仕事は勝手に判断することか、バーナード？」

「いいえ、閣下」主人の性格を知る侍従は弱々しく答えた。

「だったら早くひげ剃り用の水を取ってこい。ひげが伸びてチーズでもすりおろせそうだ」

「かしこまりました、閣下」バーナードが言った。「ミスター・クインシーが、いつ頃こちらにうかがえばいいか知りたがっております」

「クインシーが？」ジョスリンは眉をひそめた。秘書がここへ来るだって？「この部屋へか？　なぜそんなことが許されると思っているんだ？」

バーナードはきまり悪そうに主人を見つめた。

「閣下は、これから三週間は脚を動かさないようお医者さまから言われておりますから」

ジョスリンは言葉を失った。この屋敷の連中は、主人が本当に三週間もベッドに横たわって過ごすと思っているのか？　まったく頭がどうかしている。医者や侍従、秘書やそのほかの使用人たちの〝助言〟や〝干渉〟がいかに小ざかしいか、ジョスリンは気の毒な侍従を相手にひとしきり弁舌をふるった。それからベッドの上掛けをはねのけ、勢いをつけて両脚をベッドからおろそうとして、激痛に顔をゆがめた。

そして、急に思いだした。

「あの女はどうした？　あのとんでもないおせっかい女を看護婦に雇ったはずだぞ。さてはまだ優雅に寝ているのか？　朝食をベッドまで運んでもらえると思っているんじゃないだろうな？」

「彼女は厨房です。そこでお呼びだしを待っております」

「またここへずかずか入ってくる気か」ジョスリンは短く笑った。「濡れた布を振りまわしてげんこつをかわし、生意気なことを言って主人の神経を逆撫でしようというのか？」

バーナードは賢明にも黙っていた。

「彼女を図書室へ呼べ」ジョスリンは命じた。「朝食室で食事を終えたらそっちへ行く。さあ、そんな不服そうな顔をしていないで、さっさとひげ剃り用の水を取りに行け」

そのあとジョスリンは三〇分以上もかかって身支度を終えた。顔を洗ってひげを剃り、シャツに着替え、椅子に座ってバーナードに首巻き《クラヴァット》を自分の好みどおりに結ばせた。一部の気取り屋たちが広めた妙に凝った結び方ではなく、あくまでも簡素かつ端正に。ただし、ブリーチズや長ズボンをはくのは論外だと認めざるをえなかった。ゆったりしたデザインならまだなんとかなっただろうが、流行には抗《あらが》えない。持っているズボンの類は、どれも第二の皮膚のようにぴったりした細身のものばかりなのだ。しかたなく足首まで隠れるワイン色のシルクのナイトガウンをまとい、部屋履きをはいた。

ジョスリンは、屈強な若い従僕になかば抱きかかえられるようにして階下へ向かった。従僕は無表情に徹するあまり、ほとんど作り物の人形のようにさえ見えた。それでもジョスリンは、無様な姿の自分が恥ずかしくてたまらなかった。朝食をとって新聞にひととおり目を通したあと、ふたたび従僕に抱きかかえられるようにして図書室へ向かった。書き物机の前ではなく、暖炉の脇に置かれた革張りの袖付き椅子に身を落ち着ける。朝の一時間余りをこうして過ごすのが彼の日課だった。

「クインシー、ひとつ言っておく」姿を見せた若い秘書に、ジョスリンはつっけんどんに告げた。「絶対に何も言うなよ。ぼくが今どこで、どうしているべきかについて。ひと言でも口にすれば仕事をなくすぞ」

自分より二歳年下で四年前から雇っているこの青年を、ジョスリンは気に入っていた。物静かで礼儀正しく、仕事もでき、それでいてこちらの顔色をいちいち気にするところがない。今はうっすら笑みさえ浮かべている。

「朝の郵便物は書斎机の上です」マイケル・クインシーが言った。「取ってさしあげましょう」

ジョスリンは不快そうに目を細めて秘書を見た。「あの女め。バーナードがとっくにここへよこしたはずだというのに。報酬に見合う労働をしてもらおう。クインシー、彼女を呼んでこい。むしゃくしゃしているからちょうどいい」

秘書はあからさまににやにやしながら部屋を出ていった。

ジョスリンは自分の頭がいつもの一五倍は大きくなったような気がした。

図書室に入ってきた例の女は、どうやら今朝は気弱な使用人のようにふるまおうと決めたらしい。今日の公爵はかなり虫のいどころが悪いと陛下に知れ渡ったのだろう。彼女は扉の前に立ち、指示を待つように体の正面で両手を組みあわせた。その姿を見ているうちに、ジョスリンはいっそう不愉快になった。彼女をそのまたっぷり二分は無視することに決め、恐るべき悪筆の妹が書いてよこした長くて要領を得ない手紙の解読に取りかかった。徒歩一〇分足らずのところに住んでいるというのに、妹は決闘のことを聞いたと手紙の中で大騒ぎしていた。動悸やめまいに加えて数々の理解困難な不調を訴えたらしく、夫のヘイワードは貴族院の議会から急きょ呼び戻されたそうだ。

きっといい迷惑だったに違いない。

ジョスリンは顔をあげて娘を見た。それにしてもひどい。手首と足首から先だけ残し、彼女は昨日と同じ灰色のドレスに首から下を隠している。安っぽい布地を少しでもましに見せるようなリボンやレースもついていない。今朝の彼女は頭に白いキャップをかぶっていた。背がすらりと高く、姿勢がいい。ひょっとすると、あのやぼったいドレスの下に美しい体があるのでは――ジョスリンは経験を積んだ目で値踏みしながら考えた。どこかにその片鱗《へんりん》でも見つからないだろうか？　昨日の悪夢のような激痛に耐えていたときは、彼女をブロンドと認識していたような気がする。だが、今はキャップをかぶっているのでわからない。

彼女はおとなしく立っていた。ただし目は伏せていない。まっすぐジョスリンを見つめている。

「来い！」彼はいらだたしげに手招きした。

彼女は落ち着いた足取りで、ジョスリンが座る椅子の一メートル手前まで来た。鮮やかなブルーの瞳をまっすぐこちらに向けて。古風なまでに整ったその美しい顔立ちに、ジョスリンははっとした。彼女の顔には欠点がひとつもない。強いて言うなら、無愛想に引き結ばれた昨日の唇だろうか。しかし今日の彼女のそれは、形よくやわらかそうに見える。

「どうした？」ジョスリンは鋭く言った。「何か言うべきことは？　謝る気になったか？」

彼女はしばらく黙って考えていた。

「いいえ」ようやく返事があった。「あなたはわたしに謝る気になりましたか？」

ジョスリンは椅子の背にどさりともたれ、脚に走る激痛を無視した。

「ひとつはっきりさせておこう」静かな、ほとんど愉快そうにも受け取れる声で言う。主人のこの声を聞いたとたん、屋敷の使用人たちはこぞって震えあがるのだ。「きみとぼくでは、この世における立場がまるきり――」彼はそこで言葉を切り、顔をしかめた。「名前はなんという？」

「ジェーン・イングルビーです」

「まるきり立場が違うのだ、ジェーン。ぼくは主人で、きみは召使いだ。とても卑しい召使いだ。だからぼくの言葉にいちいち気のきいた返事などしなくていい。ぼくには正しく呼びかけろ。ひと言ごとに〝公爵さま《ユア・グレース》〟と言い添えるのを忘れるな。わかったか？」

「はい」彼女は言った。「そしてあなたも、わたしの前では言葉に気をつけてください。会話の端々に平気で悪魔や神の名をちりばめることには賛同しかねます」

なんだと！　ジョスリンは椅子の肘掛けを握りしめた。

「ほう？」氷のように冷ややかな声で言う。「それ以外に何か言っておきたいことはあるか、ジェーン？」

「ふたつあります。わたしのことはジェーンではなく、ミス・イングルビーと呼んでくださ い」

ジョスリンは右手で片眼鏡の柄を探り当てた。それを目の前にかざして問いかける。

「もうひとつは？」

「ベッドにお入りになったらいかがです？」

3

片眼鏡をかざしてこちらをのぞき込むトレシャム公爵の不気味なまでに拡大された目を、ジェーンはひたと見つめた。彼のもう片方の手は膝の上の手紙の束を押さえている。この人は相手をおびえさせるために、わざと威圧的にふるまっているのだ。しかも、かなり成功している。ただし、そのことを決して悟らせてはならない。

厨房で朝食をもらったとき、公爵が屋敷のすべての使用人たちから恐れられていることがわかった。侍従によれば、今日のように機嫌の悪い日はなおさらだ。たしかに彼は相手を怖《おじ》気《け》づかせる。おろしたての白いシャツと完璧に結ばれたクラヴァット、それにナイトガウンと部屋履きというちぐはぐな格好をしていてさえ。

トレシャム公爵には威厳があった。髪と瞳は黒、顔は細面で鼻が高く、唇が薄い。それにいつも傲慢そうな表情を浮かべるのが癖になっているようだ。

もっとも、今日が彼にとって特にすばらしい日であるはずもないけれど。

この図書室へは紳士的で感じのよい秘書のクインシーに案内してもらった。その時点では、余計なことを考えずに求められる役割を果たそうと思っていた――わずか三週間でも公爵家に仕える幸運に恵まれた、無口で従順な看護婦になろうと。

けれど自分を偽ることは容易ではない。およそ一カ月前のある事件をきっかけに、ジェーンはそう気づいた。思いだしただけで胃のあたりが締めつけられ、その記憶を頭の隅に追いやる。

「今、なんと言った？」公爵がふたたび片眼鏡をおろした。

もちろん文字どおり尋ねられているのではないだろう。相手の耳は遠くもなんともないのだから。

「お医者さまは、少なくとも三週間はベッドに横になり、脚をあげておくように言われました」ジェーンは指摘した。「それなのにあなたはベッドを抜けだし、そんなふうに床に足をおろしています。痛いでしょう。顔をこわばらせているからわかります」

「顔をこわばらせているのは」公爵は目を細めて彼女をにらみつけた。「ひどい頭痛と、きみのそのはなはだしく生意気な物言いのせいだ」

ジェーンは無視して問いかけた。「ばかげていると思いませんか？　ただ横になっているのが気に入らないだけで、そんな無茶なまねをするなんて」

男性というのは本当に愚かだ。これまで生きてきた二〇年間で、同じような人を大勢見てきた。彼らはただ男らしくあろうとして、身の安全や健康を顧みずに行動する。

トレシャム公爵は椅子の背にもたれ、無言のままジェーンを見つめた。彼女の背中に不安が走った。これはもう、一〇分後には手荷物をさげて表の通りに立つことになるかもしれない。悪くすれば何も持たずに。

「ミス・イングルビー」公爵は禍々《まがまが》しい呪いか何かのように、その名前を口にした。「ぼくは今年で二六歳になる。父が亡くなって以来、爵位とそれに付随するあらゆる義務や使命を九年間にわたって継承してきた。そのぼくに向かって、悪童を叱りつけるような口のきき方をする人間は久しくいない。そしてこちらも、そういう口のきき方をされることに慣れるつもりはない」

ジェーンはあえて返事をしなかった。体の前で両手を重ね、相手をじっと見つめ返す。この人は決してハンサムではない――そう心の中で判定を下した。ただ、いかにも男性的な風貌だから、虐げられ、支配され、暴言を吐かれることが好きな女性には魅力的に映るのだろう。世の中にはそんな女性が少なくない。

でも自分としては、この手の男性はもううんざりだ。そう思った彼女の胃にまたもや不快なものがこみあげた。

「とはいえ、きみはひとつ正しいことを言った」不意に公爵が言った。「正直なところ、頭のほかにも痛いところはたしかにある。足を床におろすのは賢明ではないようだ。だが、いくら決闘中によそ見をして脚に穴を開けられたからといって、三週間もベッドに寝ているだけの生活を送るのは無理だ。痛みを抑えるために薬で意識を失わされるのは言うに及ばず。隣の音楽室の暖炉脇に足のせ台《スツール》がある。それを取ってこい」

ジェーンは図書室を出ていきながら、こんな調子でこの先三週間はどうなるのだろうと思った。公爵に熱はないようだ。けが人らしくベッドで鬱々と過ごす気もないらしい。そんな彼にただ付き添い、たまに必要なものを取ってくるだけでは、とても賃金に見合う労働にならない。おそらく家政婦は、ジェーンに何か追加の仕事を与えるよう指示されるだろう。どんな仕事を与えられてもかまわないけれど、この屋敷にやってくる客の目に留まることだけは避けたい。考えてみれば、メイフェアの中心地であるグローヴナー・スクエアの豪邸の扉を叩いて仕事を求めるなんて軽率だった。わざわざ見つかりに来たようなものだ。

それでも、やはり心が躍る――図書室の隣にある音楽室の扉を開いたとき、彼女は思った。こんなに贅沢《ぜいたく》で広々として、このうえなく洗練された清潔な空間にふたたび身を置くことができるなんて。

しかし、音楽室の暖炉のそばにスツールはなかった。

部屋を出ていくジェーンを見たとき、ジョスリンは彼女が背筋をまっすぐ伸ばして美しく歩くことに気づいた。婦人帽子店の雑用をしていたということだが、それにしても彼女を下働きの女と決めつけた昨日の自分はよほど頭が鈍っていたに違いない。もちろん、彼女が着ている服は奉公女のそれだ。いかにも粗末で縫製もひどい。サイズも少なくともひとまわりは大きすぎる。

だが、ジェーンは絶対に下働きの女などではない。この目に狂いがないとすれば、帽子店の雑用係として一日を送るような育てられ方もしていないはずだ。彼女の言葉づかいにはレディの品格がある。

ひょっとして、何か事情があって身を落とした貴族の娘か？

ジェーンはなかなか戻ってこなかった。ようやく姿を見せたときは、一方の手にスツールを、もう一方の手に大きなクッションを持っていた。

「スツールひとつ持ってくるのに、はるばるロンドンの端まで行ったのか？」ジョスリンは鋭くとがめた。「まさか一から作ってもらっていたとか？」

「違います」彼女は落ち着いた声で答えた。「指示された場所になかったので、あちこち探していました。それに、これでは高さが足りないと思ってクッションを取りに行ったんです」

ジェーンはスツールを置き、その上にクッションをのせると、床にひざまずいてジョスリンの脚を抱えあげた。彼は思わず身を縮めた。しかし彼女の手はやさしく、同時に力強かった。動かされても特に新たな痛みは生じない。これなら頭のほうも抱いてもらおうか。ふと笑みがこぼれそうになってしまい、あわてて口を引き結ぶ。

ナイトガウンの裾がはだけ、赤黒く変色したふくらはぎに包帯が食い込んでいるのが目に入り、ジョスリンは顔をしかめた。

「わかりますか？」ジェーンが言った。「すっかり腫れあがっているでしょう。だから余計に痛むんです。少し不自由でも、お医者さまに言われたとおり脚を高くしておかないと。でも、それだとあなたは自分に負けたような気がするのかもしれませんね。男の人はそういうところが子どもっぽいですから」

「ほう、そうか」

冷ややかに返しつつ、ジョスリンは彼女がかぶっている救いがたいほど不格好な新品のキャップを見おろした。なぜ一〇分前にこの女を部屋から蹴りださなかったのか、自分でもよくわからない。そもそも、なぜ雇うことにしたのかも。こんな目に遭ったのも、すべて彼女のせいだというのに。これほど口の減らない看護婦に付き添われたら、三週間も経たないうちに神経がまいってしまう。猫に付き添われた鼠のように。

ただ、そうかといってバーナードでは役に立つまい。あの侍従は何にでもいちいち動揺し、包帯を見るたびに青ざめるだろうから。

それに、とジョスリンは思った。外出できない自分のために友人や身内が客間に常駐し、朝から晩まで楽しませてくれるわけではないのだから。しばらくこのタウンハウスにこもるあいだ、刺激的なことも少しは必要だ。

「ええ、そうです」ジェーンは立ちあがって彼を見おろした。彼女の目は単なる鮮やかなブルーではなかった。今はキャップに隠れているあの黄金色の髪より濃い色の、長いまつげに縁取られている。この目に匹敵するような魅力がほかにもあるとすれば、男はたちまち心を奪われるだろう。とはいえ、魅惑的な目からそう離れていないところにある口は、今この瞬間も動いていた。

「この包帯は交換する必要があります。昨日の午前にドクター・レイクスが巻いてくださったときのままですから。ドクターはたしか明日まで来られないとおっしゃいました。たとえ脚が腫れていなかったとしても、明日まで放っておくのはよくありません。新しい包帯を巻いてさしあげます」

正直に言って、包帯とその下にある傷から一メートル以内には誰も近づけたくなかった。しかし、それを顔に出してはみっともない。実際、包帯がきつすぎる気がする。それに彼女を看護婦として雇ったのは自分だ。だったら仕事をさせてやろう。

「何を待っている?」ジョスリンはいらだたしげに言った。「ひょっとして、ぼくの許可を待っているのか? きみでもそういうものを必要とするのか、ミス・イングルビー? ロンドンで最も腕のいい医者になり代わるのも、ぼくの人間性をこきおろすのも、きみなら平気だろう?」彼女をあくまでもジェーンと呼ぶことにしなかった自分に腹が立った。従順そうで素朴ないい名前なのに。平然と人を見おろす青い目のドラゴンには、まったく不釣りあいだが。

「わたしはあなたの人間性をこきおろしたりしていませんわ、公爵さま」彼女は言った。「ただ、もっと楽にしてさしあげたいだけです。痛くはしません。約束します」

ジョスリンは椅子の背もたれに頭を預け、目を閉じ、そしてあわてて開いた。目覚めた二時間前から切れ目なく続いているひどい頭痛は、上を向いてまぶたを閉じると余計にひどくなる。

気づくとジェーンが、スツールを取りに行ったときと同じように静かに部屋の扉を閉めた。

ありがたい。これで口のほうも閉じておいてくれれば言うことはないのだが……。

ジェーンは慣れ親しんだ世界にふたたび身を置いているような気がした。こんな感覚は久しぶりだ。ゆっくりと包帯をほどいていくと、傷口からにじみでた血が固まって、包帯の一部とくっついていた。それをはがしながら、彼女は視線をあげた。

きっと痛いはずなのに、トレシャム公爵はまったく表情を変えていない。椅子にもたれ、片肘をついて頭を支え、なかばまぶたを閉じてこちらを見つめている。

「すみません」彼女は言った。「血が乾いてしまっているので」

彼が小さくうなずいた。ジェーンは傷をぬるま湯で洗浄し、家政婦から渡されたバルサム・パウダーをつけた。

今から一年半ほど前に、ジェーンは長く患った父を看取った。気の毒なお父さま。決して丈夫ではなかった父は、母が亡くなってからすっかり生きる気力を失い、なすすべもなく病魔に蝕《むしば》まれていった。彼女が何から何まで世話をした最後の時期、父は見る影もなく痩せ衰えてしまった。それに比べて、この公爵の脚は力強く、しっかりと筋肉がついている。

「ロンドンははじめてか？」不意に彼が尋ねた。

ジェーンは顔をあげた。公爵が暇つぶしに詮索をはじめるようなことがなければいいのだけれど。だが、その願いはすぐに絶たれた。

「どこから来た？」

なんと答えればいいだろう？　嘘をつきたくはないが、本当のことはとても言えない。

「ずっと遠くです」

パウダーを振りかけると、彼は少し顔をしかめた。それでもこうしておかなければ、感染症を起こして脚を失いかねない。腫れがひどいのが気にかかる。

「きみはレディだな」公爵が言った――質問ではなく、意見として。

実はジェーンは、一度下町訛りで話してみようとして挫折したことがある。身分の低い女性だと思われるように、はすっぱにしゃべってみたのだ。けれど、いくら耳で聞いてわかっていても、そのとおりに再現することは不可能だった。それで結局あきらめた。

「違います。比較的恵まれた環境で育っただけです」

「どこで？」

またあの嘘をついておこう。そうすれば誰もそれ以上は質問してこない。

「孤児院で」彼女は答えた。「といっても、かなり立派なところでした。父親は、おそらく事情があってわたしを認知できなかった代わりに、きちんと養育されるよう援助してくれたのでしょう」

ああ、お父さま――ジェーンは心の中で呼びかけた。そしてお母さま。ひとり娘の自分をこのうえなく愛し、慈しみ、一六年にわたって幸せな生活を与えてくれた両親。あれほど早く亡くなるようなことがなければ、ふたりは娘が自分たちと同じように幸せな結婚をするのを見届けるため、あらゆる手助けをしてくれたはずだ。

「そうか」トレシャム公爵はただそう言った。この話はここで終わりになりますように。ジェーンは新しい包帯を、脚の腫れに合わせて少しだけ余裕をもたせながら巻いた。

「このスツールはクッションを置いてもまだ低いですね」眉をひそめてあたりを見まわし、図書室の壁につけて置かれた長椅子に目を留める。「あれに脚を置いてくださいと言ったら、わたしを地獄に突き落としますか？　ベッドではなく図書室にいることで、男性としての最低限のプライドは保てるでしょう。せめてあの長椅子の上にクッションを置いて、そこに脚をのせてください」

「ぼくをあの隅っこに追いやるつもりでいるのか、ミス・イングルビー？　部屋に背中を向けさせて？」

「あの長椅子は床に固定されているわけではないでしょう。あなたのお気に召す場所に動かせると思います。たとえば暖炉の近くとか」

「暖炉の近くではなく窓際に動かしてくれ。ただし、きみより何倍も力のある人間にやらせろ。何もきみが背骨を脱臼したところでぼくに責任はないし、むしろそうなったらせいせいするだろうが。炉棚の横に紐がある。それを引け」

やがて従僕がやってきて、長椅子を窓際の明るい場所に移動させた。だが公爵はもとの椅子から新しい場所へ移動するとき、ジェーンの肩にすがった。当然ながら、彼は従僕に荷物のように運ばれることを拒んだのだ。

「ばかを言うな」従僕に抱きかかえて運んでもらうよう勧めたジェーンに対して、公爵は言った。「もちろん死んだときには墓まで運んでもらうとも、ミス・イングルビー。それまでは自分の足で移動する。たとえ支えを必要としてでも」

「いつもそんなに頑固なんですか？」そう言い返したジェーンを、従僕が口をあんぐり開けて見つめた。まるで彼女の頭に今にも稲妻が突き刺さると思ったかのように。

「ぼくはダドリー家の人間だぞ」トレシャム公爵は言った。「われわれは受胎した瞬間から頑固なんだ。代々ダドリー家の赤ん坊は、胎内にいるときからすさまじい勢いで子宮を蹴り、分娩のときも母親に地獄の苦しみを与える。しかも、それはほんの序の口にすぎない」

彼は脅かす気なのだ。強いまなざしでこちらを見つめている。黒だと思っていたけれど、近くで見ると瞳は濃いブラウンだった。それにしても子どもっぽい人だ。出産なら、こちらは一四歳のときから何度も立ち会って知っている。多くの赤ん坊がこの世に生まれるのをずっと手助けしてきた。恵まれた人間が世の中に奉仕するのは当然のこと、と母に教えられて育ったのだ。

長椅子のクッションに脚をのせた公爵は、いくぶん気分がよくなったようだった。ジェーンは身を引いた。図書室からさがるように言われるか、少なくとも家政婦のところで何か別の仕事をもらうよう指示されると予期して。従僕もすでにいなくなっていた。しかし、公爵は思案するような顔つきでジェーンを見つめた。

「ミス・イングルビー、これからの三週間、きみはぼくをどうやって楽しませるつもりだ？」

警戒心がむくむくと頭をもたげた。もちろん相手は脚が不自由だし、あからさまに妙なことを言っているわけでもない。けれどもジェーンには、暇を持て余している紳士を信用できない理由があった。

幸いにも、そのとき図書室の扉が急に開いた。執事か秘書のクインシーが入ってくるにしては唐突だ。そもそも、開く前にノックすらなかった。開け放たれた扉が本棚に勢いよくぶつかる。ひとりの貴婦人が入ってきた。

ジェーンはたちまち身構えた。入ってきた女性は若く、決して趣味がいいとは言えないが、流行の最先端の装いをしている。この女性が誰にせよ、少なくとも自分がここにいるべきではないだろう。執事が来訪者の名を告げてくれれば、顔を合わせる前に部屋から出ていけたのに。こうなったらこのまま立っているか、せいぜい二歩ほどさがって窓辺のカーテンの陰に身をひそめることしかできない。

若い女性は打ち寄せる波のごとく、ずんずん近づいてきた。

「今朝は誰の訪問も受けないと言っておいたのだが」トレシャム公爵がつぶやく。

だが、客人はまったくひるまなかった。

「お兄さま！」女性が叫んだ。「ああ、生きているのね。この目で見るまで信じられなかったわ。わたしが昨日からどんな思いをしたかわかる？　わからないわよね。わからないから、あんなまねができるのよ。ヘイワードは今朝、議事堂に行ったわ。わたしがすっかりまいっているから、本当は行きたくなかったみたいだけど。ゆうべは一睡もできなかったのよ。まさか本気で引き金を引くなんて、オリヴァー卿は騎士道精神のかけらもないのね。だいたい、レディ・オリヴァーに慎みが足りないのよ。お兄さまといい仲になったのを夫にばらしたんでしょう。しかもその夫が嫉妬心を丸出しにして決闘を挑んでくるなんて——よりによってハイドパークで。まったくどうかしているわ。向こうこそ撃たれればよかったのに。でも聞いたところによると、お兄さまは余裕たっぷりにわざと狙いを外して撃ったんですってね。さすが本物の紳士だと評判よ。相手は殺されたって文句は言えなかったんですもの。もちろん、そんなことになったらお兄さまは縛り首だけれど。といっても、それは公爵でなかったらの話ね。でも実際そういうことになったら、きっとお兄さまはフランスに逃亡したでしょうね。けれどヘイワードったら、万が一そんなことになっても、わたしがお兄さまと会えるようパリに連れていくことはできないと言うのよ。あそこが流行の最先端の地だと誰もが知っているのに。ああ、わたし、なぜあんな人と結婚したんだろうってときどき考えてしまうの」

トレシャム公爵は片手で頭を支えていた。そして女性がひと息ついたとき、すかさずもう一方の手をあげて話の続きをさえぎった。

「アンジェリン、なぜだか教えてやろう。おまえがヘイワードを好きになったからだ。彼が伯爵で、ぼくとほぼ同じくらい金持ちだったからな。おまえがのぼせあがったんだよ、ほぼ一方的にね」

「そうね」女性は微笑んだ。そうすると公爵によく似た顔立ちにもかかわらず、とても愛らしく見えた。「たしかにそうだわ。ねえ、気分はどう、お兄さま？」

「脚がずきずきして、頭がいつもの一〇倍の大きさになったような気がする。それを除けばすこぶる元気だ。ありがとう、アンジェリン。座ってくれ」

最後のひと言は皮肉だった。相手はとっくに長椅子のそばの椅子に座っていたのだ。

「帰るとき、執事に言っておくわね。家族以外は誰も部屋に通さないようにって。お客に押しかけられて、一方的にしゃべりまくられたらいやでしょう？」

「まったくだ」公爵が片眼鏡をかざし、しぶい顔になった。「なんて悪趣味なボンネットだ。そのマスタード色を、よりによってそのピンクに合わせるのはいただけない。万が一おまえがその格好で来週のレディ・ラヴァットのベニス風朝食会に行くつもりなら、誠に残念だが同伴できないと断れる自分を幸運に思うね」

「ヘイワードが言っていたけれど」兄の発言を無視して、レディ・ヘイワードは身を乗りだした。「オリヴァー卿は、お兄さまが本気で勝負しなかったから気がおさまらないと周囲にもらしているそうよ。そんなばかげたことってある？ レディ・オリヴァーの兄弟も不満らしいわ。彼らがどういう人間か知っているでしょう？ 決闘の場にひとりも居合わせなかったくせに、お兄さまがオリヴァー卿の銃弾から逃げたと臆病者呼ばわりしているのよ。でも、決闘を申し込まれても簡単に受けたりしてはだめよ。わたしのか弱い神経のことも考えてちょうだい」

「アンジェリン、今は自分の神経のことを考えるので精一杯だ」

「でも、世間の評判になっていると聞いたら少しは満足？　脚を撃たれながら馬に乗って帰ったなんてさすがよ、お兄さま。その場にいたかったわ。とにかく、これで世間の噂が様変わりしたわね。ヘイルシャム卿のどうでもいい情事やコーンウォールの事件なんて、もう古いのよ。ところで、どこかの物乞いの女が悲鳴をあげて邪魔をしたというのは本当なの？」

「物乞いではない。その女性なら、そこのカーテンの脇に立っているよ。ミス・ジェーン・イングルビーだ」

レディ・ヘイワードが椅子の上でくるりと向きを変え、驚いたようにジェーンを見つめた。自分と兄以外に人がいることに、今の今まで気づかなかったらしい。カーテンはたいした目隠しになっていなかったものの、使用人の地味な格好のせいで背景に紛れて目立たなかったのだろう。ジェーンは少しほっとした。

「なんなの、この子は？」レディ・ヘイワードが呆れたように言った。そんな表情をすると、ますます公爵にそっくりだ。ジェーンとせいぜい一、二歳しか変わらないはずだが。「なぜそんなところに立っているの？　お兄さま、この子をうんと懲らしめてやった？」

「彼女はぼくの看護婦だ。それに〝この子〟ではなくミス・イングルビーと呼ばれるのが好きなのさ」公爵がわざと声をやわらげた。

「そうなの？」レディ・ヘイワードがますます目を丸くした。「なんておかしなこと。とにかく、もう行かなくちゃ。本当は二〇分前に図書館でマーサ・グリドルズと会う約束だったの。けれど、どうしても先にお兄さまを元気づけてあげたくて」

「なんといっても妹だものな」公爵が静かに言った。

「そういうこと」レディ・ヘイワードは身を乗りだし、公爵の左頬の近くで唇を鳴らした。「あとでフェルディナンドお兄さまも来るはずよ。昨日会ったのだけど、レディ・オリヴァーの兄弟がトレシャムお兄さまに汚名を着せようとしていることに激怒していたわ。どうやら彼らを呼びだすつもりみたい――ひとり残らずね。ヘイワードに言わせれば、とんだばかなまねですって。本当にそう言ったのよ、お兄さま。彼にはダドリー家の気質が理解できないの」彼女はため息をつき、入ってきたときと同じくらい唐突に出ていった。扉を大きく開け放したまま。

ジェーンは棒立ちになっていた。体が冷たくなっている。たまらなく孤独で不安だった。トレシャム公爵の妹はなんと言っていた？　これで世間の噂が様変わり……コーンウォールの事件……。

コーンウォールの事件というのは？

「これはおそらく」公爵が言った。「ブランデーが必要なようだ、ミス・イングルビー。先に警告しておくが、アルコールを飲んだら頭痛がひどくなるだけだと言わないように。おとなしく取ってくるんだ」

「はい、公爵さま」とても反論できる気分ではなかった。

4

レディ・ヘイワードが去って一時間もしないうちに、今度はフェルディナンド・ダドリー卿が押しかけてきた。妹のときと同じくなんの前触れもなく、勢いよく開いた扉をうしろの本棚にしたたかぶつけて入ってくる。

ジョスリンは顔をしかめ、ブランデーを早々に片づけさせてしまったことを悔やんだ。今はちょうどココアを飲み終えたばかりだ。飲めば胃のむかつきと頭痛がましになると、ジェーン・イングルビーに勧められた。だが、まだどちらの効果も現れていない。

見ると、ジェーンはふたたびカーテンの背景に溶け込むように引っ込んでいた。

「まったく頭に来る！」弟がろくに挨拶もせずにしゃべりだした。「兄上、あのじいさんがぼくを入らせまいとしたよ。使用人たちはいったいどこからああいう考えを仕入れるんだろう？」

「まあ、ふつうは主人からだな」ジョスリンは答えた。

「なんてことだ！」フェルディナンドが足を止めた。「まるで本物のけが人みたいじゃないか。そういえば昔、母上が三日連続で舞踏会やカード遊びに出かけたあと、その長椅子に寝そべって今にも死にそうにしていたな。ところで、噂なんてものはまったくのでたらめだね」

「多くの場合はそうだ」ジョスリンは力なく言った。「しかし、おまえが言っているのはどんな噂だ？」

「兄上はもう二度と歩けない」弟はアンジェリンが座っていた椅子にどさりと身を沈めた。「ほかにも、兄上は自分の脚をちょん切ろうとするレイクスと床を転げまわって格闘した、とか。それにしても近頃の医者は、ろくに調べもせずにいきなり鞄からのこぎりを取りだすそうだね」

「大丈夫だ。昨日はとてもじゃないが、誰かと取っ組みあいをする気分ではなかった。もっとも、オリヴァー卿がハイドパークに連れてきたやぶ医者は別だが。レイクスは実に適切な処置をしてくれたよ。必ず歩けるようになる」

「ぼくの言ったとおりだ」フェルディナンドがにっこりした。「〈ホワイツ〉の賭け台帳に書いたんだ。兄上が一カ月以内に〈オールマックス〉でワルツを踊るってね。それに五〇ポンド賭けた」

「負けだな」ジョスリンは片眼鏡をかざした。「ぼくは何があろうとワルツは踊らない。〈オールマックス〉にも行かない。花婿候補になったと世の母親たちに勘違いされてしまう。ところでフェルディナンド、いったいいつまで無能な侍従を雇い続けるつもりだ？　もう少しまともにひげを剃れる人間に替えたらどうだ」

弟は顎の小さな切り傷に触れた。「これはぼくが悪いんだ。急に頭を動かしてしまったから。それより兄上、フォーブズ兄弟に狙われているぞ。三人がロンドンに来ている」

そうだろうとも。レディ・オリヴァーの身内は、世間を騒がせることにかけては自分たちにも劣らない。レディ・オリヴァーは唯一の女きょうだいということもあり、五人の兄にがっちり守られている。オリヴァー卿と結婚して三年経った今でも。

「だったら、向こうがここまで足を運ぶべきだ」ジョスリンは言った。「少しも難しくないはずだ。何しろうちの執事は、屋敷の踏み段をのぼってノッカーを叩いてくれる人間なら誰でも歓迎するらしいからな」

「兄上！」フェルディナンドが傷ついたような声を出した。「ぼくをよその連中と一緒にしないでほしいな。それに弟のぼくを介添人にせず、決闘があることさえ教えてくれなかったなんてあんまりだ。ところで、どこかの下働きの女が騒ぎを起こしたんだって？　コナン・ブルームの話によれば、その女が寝室まで乗り込んできて、兄上のせいで仕事を首になったとすごい剣幕で文句を言ったそうじゃないか」彼はくすくす笑った。「どう考えてもありえない話だけど、愉快だな」

「その女なら、そこのカーテンの陰にいる」ジョスリンはジェーンを顎で示した。弟が部屋に入ってきてからというもの、彼女はまるで彫像のようにそこに立ったまま身動きひとつしていない。

「なんだって！」フェルディナンドは弾かれたように席を立ち、ジェーンをまじまじと見つめた。「おい、そんなところで何をしている？　言っておくが、男の名誉の問題に口出しなどするものではないぞ。女には関係のないことだ。きみのせいで兄上は危うく命を落としかけたし、きみだって縛り首になるところだったんだ」

　ジョスリンは、ジェーンが自分を見るときと同じ態度でフェルディナンドを見ていることに気づいた。背筋をぴんと伸ばし、唇をきつく引き結んで、相手を正面からまともに見据えている――なんとも独特な姿だ。ジョスリンはなかば期待しながら彼女の反撃を待った。

「もし公爵さまが命を落としたとしても」ジェーンが口を開いた。「その責めはわたしではなく、決闘相手の拳銃の弾が負うべきです。それに、そんなことを〝名誉の問題〟にするなんてどうかしているわ。女に関係ないというのは間違いありませんけれど。女はそこまで愚かではありませんから」

　粗末な身なりの使用人にやり込められたフェルディナンドは目を白黒させた。

「まったくたいした度胸だろう、フェルディナンド？」ジョスリンはわざとのんびりした口調で言った。「それになんとも鋭い舌だと思わないか」

「ああ、驚いた！」弟は呆然とした顔でジョスリンを見た。「彼女はなぜここに？」

「コナンは最後まで話さなかったのか？　実は彼女を看護婦として雇うことにしたんだ。なんといっても、ぼくはこれから三週間もこの屋敷に監禁される身だからな。そのあいだ、罪のない使用人たちに当たり散らしては申し訳ない」

「嘘だろう！」弟が言った。「てっきり冗談だと思っていたよ！」

「冗談なものか」ジョスリンは手を振った。「紹介しよう、フェルディナンド。ジェーン・イングルビーだ。万が一呼びかける必要が生じたときは、くれぐれも気をつけろ。彼女は〝ジェーン〟とか〝きみ〟ではなく、〝ミス・イングルビー〟と呼ばれたいそうだ。こちらはその要求に従うことにした。彼女も最初のうちは、ぼくに何か言うときはいつも言いっぱなしだったが、ここ最近はときどき〝公爵さま〟と言い添えてくれるようになった。ミス・イングルビー、こちらが弟のフェルディナンド・ダドリー卿だ」

ひょっとしたら彼女はレディのように膝を曲げて挨拶するかもしれない、とジョスリンは期待した。弟はいよいよ怒りだすだろうか？　なんといっても、使用人相手に正式に紹介されることなど生まれてはじめてだろうから。

ジェーンは優雅にお辞儀をした。フェルディナンドは赤くなりながら小さく頭をさげた。なんともきまり悪そうな顔をしている。

「兄上」弟が言った。「ひょっとして、けがのせいで頭がどうかしたとか？」

「それより」言われてみればなんとなくそんな気がして、ジョスリンは頭に手をやった。「そろそろ帰らなくちゃならないんじゃないのか、フェルディナンド？　ひとつ忠告しておく。といっても、ダドリー家の人間は忠告に耳を貸さないことで有名だが。とにかくフォーブズ兄弟のことはこちらに任せておけ。連中とのいざこざは、おまえにはなんの関係もない」

「あのろくでなしども！」弟は息巻いた。「妹に罰をくれてやるどころかこちらを逆恨みするなんて、筋違いもはなはだしい。なんだって兄上は、よりによってあんな女と関わったんだ？　ぼくに言わせれば――」

「もういい！」ジョスリンは冷たく言い放った。危うく〝レディの前だぞ〟と口にしかけ、あわてて言葉をのみ込む。「それについて答えるつもりはない。いいから、もう行け。それからホーキンスにここへ来るよう伝えてくれ。仕事を失いたくなければ、今日はもう誰であろうと屋敷に入れるなと申し渡そう。こんなことが続いていたら夜までに頭が破裂して、脳みそが本のページの上に流れだしてきそうだ」

フェルディナンドが去ったあと、執事が不安そうに図書室に入ってきた。

「閣下、誠に申し訳ござ――」言いかけた執事に向かってジョスリンは手をあげた。

「いいんだ。フェルディナンド卿とレディ・ヘイワードを阻止するには、手練《てだ》れの兵士が一連隊は必要だからな。しかしホーキンス、今日はもうどんなことがあっても客を入れるなよ。たとえ摂政王子が出向くと伝えてきても断れ。わかったな？」

「かしこまりました、閣下」執事は慇懃《いんぎん》に頭をさげ、これ以上ないほど静かに扉を閉じて立ち去った。

ジョスリンは大きなため息をついた。「さてと、ミス・イングルビー、ここに座って、これから三週間どうやってぼくを楽しませるか教えてくれ。考える時間はたっぷりあっただろう」

「簡単なカードゲームなら、だいたいわかります」ジェーンは答えた。「でも、お金を儲《もう》けるためにするのはいやです」それは両親が決めたルールのひとつだった。家でゲームをするときも、賭けていいのはペニー硬貨だけ。半クラウン、つまり二シリング六ペンス負けたらそこで終了する。「それにわたしには賭け金がありません。お金を賭けずに勝負をしても、あなたはつまらないでしょう」

「こちらのことをよくわかっているじゃないか」トレシャム公爵は言った。「チェスはできるのか？」

「いいえ」ジェーンは首を横に振った。父はチェスをしたが、女性がチェスをすることについてはおかしな考えを持っていた。いくら手ほどきをしてほしいとねだっても、これは男がするものだとやんわり言うばかりだった。断られるたびに、余計に覚えたくてたまらなくなったものだ。「習う機会がありませんでした」

公爵が物憂げな視線を向けた。「どうせ本も読めないだろうな」

「もちろん読めます」この人はいったいどこまで人をばかにするのだろう？　そう思ったとき、自分が演じるべき立場を思いだしたが、もう遅かった。

「もちろん、か」彼は静かに繰り返し、探るように目を細めた。「おそらく字も見事な筆跡で書くんだろうな。ミス・イングルビー、きみが育ったのはいったいどういう孤児院だ？」

「先ほども言いました。立派な孤児院です」

公爵はしばらくジェーンを見つめていたが、それ以上は追及しなかった。

「ほかには？」彼は話題を変えた。「ぼくを楽しませるために何ができる？」

「あなたの看護婦の仕事は、あなたを楽しませることですか？」

「ぼくの看護婦の仕事は、ぼくが決めたことをすることだ」公爵は彼女のドレスの下を見透かすかのように、じっくりと見つめた。そんなまなざしを向けられると少し不安な気持ちになる。「包帯を交換し、脚をクッションからあげおろしするのに丸一日もかかるまい？」

「そうですね」

「それでもきみはぼくから報酬を受け取る。しかもそれなりの額を。少しくらいぼくを楽しませてもいいとは思わないか？」

「おそらくあなたは、わたしのすることなどすぐに飽きてしまわれるでしょう」

公爵がうっすらと笑みを浮かべた。だがそれで表情がおだやかになったわけではなく、むしろ危険な感じが増した。ふとジェーンは、彼が片眼鏡を手にしているのにかざそうとしないことに気づいた。

「それはどうだろう。ミス・イングルビー、その目障りなキャップを取れ。みっともないうえに一〇歳は老けて見える。きみはいくつだ？」

「お言葉ですが、公爵さま、わたしが何歳だろうとあなたには関係ありません。それに仕事中はキャップをかぶっていたいのです」

「なんだと？」公爵が眉をあげ、険しい表情になった。しかし、しばらくしてふたたび口を開いたとき、その声は静かだった。「いいから取るんだ」

これ以上、抵抗しても無駄だ。どのみち昨日までキャップなどかぶったことはなかった。少しでも顔を隠せるから都合がいいと思っただけだ。それに、この髪が自分のいちばんの特徴だという自覚もあった。ジェーンはしかたなく顎の下で結んだ紐をほどいてキャップを取った。それを両手に持って膝におろしたとき、公爵がじっくりと目を向けてきた。

「まるで光り輝く王冠だな、ミス・イングルビー。その髪を見れば誰もがそう言うだろう。ただし、そこまで容赦なくひっつめていなければの話だが。こうなると次に浮かぶ疑問は、きみがなぜその美しい髪をそれほどまでに隠したがるかだ。世間でのぼくの評判を聞いて恐れているのか？」

「あなたの評判のことは知りません。聞かなくても、だいたいの想像はつきますけれど」

「昨日決闘することになったのは、ぼくが既婚女性と親密な関係になったからだ。別に昨日がはじめてではない。ぼくは世の中から無節操で危険な男と思われているのでね」

「自慢することですか？」彼女は眉をあげた。

公爵の口元がぴくりと動いた。それを除けばまったくの無表情で、面白がっているのか、腹を立てているのか、見当もつかない。

「こう見えて、ぼくは自分が守るべき決まりごとを作っている」彼は言った。「使用人には絶対に手を出さない。自分の庇護下《ひご》にいる女性を襲うこともない。いやがる相手に無理強いもしない。これで安心したか？」

「ええ、とても。わたしはその三つのすべてに当てはまるはずですから」

「ただし、きみには猿を贈る」公爵は自分で言ったとおりの危険な男に見える表情をした。「そいつにきみの髪をほどかせよう」

「リリパット人は人間山《マン・マウンテン》にのぼり、あらゆる知恵を絞って彼を地面にくくりつけた――その長い髪の毛までも」

今、ジェーンは『ガリバー旅行記』を朗読している。好きに選んでいいと言った手前、ジョスリンは反対しようがなかった。彼女は本棚の前を半時間も行き来し、ずらりと並ぶ書籍を眺め、背表紙に指を走らせ、ときおり抜きだしてはページを開いて試し読みをした。本の扱い方は、いとおしむかのように丁寧だった。やがて彼女はこちらを振り向き、手にした一冊を掲げた。それが今、読んでいる本というわけだ。

「これはどうですか？『ガリバー旅行記』です。わたしも以前から、いつか必ず読もうと思っていました」

「好きにしてくれ」自分ひとりで静かに読書することはもちろんできるが、ジョスリンはひとりになりたくなかった。昔からひとりは苦手だ――いや、必ずしもそうではない。だが、ここ一〇年ほどはその傾向が強い。

時間が過ぎ、自分の置かれた状況の悲惨さが明らかになるにつれて、ますますいらだちが募っていった。ジョスリンはもともとじっとしているのが苦手で、いつも何かをしていたい行動派だった。中でも乗馬、ボクシング、フェンシングといった運動が好きで、そこには一応ダンスも含まれる。とはいえワルツは嫌いだし、〈オールマックス〉のようなくだらない場所にも出入りしない。体を動かすという点において、もちろんベッドでの行為も好きだ。ひょっとしたら、それが最も激しい運動かもしれない。

しかし、これからの三週間は——それほど長く耐えられたとすればの話だが——安静を余儀なくされる。相手といえば、たまに来てくれる友人と身内、そして澄まし顔でずけずけものを言うジェーン・イングルビー。それと痛みだ。

少し気分を変えようと思い、ジョスリンは午後からジェーンをさがらせ、代わりにマイケル・クインシーを呼んだ。午前中にアクトン・パークから月次報告が届いていたのだ。領地のことはいつも気にかけているが、今日ほど時間をかけて細かいことまで確認したのははじめてだった。

しかし夜になると、時間の経つのが恐ろしいほど遅く感じられた。本来なら、夜はジョスリンが一日のうちで最も活発に社交に励む時間だ。はじめに芝居かオペラ、あるいは舞踏会や夜会など、人が大勢集まりそうなところに出向く。そのあと行きつけのクラブに足を伸ばす。もしくは、仲間との楽しい時間を犠牲にする価値があると判断した場合にかぎり、女性と過ごす。

「まだ続けますか?」

その声に目をあげると、ジェーンが本を読むのを中断してこちらを見ていた。

「ああ」無造作に手をあげる。彼女はまた本に目を落として続きを読みはじめた。

その背中が椅子の背についていないことにジョスリンは気づいた。ジェーンは特に苦痛そうでもなく、くつろいで見える。読み方も上手で、速すぎも遅すぎもしない。一本調子でつまらないわけでもないし、かといって芝居じみたわざとらしさもない。声もきれいで落ち着きと品がある。膝の上に持った本に視線を落とす彼女のまつげは、頬に触れそうに長い。ほっそりした長い首筋が、白鳥のように優美な線を描いている。

ジェーンの髪はまさに黄金のシルクだった。本人は取るに足りないもののように見せようと努力しているが、本当にそうしたいなら剃りあげるしかないだろう。顔立ちが美しいことや目が魅力的であることは、すでに朝の時点でわかっていた。だがキャップを脱がせてみると、彼女はこちらの予想をはるかに超える美女だった。

その姿を眺めつつ、ジョスリンはふくらはぎの痛みをやわらげるように右手の甲で太腿をさすった。この女性は今のところ使用人であり、彼に庇護される身で、しかも明らかに道徳心が強い。今朝、本人がそっけなく指摘したとおり、三重の意味で自分から守られているのだ。それはよくわかっているが、彼女の頭のピンを抜き、髪をほどいておろしたところを見てみたい気がする。

さらに言えば、あの粗末なドレスや、その下に着ているはずのものをすべて取り払った姿を目にすることも、決してやぶさかではない。

ジョスリンがそこまで考えてため息をついたところで、ジェーンがふたたび顔をあげた。

「もうベッドにお入りになりますか?」

彼女なら、どんな状況に陥っても正気を保っていられるのだろう。こんなおだやかならぬ言葉さえ、まったく他意なく口にできるのだから。

ジョスリンは炉棚の時計を見て目を疑った。まだ一〇時にもなっていない。夜はようやくはじまったばかりだ。

「きみもガリバーも、一緒にいて特に楽しい相手ではないからな」彼は憎まれ口を叩いた。「それなら寝るのがいちばんだろう。すっかり気分が滅入《めい》ってしまった。きみにとっては幸いだな」

一夜明けた翌朝、酒も鎮痛剤も飲まずにベッドに入ったトレシャム公爵は、まだ機嫌が直っていないようだった。レイクスはすでに到着していたが、厨房で朝食をとっていたジェーンに呼びだしがかかった。

「やけにゆっくりしているじゃないか」呼ばれてから一分も経たずに扉をノックしたのに、公爵はジェーンの顔を見るなり言った。「きみは早晩うちの財産を食いつぶすつもりだな」

「財産ではなく朝食をいただいていました、公爵さま」ジェーンは言った。「おはようございます、ドクター・レイクス」

「おはようございます」医師が礼儀正しく頭をさげた。

「そいつを取れ！」公爵はジェーンのキャップを指さした。「今度かぶっているのを見たら、この手で引き裂いてやる」

彼女はキャップを脱ぎ、丁寧にたたんでドレスのポケットに入れた。

公爵がレイクスに目を向けた。

「包帯を交換したのはミス・イングルビーだ」ジェーンが入ってくる前に質問されていたらしい。「傷の洗浄も彼女がした」

「すばらしい処置です」レイクスが言った。「感染や壊疽《えそ》の兆候はまったくありません。失礼ながら、病人の看護をした経験があるのですか？」

「はい、少しですが」ジェーンは答えた。

「食べすぎた孤児に下剤を与えていたんだろう」公爵がいらだたしげに言った。「それにぼくは〝病人〟ではない。脚に穴が開いているだけだ。大事を取って甘やかすより、動かしたほうが早く治る。今後はなるべく運動するようにしよう」

レイクスがぞっとした表情になった。「お気持ちはわかります、閣下。ですが、それは絶対にいけません。筋肉組織も腱も、ひどく傷ついています。今はそっと動かすのも危険な状態なのです」

トレシャム公爵は医師に罵声を浴びせた。

「ドクターにおわびしてください」ジェーンは言った。「ご忠告は当然です。それがお医者さまの仕事なんですから。あまりにも失礼ですよ」

ウエストのところで手を組みあわせて立っている彼女を、ふたりの男性は呆然と見つめた。

やがて公爵が枕にそっくり返って大声で笑いだしたので、ジェーンはびくりとした。

「レイクス」彼は言った。「どうやら例の弾丸は、脚を貫通して脳に入ってしまったようだ。このぼくが昨日丸一日、彼女に耐えたなんて信じられるか？」

レイクスは明らかに信じられないようだった。「私のことでしたら」あわてて言う。「謝っていただく必要はございません。けがのせいで気持ちがすさむのは無理もないことです」

しかし、ジェーンは黙っていなかった。「だからといって、相手を口汚く罵っていいわけはありません。自分より立場の弱い人間に対してはなおさらです」

「レイクス」公爵がいまいましそうに言った。「この場にひざまずいて、さっきの言葉を悔い改める用意はある。だが、今は脚を動かしてはいけないんだろう？」

「そのとおりです」医師は脚の包帯を巻き終えて、しどろもどろに言った。

ジェーンは反省した。今のは言いすぎた。自分が育った屋敷では、使用人も一人前の人間として扱われ、人は誰でも相手に対して丁寧に接するのが当然という雰囲気があった。でも今は、余計なことを言わずに三週間の仕事をまっとうして報酬を得るのが第一だ。まるで予測のつかない未来に向かっていくためにも。

トレシャム公爵は、その日はおとなしく一階に運ばれていった。その前に呼ばれるまで顔を見せるなと言ってジェーンを追い払っておきながら、半時間後にふたたび呼びつけた。彼女が行ってみると、公爵は一階の居間のソファにいた。

「今朝は頭の大きさがもとに戻ったようだ」彼は言った。「今日はぼくを楽しませなければと悩まなくていいぞ。来客があれば通すよう、ホーキンスに指示してある。もちろん、まともな客の場合だけだが。帽子店の雑用係とその一味がいくら扉を叩いても入れるなと言ってある」

人がやってくると思うと、ジェーンは胃が喉までせりあがってくるような気がした。

「お客さまがお見えになるなら、わたしはさがらせていただきます」

「さがるだと？」公爵がいぶかしげに目を細めた。「なぜ？」

「来られるのは男性の方ばかりでしょう。わたしがいては気兼ねして、楽しくお話しできないでしょうから」

公爵が急にいたずらっぽく微笑みかけたので、ジェーンは驚いた。そんな笑顔になると彼は見違えたように紳士らしく、若さと茶目っ気が感じられた。ハンサムにすら見える。

「ミス・イングルビー、きみはお上品なんだな」

「はい。そうです、公爵さま」

「図書室から昨日のクッションを取ってこい。脚の下に入れてくれ」

「一度くらい、ものを丁寧に頼むことはできませんか？」ジェーンは扉のほうに向かいながら言った。

「できるとも」彼が言い返してきた。「できるが、あえてしない。そもそも、ぼくは人に上から命令できる立場の人間だ。なぜわざわざへりくだってお願いしなければならない？」

「あなた自身のためです」ジェーンは公爵を振り返った。「もしくは相手に敬意を払うためです。人は命令されるより丁寧に頼まれるほうが気分よく動けますから」

「それでも」公爵は静かに言った。「きみは現にぼくの命令に従おうとしている、ミス・イングルビー」

「心の中では反発しているわ」その言葉を相手に聞かせることなく、彼女は部屋を出た。

二分後、クッションを手に戻ってきたジェーンは無言のまま部屋を突っ切り、公爵の顔を見もせずに脚の下にそっとクッションを差し入れた。先ほど寝室でも気づいたが、脚の腫れはほとんど治まっている。ただ、彼は太腿を頻繁にさすり、ときおりつらそうに歯を食いしばっていた。傷口がかなり痛むのだろう。もちろんプライドの高い彼のことだから、何があろうと口には出さないだろうけれど。

「その不満そうに引き結んだ唇が目に入らなければ」公爵が言った。「きみがぼくに対していたわりの心を持ちあわせていないことはわからないだろうな、ミス・イングルビー。少なくともぼくは、きみに脚を乱暴に持ちあげられ、クッションの上に無慈悲に落とされると予想していた。そのくらいの仕打ちは大いにありうると思っていた。せっかくの覚悟が無駄になって残念だ」

「わたしはあなたの看護婦として雇われたのです、公爵さま。わたしの仕事はあなたを楽にすることで、痛めつけてうっぷん晴らしをすることではありません。それに何か腹の立つことがあれば、わたしは言葉で伝えます。暴力に訴えたりはしません」

人生最大級の嘘だ、とジェーンは思った。一瞬、体が冷たくなって吐き気がこみあげた。今ではすっかりおなじみになった、胃が引き絞られるような恐怖が襲いかかってくる。

「ミス・イングルビー」トレシャム公爵が小さな声で言った。「クッションを取ってきてくれてありがとう」

　そのひと言で、ジェーンの心が不思議に落ち着いた。

「今、少し微笑みかけただろう。きみでも笑顔になることがあるのか？」

「うれしいときや、楽しいときには」

「つまり、今のところぼくといても楽しくないわけか。どうやら腕が落ちたらしいな。これでもぼくは、女性を喜ばせたり楽しませたりすることが得意と言われてきたんだ」

　言葉とともに、公爵の探るような瞳が向けられた。それまでジェーンにとって、彼の男らしさには特になんの意味もなかった。けれども今、それが変わった。これまで感じたことのない衝動が体の中を駆けめぐり、胸と下腹部と腿の奥が妙に熱くなった。

「そうでしょうね」彼女はそっけなく応えた。「ただ、今月はもう魅力が品切れになったのではありませんか。レディ・オリヴァーのために使い果たしてしまったから」

「ジェーン」公爵がやさしく言った。「ずいぶん意地悪な言い方をするじゃないか。クインシーを見つけて、朝の郵便物をもらってくるんだ」扉のほうに歩きだした彼女に向かって、彼はひと言つけ加えた。「どうぞよろしく」

　ジェーンは公爵のほうを振り向き、微笑みかけた。

「よし」彼が小さな歓声をあげた。

5

昼近くにふたたびアンジェリンがやってきた。今回は夫のヘイワードもついてきて、義兄のジョスリンに丁重な見舞いの言葉を述べてくれた。夫妻がいるあいだにフェルディナンドもやってきた。ただしこちらは、兄の回復を気づかうより自分の話をしたかったらしい。弟はちょっとした騒動を起こし、ブライトンまでの二頭立て二輪馬車レースをすることになったという。対戦相手のベリウェザー卿は手綱さばきのうまさに定評があり、彼に敵《かな》うのはジョスリンくらいだろうと言われている。

「きみは負けるよ、フェルディナンド」ヘイワードが無愛想に言った。

「首を折るわよ」アンジェリンも言う。「ただでさえ、トレシャムお兄さまがけがをしたばかりだというのに。わたしはもう神経が持たないわ。でも、風のように通りを駆け抜けていくフェルディナンドお兄さまの姿はさぞかしすてきでしょうね。その日に着る上着はもう注文したの？」

「勝つ秘訣は、直線に入ったときに手綱をゆるめて馬を自由に走らせることだ」ジョスリンは言った。「あとは、追いつめられたときに焦らないこと、急なカーブでサーカスの曲芸師みたいなまねをしないことだ。どちらもおまえの悪い癖だよ、フェルディナンド。しかし、おまえが本気なら負けるわけにはいかないな。本当のことを言えば、できもしないのに虚勢を張ったり、相手を挑発したりするほうが悪いんだ。ダドリー家の男ならなおさらな。とはいえ、おまえのことだから、どうせそうしたんだろう」

「そこで兄上の馬車を貸してもらいたいんだ」弟はこともなげに言った。

「断る」ジョスリンは即答した。「絶対にお断りだ」おまえがそんな頼みごとを口にすることと自体が信じられない。ぼくが脚を撃たれて頭まで鈍くなったとでも思ったか?」

「でも、ぼくの兄だろう」

「ああ。正常な脳とまともな常識を備えた兄だ。おまえの馬車をこのあいだ見たが、車輪の減り方は悪くなかった。勝敗を決めるのは馬車ではなく乗る人間だよ、フェルディナンド。勝負はいつだ?」

「二週間後だ」

まったく。それでは見られないじゃないか。あのやぶ医者の指示におとなしく従っているかぎり、まず不可能だ。とはいえ、二週間後も今と変わらずソファに座らされているようなら、先に頭がどうにかなってしまうだろうが。

少し離れて静かに立っているジェーンには、おそらくこちらの考えていることがわかるのだろう。ちらりと目を向けてうかがうと、彼女は唇をかたく引き結んでいた。さて、どうする?　約束の三週間が過ぎるまで、患者をどこかにくくりつけておくか?

身内が見舞いに来たと知らされたとき、さがらせてほしいとジェーンに訴えられたが、ジョスリンはその希望を叶《かな》えてやらなかった。そのあとさらに別の来客があったときも。そのとき彼女は、ジョスリンが目を通した手紙を一通ずつ受け取り、指示どおり三つの山に分けていた——断るべき招待、受けるべき招待、秘書に口述筆記をさせて返信すべき手紙。ほとんどは招待状で、かなり先の予定であるものを除き、もちろん断るしかなかった。

「わたしはさがらせていただきます、公爵さま」持ち場の玄関ホールで昨日よりもずっと力を発揮できているらしいホーキンスが来客を告げにやってきたとき、ジェーンは言った。

「だめだ」ジョスリンは眉をあげた。「ここにいてもらう」

「お願いです、公爵さま」彼女は食いさがった。「お客さまがいらっしゃるあいだは、わたしがいてもなんの役にも立ちません」

なぜかジェーンはひどくおびえているように見えた。客たちに集団暴行でもされると思っているのか？　自分から願いでたりしなければ、言われなくともさがらせてやるつもりだったのに。こうなると意地でも行かせたくなくなった。

「場合によると、ぼくは客が来たことで興奮して卒倒するかもしれない。そうしたらきみの出番が来るだろう、ミス・イングルビー」

ジェーンが反論しようと口を開いたとき、ちょうど扉が開いて見舞い客が入ってきた。彼女は例によって一目散に部屋の隅へ逃げていき、数分後にジョスリンが目を向けたときも、まだそこに立っていた。見事なまでに家具に溶け込んで、自分の気配を消している。またあのキャップをしっかりとかぶり、完全に髪を覆い隠して。

客は集団でどやどやと入ってきた。コナン・ブルーム、ポティエ男爵、キンブル子爵、トーマス・ギャリック、ボリス・タトルフォード――親しい仲間が詰めかけたことで、室内はにぎやかになった。彼らは口々に挨拶し、ジョスリンの体調を尋ね、彼のナイトガウンと部屋履きをからかい、脚の包帯に感心し、やがてそれぞれ座る場所を見つけて腰を落ち着けた。

「ワインはどこだ、トレシャム？」ギャリックが部屋を見まわす。

「ミス・イングルビーに取ってこさせよう」ジョスリンは言った。彼女があいかわらず同じ場所に立っていることに気づいたのはこのときだ。「ぼくの看護婦なんだ。こんな姿勢で横になっていると使用人を呼ぶ紐にも手が届かないから、必要なものを取ってきてもらっている。ついでに、しょっちゅうお小言ももらっているがね。ミス・イングルビー、ホーキンスに言って、ワインとブランデーを出してもらってくれ。それから従僕にグラスを運ばせるんだ。どうぞよろしく」

「どうぞよろしく、だって？」キンブルが笑った。「そんな言葉を覚えたのか？」

「彼女に教わった」顔をそむけるようにして部屋を出ていくジェーンを見送りながら、ジョスリンは小声で言った。「言い忘れると叱られるんだ」

仲間たちが大笑いした。

「あれはひょっとして」笑いが静まったところで、タトルフォードが言った。「きみがオリヴァーの額のど真ん中を狙って縮みあがらせたときに騒いだ女か、トレシャム？」

「ああ、彼はその娘を看護婦に雇ったのさ」コナンがにやにやしながら代わりに答えた。「これなら餓死したほうがましだったと後悔させてやる、とかなんとか言ってね。どうだいトレシャム、彼女は後悔したか？　それとも後悔したのはきみのほうとか？」

ジョスリンは片眼鏡の柄をもてあそびながら言った。

「そうだな。彼女には、どんなことでも口答えせずにはいられないというどうしようもない癖があるんだ。そしてぼくのほうは、刺激的なことをどうしようもなく求めている。こんな不自由な身で、この先二週間かそれ以上も屋敷に閉じ込められるんだからな」

「刺激か！」ポティエが膝を打って叫ぶのを聞き、ほかの仲間もそれにならった。「刺激を得るのにいつから女を当てにするようになったんだ、トレシャム？」

「まったくだ！」キンブルが片眼鏡の紐を持って振りまわした。「まるで想像がつかないな。彼女はほかにどんな刺激を与えてくれるんだ、トレッシュ？　隠すなよ。正直に白状しろ」

「彼は片方の脚が動かせない」タトルフォードが言った。「もっとも、そんなことはものともしないだろうがね。こと刺激にまつわることとなれば。彼女は上にまたがるのか？　きみが何もせずに横たわっていられるよう、飛び跳ねてくれるのかい？」

このときの笑い声は明らかに品位に欠けた。仲間たちは誰もが血気盛んで、ここへ来てさらに調子づいている。ジョスリンは片眼鏡をかざした。

「ちなみに」静かに告げる。「今、話題になっている女は使用人で、目下ぼくの庇護下にある。ぼくにも守るべき基準というものがあるんだ、タトルフォード」

「諸君、どうやら」ほかの仲間より察しのいいコナン・ブルームが言った。「悪名高き公爵も、この冗談はお気に召さなかったようだ」

しかし、彼らを牽制《けんせい》したのはまずかったとジョスリンは思った。扉が開き、ジェーンがトレーにデカンターをふたつのせて戻ってきたのだ。そのうしろから従僕がグラスを運んでくる。当然ながら、客たちはジェーンに興味津々のまなざしを向けた。もちろん彼女にしてみればいたたまれなかっただろうし、ジョスリンとしては少々いい気味に思えるはずだった。ところが実際はそうでもなかった。使用人と戯れるほど程度の低い自分の姿を想像されることがひどく不愉快だ。

ジェーンは従僕について部屋を出ようとしたようだが、結局は機会を逃し、ふたたび部屋の隅に戻ってうつむいてしまった。キャップをこれ以上ないほど目深にかぶっている。キンブルが低く口笛を吹き、ジェーンには聞こえないよう低い声でささやいた。

「人目を忍ぶ美女だな、トレッシュ」

さすがはキンブルだ。世の女性たちがこぞって憧れるこのブロンドの美男子は、美しいものを見つける目にかけてはジョスリンに引けを取らない。

「だが使用人だ」ジョスリンは応えた。「キンブル、彼女はぼくの庇護下にある」

ジョスリンの言わんとすることを理解したらしく、キンブルは微笑んで片目をつぶった。もちろん、この友人がジェーン・イングルビーに言い寄るようなことはあるまい。ただ、なぜそんなことが気になるのだろうという思いが一瞬ジョスリンの心をよぎった。

一同はすぐに別の話題へ移った。ジェーンのことを本人の目の前で話すわけにはいかないからだ。ただし、昨夜レディ・オリヴァーが劇場で男性の取り巻きたちとおおっぴらにはしゃいでいたことについて噂するのはためらわなかった。レディ・オリヴァーは三人の兄とオリヴァー卿を引き連れてボックス席にいたという。また三人の兄は、トレシャム公爵が回復し次第、妹を堕落させた責任を追及すると公言しているそうだ。そのほかには、ヘイルシャム卿が今年九歳になる長男が実は婚外子だったと明かし、代わりにお気に入りの次男を跡取りにしようとしている遠大な計画について。それから、世間を騒がせているコーンウォール事件の最新情報について。

「ジャーディンは死んだらしいぞ」最後の話題について、コナン・ブルームが言った。「襲われたあと、結局は最後まで意識不明のままだったそうだ」

「よほど強烈な一撃だったんだろう」キンブルが言う。「扇情的な新聞記事によれば、髪や血に混じって脳みそが見えていたらしい。近頃のロンドンでは、あの事件の記事を読んだ女性たちがそこかしこで卒倒しているよ。そういうとき、たまたま近くに居合わせたら面白いだろう。残念ながらきみには無理だな、トレッシュ」彼はくすくす笑った。

「ぼくの記憶では」ポティエが言った。「ジャーディンには髪がそれほどなかったはずだがな。ついでに言うと脳みそも」

筋肉が引きつるのを感じて脚をずらしたとき、ジョスリンはうっかりクッションを床に落としてしまった。「もとに戻してくれるか、ミス・イングルビー？　意識不明のまま死んだだって？　ある記事によれば、彼は襲われた状況を鮮明に覚えていて、自分がいかに勇ましく戦ったかを説明したらしいぞ。襲った女が誰かも、相手がなぜ自分の頭蓋骨を砕こうとしたかもはっきり述べている。まるでつじつまが合わないじゃないか」

ジェーンがジョスリンの上に身をかがめ、クッションをちょうどいい位置にあてがい、彼の脚をいつものように注意深く持ちあげてのせたあと、包帯のずれたところを直してくれた。しかし、ちらりと顔を見たとき、彼はジェーンが唇まで真っ青になっていることに気づいた。

彼女をさがらせなかったのは間違いだったかもしれない。大勢の男性に囲まれて不安なのだろう。しかも話題が話題だ。雇い主の脚のけがには冷静に対処しているが、髪や血や脳みそといった話は、いくらなんでもどぎつすぎる。

「死んだという話はおそらくでたらめだ」ギャリックが立ちあがって飲み物を注ぎながら、皮肉っぽく言った。「本当は、たかが盗みに入った女に力で負けたことが恥ずかしくて、世間に合わせる顔がないだけじゃないのか」

「女は両手に一丁ずつ拳銃を持っていたんじゃなかったのか？」ジョスリンは尋ねた。「たしかそういう話だったぞ。襲われた瞬間からあの世行きになるまで意識が戻らなかったとかいう男の証言によれば。まったく、こんなばかげた話はもうたくさんだ。それより、フェルディナンドはいったいどんな騒動に巻き込まれたんだ？　よりによって、ベリウェザー卿を相手に二輪馬車レースとは！　どちらが申し込んだ？」

「きみの弟だよ」コナンが答えた。「ベリウェザー卿が、きみは片脚が不自由になったから、これまで得意だったスポーツの勝負もこの先はすべて惨めに負けると言ったのさ。今後ダドリーの名前は、畏敬の念とともに口にされることはなくなるだろう、と」

「フェルディナンドの前で言ったのか？」ジョスリンはかぶりを振った。「それはまずい」

「いや、目の前で言ったわけじゃない。だが案の定、フェルディナンドが聞きつけて、鼻息を荒くして〈ホワイツ〉に乗り込んできたんだ。ぼくは一瞬、彼がベリウェザーの顔に手袋を叩きつけるんじゃないかと思ったよ。しかし実際には、きみも納得するほど堂々たる態度でベリウェザーに尋ねた。武器の扱いを除いて、最も得意なものは何かってね。もちろん相手は馬の手綱さばきだと答える。そこでレースをやることになった」

「それで、フェルディナンドは勝負にいくら賭けたんだ？」ジョスリンは尋ねた。

ギャリックが答える。「一〇〇〇ギニーだ」

「ふむ」ジョスリンはゆっくりとうなずいた。「わが家の威信を守るためとあらば、それだけ賭ける価値はある。さて、どうなるかだ」

おもむろに目を向けてみると、ジェーン・イングルビーはもとの場所にいなかった。低いスツールに、こちらに背を向けてまっすぐ座っている。

客たちが引きあげたのはそれから一時間以上してからだったが、それまで彼女はずっとその姿勢のままだった。

「それをこちらへよこせ！」

トレシャム公爵がいらだたしげに手を伸ばした。

客たちが扉の向こうに見えなくなるなりソファに呼びつけられたジェーンは、顎の下で結んだリボンをほどいて問題のキャップを脱いだ。ただし、相手に渡すことなく両手に持ったまま尋ねた。

「どうするつもりですか？」

「きみを家政婦のところへ行かせて、いちばん鋭いはさみを借りてこさせる。そしてきみが見ている前で、そのおぞましい代物を切り刻んでやる。いや、違うな。きみに切り刻ませてやる」

「これはわたしのものです。わたしが自分で買ったんです。あなたにわたしの所有物を好きにする権利はありません」

「笑わせるな！」

不意に彼の顔がぼやけて見え、ジェーンはその原因を知ってぞっとした。両目に涙があふれたのだ。同時に、喉からみっともない嗚咽《おえつ》までもれはじめた。

「なんなんだ！」公爵が驚いたように声をあげる。「そんなつまらないものが、そこまで大切なのか？」

「これはわたしのです！」ジェーンは声を震わせて叫んだ。「これと、もうひとつ同じものを二日前に買ったんです。手持ちのお金をはたいて。それを気晴らしに切り刻むなんて許しません。人でなし！」

嗚咽に喉を詰まらせながら、彼女は怒りと暴言をぶつけた。涙に濡れた頬を、手にしたキャップでぬぐってにらみつける。

公爵はしばらく無言でジェーンを見つめていたが、やがて口を開いた。

「どうやら問題は、キャップとまったく関係ないところにあるらしい。男だらけの部屋にきみを無理にとどまらせたのが原因だな。ぼくはきみの心を傷つけてしまったようだ、ジェーン。きみが育った孤児院は男女別々に暮らしていたのか？」

「はい」

「ちょっと疲れたな」彼が唐突に言った。「ひと眠りするとしよう。きみをここに残らせて、ずっといびきを聞かせるつもりはない。夕食まで自分の部屋に戻っていいぞ。夜にまた来てくれ」

「はい、公爵さま」ジェーンは彼に背を向けた。気をつかってもらったとわかっても、お礼の言葉が出なかった。公爵は別に眠りたいわけではないだろう。こちらがひとりになりたがっているのを察して、そう言っただけだ。

「ミス・イングルビー」扉まで行ったときに呼び止められた。彼女は振り向かなかった。

「もう二度と怒らせないでくれ。ぼくといるときは頭に何もかぶるな」

そのまま静かに部屋を出ると、ジェーンは急いで二階の自室へ向かった。ようやく救われた思いで扉を閉め、ベッドに身を投げだす。手にはまだキャップを握りしめていた。

彼は死んだ。

シドニー・ジャーディンは死んでしまった。今となっては、彼女が殺したのではないと信じてくれる人はこの世にひとりもいないだろう。

ジェーンはキャップを持っていないほうの手でベッドの敷布を握りしめ、マットレスに顔をうずめた。

彼は死んでしまった。

シドニーは言葉にするのもいやになるほど最低な人間で、ジェーンは昔から大嫌いだった。でも、死んでほしいと思ったことはない。けがをすることさえ望んでいなかった。彼女があの重い本をとっさにつかんだのは、自分の身を守ろうとする防衛本能からだ。あまりに重い本だったので持ちあげて振りおろすことができず、無我夢中で水平に振りまわした。その鋭い角がシドニーのこめかみを直撃したのだ。

それでも相手は倒れなかった。彼は傷に触れ、指についた血を見つめ、笑い、この女狐めと言いながらふたたび襲いかかってきた。ジェーンは横に飛びのいた。シドニーはバランスを崩して前につんのめり、大理石の炉床に額を打ちつけた。そして、そのまま動かなくなった。

この一部始終については目撃者が何人もいた。だが、その中に真実を話してくれそうな人はいなかった。彼らはおそらく、ジェーンが盗みを働こうとしていたところを見つかってやったのだと証言したはずだ。いかにもその証拠になりそうな、宝石をちりばめた金のブレスレットは今もバッグの底に入っている。彼らは全員シドニーの友人だった。ジェーンの友人はひとりもいなかった。チャールズは――彼女の幼なじみで、将来を誓いあった仲のサー・チャールズ・フォーテスキューは――故郷を遠く離れていた。もっとも、そもそもチャールズはあのパーティーに招待されていなかったけれど。

シドニーはあの時点で死んだわけではなかったが、部屋にいた誰もが死んだと思い込んだ。吐き気を感じながらも、倒れているシドニーに恐る恐る近づいたのはジェーンだ。彼の脈はしっかりしていた。彼女は使用人を呼び、シドニーを部屋に運ばせ、医師が到着するまでのあいだに額の傷を洗ってやりさえした。

だが、シドニーの意識はなかなか戻らなかった。顔色もひどく青ざめており、ジェーンは冷たく震える指で何度も彼の脈を取って、生きていることを確認した。

「殺人犯は宙にぶらさがるんだぜ」寝室の扉の向こうで誰かが嘲笑《あざわら》うように言った。「そう、首根っこからぶらさがるんだ、息絶えるまで」別の誰かが残忍な喜びをかみしめるようにつけ足した。

その夜のうちにジェーンは逃げた。ロンドン行きの駅馬車に乗れるよう最低限の品だけを携えて――もちろん例のブレスレットと、伯爵の机の上に置いてあった現金も持って出た。シドニーが死んで、自分が殺人犯にされてしまうと確信したからではない。逃げた理由はいくつもあった。

ジェーンは孤独だった。爵位を受け継いだ父のいとこの伯爵とその妻は、週末のパーティーのとき不在にしていた。どのみち夫妻はジェーンに愛情などなかった。彼女が不安を感じていることに気づいてくれるような人は、キャンドルフォードにひとりもいなかった。チャールズも遠くに行っていた。サマーセットシャーにいる姉を訪ねていたのだ。

ジェーンはロンドンに逃げた。はじめは身を隠す気などなく、ただ誰かに助けてもらうつもりだった。彼女はかつて、ポートランド・スクエアにあるレディ・ウェブの屋敷を訪ねたことがあった。レディ・ウェブはジェーンの母と同じ年に社交界デビューして以来、ずっと母の親友で、キャンドルフォードにもしょっちゅう来てくれた。それにレディ・ウェブはジェーンの名付け親でもあった。ジェーンは彼女を〝ハリエットおばさま〟と呼んで慕っていた。しかし今回レディ・ウェブは不在で、当分はロンドンに戻らないことがわかった。

それから三週間以上が経過し、ジェーンは恐怖で感覚がほとんど麻痺していた。考えれば考えるほど恐ろしくてたまらない。シドニーは本当に死んでしまったのか。自分は彼を殺した罪を着せられるのか。窃盗の罪も問われるのか。司直の手が伸びているのか。もちろん捜査当局はジェーンがロンドンに来たことを突き止めているだろう。ホテルの宿泊者名簿に名前が残されているのだから。

この数週間で何よりつらかったのは、新しい情報が何ひとつ入らないことだった。今ようやくわかって、ほっとしたような気持ちすらある。

シドニーは死んだ。

ジェーンが盗みを働こうとしていたところを見つけたばかりに殺された。

まさか。こんなでたらめな話にほっとしている場合ではない。

彼女はベッドの上で跳ね起き、両手で顔をこすった。最悪のことが現実になってしまった。できれば、名も知れぬロンドン市民として姿を消したいと思っていた。けれどそんな願いも、ハイドパークの決闘などにうっかり首を突っ込んだせいで叶わなくなってしまった。相手の頭を吹き飛ばすことにしか命をかけられないような愚かな紳士がどうなろうと、自分にはなんの関係もなかったのに。

結局、メイフェアのグローヴナー・スクエアにある豪邸の主人の看護婦兼話し相手《コンパニオン》となり、仲間に見せびらかされるはめになった。もちろん誰もジェーンのことなど知らない。彼女はこれまでコーンウォールの田舎で社交界とは無縁の生活を送ってきた。うまくいけば、ここでの仕事が終わるまで、ダドリー・ハウスを訪れる客の誰にも気づかれずにすむかもしれない。でも、もちろんそんな確証はない。

見つかるのは時間の問題なのかも……。

ジェーンはベッドからおり、ふらつきながら部屋を横切って洗面台に近づいた。幸い、水差しに水が入っていた。それを洗面器に少し注ぎ、手のひらにすくって顔を湿らせる。

今やるべきことは――というより、はじめからそうするべきだったのだが――自分から当局に出向き、真実を明らかにして公正な裁きが下されると信じることだ。でも、当局とは誰のこと？　どこにあるの？　夜中に屋敷を逃げだして三週間以上も行方をくらませていた自分は、いかにも罪を犯したように見えるのではないだろうか？

どこへ行って何をすべきか、あの人ならわかるかもしれない。トレシャム公爵。彼に何もかも打ち明け、どうすればいいか尋ねてみればいい。けれど、あの取りつく島もない厳しい顔や、他人の気持ちにおかまいなしの傍若無人な態度を思いだしたとたんに身がすくんでしまう。

わたしは本当に縛り首にされるのかしら？　殺人の罪で？　それとも窃盗の罪で？　まったく見当もつかない。洗面台の縁を持つ手に力を込め、ぐらつきそうな体を支えた。

証拠も証人も自分に不利に働いている状況では、ただ正直に話しただけで信じてもらえるはずがない。

先ほど来ていた客のひとりは、おそらくシドニーは死んではいないと言った。たしかに噂とはとにかくいいかげんな広がり方をするものだ。たとえば、自分が片手に一丁ずつ拳銃を持っていたとか！　シドニーが死んだという情報は、低俗な醜聞を好む人々のあいだに広まったでまかせなのかもしれない。

ひょっとしたら、シドニーはまだ意識不明のままかもしれない。

ひょっとしたら、ずいぶんよくなっているかもしれない。

ひょっとしたら、すっかり回復してぴんぴんしているかもしれない。

それとも……やはり死んだのかも。

ジェーンはまだ熱い頬を乾いたタオルで拭き、洗面台の脇の椅子に座った。膝の上の、まだ震えている手を見おろしながら考える。しばらく待ってみよう。真実がもう少しはっきりするまで。次のことを決めるのはそれからでいい。

こうしている間にも追手がかかっているだろうか？　彼女は口に手を当てて目を閉じた。念のため、もう来客の前には姿を出さないほうがいい。できるだけ外を歩かないようにして、邸内にとどまっていよう。

このままずっとキャップをかぶっていられたらいいのに……。

ジェーンはそもそも臆病な性格ではなかった。目の前の問題から逃げたり隠れたりする弱虫ではない。むしろその逆だ。でも、ここへきて急に意気地なしになったような気がする。なんといっても、これまで殺人犯にされたことなどなかったのだ。

6

〈パルトニーホテル〉に滞在するダーバリー伯爵をはじめて訪ねてから一週間後、ボウ・ストリートの捕り手のミック・ボーデンはふたたび同じ部屋に来ていた。伯爵に報告できる新しい情報は特になかった。はっきりしたのは、レディ・サラ・イリングワースの行方がまったくつかめなくなってしまったことだけだ。

無念だった。そもそもミックは、今回のような任務が最も苦手なのだ。これがもし、シドニー・ジャーディン殺害事件を捜査するためにコーンウォールに呼びだされたのであれば、容疑者の特定と逮捕に向けて自分の能力を最大限に生かせただろう。しかし今回の犯罪は、最初から不明な点がいっさいない。問題の令嬢は、伯爵の留守中に盗みを働こうとしてシドニー・ジャーディンに見つかった。彼女はなんらかのかたいもので相手の頭を殴った。ジャーディンにとっては不意打ちだっただろう。互いに知りあいであるうえに、彼女が何をしようとしていたのか、よくわかっていなかったのだから。そのあと彼女は盗んだ品物を持って逃走した。以上の出来事を、ジャーディンの侍従がつぶさに目撃したという。犯人がただ鈍器を振りまわしていただけの若い娘ということを考えると、なんとも意気地のない侍従ではないか。

「彼女が本当にロンドンにいるのなら、必ず見つけだします」ミックは言った。

「本当にロンドンにいるのなら、だと？　どういう意味だ、それは？」ダーバリー伯爵は怒りだした。「もちろんロンドンにいるに決まっている。ほかにどこへ行くというんだ？」

さほど頭をひねらなくても次々に候補地が浮かんだが、それらを口に出すことはせず、ミックはただ耳たぶを引っ張りながら答えた。

「たしかにおっしゃるとおりかもしれません。彼女が一週間前の時点ですでに街を出ていたのでないとすると、今から見つからずに脱出するのはかなり難しいはずです。すでにわれわれは、すべての長距離馬車の宿屋と御者に聞き込み調査をしました。それによると、この女性に覚えがあると答えたのは、彼女をロンドンに連れてきた長距離馬車の御者だけでした。われわれは引き続き、注意深く見張りを続けています」

「まったく賞賛に値するね」伯爵は嫌味たっぷりに言った。「しかし、たかが娘ひとりをロンドンで見つけるのに何を手間取っている？　きみが一週間のうち最初の五、六日寝ていたとしても、簡単に片がつくはずだ」

「彼女はレディ・ウェブの屋敷に戻っていません」ミックは言った。「これについては確認済みです。彼女がロンドンに着いてから二泊したホテルは突き止めましたが、そこからどこへ向かったか知る者はいません。伯爵のお話では、彼女はこの街にレディ・ウェブ以外の知りあいがいないということでした。もし大金を持っているのであれば、それなりの場所にある別のホテルか賃貸の部屋に移ったと考えられます。しかしながら、今のところそういう情報はありません」

「こうは考えられないかね？」伯爵は立ちあがって窓に近づき、敷居を指で叩きながら言った。「彼女は派手に散財して足がつくことを恐れている、と」

ミックにしてみれば、大金を盗んでおきながらまったく使わないというのはなんとも奇妙な話に思えた。そもそも彼女は先の伯爵の娘として、また現伯爵の縁続きとして、キャンドルフォードで何不自由ない贅沢な暮らしを送っていた。なぜわざわざ盗みをしようなどと考えたのか？　年が二〇歳で、しかも伯爵の言うような美人ならば、同じように裕福な相手との縁組をいくらでも期待できただろうに。

これは予想以上に何か裏がありそうだ。ミックが今回の事件でそう感じたのは、これがはじめてではなかった。

「つまり、彼女がなんらかの仕事についたかもしれないとお考えですか？」

「ふとそんな気がした」あいかわらず窓の敷居を指で叩きながら、伯爵は顔をしかめて外の風景に目を向けた。

いったいどのくらいの金が盗まれたのだ？　ミックはひそかに首をひねった。若い娘が人を殺《あや》めるほどだから、よほどの額だったに違いない。もちろん宝石のこともある。そろそろこちらの方面から彼女を見つけだすことを考えるべきだ。

「それなら、職業斡旋所に聞き込み調査をすることにしましょう」彼は言った。「そこを手はじめに質屋や宝石商も当たってみます。誰かが彼女から宝石を買ったかもしれませんから。盗まれた宝石について詳しく教えていただけませんか？」

「そんなことは時間の無駄だ」伯爵は冷ややかに告げた。「彼女は宝石を手放したりせん。いいから斡旋所を当たれ。ほかにも彼女を雇いそうなところはすべてだ。とにかく早く見つけだせ」

「もちろん、危険な犯罪者がなんの疑いもなく雇われるような事態は放っておけません」ミックは同意した。「彼女はどんな名前を使うでしょう？」

伯爵が振り返ってミックを見た。

「彼女はレディ・ウェブの屋敷を訪ねたときは本名を名乗りました。それと最初に二泊したホテルでも。しかし、そのあとは消息がつかめなくなっています。おそらく自分の素性を隠したほうがいいと気づいたのでしょう。本名以外にどんな名前を使うと思われますか？　彼女にミドルネームはありますか？　母親の旧姓をご存じですか？　メイドの名は？　乳母の名は？　斡旋所に聞き込みをしてもサラ・イリングワースの名前が出てこなかった場合、ほかにどんな名前を使っていると考えられますか？」

「あれの両親は、いつもジェーンと呼びかけていた」伯爵は頭をかきながら顔をしかめた。

「ちょっと考えさせてくれ。たしか母親の旧姓はドニングフォードだった。メイドは……」

ミックは言われた名前を手早く書き留めた。

「必ず見つけだします」数分後に部屋を出るとき、彼は改めてダーバリー伯爵に請けあった。

とはいえ、どうにも腑《ふ》に落ちなかった。伯爵のひとり息子が昏睡状態にある。絆創膏《ばんそうこう》を貼られた足を半分棺桶《かんおけ》に突っ込み、今この瞬間にも死ぬかもしれないという。にもかかわらず、父親はわが子を殺そうとした女を探しだすために息子のそばを離れた。しかしそのわりに、伯爵はホテルのスイートルームからおそらく一歩も出ていない。殺人の疑いがかかっている娘は多額の金を持ち逃げしたはずなのに、どこかで仕事についているかもしれないという。宝石も盗んだとされているのに、それが質屋に流れたかどうか追跡するための詳しい情報について、伯爵はいっさい教えようとしない。

まったくもって不可解だ。

二階の寝室のベッドと、一階の応接室のソファと、図書室の長椅子のあいだを行き来するだけの一週間が過ぎたとき、ジョスリンはどうしようもなく退屈しきっていた。友人たちは頻繁に――いや、実際のところ毎日のように訪ねてきて、世間の動向や最新の噂を教えてくれた。弟は来るたびに二輪馬車レースのことばかり話した。この弟に代わって自分が勝負できるなら、いくらでも金を出すところだ。妹も訪ねてきた。例によって新しいボンネットや自分のか弱い神経など、どうでもいいことを恐ろしく生き生きとしゃべり続ける。妹の夫であるヘイワード卿も何度かやってきて、こちらは主に政治情勢について話してくれた。

日中はだらだらと過ぎていき、日没後はさらに長く感じられ、夜に至っては永遠に続くかのようだった。

ジェーン・イングルビーは、今ではほぼ一日じゅうジョスリンのそばにいた。そのことを考えると少し愉快でもあり、同時にいらだたしくもあった。まるで自分が、コンパニオンを雇って使い走りや暇つぶしの相手をさせている老婦人になったような気がしてくる。

ジェーンは包帯を日に一度交換した。太腿をマッサージしてくれたこともある。彼女の手はなんとも心地よかったが、ジョスリンは二度と頼まなかった。危険なほど官能を刺激されてしまったからだ。そのときは、そんな弱い力ではブラシで撫でられているようだと文句を言い、彼女を椅子に追い返したのだった。ジェーンは使い走りもしてくれた。ジョスリンが読み終えた手紙を仕分けし、彼の指示書きを添えてマイケル・クインシーのところへ届けに行った。

ある晩、ジョスリンはクインシーを部屋に呼んでチェスをし、ジェーンにそばで見学させた。クインシーとのチェスは三歳児とクリケットをするくらい退屈だった。秘書は特に弱いわけではなかったが、ジョスリンの相手としてはまるで物足りなかった。むろん勝負に勝つことは、いつも気分のいいものだ。とはいえ、一〇手も前から予想できるような勝利はそれほど心躍るものではない。

そのあとジョスリンはジェーンとチェスをしてみた。チェスがはじめての彼女はどうしようもなく下手くそだったが、あまりに退屈だったこともあり、ジョスリンは次の日も彼女に相手をさせた。このときのジェーンはクインシーの相手ならかろうじて務まりそうだったものの、ジョスリンの相手としてはむろん話にならなかった。しかし五戦目、彼女が勝った。

ジェーンは手を叩いて笑った。「失敗しましたね。あなたはわたしとのゲームに飽き飽きして、ブーツの染みでも見るみたいなばかにした目でわたしを見ながら、口に手を当ててあくびをかみ殺していたわ。すっかり油断していたでしょう」

まったくそのとおりだった。「ということは」ジョスリンは言った。「もし油断していなければ、ぼくが勝っていたと認めるんだな？」

「もちろんです。でも現実としてあなたは油断したし、だから負けたんです。ついでに言わせてもらえば、とても屈辱的に」

以後、ジョスリンはゲームできちんと集中するようにした。

ときどき、ふたりはただ話をして過ごした。女性と話すというのはなんとも不思議だった。もちろん彼はレディたちと社交辞令を交わすことには熟練していたし、娼婦たちとの丁々発止のやりとりも得意だった。だが、女性とただふつうに話をした記憶はこれまでなかった。

ある夜、ジェーンが本を読んでくれるあいだ、ジョスリンは彼女が髪をあまりにきつくひっつめているせいで目尻が吊りあがっているのを、内心面白がって眺めていた。もちろん、これは彼女のささやかな反抗心の表れだ。キャップの助けがなくても、自分の髪をできるだけ醜く見せようというわけか。ついでに頭痛にでもなればいい、と彼は意地悪く考えた。

「もういい、ミス・イングルビー」ジョスリンはため息をついて朗読をさえぎった。「聞く気が失せた」もっとも、これまでもさほど真剣に耳を傾けていたわけではない。「反対するのはきみの自由だが、ぼくに言わせればガリバーはただの愚か者だ」

思ったとおり、ジェーンは唇を引き結んだ。ここ一週間のジョスリンの数少ない楽しみのひとつは、この看護婦を怒らせることだった。彼女は本を閉じた。

「自分のほうがずっと大きくて強いのだから、こんな小さな人々など踏みつぶしてしまえばすむことだと思っているんでしょう?」

「きみは実に心をくつろがせてくれる話し相手だな、ミス・イングルビー。いつも先まわりして相手の口に言葉を詰め込み、自分の頭でものを考えて自分の言葉で話す必要から解放してくれるのだから」

「別の本を選びましょうか?」

「どうせ説教集でも選ぶんだろう」ジョスリンは言い返した。「結構だ。ただふつうに話をしよう」

ジェーンは少し間を置いて尋ねた。「何について?」

「孤児院のことを聞かせてくれ。そこではどんな生活を送った?」

彼女は肩をすくめた。「特に話すようなことはありません」

たしかにジェーンは立派な孤児院で暮らしていたに違いない。だが、たとえそうだとしても、孤児院は孤児院だ。

「そこで孤独な思いをしたか?」彼は尋ねた。「今でもそうか?」

「いいえ」明らかにジェーンは自分の過去について話す気はなさそうだ。多くの女性と違って――いや、公平に言えば多くの男性とも違ってと言うべきか――彼女は少し水を向けるだけで自分のことを熱心に語りだす質ではない。

「なぜだ？」ジョスリンは目を細めた。「きみは父母もきょうだいもなく育った。ぼくの推測どおりだとすれば、今は二〇歳そこそこで、幸運をつかむためにロンドンへ出てきたはずだ。しかし、この街にひとりも知りあいがいない。それでなぜ孤独でないと言える？」

ジェーンは本を近くのテーブルに置き、膝の上で両手を組みあわせた。

「ひとりでいるから孤独とはかぎりません。自分のことが好きで、ひとりの時間を楽しめれば孤独ではないわ。逆に自分のことが好きでなければ、たとえ父母やきょうだいがそばにいてくれたとしても孤独を感じると思います。自分など愛される価値がないと思っているなら」

「ご高説だな！」一瞬にして虫のいどころが悪くなり、ジョスリンは吐き捨てた。

けれどもすぐさま、深いブルーの瞳にじっと見つめられていることに気づいた。

「あなたがそうだったんですか？」

その質問が個人の領域に踏み込んだもので、しかもジェーンによって発せられたと気づいたとき、ジョスリンはあまりにも腹が立って、もう少しで今夜はもうさがっていいと言いそうになった。まったく、この女の図々しさはとどまるところを知らない。しかし会話とはもちろん双方向のものであり、そもそも彼女と会話を続けようと努めたのは自分のほうだった。

ジョスリンはこれまで仲間とさえ〝会話〟をしたことがなかった。個人的なことについては、いっさい語ってこなかった。

ぼく、ぼくがそうだったかって？

「アンジェリンとフェルディナンドのことは昔から好きだった」彼は肩をすくめた。「喧嘩はしょっちゅうだったが、きょうだいはたいていそういうものだろう。もっとも、われわれはダドリー家の子どもだから、よその子どもより多少は騒がしくもめごとも多かったかもしれないが。三人でよく遊んだし、悪さもした。いたずらをしたアンジェリンの代わりに、ぼくとフェルディナンドが鞭で打たれたこともある。もちろん、妹にはあとで別の形で仕返しをしたと思うが」

「ダドリー家の人間というだけで、どうして決まりごとを破ったり物騒なことをしたりするものと思うんですか？」ジェーンが尋ねた。

ジョスリンはそれについて考えてみた。自分の家。生まれたときから、いや、おそらくそれ以前から教え込まれてきた、実家ならではのものの考え方や世の中における立場について。

「もしぼくの父や祖父のことを知っていたら、きみもそんな質問はしなかっただろう」

「だからあなたも、お父さまやおじいさまに見劣りするわけにはいかない、ということですか？　それはあなた自身の考えですか？　それとも、ご自分が跡取りで爵位を継いだ人間だから、そのようにふるまうべきだと思うんですか？」

彼は静かに笑った。「もしきみがぼくの評判を知っていたら、今の質問もしなかっただろう。ぼくは決して祖先の評判にあぐらをかいたりしない。自分の評判だけでも手に余るくらいだ」

「あなたはほかの男性より多くの武器の扱いに長《た》けています。決闘もこれまで何度か経験している。すべて女性が関わっているそうですね」

ジョスリンは軽くうなずいた。

「それにあなたは既婚女性と関係を持つとか。結婚の誓いや相手の配偶者のことなどおかまいなしに」

「ぼくのことをずいぶん知っているじゃないか」からかうように言う。

「目を閉じて耳をふさぎでもしないかぎり、いやでも知ることになります」ジェーンは言った。「あなたは自分より社会的地位が低い人を――つまりほとんどの人のことですが、雑用に走らせたり、命令に従わせたりできると思っている」

「〝ありがとう〟も〝どうぞよろしく〟も言わずにね」

「それに、とても無謀な賭けをしますね。フェルディナンド卿のレースが近づいているのに、あなたは少しも心配そうにしていません。彼が首を折ってしまうかもしれないのに」

「まさか」ジョスリンは言った。「ぼくと同じで、フェルディナンドの首は鉄でできている」

「要するにあなたが気にしているのは、弟がレースに勝つかどうかだけ。代わりに自分が出られるなら首を折ってもかまわないくらいでしょう」

「レースというのは本気で勝つ気がないかぎり、やる意味がないんだよ、ミス・イングルビー。もちろん、たとえ負けても紳士らしくふるまうことを忘れてはいけないが。ところで、きみはひょっとしてぼくに小言を言っているのか？　ぼくの礼儀作法や道徳基準を、それとなく正そうとしているのか？」

「どちらもわたしには関係のないことです、公爵さま」ジェーンは言った。「わたしはただ、自分が見て感じたことを話しているだけです」

「しかし、きみはぼくによい印象を抱いていていない」

「お言葉ですが、わたしがあなたに抱いている印象なんて、あなたには取るに足りないことでしょう」

ジョスリンは静かに笑った。「ぼくがこんな人間になったのは父の助力のたまものさ。ぼくが必ず跡を継いで立派な紳士になるよう教育した。きみは両親を知らずに育って幸せだったかもしれないぞ、ミス・イングルビー」

「ご両親はあなたを愛してくれたはずです」

「愛か」彼はふたたび笑った。「どうやらきみはその感情についてよく知らないせいか、大きな幻想を抱いている。愛が見返りを求めない献身だとしたら、そんなものはこの世に存在しない。あるのはひとりよがりな甘えと欲求だけだ。依存は愛とは違う。独占も愛ではない。肉欲はもちろん違う。ただしこちらは、ときとして都合のいい身代わりになるがね」

「あなたはかわいそうな方ですね」

ジョスリンは片眼鏡の柄を探り当て、顔の前にかざした。ジェーンは落ち着いた様子で椅子から見つめ返している。彼に片眼鏡でじっと見つめられると、たいていの女性は得意げな顔をするか、もじもじするかのどちらかなのだが。片眼鏡をかざすのは単なる見せかけだ。

目は少しも悪くないし、そんなものを使わなくても相手の表情はよく見える。彼は片眼鏡を自分の胸の上に落として言った。

「父と母は実にうまくやっていた。心ない言葉をぶつけたり、しかめっ面を作ったりするところなど一度も見なかった。子どもも三人もうけた。つまり、それだけ夫婦仲がよかったということだ」

「でしたら、あなたのさっきの言葉と矛盾しています」

「なぜなら」ジョスリンは続けた。「ふたりが年に三、四回、一度につき数分しか顔を合わせなかったからかもしれない。父がアクトン・パークに戻ってくると、母はロンドンへ発《た》った。母が帰ってくると、今度は父が出ていった。実に気のきいた取り決めだろう？」当時はそれがごくふつうだと思っていた。不思議なことに、子どもというのはどんな状況にも慣れてしまうのだ。

ジェーンは何も言わなかった。ただ静かに座っている。

「それに、ふたりには慎みもあった」ジョスリンは続けた。「平和な結婚を維持していかなければならない夫婦がみなそうであるように。母の暮らす場所からアクトン・パークに、彼女の恋人の噂が届いたことはない。ぼくも一六歳でロンドンに出てくるまで何も知らなかった。幸い、ぼくは外見的特徴を父から受け継いだ。アンジェリンもフェルディナンドもそうだ。自分たちの誰かが婚外子かもしれないと疑うなんて気が重いだろう？」

決してジェーンを傷つけるつもりはなかった。だが、彼女に両親がいないことを思いだしたときはもう遅かった。いったい誰が彼女にイングルビーという姓を与えたのだろう？　なぜスミスやジョーンズではないのだ？　立派な孤児院として、そこらの孤児院とは一線を画すために、わざわざ変わった姓を孤児に与える方針なのか？

「そうですね」彼女は言った。「大人になっても親に裏切られた気持ちを引きずっているなんて、お気の毒なことです。よほど傷ついたんですね。でも、お母さまはあなたを愛してくださったのでしょう？」

「母がロンドンから持ち帰ったプレゼントの数や豪華さが目安になるなら、そのとおりだ。たしかに母はぼくたちを溺愛した。父のほうは、自分の楽しみをロンドンで過ごす期間に限定することはなかった。アクトン・パークの外れに美しいコテージがある。裏庭に小川が流れていて、周囲を緑豊かな丘に囲まれている。まさに夢のような場所だ。ある時期、このコテージは親戚の貧しい女性の家になっていた。とても美しい女性だ。彼女がどういう存在か、ぼくは一六歳になる前から知っていた」

かねてからジョスリンはあのコテージを壊してしまおうと思っていたが、まだそのままになっている。今は誰も住んでおらず、家令にもいっさい手入れをしないよう申し渡してあった。放置されたままの建物は、いずれ自然に朽ちて倒れるだろう。

「お気の毒に」ふたたびジェーンが申し訳なさそうに言った。まるで自分に落ち度があったばかりにジョスリンの父が思慮に欠け、子どもたちの暮らす実家の敷地内に愛人を――あるいは愛人のひとりを――住まわせたかのようだ。しかし、ジェーンは何も知らない。そしてジョスリンは、彼女にそれ以上教えるつもりはなかった。

「ぼくはいくつもの期待を背負わされている。それでも、先代とそっくり同じ評判を獲得することで期待に応えていると思っている」

「人間は過去に縛られて生きるわけではないわ」彼女は言った。「過去に影響されてしまうことはあります。ときに引きずられてしまうことも。でも、完全にのみ込まれるのは間違いです。誰にでも自由な意志があるんですもの。あなたのような人ならなおさら。身分も富も力もあるのだから、人よりずっと自由に生きられるはずです」

「小さな道徳主義者《モラリスト》さん」ジョスリンは目を細めながら、やさしく言った。「それこそ日頃ぼくが実践していることだ。もちろん今は違うがね。こんなふうに何もせずに過ごすなんて、呪いにかけられたかのようだよ。とはいえ、ぼくにはふさわしい罰かもしれないな。きみもそう思うだろう？結婚している女性とベッドで楽しむような男には」

ジェーンが赤くなってうつむいた。

「それは腰まで届くのか？」彼は唐突に尋ねた。「それとも、もっと長いのか？」

「わたしの髪ですか？」彼女が驚いたように顔をあげた。「ごくふつうの髪です。腰の下まであります」

「ごくふつうの髪、か」ジョスリンはつぶやいた。「輝く黄金色の髪。男なら誰でも絡めとられてしまいたいと願わずにはいられない、魅惑の蜘蛛《くも》の糸だよ、ジェーン」

「そんなに気安く呼んでいいと許した覚えはありません」彼女はつっけんどんに言った。

ジョスリンは笑った。「なぜぼくはきみのそういう無礼に耐えなければならないんだろう？　きみはぼくの使用人なのに」

「別にあなたと奴隷契約をしたわけではありませんから。その気になれば、わたしはいつでも好きなときにその扉を出て、二度と戻ってこないこともできます。たかだか三週間で数ポンド払ったぐらいでは、わたしを丸ごと所有することはできません。わたしの髪についてみだらなことを言った無礼が許されるわけでもありません。あなたの先ほどの言葉や目つきに、そういう意図がなかったとは言わせませんから」

「ああ、否定はしないとも。ミス・イングルビー、ぼくはつねに真実を話すよう心がけている。図書室からチェスを取ってきてくれ。きみが今夜、ぼくとまともに勝負ができるか試してみよう。ついでにホーキンスにブランデーを頼んでくれ。砂漠のように喉が渇いているんだ。そしてサボテンのように神経がささくれ立っている」

「わかりました、公爵さま」ジェーンはきびきびと席を立った。

「それからひとつ注意しておく、ミス・イングルビー。ぼくを二度と無礼者呼ばわりするな。復讐《ふくしゅう》せずにいるにも限界がある」

「でも、あなたはソファから動けない」彼女は言った。「わたしはいつでも扉から出ていけます。わたしのほうが有利だわ」

いつの日か――彼女が扉の向こうに消えるのを見送りながら、ジョスリンは考えた――少なくとも残る二週間のあいだのいつの日か、ミス・ジェーン・イングルビーと別れの言葉を交わすときが来る。男であれ女であれ、記憶をたどるかぎり、この一〇年で別れの言葉を交わさなかった相手はいない。

ともあれ、ジェーンが部屋を出ていくまでにいつもの会話に戻ることができてよかった。いつの間に立場が入れ替わったのかよくわからない。彼女の心を解きほぐそうとしたのに、気づけば自分のほうが、これまで考えたことも人に話したこともない子ども時代について打ち明けてしまった。

もう少しで、彼女に心を開いてしまうところだった。

今のところはまだそうなっていないと思いたい。

7

「戻ってこい」

数日後、トレシャム公爵が言った。ふたりでチェスをしたあとのことだ。彼はゲームこそ制したものの、対局中にずいぶん頭を悩ませ、ジェーンが話しかけるので集中できないと文句さえ口にした。彼女はほとんど何もしゃべらなかったというのに。チェスを棚に片づけるためにその場を離れていたとき、公爵がうしろから呼びかけたのだった。

その言葉の意図をはかりかねて、ジェーンは身をかたくした。ここ数日ふたりのあいだに、この種の経験がほとんどない彼女にもそれとわかる緊張感が生まれている。今や公爵はジェーンを明らかに女性として見ていて、あろうことか彼女のほうも、彼を男性として意識していた。ジェーンはソファに近づいていきながら、相手がまだ身動きの取れない体であることをひそかに感謝した。もっとも、彼が動けるようになったとき、自分は暇を出されるわけだけれど。

あと一〇日ほどでこの仕事が終わることが――そしてダドリー・ハウスを出ていかなければならないことが――日増しに重く心にのしかかってくる。公爵の仲間たちは雑談中に、ジエーンの父のいとこであるダーバリー伯爵がロンドンに来ていて、人々が恐れるボウ・ストリートの捕り手に彼女を捜索させていることに触れた。公爵も仲間たちもどちらかといえば彼女のほうの味方らしく、女性に負けたうえに世間の評判が悪いシドニーのことをくさしていた。しかしそんな彼らも、問題のレディ・サラ・イリングワースとジェーン・イングルビーが同一人物であると知ったら、態度を一変させるに違いない。

「両手を見せてくれ」トレシャム公爵が言った。もちろん、これはお願いではなく命令だ。

「なぜですか?」ジェーンは問い返したが、彼はただ眉をあげてじろりと見るだけだった。

彼女は左右の手のひらを下に向けたまま、恐る恐る差しだした。すると公爵は、その両手を握ってひっくり返した。

ジェーンにとって、それまでの人生で最も気まずいひとときだった。公爵の手に包まれた自分の両手がとても小さく見える。引っ込めるのは簡単だし、本能的にそうすべきだと感じた。でも、そうすると自分の感じている気まずさとその原因を明かしてしまうことになる。相手の圧倒的な男らしさが体に伝わってきて、息苦しさすら覚えた。

「なめらかな手だな」彼が言った。「これまであまり単純労働をしてこなかっただろう、ジェーン?」

両親しか使わなかったジェーンという呼び名をときどき公爵が口にするようになり、そのことが彼女の悩みになりつつあった。「ええ、それほどは」

「美しい手だ、誰もが予想するとおりに。きみにふさわしい。患者に余計な痛みを与えることなく包帯を交換してくれる手。この手はほかにどんな奇跡を起こしてくれるだろう？　その気になれば、きみは英国で最も男に望まれる高級娼婦になれるはずだ、ジェーン」

彼女は手を引っ込めようとしたが、一瞬早く公爵が強くつかんだ。

「ちゃんと〝その気になれば〟と言っただろう？」瞳をいたずらっぽく光らせる。「この手はほかに何ができる？　楽器を奏でるだろうか？　きみはピアノを弾くか？」

「少しだけ」名手だった母と違い、ジェーンはごくふつうに弾くだけだ。

彼はまだ手をつかんでいた。濃いブラウンの瞳で下からじっと見つめてくる。このあいだはいつでも好きなときに扉から出ていけると言ったけれど、今にして思えばばかげている。この手をほんの少しでも引っ込めようとすれば、一瞬のうちに彼の体の上に引き倒されてしまうだろう。

不安や居心地の悪さを悟られまいとして、ジェーンは公爵をにらみつけた。

「弾いてみろ」彼はジェーンの手を放し、反対側の壁際にあるピアノを示した。音楽室にあるものほど立派ではないが、その美しいピアノには彼女も以前から気づいていた。

「もう長く練習していません」

「ミス・イングルビー」公爵がたまりかねたように言った。「引っ込み思案のふりはよせ。ぼくは日頃、若い娘が夜会か何かでピアノ演奏を披露しそうになったら、さっさとカード室に逃げることにしている。それでも今は、少ししか弾けなくて練習もしていないというきみのピアノでも聴きたいくらい、まいっているんだ。いいからさっさと弾きに行け。ぼくがほかの楽しみを思いついて、もう一度きみをつかまえる前に」

ジェーンはあきらめてピアノに向かった。

そして、ずっと以前に暗譜したバッハのフーガを弾いた。幸い、はじめに二度だけわずかに音を外しただけで、あとはうまく弾けた。

「戻ってこい」公爵がふたたび言った。

ジェーンはいつも座っている椅子に戻り、腰をおろして彼の顔を静かに見つめた。そうすればいじめられないことがわかったのだ。自分は一方的にやられる存在ではなく、同じようにやり返す力を持っているということが相手に伝わるのだろう。

「たしかに」公爵が口を開いた。「本当に少しだけだな。きみには才能がない。ひとつひとつの音を前後のつながりなく、ばらばらに弾いているだけだ。鍵盤を押さえるとき、きみはそれらがただの象牙の棒でしかなく、そんなものから音楽を生みだせるわけがないと思っているようだ。よほど下手な教師に教わったんだろう」

演奏についての酷評は冷静に受け止めることができた。自分のピアノの腕前に幻想など抱いていない。しかし、母に矛先を向けられたことにはかちんと来た。

「そんなことありません！」ジェーンは反論した。「わたしの演奏を聴いただけで、彼女の能力を勝手に決めつけないでください。わたしの才能はあの人の指一本にも及ばない。彼女の弾くピアノは単なる楽器の域を超え、体の一部となって音楽を紡ぎだしたわ。もしくは彼女の体を通して音楽がどこか高いところから――そう、まるで天界から降り注ぐように響いてきた」自分がどれほど無礼な口のきき方をしているかわかっていながらも、公爵をにらみつける。

そんなジェーンを公爵はしばらく無言で、瞳に奇妙な輝きを浮かべて見つめていた。

「ふむ」やがて彼は言った。「そうすると、きみはちゃんと理解しているわけだ。音楽性がないわけではなく、感性に見合う才能がないだけなんだな。それにしても、その教師ほどのピアノの達人がなぜ孤児院などへ教えに来た？」

「彼女は天使のようにやさしい人でしたから」そう言いながら、頬を伝いそうになった涙をあわててぬぐった。いったいどうしたというのだろう？　最近まで、こんなに泣き虫ではなかったのに。

「かわいそうに、ジェーン」公爵がやさしく言った。「その教師はきみにとって母親のような存在だったのか？」

これまでただの一度も言ったことのない〝くたばれ〟という言葉が、ジェーンの口から飛びだしそうになった。いけない。いつの間にか相手と同じ次元に落ちてしまっている。

「もう放っておいてください」弱々しく言った。「わたしの思い出も個人的な事情も、あなたには関係ありません」

「本当に怒りっぽい性格だな。神経に障ることを言ってしまったようだ。もう行っていいぞ。なんでも好きなことをして午後を過ごせばいい。クインシーにここへ来るように言ってくれ。手紙の口述筆記をしてもらいたいんだ」

雨降りでない午後の習慣にならい、ジェーンは庭を散歩した。春の花が咲き乱れ、甘い香りが立ち込めている。コーンウォールの生活の一部になっていた散歩と芳しい戸外の空気が恋しかった。しかし今は、日増しに募る不安に押しつぶされそうになっている。ダドリー・ハウスの表玄関から一歩も出ることができずにいた。

捕まるのが怖かった。自分を信じてもらえないことが。殺人犯として罰せられることが。

二週間が過ぎたとき、残る一週間をこれまでのように過ごしていたら頭がどうかなってしまう、とジョスリンは確信した。もちろん、癪《しゃく》に障るがレイクスの見立ては正しい。けがをした脚はまだとても体重を支えられそうになかった。しかしジョスリンは、両脚で立って歩きまわるのと片脚を浮かせて横たわることのあいだに、ひとつの着地点を見いだした。松葉杖を使えばいいのだ。

その思いは、ふた組の来客があったことでさらに強まった。まずフェルディナンドが来て、三日後に迫ったレースの詳細について熱心に語った。〈ホワイツ〉で行われた勝者を占う賭けでは、ほとんど全員が迷わずフェルディナンドではなくベリウェザー卿が勝つほうに賭けたという。ジョスリンは意に介さなかった。弟はさらに別の知らせを持ってきた。

「フォーブズ兄弟にはほとほと我慢ならない。まるで兄上が屋敷に隠れているような言い方をしているらしい。自分たちを怖がって、けがで動けないふりをしていると。ぼくに聞こえる場所で言おうものなら、その場で奴ら全員の頬に手袋を叩きつけてやるところなんだが」

「おまえは絶対に首を突っ込むな」ジョスリンはぴしゃりと言った。「もし連中がぼくに何か言いたいなら、直接会ったときに言わせてやるさ。しかもそう遠くないうちに」

「兄上の問題はぼくの問題でもあるんだ」弟が不平をもらした。「ダドリー家の人間が侮辱されるということは、一族全体が侮辱されるのと同じさ。レディ・オリヴァーにそこまでの価値があることを願うね。まあ、あるとは思うが。どこを探したって、あれほど細いウエストとあれほど豊かな——」彼はそこで言葉を切ってうしろを振り返り、いつもと同じく少し離れた位置で静かに座っているジェーンをうかがった。

アンジェリンやほかの仲間たちと同じく、フェルディナンドもあの看護婦にどう接すればいいかわからないらしい。

厄介なことになってきたぞ。弟が帰ったあとでジョスリンは思った。あれこれ問題が持ちあがるのはいつものことだ。ただ、今まで自分はあらゆるもめごとを嬉々として引き受けてきた。最近はそういう生き方が愚かで意味もないことのような気がしている。そんなふうに感じたことなどなかったのに。

これは精神衛生上、なるべく早く生活をもとに戻したほうがよさそうだ。頼んでおいた松葉杖を明日になってもバーナードが持ってこなかったら、こっぴどく叱りつけて催促しなければ。

次に二番目の来客があった。それを知らせに来たホーキンスの表情はさえなかった。ジェーンは読んでいた本を集め、来客時に身を潜めておくいつもの隅に引っ込んだ。

「レディ・オリヴァーがいらっしゃいました、閣下」ホーキンスが告げた。「おふたりきりで話がなさりたいそうです。閣下はお会いになるかどうかわからないと申しあげてありますが」

「ばか者！」ジョスリンは怒鳴った。「おまえともあろう者が、あの女に敷居をまたがせるとはなんだ！　すぐに屋敷から追いだせ！」

彼女がダドリー・ハウスにやってきたのはこれがはじめてではない。独身男性の私邸にまで押しかけてくる非常識な女なのだ。しかも、華やかな表通りをそぞろ歩く人々の目に留まりそうな時間帯をわざわざ狙ってくる。

「どうせ彼女は」ジョスリンは嫌味たっぷりに言った。「オリヴァー卿の大型馬車で乗りつけて、外に待たせているんだろう？」

「仰せのとおりです、閣下」ホーキンスが頭をさげた。

レディ・オリヴァーを屋敷ではなく敷地から一刻も早く追いだせと命令し直す間もなく、当の本人が扉の向こうに現れた。ジョスリンは暗い気分で思った――ホーキンスは今日一日が終わるまでに靴磨き係に降格されなかったら、自分の幸運に感謝すべきだ。

「トレシャム！」息を切らしたレディ・オリヴァーが甘ったるく呼びかけた。いかにも動揺している貴婦人といった風情で、レースの縁飾りのついたハンカチを口に当てている。

彼女は言うまでもなくたおやかな美女で、赤い髪に似合うように計算された濃淡のあるグリーンのドレスに身を包んでいた。小柄でほっそりとして愛らしく、それでいてフェルディナンドが言おうとしたとおりの胸をしている。

はしばみ色の瞳を心配そうに曇らせたレディ・オリヴァーが舞うように入ってくるのを目にして、ジョスリンは顔をしかめた。「きみはここに来てはいけない」

「どうしてあなたから離れていられるというの？」彼女はそのまま舞うように長椅子までやってきた。床に膝をつき、彼の片手を両手で握る。そして唇まで持ちあげてキスをした。

役立たずのホーキンスは、とうに部屋を出て扉を閉めてしまった。

「トレシャム」レディ・オリヴァーが繰り返す。「かわいそうに。エドワードを簡単に殺せたのに、わざと狙いを外して撃ったのね。みんな、あなたの拳銃の腕を知っているもの。それから彼に脚を撃たせたんですってね。なんて勇気があるの」

「話が逆だ」ジョスリンは冷たく言った。「それに勇気など関係ない。ただ不注意だっただけだ」

「女性が叫んだんですって？」彼女はジョスリンの手にまたキスをして、化粧した自分の冷たい頬に押し当てた。「その女を責めるつもりはないけれど、わたしがその場にいたら、きっと卒倒していたわ。ああ、わたしのいとしい勇者さん。あと少しで夫に殺されるところだったの？」

「脚は心臓からずいぶん離れている」彼は相手の手を振りほどいた。「立ってくれないか。きみに椅子や飲み物を勧めるつもりはない。出ていってくれ。今すぐに。ミス・イングルビーが扉まで送る」

「ミス・イングルビー？」レディ・オリヴァーの両頰にさっと赤みが差し、目が鋭く光った。

ジョスリンは片手をあげてジェーンを示した。「ミス・イングルビー、こちらはレディ・オリヴァーだ。もう帰るところだがね――たった今！」

レディ・オリヴァーの瞳に浮かんだ嫉妬と不快の感情は、彼女がジェーンを見たとたんに無関心と軽蔑に変わった。目に映ったのが、ただの使用人だったからだ。

「ひどいのね、トレシャム。あなたのことを死ぬほど心配していたのよ。ひと目でいいから会いたくてたまらなかったわ」

「ならば望みは叶っただろう。さよならだ」

「あなたもわたしのことを思っていたと言って」彼女はなおも食いさがった。「たったひと言でいいの。こんなことをわたしに言わせるなんて罪な人」

ジョスリンは憎らしげに相手を見た。「はっきり言って、きみのことは最後に見かけた日以来、考えたこともない。あれはジョージ邸だったか？　それともボンド・ストリートか？まったく覚えていないな。同じくきみがここから出ていったら、ぼくはそれきりきみを思いださないだろう」

レディ・オリヴァーはハンカチを口に当て、傷ついたようににらんだ。

「わたしのこと、怒っているのね」

「マダム、そこまでの感情すらない。きみに感じるのはいらだちだけだ」

「少し話を聞いてくれたら――」

「断る」

「わたしは忠告しに来たのよ。彼らはあなたを殺す気でいるわ。わかるでしょう、兄のアンソニーとウェズリーとジョセフよ。三人とも、エドワードがわたしの名誉を完全には守れなかったと考えているの。たとえあなたを殺せなくても、何か別の方法で傷つけようとするわ。そういう人たちなのよ」

だとすれば、ここまで道義というものを無視できるのは家系のなせる技か。

「ミス・イングルビー、レディ・オリヴァーを扉まで送ってもらえないだろうか。それからホーキンスに話があると伝えてくれ」

レディ・オリヴァーは泣きだした。「なんて冷たいの、トレシャム。みんなが忠告したとおりね。そんなことはないと思っていた。わたしを愛してくれていると思っていたのに。メイドになんか送ってもらわなくても結構よ。ひとりで出ていくわ」

言葉どおり、レディ・オリヴァーは悲劇女優さながらに退場した。もしここが劇場なら、情感たっぷりの演技に観客席から口笛とアンコールを望む歓声があがったことだろう。

「ミス・イングルビー」図書室の扉が閉まるのを待って、ジョスリンは言った。「ぼくの恋人をどう思う？　結婚している、していないはともかく、あの手の女性とベッドをともにすることを責められるか？」

「とても美しい方ですね」ジェーンは認めた。

「ふたつ目の質問に対する答えは？」彼はとがめるようにジェーンをにらんだ。レディ・オリヴァーのあいかわらずのふるまいはまったく頭に来る。未来永劫《えいごう》にわたって避けたい相手だ。

「あなたを批判する気はありません」ジェーンが改まった声で言った。

「不義を見逃すというのか？」ジョスリンはいぶかしげに目を細めた。

「そういうわけではありません。もちろん、どんなときも不義は間違ったことです。でも、あなたは彼女に対して残酷すぎます。まるで憎んでいるみたいでした」

「事実、憎んでいる。そうではないふりをする必要があるか？」

「でも、あなたは彼女とベッドをともにして、自分を愛するよう仕向けたんです。その相手が世間の常識を無視してまで忠告しに来てくれたのに、あそこまで冷たく追い返すのはひどすぎるわ」

ジョスリンは微笑んだ。「いったいどうすればそこまで無垢《むく》になれるんだ、ジェーン？愛するように仕向けた？　とんでもない。レディ・オリヴァーが唯一愛しているのは彼女自身さ。世間の常識を無視してここへ来たのも、自分たちはそんなものに縛られない危険で熱い仲だと、お上品な連中に印象づけたいだけだ。要するに目立ちたがり屋なんだよ。ぼくのような男と噂されるのが好きなんだ。悪名高いダドリー家の当主――トレシャム公爵を手玉に取ったとささやかれるのがうれしくてたまらないんだろう。今彼女が何より望むことは、ぼくが彼女の兄たちの射撃の的にされながら、あと三回空中に向かって発砲することだ。いや、残りのふたりの兄もロンドンにやってきたとすれば、あと五回か」

「女性をばかにしすぎです」ジェーンが言った。

「たしかきみは、ぼくを批判しないはずではなかったか？」

「あなたが相手だと聖女も陥落するんでしょうね」とげとげしい口調だった。

「そう願いたいね」ジョスリンはにやりとした。「それにしても、なぜぼくがレディ・オリヴァーと寝たと決めつけるんだ？」

ジェーンはぽかんとした顔で彼を見つめ、しばらくして答えた。

「だって、誰でも知っていることですもの。それが原因で決闘になったと。あなたもそう言ったわ」

「本当に？　きみが勝手にそう解釈しただけではないのか？」

「つまり」彼女は腹立たしそうに言った。「今頃になって否定するんですね」

ジョスリンは口を開きかけ、少し考えてから応えた。「いや、違うな。否定すれば、ぼくがきみにいい印象を持ってもらいたがっていると誤解されてしまう。こちらはわざわざ無実を信じてもらわなくともかまわない」

彼女は近づいてきて、もとの椅子にふたたび座った。膝の上に本を置き、適当にページを開いて、その上に手を置いたまま顔をしかめる。

「もし彼女と何もなかったなら、どうしてそう言わなかったんですか？　なぜ命の危険を冒してまで決闘を？」

「紳士ともあろう者が、レディの言ったことを公然と否定して相手に恥をかかせたりできると思うか？」

「でも、彼女を憎んでいるんでしょう」

「それでもぼくは紳士だ。そして彼女はレディだ」

「ばかげているわ！」ジェーンは眉をひそめた。社交界から誤解されて平気なんですか？」

「そこだよ。社交界はぼくに期待しているんだ、ジェーン。なんといっても、ぼくは不品行で危険なトレシャム公爵だ。今回だけは生まれたての子羊のように無実だと訴えたりすれば、みんながっかりするだろう。そんなことができるか？　できるはずがない。実際、レディ・オリヴァーとは何度かきわどい会話を楽しんだ。既婚女性とはよくそうなるんだよ。何しろ期待されているものでね」

「わけのわからない話だわ！」彼女は切り捨てた。「それにわたしは信じません。どうせあとで、簡単にだまされる愚かな女だと笑うつもりなんでしょう」

「ちょっと待った、ミス・イングルビー。ぼくはきみにどう思われようとなんともないと言ったはずだ」

「最低な人。なぜあなたみたいな人に今でも雇われているのか自分でもわからないわ」

「おそらくそれは、きみが雨露をしのぐ屋根と空腹を満たす食べ物を必要としているからだよ、ジェーン。あるいは、ぼくを叱り飛ばしたり責め立てたりするのが楽しいからかもしれない。それとも、ぼくのことが少しずつ好きになってきたのかな？」最後の言葉をわざと甘くささやく。

ジェーンは唇をきつく結び、怖い顔でにらみつけてきた。

「ひとつ覚えておいてくれ」ジョスリンは続けた。「ぼくは嘘をつかない。他人の嘘にしぶしぶつきあうことはあっても、自分から嘘をつくことはない。信じようと信じまいときみの自由だ。さあ、その本を置いてコーヒーをもらってきてくれ。それとマイケル・クインシーのところにある郵便物も。それからチェス・ボードもだ」

「わたしをジェーンと呼ばないでください」彼女は椅子から立ちながら言った。「近いうちに、あなたがいくら集中しても勝てないほど強くなってみせます。その鼻を明かしてやるわ」

彼はにやりとした。「言われたことをさっさとやりに行きたまえ。どうぞよろしく、ミス・イングルビー」

「かしこまりました、公爵さま」ジェーンが嫌味たっぷりに返した。

なぜだろう――彼女が部屋を出ていくのを見送りながら、ジョスリンは考えた。自分で否定しておきながら、ジェーンにだけはレディ・オリヴァーとのことを誤解されたくないと思ってしまうのは。いつもは人にどう思われようと平気なのに。それどころか、今回のように何もしていないにもかかわらず放蕩者《ほうとうもの》の評判を立てられることを楽しみさえしてきたというのに。

おそらくレディ・オリヴァーは、夫婦喧嘩の最中に夫に向かってトレシャム公爵と自分は恋人同士だと言ったのだろう。それで夫はかんかんに怒って果たし状を書いた。そういう状況でレディの言葉を否定などしては、トレシャム公爵の名折れだ。

レディ・オリヴァーと、いや、彼女だけでなくいかなる既婚女性ともベッドをともにしていないことを、なぜジェーンにだけは知ってもらいたかったのだ？　ジョスリンは心に決めた。もしバーナードが明日になっても松葉杖を持ってこなかったら、届いたときにそれで彼の頭をしたたか叩いてやろう。

8

「何をしているんですか？」翌朝、図書室に入ったジェーンは、トレシャム公爵が松葉杖をついて窓に向かっているのを目にして驚いた。

「図書室の窓辺に立っているんだ」公爵は彼女に顔だけ向けて横柄に眉をあげた。「ほかでもない自分の屋敷で。しかも、生意気な使用人の生意気な質問に答えてやっている。マントとボンネットを取ってこい。庭の散歩につきあわせてやろう」

「脚を高くして安静にするよう言われているのに」ジェーンは急いで歩み寄った。公爵の背がここまで高いことをすっかり忘れていた。

「ミス・イングルビー」彼が表情を変えることなく言う。「マントとボンネットを取ってくるんだ」

最初のうちこそ松葉杖の扱いに慣れなかったものの、公爵は彼女と一緒に三〇分ほど庭を歩き、桜の木の下のベンチに腰をおろした。ジェーンの肩が彼の腕に触れそうになった。公爵のゆっくりとした息づかいが横から聞こえる。

「人はあたりまえのことになかなか感謝できないものだな」彼がつぶやくように言った。

「たとえば新鮮な空気や花の香り。健康な体。自由に動きまわれること」

「たしかに、何かを奪われたり失ったりして、はじめて目が覚めることはありますね」ジェーンは同意した。「つまらないことに振りまわされ、大切なことを忘れて人生を台なしにしないよう、たまにはそういう経験も必要かもしれません」ああ、もう一度自由の身に戻ることができたら……。

ジェーンが一七歳になってまだ間もない頃、母が病気になりあっけなく亡くなった。続いて父も病に倒れ、一年余りで母を追うように逝ってしまった。彼女に残されたのは、ずっと続くものと信じて疑わなかった幸せと安らぎの日々の記憶だけだ。爵位とキャンドルフォードは父のいとこが受け継いだ。彼はジェーンを快く思わず、それでいて協力だけはしっかり求めた。そしてジェーンの将来を、彼女ではなく彼自身の都合に合わせて描き直した。無邪気でいられた昔の日々が無性に恋しい……。

「そういうことなら」公爵が彼女を見おろして言った。「ぼくも生まれ変わるべきではないかな、ミス・イングルビー？　世の中で最も珍しいとされる、更生した元道楽者になるんだ。血筋に逆らってまじめに生きる。純真無垢な女と結婚し、田舎に引っ込んで模範的な領主になる。清く正しい子どもたちを清く正しい市民に育ててあげる。妻ひとりに身を捧げ、夫婦で末永く幸せに暮らす。どうだろう？」

公爵がわざと神妙な顔で言うので、ジェーンはおかしくなってしまった。

「もちろんいい考えだと思いますけれど」笑いながら言う。「今朝のところは、もう気がすんだでしょう。脚が痛いのではありませんか？　また太腿をさすっていますもの。中に入りましょう。楽にしてあげます」

「なぜだろう。きみにそんなふうに言われると、生まれ変わる気などすっかり失せて、不純な気持ちがこみあげてくる」

彼が体をわずかに横にずらした。腕がジェーンの肩に触れたが、彼女はそれ以上端に寄って逃げることができなかった。たまらなくなって立ちあがる。

このところ、こんなふうに緊張する場面が多くなってきた。むろん公爵は意図的にそうしているのだ。思わせぶりなことを言ってはこちらの反応をうかがい、ひそかに楽しんでいる。相手がどぎまぎするのを承知でからかってくる。実際、ジェーンはどぎまぎしていた。彼の姿を目にしただけで、いや、思い浮かべただけで、鼓動が速くなってしまうのだ。何気なく手が触れたときでも、もっと触れてほしいと思ってしまう。

「それなら中に連れていってくれ」公爵は彼女の助けを借りることなく、松葉杖をついて立ちあがった。「看護婦として存分にぼくの面倒を見ればいい。素直に従うとしよう。どうやら今のきみは、ぼくと戯れたい気分ではなさそうだ」

「今だけでなく、この先もずっとです、公爵さま」ジェーンはきっぱりと言った。

とはいえ、その言葉の真偽はその日の夜に試されることになってしまった。

ジョスリンは寝つけなかった。眠れない夜が、もう一週間以上続いている。無理もない。

毎晩一一時を過ぎると――いや、一〇時のときもある――ベッドに入ってあれこれ考える以外にすることがないのだから。今こうしているあいだにも舞踏会が開かれ、大勢の人々が集っているだろう。仲間たちはそこからクラブに流れ、夜明けまで飲み明かして家路につくのだ。

今夜は眠れないだけでなく、妙に心がざわめいた。誘惑に身をつかまれそうなのが自分でもわかる。少年時代、この誘惑にたびたび悩まされ、特に父がアクトン・パークにいたときは必死になって我慢した。やがて、ついに完全に抑え込むことに成功した。しかし、ときおりたがが外れたように欲求が吹きだして、どうにもならないことがあった。

そんなときは女性のところへ行って思う存分発散し、深い眠りについたあと、ふたたびもとの日常に戻るのが常だった。

一瞬だけジェーン・イングルビーのことが頭をよぎったが、ジョスリンはすぐにそれを打ち消した。彼女を皮肉ったり、思わせぶりにからかったり、怒らせたりするのは楽しい。なんといってもジェーンは美しく魅力的だ。しかし、これ以上踏み込んではならない。彼女は自分に雇われており、守られるべき存在なのだから。

真夜中を過ぎた頃、ジョスリンはとうとうこらえきれなくなった。上掛けをはねのけ、松葉杖をついてベッドから立ちあがる。衣装部屋に入ってシャツと長ズボンを身につけ、室内履きをはいた。ベストとコートは着ずに、松葉杖で両手がふさがっているのでろうそくも灯さなかった。明かりを灯すのは階下に着いてからでいい。

彼は慎重にゆっくりと一階へ向かった。

ジェーンも寝つけなかった。

トレシャム公爵はすでに包帯を必要としなくなっている。傷口は癒え、松葉杖を使って歩けるようになった。落ち着きなくそわそわしている。きっとじきに外出するようになるだろう。そうなれば自分は必要とされなくなる。

そもそも、最初から必要とされてなどいなかったのだ。

このぶんだと、おそらく約束の三週間を待たずに辞めさせられるに違いない。そうでなかったとしても、期限まで一週間しかない。

ダドリー・ハウスの扉の向こうに広がる世界は、もはやジェーンにとって足を踏みだせないほど恐ろしい場所になっていた。毎日のように客の誰かがコーンウォール事件の最新情報を伝えた。今日は公爵と仲間たちがその話題に花を咲かせていた。

「それにしても」ブロンドでとびきりハンサムなキンブル子爵が言っていた。「なぜダーバリー伯爵はずっと〈パルトニーホテル〉に閉じこもっているんだ？　姪だかいとこだか知らないが、ふつうなら例の娘が早く捕まるようあちこちに顔を出して協力を呼びかけるものじゃないか？　わざわざ彼女を探しにロンドンに来ておいて、なぜか自分はホテルにこもりきり、捕り手に捜査を丸投げするとはどういうことだ？」

「喪に服しているんじゃないのか？」茶色の髪で温厚そうな顔立ちのコナン・ブルームが言

った。「とはいえ、喪服を着ていなかったが。やはりジャーディンは死んでいなくて、頭蓋骨を陥没させたままコーンウォールを徘徊《はいかい》しているとか？」

「奴ならありうる」トレシャム公爵が淡々と言った。

「言わせてもらえば」とキンブル子爵。「彼が本当に死んだのなら、その女性には首吊り縄より勲章を与えるべきだ。ジャーディンなど、いないほうがよほど世のためさ」

「だが、この安全な屋敷から出たら背後に気をつけろよ、トレシャム」コナンが笑いながら言った。「二丁の拳銃や大きな斧《おの》を持った女に気をつけろ。噂では、彼女はずいぶん残忍なことをやってのけるそうだ」

「いったいどんな外見をしているんだ？」トレシャム公爵が尋ねた。「それがわかれば、向こうが近づいてきたときに急いで逃げられる」

「黒い髪に黒い瞳の、ひどく醜い女だそうだ」コナンが答えた。「もしくは天使のごとく美しいブロンドの妖婦とも言われている。好きなほうを選べよ。どちらの噂もあるし、その中間あたりの話もいくつか聞いた。どうやら誰も彼女を見たことがないらしい。唯一知っているダーバリーは沈黙したままだしな。それより、フェルディナンドの馬車を引く新しい馬の話を聞いたか？　聞いたんだろう？　しかも本人の口から。南へ行けと合図すると北へ行こうとするような駄馬ではないだろうな？」

「あいつが本当にぼくの弟なら、それはない」公爵は言った。「もっとも、手なずけるのに一年はかかりそうな生きのいいのを二頭買ったようだ」

会話はそこからフェルディナンドの話に移った。

こうしてジェーンは眠れなくなった。静かに横になっていることさえできない。シドニーの青ざめた顔やこめかみの血ばかりが目に浮かぶ。ダーバリー伯爵が自分を探してロンドンまで来たことも気になった。通りの一軒一軒を訪ね、彼女の行方について聞き込み調査をしているというボウ・ストリートの捕り手のことも。観念して運命を受け入れ、ダドリー・ハウスを出て、〈パルトニーホテル〉にいる伯爵と対決しに行く自分を想像してみた。

ここそこ隠れるのをやめ、堂々と真実を話すことができたら、今よりすがすがしい気持ちになれるだろう。

でも、もし牢獄に放り込まれたら？　裁判にかけられたら？　縛り首になったら？　伯爵の娘が極刑に処されることはあるのだろうか？　伯爵ならそれはない。けれど、元伯爵の娘は？　何もわからない。

ダーバリー伯爵はなぜ喪服を着ていないのかしら？　やはりシドニーは死んでいないの？とはいえ、うかつに期待するわけにはいかない。

ジェーンはとうとう上掛けをはねのけた。無理に眠ろうとするのはやめよう。ろうそくに火を灯し、マントだけを羽織って靴もはかずに部屋を出た。図書室から本を一冊取ってこよう。読書をしていれば、高ぶった神経もやがて落ち着くだろう。

しかし階段をおりていくうちに、あることに気づいた。音がする。階段をおりきる頃には、その音の正体が何かはっきりした。

音楽。しかもピアノ演奏だ。

音楽室から聞こえてくる。

それにしても、誰が弾いているのだろう？　客が弾いているにしては時間が遅すぎる。もう真夜中を過ぎているはずだ。それに廊下に明かりもついていない。使用人はみな寝静まっている。音楽室の扉の下から、かすかな光がもれていた。

ジェーンは扉に近づき、取っ手に手をかけたまま少し迷ったが、思いきって開いてみた。中にいたのはトレシャム公爵だった。

彼はピアノの椅子に座り、松葉杖を床に置いていた。鍵盤の上に覆いかぶさるようにして、楽譜も見ずに目を閉じ、苦悩するような表情を浮かべている。彼はジェーンがこれまで聴いたこともない、胸に染みるような美しい曲を弾いていた。

その場に立ち尽くしたまま、ジェーンはじっと耳を傾けた。そしていつかのように、音楽がピアノや演奏者ではなく、どこか神々しい場所から降り注いでくるような感覚を胸の痛みとともに抱いた。母に匹敵する演奏家がいるとは思いもしなかった。

けれども今、現実に目の前にいる。

少なくとも五分余り経った頃、曲が終わった。トレシャム公爵は両手を鍵盤の上に浮かせ、目を閉じたまま頭を垂れた。そのときになってはじめて、ジェーンは自分が勝手に音楽室に入っていたことに気がついた。

だが、もう手遅れだった。うしろにさがって扉をそっと閉めようと思う間もなく、公爵がこちらを向いて目を開いた。つかのま、その瞳はうつろに彼女を見ていた。しかし、やがてすさまじい怒りに燃えた。

「何をしている！」叱責が飛んだ。

そのときジェーンは、はじめてトレシャム公爵を本気で恐れた。これまで見てきた怒りとは違う種類の怒りのようだ。彼が立ちあがってこちらに向かってくるのではないかとさえ思った。

「申し訳ありません。本を取りにおりてきたら音楽が聞こえたので。それほどの演奏技術をどこで学んだのですか？」

「それほど？」公爵がけげんそうに目を細めた。知らないうちに演奏を聴かれた衝撃から立ち直ったのか、ふだんの彼に戻ったように見える。「ちょっと遊んでみただけだ、ミス・イングルビー。ほんの手慰みに。聴き手がいることも知らないで」

彼はもういつもの仮面をかぶってしまった。ジェーンは不意に気づいた。そんな防御が必要な人だと思ったことは一度もなかったのに。今まで気づかなかったけれど、公爵には彼女や自分の仲間にさえ見せたことのない別の一面があるのかもしれない。

「それは違うでしょう」黙っているのが賢明だとわかっていながら、彼女は口を開いた。部屋に入って扉を閉める。「あれはちょっとした遊びなどではありません、公爵さま。あなたは類まれな才能をお持ちです。ただの手慰みでもありませんでした。魂を込めて弾いていました」

「ばかばかしい！」公爵はしばらく間を置いてから吐き捨てた。「ぼくはレッスンすら受けていないんだぞ、ジェーン。それに楽譜も読めない。つまりきみの仮説は正しくない」

彼女は目を丸くして見つめ返した。「レッスンを受けたこともないんですか？　だったら、先ほどの曲はなんです？　どうやって習得したんですか？」

そう尋ねながらも、ジェーンは真実に気がついた。彼は答えず、まったく関係のない質問をした。

「寝るときもほどかないのか？」

髪のことだ。太い三つ編みにして背中に垂らしているジェーンの髪のこと。しかし、彼女はごまかされなかった。

「自分で作曲したんですね。そうなんでしょう？」

公爵が肩をすくめる。「さっきも言ったように、ただの遊びだ」

「どうして自分の才能を恥ずかしがるんですか？　なぜ否定したり、つまらないものに思わせようとしたりするんです？」

彼はゆっくりと笑みを浮かべた。「きみは本当にうちの一族を知らないんだな」

「つまりダドリー家の男性は、ピアノを弾いたり、作曲をしたり、音楽を愛したりすることにまったく価値を見いださないというんですね」

「女々しいことだからな」

「バッハは男性ですよ」そう言いながらピアノに近づき、公爵が手元を照らすためにピアノの上に置いた燭台《しょくだい》の隣に、自分が持ってきたろうそくを置いた。「歴史に名だたる音楽家は、すべて女々しいとでもいうのですか？」

「ダドリー家に生まれていたら、そういうことになっただろうな」彼はにやりとした。「裸足なのか、ジェーン？　なんてだらしがないんだ！」

「それは誰の考えなんです？」彼女は話題をそらさなかった。「あなたですか？　それともお父さまやおじいさま？」

「われわれはひとつだ。三位一体のように」

「今の言葉は神に対する冒瀆《ぼうとく》です」ジェーンは毅然《きぜん》と言った。「お父さまはあなたの才能に気づいていたんでしょう？　これほどの才能が人知れず埋もれたままになるはずがないわ。放っておいても自然にほとばしり出るものです。今夜のように。お父さまは、あなたのその才能を伸ばすよう応援してくれなかったのですか？」

「父がいるときは弾かないようにしていた。弾いているところを二回見つかったあとは。痛い尻をかばってひと晩じゅううつ伏せに寝るのは、あまり好きではなかったのでね」

怒りのあまり、ジェーンは口がきけなかった。ただ唇をきつく結んで公爵を――口が悪く、皮肉っぽく、信用ならない道楽者を――じっと見つめた。この人は生まれ持った繊細な感性と芸術的才能を、女性的なものを毛嫌いする愚かな父に奪われたのだ。どうして彼らにはわからないのだろう？　人間的に成熟している人は、性別を問わず男女両方の性質を兼ね備えているものなのに。今、目の前にいる哀れな男性は、父親に押しつけられた理想の男性像を体現しようと努めている。しかもこれまでのところ、かなりの成果をおさめてきている。公爵はふたたび鍵盤に向かい、静かな曲を弾きはじめた。今度はジェーンにもなじみのある曲だ。

「これを知っているか?」彼が顔をあげることなく尋ねた。

「ええ。《バーバラ・アレン》ですね」美しく物悲しいスコットランド民謡だ。

「きみは歌うのか?」

「はい」小声で答えた。

「この曲の歌詞も知っているか?」

「はい」

「ならば歌ってみろ」公爵が弾くのをやめて彼女を見た。「ぼくの隣に座れ。この部屋に来たからには、何か役に立ってもらおう。ぼくも少しはましに弾いてみる」

ジェーンは言われたとおりに座り、序奏を弾きはじめた彼の手を見つめた。公爵の指が長いことには以前から気づいていた。だが、その手がまさか芸術家のそれとは思わなかった。今ならはっきりわかる。彼の手はただピアノを演奏するだけでなく、音楽そのものと愛を交わしているようだった。

彼女は曲のはじめから終わりまで通して歌った。最初は少し緊張したが、いつしか音楽とバーバラ・アレンの悲しい物語に身をゆだねていた。ジェーンにとって、歌を歌うことは何にも勝る喜びだった。

曲が終わると沈黙が訪れた。彼女は膝の上で両手を組み、ピアノの椅子にまっすぐ座っていた。公爵が弾き終えた両手を鍵盤の上で静止させた。

ジェーンは思った。今のは間違いなく、これまでの人生で最もすばらしいひとときだった。そう思うことが何を意味するのかはわからないけれど。

「なんてことだ」彼が沈黙を破った。その言葉はいつもの罵り口調とはまるで違って聞こえた。「コントラルトか。きみはソプラノだろうと思っていた」

時間が刻々と過ぎていき、ジェーンは自分が音楽室でトレシャム公爵の隣に座っていることを強く意識した。ゆるく編んだ髪を背中に垂らし、ナイトガウンにマントを羽織っただけの格好で。しかも裸足だ。公爵はぴったりした長ズボンに襟元の開いた白いシャツを着ている。

さりげなく立ちあがって部屋から出ていく方法が思い浮かばない。

「今まで生きてきた中で、これほど美しい声を聴いたのははじめてだ。音楽や歌詞が作りだす世界を、ここまで完璧に表現できる歌い手に出会ったのも」

ジェーンはきまり悪さと同時にうれしさを感じた。

「なぜ言わなかった？　ぼくがきみにピアノを弾かせて、きみの才能について正直な感想を言ったときに。どうして歌うことを言わなかったんだ？」

「あなたが尋ねなかったからです」

「ふざけるな、ジェーン。なぜそこまで自分を隠す？　そんなすばらしい才能は広く世の中に知ってもらうべきだ。埋もれさせてはいけない」

「ええ」彼女は静かに応えた。

ふたりはしばらく無言で座っていた。と、公爵がジェーンの手を握った。部屋の空気が急に半分になってしまったように感じられた。

「きみはおりてくるべきではなかった」彼が言った。「あるいはまっすぐ図書室へ行って本を選び、余計なことに興味を持たずに部屋へ戻るべきだった。ここで顔を合わせたのは間が悪い」

その言葉の意味はよくわかった。間が悪いのはジェーンにとっても同じだ。今、ふたりはそろって不慣れな状況に置かれている。なんとも甘く物憂い雰囲気に包まれている。ふたりきり——それはもちろんいつものことだ。でも、扉の向こうを行き交う使用人もなく、完全にふたりだけ。しかも真夜中だ。

「はい」言えたのはそれだけだった。ジェーンは立ちあがり、彼に握られた手を引っ込めた。意識とは裏腹に、本当はもっとその場にとどまりたかった。

「行くな」いつになくかすれた声で公爵が言った。彼はピアノ椅子の上で体の向きを変え、鍵盤に背中を向けた。「まだ行かないでくれ」

ジェーンにとって、それはまさに一瞬で判断しなければならない分かれ道だった。理性の声に耳を傾け、きっぱり〝おやすみなさい〟と告げて部屋を出ていくのもいい。公爵に自分を引き止めることはできないだろうし、そうするつもりもないだろう。あるいは、身を守る力がいつもより弱くなっているこの状態で、彼との張りつめた空気の中に身を置き続けるか。迷っている時間はなかった。彼女は二歩前に進み出て、公爵の目の前に立った。

ジェーンは両手を持ちあげ、あたかも祝禱《しゅくとう》のように公爵の頭の上に置いた。その髪はシルクのようになめらかで、温かい。彼が両手を伸ばし、ジェーンの腰をつかまえて引き寄せた。ため息とともに彼女の胸に顔をうずめる。

ばかね。ジェーンは自分を呪いつつ目を閉じ、彼の感触と体温とコロンの香りにうっとりした。本当にばかだわ！　心の中で虚しく繰り返す。

ようやく顔をあげた公爵が底知れぬほど深い瞳で見あげたとき、ジェーンは彼の開いた太腿のあいだに膝をついた。相手の両手に導かれたのか、ただ本能的にそうしたのかはわからない。長ズボンに包まれた太腿に腕をのせ、引きしまった筋肉の力強さを感じながら顔をあげた。

公爵が身を乗りだし、ジェーンの顔に羽根のように軽く触れた。焼けつくような熱を帯びたその指先が彼女の本能を呼び覚ました。彼はジェーンの顔を両手で包んでキスをした。

以前にもキスの経験はある。チャールズは子ども時代からの親友だが、将来を誓いあった仲でもあった。これまで何度か彼とふたりきりになったことがあり、キスを許したこともある。ジェーンは彼とのキスが好きだった。

けれども今、ジェーンは自分がこれまでキスをされたことなどなかったのだと気づいた。本当の意味では。こういうキスは。

ああ、こんなふうには。

公爵はわずかにしか唇を触れあわせなかった。目も開けたままだ。ジェーンも目を開けていた。体じゅうが目覚めて欲求に沸き立っているものの、その快感に完全に溺れてしまうわけにはいかないからだ。同時に、自分が誰と何をしているかつぶさに見ないわけにもいかなかった。愚かな衝動につい流されただけだと、あとで自分をごまかすことはできないと感じたから。

これは愚かな衝動などではない。

彼はジェーンの顔にそっとキスをしていった。頰、まぶた、こめかみ、鼻、顎。それからふたたび唇に戻る。今度はやさしくじらすように唇を触れあわせ、ジェーンから同じようなキスを導きだした。

キスとは、ただ唇と唇を押しつけあうものではないのだ——ジェーンは驚きとともに思った。唇の裏側にある湿った部分を、公爵が舌先で探っていく。彼女の舌も、彼の上唇と下唇を行き来する。彼が舌でジェーンの舌先に触れ、そのまま口の中に深く滑り込んできた。ふたりの舌が絡みあい、言葉にならないうめき声がもれる。

やがて公爵がジェーンの体に両腕をまわし、さらに身を乗りだした。彼女をなかば抱えあげるようにして、自分のたくましい胸に抱きしめる。口を大きく開いて激しく求めあうキスに、ジェーンはわれを忘れてのめり込んだ。

やがて、彼女は床におろされた。公爵は膝に置かれたジェーンの両手に自分の手を重ね、重たげなまぶたの下から見つめた。

「こんなことをしたからには、朝になったら互いに罰を受けなければならないぞ、ジェーン。朝になれば感じ方が驚くほど違っているだろう。これはあってはならない行為だ。信じがたく、卑しむべき行為だ」

彼女は否定するように首を横に振った。

「いいや、そうだとも」公爵はなおも言った。「今のぼくはただの好色漢だ。この床の上できみに覆いかぶさり、清らかな体に身を沈めて浅ましい快楽を得ることしか頭にない。そしてきみは、大きく目を見開いた無垢な鳩だ。きみはぼくに雇われ、ぼくに扶養されている。やはりこれはありえない行為だ。どう考えても卑しむべき行為でしかない。きみはこの出来事を、何か美しいもののように感じているだろう。目を見ればわかる。違うんだ、ジェーン。百戦錬磨の放蕩者だけが、女にそう思い込ませられるんだよ。実際にあるのはあからさまな欲望だけ。せっかちな激しい交合を求める衝動だけだ。もう部屋に戻っておやすみ。ひとりで行くんだ」

公爵の表情も声も厳しかった。ジェーンは立ちあがった。だが、すぐには出ていかなかった。相手の瞳をじっと見つめ、揺るぎない仮面の向こう側をのぞこうとした。しかし、その仮面を見透かすことは不可能だった。彼はジェーンをなかば見下したように、うっすらと笑みを浮かべている。

彼の言うとおりだ。今起きたことは、すべて体の欲求がさせたこと。とても浅ましいこと。

けれども公爵は間違っている。彼が言ったことのどこがおかしいのか、はっきりとはわからない。でも、間違っている。それだけはわかる。

とはいえ、これはたしかにあってはならないことだ。朝になれば感じ方もまったく変わっていることだろう。今のように彼の瞳を静かに見つめることはできなくなるに違いない。

「おやすみなさい、公爵さま」彼女は言った。

「おやすみ、ジェーン」

彼女がろうそくを手に取り、部屋を出て扉を閉めたとき、公爵はふたたびピアノに向かっていた。何か静かな物悲しい曲を弾いている。

部屋に戻ろうと階段をのぼりながら、ジェーンは自分が本を取りに行こうとしていたことを思いだした。だが、もう引き返しはしなかった。

9

「ああ、スツールがあるといいな」ジョスリンは、丁寧に質問してきた給仕人にぞんざいに手をあげた。

実際には、あるといいどころではなかった。この〈ホワイツ〉へは馬ではなく屋敷の馬車で来たのだが、降りてからはステッキを使って移動した。本当は松葉杖を使うべきなのだ。まだ完全には癒えていない右のふくらはぎに、ブーツの革が当たって痛い。気をつけないと、屋敷に戻ってからまたブーツを切り裂くことになるだろう。決闘の日にはいていたお気に入りの一足を、そのようにしてだめにしてしまったのだ。

「それから朝刊をくれ」ジョスリンは給仕人が持ってきたスツールに脚をのせた。造作ないように見せつつ、心の中で大きく息を吐きながら。

今朝はずいぶん早くに屋敷を出てきた。早起きの彼女に出くわさないように。ジョスリンは《モーニング・ポスト》を手に取り、難しい表情で一面にざっと目を通した。まったく。使用人と顔を合わせるのを少しでも遅らせたいがために、朝っぱらから自分の屋敷を逃げだすとはどういうことだ？

何を恥じているのか自分でも今ひとつわからない。〝恥じる〟という言葉が合っていればの話だが。きまり悪いと言ったほうが適切かもしれない。どちらにしても、ここしばらく抱かなかった感情だ。

ピアノを弾いているところをジェーンに見つかってしまった。しかも自作曲を弾いているところを。そしてキスまでした。とんでもない過ちだ。長く屋敷に閉じこもっていたばかりに長年の戒めを破り、自分を貶《おとし》めてしまった。脚が痛かったので完全にわれを忘れずにすんだものの、もう少しで彼女を床に押し倒し、あの薄いナイトガウンの下にある宝物に手を出してしまうところだった。彼女は止めなかっただろう。あれほど救いがたく初心《うぶ》な乙女では。

「トレシャムじゃないか？　これは驚いたな！　調子はどうだ？」

とたんに心が浮き立った。たいして真剣に読んでいるわけでもなかった新聞を下に置くと、ジョスリンは噂話と朝刊を求めてやってきた知りあいたちに答えた。

「いつものとおり、元気溌剌《はつらつ》さ」

そのあとしばらくはにぎやかな挨拶と、ジョスリンの脚、それを支えている優雅なスツール、椅子に立てかけられた立派なステッキについて機知に富んだ会話が飛び交った。

「きみがダドリー・ハウスでの蟄居《ちっきょ》生活を楽しみはじめているんじゃないかと思っていたところさ、トレッシュ」キンブル子爵が言った。「もしかしたら、ずっとこのままではないかと噂していた」

「かわいいミス・イングルビーの世話になって、ふたたびブーツをはいてきたのか、トレシヤム？」ポティエ男爵が言う。

「〈ホワイツ〉にダンスシューズで来れるか？」ジョスリンはおどけて眉をあげてみせた。しかし、仲間のひとりであるサー・アイザック・ウォルマンは聞き逃さなかった。

「かわいいミス・イングルビーだって？　例の看護婦の？　決闘のときに騒ぎ立てた女か？　ほう！　悪い男だな、トレシャム。彼女にほかにどんな世話をさせているんだ？」

ジョスリンは片眼鏡をかざし、目の前の小柄な伊達男《だておとこ》を頭のてっぺんから爪先まで眺めてうんざりしたように言った。

「ウォルマン、ひとつ尋ねるが、クラヴァットをそれほど芸術的に結んでもらうのに、いったいどのくらい早起きをしなくてはいけないんだ？　とびきり格式の高い舞踏会に行くにしても凝りすぎだぞ。もっとも、英国一の粋人とされる摂政王子の夜会に呼ばれたのなら別だが」

「実際のところ、これを結ばせるのに丸々一時間かかった」すぐに興味をそらされたウォルマンは、なかば自慢するように答えた。「侍従は、この一本をうまく結ぶために八本もだめにしてしまったよ」

キンブルが呆れたように鼻を鳴らし、ジョスリンは片眼鏡をおろした。

ひととおりの社交辞令がすむと、話題は二日後に迫ったブライトンまでの二輪馬車レースと、息子殺しの犯人を見つけるためロンドンへ来ておきながら人前に出ようとしないダーバリー伯爵のことに移った。伯爵がおぞましい事件の詳細を語り、退屈な日常に刺激を添えてくれるものと期待していた仲間はがっかりしていた。

父親が一年前にダーバリーの爵位を得たことで伯爵領の後継者に昇格したシドニー・ジャーディンは、ジョスリンの仲間内で評判がよかったためしがない。ジョスリンは二年ほど前に彼と口をきいたことがある。ジャーディンがとある舞踏会でダンスの申し込みを断られ、腹いせに相手の娘とその母親を聞こえよがしに侮辱したのを耳にしたときのことだ。

ジョスリンはジャーディンを舞踏室のテラスに連れだし、努めておだやかに諭した。これ以上面倒なことにならないうちに自宅へ帰るか、どうしてもとどまりたいのならその汚い口を石けんでゆすいでくるがいい、と。ジャーディンがいきり立って決闘を申し込もうとしたとき、ジョスリンはゆくゆく敵対者になるであろうこの男を片眼鏡越しに見つめ、自分は紳士しか相手にしない主義だと告げたのだった。

ジョスリンは言った。「ぼくとしては、レディ・サラ・イリングワースは罰せられるのではなく祝福されるべきという意見に一票だ。とはいえ、彼女が愚かでなければ今頃はロンドンからいなくなっているだろう」

「だが、彼女は大型馬車に乗っていないんだ、トレッシュ」キンブルが言う。「捕り手は徹底的に捜査したらしい。彼女らしき女が乗車した形跡はないそうだ」

「ということは、この街へ来てから知恵をつけたんだな。たいしたものじゃないか。きっとジャーディンによほど腹を立てたんだろう。でなければ、若い女性が男の頭を殴ったりするものか」

「きみも心しておけよ、トレッシュ」ウォルマンがおかしそうに笑い、ふたたびジョスリンに片眼鏡を向けられた。

「フェルディナンドは新しく買った馬をどこにつないでいる?」片眼鏡の向こうの不気味に拡大されたウォルマンの顔を見つめたまま、ジョスリンは誰にともなく問いかけた。「どこで馴《な》らしているのだろう? 今頃はレースの準備に追われているだろうな。ちょっとのぞきに行って、弟が金曜日に自殺することになるか確かめたほうがよさそうだ。あいつには馬のよし悪しを見分ける目があまりないからな」

「一緒に行くよ、トレッシュ」スツールから脚をおろしてステッキを取ろうとしたジョスリンに、キンブルが声をかけた。「体を支えようか?」

「ぼくの半径一メートル以内に近づいてみろ、どうなっても知らないぞ!」ジョスリンは険悪な表情で言いながらもできるだけ優雅に立ちあがり、右脚に走った鋭い痛みに歯を食いしばった。「それに付き添いは無用だ、キンブル。実は今日は馬車で来た」

その言葉を聞いた仲間たちは、もちろんふたたび笑って冗談を言った。

屋敷に戻ったら、ジェーンはさぞかし怒るだろう。そう思ったものの、そもそも屋敷のことを気にしてしまう自分が不愉快だった。

フェルディナンドはジョスリンが予想したとおりの場所にいて、新しい馬を馴らしていた。馬少なくともこの二頭については、弟は見る目があったようだ。ジョスリンはほっとした。馬たちは見た目が美しいだけでなく、とびきり速そうだ。問題は、馬たちが競走できる状態に仕上がるまでじゅうぶんに訓練する時間がないということだ。しかもフェルディナンドは若くて落ち着きに欠け、衝動的かつ無鉄砲でもあり――要するにダドリーの典型だ――手綱の扱いが乱暴で、精神的に追いつめられると下品な言葉を並べ立てる癖がある。

「馬は断固たる態度で、しかもやさしく導いてやらないとだめだ」主人の言うことを聞かない馬をひどく叱りつけた弟に対し、ジョスリンはため息をつきながら言った。「それから、そんなに声を張りあげるものではない、フェルディナンド。ブライトンに着いたときに勝利を祝うための声が出なくなるぞ」

「ちくしょう」弟は毒づいた。「とんでもなく気位の高い馬を買ってしまった」

「いいや、おまえは最高の二頭を破格の値段で買ったよ。あとは誰が主人か教えることだな。できれば金曜までに」

ジョスリンは大金を賭けた〈ホワイツ〉の勝負に勝つ希望を、まだ完全に捨てたわけではなかった。フェルディナンドは御者として決して下手ではない。ただ、突拍子もないところがあるのだ。何しろ弟には、危ない橋を渡れるかどうかで人の優劣が決まると信じている節がある。

「これで兄上の馬車を使えたらな」フェルディナンドがさりげなく切りだした。「そうすればベリウェザー卿を二〇キロは引き離せる。兄上の馬車はぼくのよりも軽くて、スプリングもよくきくから」

「ならば、相手の馬車を一〇キロ引き離すだけで満足するんだな」ジョスリンはそっけなく返した。

そのあとジョスリンは、独身で気楽に暮らす弟の自宅についていった。ローテーブルに脚をのせてくつろいでいたとき、フェルディナンドが言った。

「近日中に、ウェズリー・フォーブズと片をつけようと思う。彼はゆうべ〈ホワイツ〉で、松葉杖を使う人間をばかにしていたんだ。松葉杖の連中は世間に対して自分の不自由さを強調してみせているが、ときどきけがをしているのがどちらの脚かわからなくなっている、と。その日によって右脚を浮かせたり、左脚を浮かせたりしているとかなんとか言っていた。あれで気のきいた冗談のつもりなんだ」

ジョスリンはワイングラスに口をつけた。「だったら、ぼくを名指しにしたわけではないんだろう？　相手にするな、フェルディナンド。そんな喧嘩まで引き受けることはない。しかもこれはぼくの問題だぞ。このでしゃばりめ！」

「カード室であいつの顔面を殴りつけてやるところだったよ。そうする前にマックス・リターボームに腕をつかまれて、〈ブルックス〉に引っ張っていかれたけどね。とにかくぼくが言いたいのは、あいつらには兄上に面と向かって文句を言う度胸がないということなんだ。堂々と決闘を申し込む勇気もない。ただの腰抜けさ」

「いいからこちらに任せておけ。おまえはレースに集中しろ」

「もう一杯、ワインを注ごう」フェルディナンドが言った。「話は変わるが、アンジェリンの新兵器を見たかい？」

「ボンネットか？　マスタード色の？　あの世にもおぞましい？」

「ブルーのやつだ。紫のストライプ柄の。それをかぶってぼくと一緒に公園を散歩したいと言う始末さ。だからぼくは、そのボンネットをかぶるか、一緒に公園を散歩するかのどちらかならいいが、両方同時はだめだと言ってやった。そんなことをしたら絶対に笑い物になってしまうよ。われらが親愛なる妹は、悪趣味という重い障害を抱えている。ヘイワードが彼女の衣装代を払い続ける理由がまったくわからないよ」

「妻に首ったけなのさ」ジョスリンは言った。「アンジェリンが彼に首ったけなのと同じだよ。ふたりが一緒にいるところをまわりの人間が見ても、なかなか気づかないがね。あるいは一緒にいないところと言うべきか。そちらの場合のほうが多いからな。ふたりとも人目を気にしているのさ。秘密の恋人同士のように」

フェルディナンドが笑いだした。「信じられないな！　アンジーに首ったけの男がいるなんて！」

「ヘイワードに首ったけの女がいるというのもな」ジョスリンは片眼鏡を紐でぶらさげて、ゆらゆらと揺らした。

しばらくして自分の屋敷に向かいながら、彼はようやくいつもの生活に戻りはじめたことに心底ほっとした。

ジェーンは思った。トレシャム公爵が昨夜の出来事になんらかの意味を見いだしていると、仮に自分が一瞬でも考えているとしたら、まもなく真実がわかるはずだ。自分がそう考えていると認めるわけではない。けれど、感情はときとして理性をうわまわる。

公爵は午後遅くまで戻らなかった。戻ってからもジェーンを呼ばず、秘書のクインシーと図書室にこもった。彼女が呼ばれたのは夕食前だ。

彼はまだ図書室にいた。長椅子に座り、右脚をクッションにのせている。右脚だけブーツを脱いでいるものの、まだ外出着のままだ。そして、しかめっ面をしている。

「何も言うな」ジェーンが口を開いてもいないのに、公爵は言った。「ひと言たりともだ、ミス・イングルビー。もちろん脚は痛いし、バーナードはブーツをなかなか脱がせられなかった。だが、この脚はもういいかげんに運動をはじめるべきだし、ぼくも昼間は外に出かけるべきなんだ。さもないと、女性に襲いかかる最低の男になってしまう」

ほぼ一日じゅう屋敷を空けたあとに、トレシャム公爵が昨夜の話を持ちだすとは意外だった。ジェーンにとって、ゆうべの出来事はまるで夢のようだった。これまでの経緯からは予想もできなかった熱い抱擁はともかく、ピアノを弾く彼の姿、鍵盤から魔法のように紡ぎだされた音楽の記憶はまさに夢だ。

「おそらくきみは」公爵はその日はじめて彼女に陰気なまなざしを向けた。「あれを恋だと思っているだろう、ジェーン？　それとも愛情か。少なくとも、何か美しい感情の表れだと」

「いいえ。わたしはあなたが考えているほど世間知らずではありません、公爵さま。あれはお互いの体の欲求がさせたことだと思っています。好色家を自認するあなたが使用人に美しい感情など抱くはずがないでしょう？　それに、これまで二週間以上もあなたの癇癪《かんしゃく》や暴言の標的にされてきたわたしが、今さらあなたの危険な魅力の虜《とりこ》になると思いますか？」

「言いたい放題だな」彼は不快そうに目を細めた。「きみを困惑させたかもしれないと本気で心配していたとは、われながらばかだった」

「本当に」ジェーンは言った。「脚が少し腫れているような気がします。冷たい水に浸さないといけないでしょうね。しばらくつけたままにしてください」

「足の指を霜焼けにしろと？」

「そうなったとしても、次の週に真っ黒に変色した足を目の当たりにするよりましでしょう」

公爵が何か言おうと唇を開き、目元に笑みを浮かべたように見えた。だが結局、何も言わなかった。ジェーンは続けた。

「明日もお出かけになるなら、午前中だけ暇をくださるようお願いします、公爵さま」

「なぜだ？」彼が顔をしかめた。

理由を考えただけで、ジェーンの組みあわせた両手が冷たくなった。けれど、これ以上おびえているわけにはいかない。遅かれ早かれ、ダドリー・ハウスの扉をくぐって出ていかなければならないのだから。

「そろそろ次の仕事を探さなくてはいけません。ここでの仕事も残り一週間を切りました。

実際のところ、あまりすることもありません。これまでもそうでしたけれど。もともと、あなたに看護婦など必要なかったのです」

公爵が彼女を見つめた。「ぼくのもとから去るというのか、ジェーン？」

そのことを考えたとたんに感じた胸の痛みを、彼女は必死に押し隠した。この痛みに正当な理由や意味などない。もちろん昨夜の音楽室で、公爵のふだんとはまったく違う一面を見て驚いたばかりだけれど。

「どのみち、ここでの仕事はもうすぐ終わるのですから」

「誰がそう言った？」彼は暗い目でジェーンを見た。「ほかに行く当てもないのに、なぜそんなばかなことを言う？」

淡い希望が芽生えた。公爵に――もしくは使用人の雇い入れを任されている家政婦に――部屋係でも皿洗い係でもいいから、このまま雇ってくださいと頼んでみたい気がした。けれど、そうするのがいいかどうかわからない。自分がこれまでより過酷な仕事を与えられて、ダドリー・ハウスで暮らしていけるとは思えなかった。もちろんプライドを捨てなければ生きていけないのはわかっているけれど。

「でも、そういう条件でした。あなたが自由に動けない三週間だけ、わたしが看護婦として身のまわりのお世話をするということだったんですから」

「ならば、まだ一週間近く残っている。ここでの期間が満了するまで、ぼくはきみの職探しの話を聞くつもりはない。ぼくよりも高く雇ってくれる人間を探して、よそに愛敬を振りまくきみに金は出せない。ぼくはきみにいくら払っている？」

「じゅうぶんすぎるほどです。でも、これはお金の問題ではないんです、公爵さま」

しかし、彼は耳を貸さなかった。「だったら、少なくともあと一週間はこの話をするな。だが、木曜の晩に別の仕事を与えよう、ジェーン。つまり明日だ。これについては別に支払う。きみの働きにじゅうぶん見合うだけの報酬を」

ジェーンは身構えるように公爵を見た。

「そんなふうに扉の脇に立つな。すぐにでも逃げられるようにしているのか」彼がいらだたしげに言う。「もしぼくが本気できみを襲おうと思ったら、どれだけ離れていようがつかまえる。こちらへ来るんだ。そこに座れ」

彼はジェーンがいつも座る椅子を指さした。

少なくともそれには逆らえない。彼女は公爵に近づくことに居心地の悪さを覚えつつも、言われたとおりにした。男性的なコロンの香りがして、とたんに昨夜の甘美な記憶がよみがえる。

「明日の晩、この屋敷で盛大な夜会を開く。今、クインシーが招待状を送る準備をしている。たった一日しか猶予がないが、ほとんど全員が来てくれるだろう。ダドリー・ハウスに招かれる機会はめったにないから、人々はぼくのようないかがわしい男が出す招待状でもありがたがる。いや、いかがわしいからこそ、ありがたがるのかもしれないな」

夜会のあいだはずっと自分の部屋に引きこもっていよう——ジェーンは膝の上で両手をか

たく握りしめながら思った。

「ひとつ尋ねる」公爵が言った。「きみは今着ているその世にもおぞましい服とゆうべのもう一着のほかに、少しは見られるドレスを持っているのか、ミス・イングルビー？」

まさか。ああ、それは絶対にいけない。なんと言われようと無理だ。

「必要ありません」きっぱりと言った。「わたしはあなたの招待客になるつもりはありませんから。あまりにも場違いです」

彼が尊大そうに眉をあげた。

「はじめてだな、ふたりの意見が一致したのは。しかし、きみはまだ質問に答えていない。そんな強情そうな顔をするな。駄々っ子みたいだぞ」

「モスリンのドレスを一着持っています」しぶしぶ答えた。「でも、それを着るつもりはありません、公爵さま。自分の立場に合いませんから」

「明日の晩にそれを着るんだ。髪も美しく整えろ。髪を結うのがいちばん上手なメイドをあとでバーナードにきいておく。いなければ、よそから誰かを呼ぶ」

ジェーンは少し気分が悪くなってきた。

「でも、あなたもわたしと同じ考えだと言ったではありませんか。わたしは招待客ではないんでしょう。自分の部屋にただ座っているだけなんですから、ドレスも凝った髪型も必要ありません」

「鈍いな、ジェーン。明日は晩餐とカード遊びと歓談、若い女性客による演奏もある。もちろんみな上手だ。どうも世の母親たちは、着飾った娘がピアノを弾けば、男の心を射止めて幸せになれるものと誤解している」

「つくづく不思議です、あなたがそこまで皮肉屋なのが」

「そうか？」公爵はいつものように人の悪そうな笑みを浮かべた。「伯爵の称号と侯爵の格付けを与えられて育った人間の定めだよ、ジェーン。加えて、弱冠一七歳で公爵になったという事情もある。ぼくは何度も英国一の悪党を演じてきた。それでも適齢期の娘を持つ母親たちは、ぼくがまるで天使ガブリエルであるかのように持ちあげ、父親たちはぼくと親しくなりたがる。はにかんだように笑みを浮かべる娘たちは言うに及ばず」

「いつの日かきっと」ジェーンはつっけんどんに言った。「あなたはそういう女性のひとりに熱烈な恋をして求愛し、すげなく断られることでしょう。だいたい、あなたは女性をばかにしすぎです。ご自分のことを、誰もが手に入れたがっているキリスト教世界でいちばんの花婿と思っているんですね。言わせてもらいますが、世の中にはもう少し分別のある女性もいます。わたしのように」

公爵は愉快げに目を輝かせた。「どうせなら、キリスト教世界だけと言わずイスラム世界も含めてくれないか？　そのほうがプライドをくすぐられる」

どうやら彼は、ジェーンの話の腰を折るすべをすっかり身につけてしまったようだ。

「ともかく」公爵が真顔に戻ったので、彼女は背筋に寒けを覚えた。「ミス・イングルビー、きみは明日の演奏会で主役を務める。ぼくの招待客の前で歌うんだ」

「いやです！」ジェーンはすばやく立ちあがった。

「歌うんだ」彼がおだやかに繰り返す。「ぼくが伴奏をつけてやろう。ときどき冗談半分にピアノを弾くことは社交界にも知られている。歌い手の伴奏をしただけで男らしさが損なわれる心配はないだろう。違うか？」

「やめてください。わたしは本物の歌手ではないし、そうなりたいとも思いません。無理強いできると思ったら大間違いです。絶対に歌いませんから」

「きみに五〇〇ポンド払おう、ジェーン」公爵が静かに言った。

なおも言い募ろうと息を吸った彼女は、その提案に思わず口を閉じて眉をひそめた。

「五〇〇ポンドですって？　なんてばかな話なの」

「ぼくにとっては少しもばかな話ではない。きみに人前で歌ってもらいたいんだ。ゆうべぼくが体験したことを、社交界の人々にも体験してもらいたい。きみには類まれな才能がある」

「お世辞を言っても無駄です」しかし、心はすでに動いていた。五〇〇ポンド。それだけあれば当分働かなくてもいい。この屋敷よりも安全な場所に身を隠せる。ダーバリー伯爵もボウ・ストリートの捕り手も思いつかないような遠いところまで逃げられる。

「五〇〇ポンドあれば、あわてて職探しをする必要もなくなるだろう？」ジェーンの気持ちを読み取ったらしく、公爵が言った。

でも、そうすると部屋じゅうに集まる招待客と向きあわなければならない。このロンドンでダーバリー伯爵以外に、自分を見てサラ・イリングワースだと気づく人間はいるだろうか？　おそらくいるまい。だけど、もし誰かが気づいたら？

「ジェーン、なんならこのとおり頭をさげる」彼がわざとらしく下手に出た。

彼女はとがめるように公爵を見た。ダーバリー伯爵が招かれている可能性は万にひとつもないだろうか？　確かめる方法はある。あとでクインシーに招待客リストを見せてもらえばいいのだ。

「考えてみます」胃のむかつきを感じつつも応えた。

「今のところ、それ以上の答えを引きだすのは無理のようだな。あまり簡単に説得されてしまうと敗北感を味わうのかもしれない。いいだろう。ただし、返事は必ずイエスだぞ。ぼくはもう決めた。明日の午後に少し練習しよう」

「また脚をさすっていますよ」ジェーンは指摘した。「あくまでも今日の外出を反省する気はないようですね。誰かを呼んで、あなたを二階のお部屋に連れていってもらいます。それから冷たい水を持ってあがります」

「今日は弟のところへ行って、馬の前とうしろの見分け方を教えてやっていたんだ」公爵が言った。「〈ホワイツ〉であいつが勝つほうに大金を賭けてある。どうあっても勝ってもらわないと」

「男の人って、どこまで愚かなのかしら。ささいなことやどうでもいいことにばかり夢中になって。金曜日にフェルディナンド卿がけがをしたら、あなたは賭けに勝つことよりも自分の弟のほうがどれだけ大切か身にしみてわかるはずです」

「お説教が終わったら、自分がすると言ったことをしに行くんだ、ミス・イングルビー。屋敷でいちばん屈強な従僕を呼んできてくれ」

ジェーンは返事もせずに部屋を出た。

自分の外見の特徴がロンドンじゅうに広まっていたらどうしよう？　ふと、そんな不安が頭をよぎった。明日の晩に音楽室へ足を踏み入れたとたん、集まった客たちが席を立ち、こちらを指さして口々に非難を浴びせてきたら？

そうなったら、むしろほっとするのかもしれない——そんな奇妙な思いを、ジェーンはどうしてもぬぐい去れなかった。

10

ジョスリンが自分の屋敷で大勢の客をもてなすことはめったにないが、やるとなったらとことん贅を尽くす。直前になって知らされた料理長は、階下の厨房で大いに機嫌を損ねた。とびきり豪華な晩餐のほかに、深夜には気のきいた軽食を出さなければならないのだから大変だ。とはいえ、料理長は仕事にかかった。すぐにでも辞めてやるというといういつもの口癖とは裏腹に、趣向を凝らしたメニュー作りに全力をあげて取り組んだ。

家政婦はひと言も不平をもらさなかったが、断固たる決意のもとにメイドたちを指揮し、使われるすべての部屋を一片のほこりもなくなるまで掃除させ、床もぴかぴかに磨かせた。そしてマイケル・クインシーが注文しておいた大量の生花を、客が目にする至るところに美しく飾りつけた。

ジョスリンの予想どおり、招待客のほぼ全員が出席の返事をよこした。これはつまり、人々がほかの約束を直前になってキャンセルしたということだ。ダドリー・ハウスの晩餐会と夜会に参加できる機会は、そうあるものではない。

ジョスリンは家政婦に、女性の髪を結うことに精通したメイドを選ぶか、新しく雇うように指示した。彼はまた、ジェーン・イングルビーを最先端の仕立屋に連れていって、大至急夜会用ドレスを作らせることを何度も考えた。いくらでも顔がきくロンドン屈指の高級店が何軒かあるのだ――が、やはりやめた。そんなことをしたら、ジェーンは間違いなく怒って歌わなくなるだろう。それに彼女を必要以上にレディのように見せてはいけない。ジェーンが公爵の看護婦としてほぼ三週間も雇われていたことを考えれば、客たちはけげんに思うだろう。

午後になると、ジョスリンは音楽室でジェーンと練習をした。彼女の豊かな才能を印象づけるために趣の異なるものを二曲、それからアンコールのために一曲。アンコールの声などかかるはずがないとジェーンは言ったが、ジョスリンは逆の意見だった。

いよいよ着替えをする段になって、ジョスリンは自分が緊張していることに気づいた。そして、ふだんからは考えられないその事実を前にいっそう戸惑った。

ジェーンがまだ幼く、両親が元気に生きていた頃、キャンドルフォードでは頻繁にピクニックや晩餐会や舞踏会が開かれていた。父も母も客を招いてもてなすのが大好きだった。それでも一度に五〇人近くも招いたことはなかったはずだ。それに、そうした催しはすでに遠い過去のものだし、当時のジェーンはまだほんの子どもだった。

遠くから聞こえてくる客たちの談笑に耳を傾けながら、ジェーンはもう何時間も自分の部屋で待機していた。あとどのくらいで出番が来るのだろう？　何時に呼ばれるのか見当もつかない。ロンドンの夜会は過去に経験した田舎のそれとはまったく違った。田舎の催しはどんなに遅くとも一一時か午前零時でお開きになる。しかし、ここでは朝まで続くことも特に珍しくないようだ。もちろん人々は、翌日は一日じゅう寝ていることになる。

もしかしたら、このまま真夜中まで呼ばれないかもしれない。そんなに長く待たされたら、神経がすり減ってしまうだろう。

だが炉棚の時計を見ると、ジェーンの髪を結うためだけに雇われたフランス人のメイドのアデルがやってくる時刻が一〇分後に迫っていた。そろそろ着替えをしなくては。

まったくばかなことに同意してしまったが、もう手遅れだ。細心の注意を払って招待客リストに目を通したところ、ジェーンの正体を知っていそうな人間はひとりもいなかった。けれど、ダーバリー伯爵はこのロンドンにいる。今夜ここに集う人々が、こちらの外見をあらかじめ聞かされていたとしたら？　胃のあたりが締めつけられる。今さら悔やんでもあとの祭りだけれど。

ジェーンは覚悟を決めて灰色のドレスを脱ぎ、さっきベッドに広げておいた、丁寧にアイロンがかけられた小枝模様のモスリンのドレスを頭からかぶった。コーンウォールで午後のお茶会に着るのにちょうどいいドレスで、田舎にしても夜会に着ていけるようなものではない。でも、別にかまわない。自分は今夜の招待客ではないのだから。

寒さと緊張と不安が交じりあい、体に震えが走った。

ロンドンに逃げてきたときは、身を隠そうなどとはまったく思っていなかった。考えてみれば、レディ・ウェブが留守にしているとわかった時点で宿泊していたホテルに戻り、ダーバリー伯爵の弁護士に連絡を取って送金してもらうべきだった。そして、世間に向かって堂々と訴えるべきだったのだ。伯爵夫妻がキャンドルフォードを留守にしているあいだに、ろくでなしの息子が酔っ払って襲いかかってきたので、当然の自己防衛として本で殴り、危険でない場所まで逃げてきたのだと。

でも自分はそうしなかったし、今となってはもう遅い。

これまでずっと身を隠してきたというのに、一転して英国上流社会の頂点にいる五〇人もの人々の前に出ようとしている。

まったく正気の沙汰ではない。

遠くで女性の甲高い笑い声がした。

誰かが扉を叩き、ジェーンは思わず飛びあがった。メイドのアデルが彼女の髪を結いにやってきたのだ。

午後一一時、ジョスリンの妹で今夜の女主人役を務めるレディ・アンジェリン・ヘイワードがカードゲームの終了を告げた。ジョスリンは従僕たちに指示してピアノを居間の中央に移動させ、まわりに椅子を並べさせた。いよいよ音楽会のはじまりだ。

何人かの若い女性客が自発的に、あるいは周囲に請われてピアノや歌を披露した。ある紳士――ライディング卿だ――などは、勇敢にも婚約者と一曲デュエットを歌った。どの人も、なかなか上手だった。客たちは総じてよく耳を傾け、礼儀正しく拍手をした。こういった即席の音楽会は、夜会の言わば定番だ。芸術の擁護に特に熱心な主人なら本業の音楽家を呼ぶこともあるが、その場合は私的な音楽会として客に事前に周知される。

ついにジョスリンは杖をついて立ちあがった。

「少しのあいだ楽にしていてください」人々の視線が自分に向けられるのを待って続ける。「軽食の前に、今夜はみなさんのために特別にある女性歌手を呼びました。連れてきますので、少々お待ちを」

アンジェリンが驚いたように兄を見た。

「いったい誰なの、お兄さま？　厨房にでも待たせているの？　三週間もこの屋敷にこもりきりだったのに、どこでそんな人を見つけたの？」

しかし、ジョスリンは少し首をかしげただけで部屋を出た。まったく自分でもどうかしていると思うが、今夜はずっとこのことしか考えていなかった。五〇〇ポンドという報酬はもちろん大きな魅力だろうが、ジェーン・イングルビーが本気で歌わないと決めたら、それだけの大金を積んでも首を縦に振らせることはできないだろう。

ホーキンスを呼びにやらせてから彼女が姿を見せるまで、ジョスリンは階段の下でたっぷり二分は杖をついて歩きまわった。階段をおりてきたジェーンは床から三段上で足を止め、そのまま動かなくなった。彫像のように青ざめた顔に唇をかたく引き結んでいるが、それでも天使と見まがうほどの美しさだ。簡素で軽やかなモスリンのドレスが、すらりとした背の高さと優美さを引き立てている。それにあの髪――ジョスリンはしばらくのあいだ目をそらすことができなかった。決して凝った髪型ではない。なかば予想していたような、巻き毛を山ほど作った派手な髪型ではなかった。むしろ改まった雰囲気だが、いつものような堅苦しさはみじんもない。やさしげで、健康的で、つややかで上品さがある。しかも見事なブロンドだ。

「これはこれは」彼は言った。「蛹《さなぎ》から蝶《ちょう》がかえったようだ」

「こんなこと、やめておけばいいのに」

ジョスリンは階段のたもとに近づき、彼女の目を見つめたまま手を差しだした。

「この期に及んでぼくに恥をかかせないでくれ。客たちが今夜の主役を待っている」

「きっとがっかりさせることになるわ」

弱音を吐くとは彼女らしくもない。とはいえ、本当に怖気づいたというわけではなさそうだ。ジェーンは誇り高く顔をまっすぐあげていた。階段に根を生やしたようにすっくと立っている。

「来るんだ」相手に負けまいと、ジョスリンは彼女の目を見据えて命じた。

ジェーンは階段の二段目におりた。そして彼の手に自分の手をゆだね、そのまま居間へと導かれた。まるで公爵夫人の物腰だ、と彼は思った。違う状況なら面白く感じたかもしれない。しかしそれと同時に、彼は目から鱗《うろこ》が落ちる思いがした。孤児だって？　孤児院で育った？　大人になったから、自分で人生を切り開くため外の世界に出てきた？　まさか。そんな話を信じたとしたら、自分は大まぬけだ。

つまり、ジェーン・イングルビーは嘘つきということになる。

「まず《バーバラ・アレン》だ。弾き慣れたものからはじめて指をほぐしたい」

「わかりました。お客さまはまだ全員残っていらっしゃるの？」

「ひとりふたり残っているだけで、あとは全員美容のために早寝をしに帰ったと思いたいのか？　とんでもない。ひとりも帰っていないよ、ジェーン」

制服を着た従僕がすばやく進みでて居間の扉を開いたとき、隣でジェーンが大きく息を吸って呼吸を整え、少し顎をあげたのがわかった。

まるで温室植物の群れに紛れ込んだ一輪の野の花だ——ふたたび席についた客たちが左右から興味深そうに見つめる中、ジョスリンは彼女を部屋の奥に導きながら思った。

「なんと」コナン・ブルームが声をあげる。「ミス・イングルビーじゃないか」

ミス・イングルビーとは何者かを知る人が知らない人に耳打ちして教え、客席が少しざわついた。もちろん人々は、オリヴァー卿と決闘していたトレシャム公爵の邪魔をし、そのあと看護婦として雇われた元婦人帽子店の雑用係のことは聞いていた。

ジョスリンは部屋の中央に置かれたピアノのところまでジェーンを導き、彼女の手を放した。

「今夜はミス・イングルビーのすばらしい歌声をぜひお聴かせしたく、彼女に出演をお願いしました。残念ながらふさわしい伴奏者がいないため、恥ずかしながらぼくが務めます。御存じのとおり下手なピアノですが、いったん彼女が歌いだせば、まったく気にならなくなるでしょう」

ジョスリンは燕尾服《えんびふく》の裾を跳ねあげてピアノの椅子に座り、杖を床に置いて、鍵盤の上に両手をのせた。ジェーンは彼が手を放したときから身動きひとつしていなかったが、正直なところ、ジョスリンは彼女に注意を払っていなかった。緊張して、それどころではなかったのだ。これまで四度にわたり決闘で銃口を向けられてもなんともなかった自分が、聴衆の前でピアノを弾くのを怖がっているとは。おそらく人々は、自分でなくジェーンの声しかまともに聴かないというのに。まるで裸になったようにいたたまれない。

気持ちを集中させて、ジョスリンは《バーバラ・アレン》の序奏を弾きはじめた。

ジェーンの声は出だしのふた言だけ、わずかにかすれた。しかし、彼女はすぐに落ち着きを取り戻した。ジョスリンも同じだった。実際、彼は人前で演奏していることを忘れ、ただ無心になって弾いた。ジョスリンはこれまで以上に気持ちを込めてのびやかに歌った。聴き手の心に無意識に反応できるのだ。たしかに客は集中していた。バラッドの最後の歌詞が消えるまで、身動きする者はひとりもいなかった。曲が完全に終わったあとでさえ、しばらく静寂が続いた。

やがて拍手が沸き起こった。社交界の集まりでよく聞かれる熱のこもらない儀礼的な拍手ではなく、真の芸術によって別世界に引き込まれていた聴衆による熱烈で惜しみない拍手だった。

ジェーンは面食らったような、恥ずかしそうな顔をした。だが、実に落ち着いていた。軽く頭をさげ、聴衆がふたたび静まり返るのを待つ。

続いて彼女はヘンデル作曲のアリア《あなたは不安なのですか？》を歌った。ジョスリンは日頃から、この曲はコントラルトのために書かれた歌の中で間違いなくいちばんの傑作だと思っていた。しかし今夜この曲は、まさにジェーンのために書かれた曲に思えた。歌詞にふさわしい格調高い伴奏をしなければならないという気負いも、いつしか消えた。彼はひたすら無心に弾いた。ジェーンの深くて芯の通った、それでいて情感豊かな声に耳を傾けるうち、不意に涙がこみあげて喉が締めつけられた。

〝あなたは不安なのですか？〟彼女は歌った。〝音楽があなたを癒やすでしょう。あなたは疲れているのですか？　あなたに安らぎが訪れますように。安らぎが訪れますように〟

自分はずっと不安で、ずっと疲れていたに違いない――気づくとジョスリンはそんなことを考えていた。音楽に心を慰める力があることはずっと前から知っている。しかし自分にとって音楽は禁断の処方箋であり、拒むべきものだった。ダドリー家の男性、ことにトレシャム公爵の称号を持つ者にとって、音楽はただ女々しく弱いものでしかなかった。

〝音楽は――〟ジェーンが息を継ぎ、声を豊かに響かせた。〝音楽はあなたを救う、天国の言葉で〟

そう、まさに天国の言葉だ。だがダドリーの男たちは人間の言葉で語るだけで、相手に耳を傾けない。少なくとも、力で築きあげた自分たちの世界以外のことについては聞く耳を持たない。音楽はおろか、音楽から感じ取れる言葉にならない思いについても。

曲が終わっても、ジョスリンの喉は締めつけられていた。静けさの中でふたたび拍手が響き渡ったとき、彼はしばらくまぶたを閉じた。ふたたび目を開くと、客たちが拍手をしながらひとり、またひとりと立ちあがるのが見えた。ジェーンはすっかり恐縮している。

ジョスリンは杖もそっちのけで立ちあがり、ジェーンの右手を握って高く掲げた。彼女はようやく笑みを浮かべ、人々に向かって膝を曲げてお辞儀をした。

アンコールの要望に応えて、ジェーンはスコットランド民謡の《ロビン・アデア》を歌った。軽やかで美しいが、難しい歌だ。明日になれば〝ぼくの言ったとおりだろう〟と言ってやるつもりだが、今日のところは彼女をからかう気にはなれそうもなかった。

歌い終わると、ジェーンはすぐにでも居間から逃げだすつもりだったらしく、並べられた椅子のあいだにできた、扉に通じる細長い空間に急いで二歩ほど踏みだした。だが、客たちがすでに次のお楽しみのために移動をはじめ、椅子の列を乱してしまった。音楽会は終了した。このあとは軽食の時間だ。しかもフェルディナンドが彼女の行く手を阻んだ。

「いやあ、ミス・イングルビー」弟は興奮冷めやらぬ調子で話しかけた。「まったくすばらしい歌声だったよ。本当に見事だった。食堂で飲み物でもどうだい？」

フェルディナンドは頭をさげ、とびきり魅力的な笑みを浮かべて肘を差しだした。馬や狩り、ボクシングや最近のクラブでの妙な賭け以外の楽しみに気が向いたときの、彼お得意の手だ。

ジョスリンはわけもなく弟に殺意を覚えた。

ジェーンはなんとか逃げようとしていた。あれこれ言い訳を並べているが、フェルディナンド以外にもみるみる人が集まってきた。男女を問わず、大勢の客が彼女と話をしたがっている。ジェーンが公爵の看護婦という立場で雇われていることが人々の好奇心を刺激しているのは間違いないが、それだけで彼女がこれほど注目を集めているわけではないだろう。人々はあの歌声に魅せられたのだ。

二日前に聴いたときに、なぜ気づかなかったのだ？　ジェーンの歌声は、単に並外れて美しいというだけではない。あれは適切な指導を受けて訓練された歌声だ。そんな高い教育は孤児院で受けられるものではない。たとえ立派な孤児院であろうと。

ジェーンはフェルディナンドに腕を取られ、食堂へ連れていかれてしまった。反対側にはヘイワード卿が張りつき、ヘンデルのオラトリオ《メサイア》について熱心に語っている。ジョスリンはあきらめて、ほかの客の相手をすることにした。


父が大金を払ってコーンウォールに連れてきた声楽教師は、ジェーンがその気になれば本業の歌手になれると思うと言った。ミラノ、ウィーン、コヴェント・ガーデン——どこでも好きな場所で公演が開ける、国際的な歌姫になれると。

もっとも、父はおだやかながらもきっぱりと否定した。伯爵令嬢が職業を持つなどということは、たとえそれが歌手のようにきらびやかなものであっても論外だと。ジェーンは特になんとも思わなかった。世間の賞賛を浴びたり、有名になったりしたいと思ったことは一度もない。自分が歌うのは、ただ歌うことが好きだから、そして親しい友人や家族に喜んでもらえるのがうれしいからだった。

けれども今夜のダドリー・ハウスでの成功には、正直なところ心が動いた。何しろ屋敷そのものが夢の世界のようにすばらしい。すべてのシャンデリアと燭台にろうそくが灯り、そこかしこの花瓶に豪華な花が美しく生けられている。誰もが親切にしてくれた。食堂では招待客のほぼ全員が近づいてきて声をかけてくれた。すばらしい歌だったと笑顔で感想を言うだけの人もいたが、多くの人がジェーンとの長い会話を楽しんだ。

彼女はこれまでロンドンの上流階級の人々の輪に入ったことはなかった。だが、自分がこの人々と一緒にいるのがごく自然なことに思えた。同じ世界に属していると感じられた。母が長生きをして、父が健康だったら、間違いなく社交シーズンのロンドンを訪れていたはずだ。ふさわしい夫を見つけるという最大の目的のために、花嫁候補としてお披露目されただろう。

でも、実際にはもう彼らと同じではない。ジェーンはそう自分に言い聞かせた。今となっては、彼らとのあいだに大きな隔たりができた。酔っ払ったシドニーが、結婚を承諾させようと迫ってきたばかりに。彼はジェーンを力ずくで奪おうとした――同じように酔っ払った友人たちが見て見ぬふりを決め込む前で。しかし、彼女はそんな相手に屈する娘ではなかった。だからシドニーの頭めがけて重い本を振りまわした。

それからいろいろな事情を経て、逃亡する身となった。まったく、とんだ逃亡者だ！　社交界でも選《え》りすぐりの人々が集う場所で、この世に心配ごとなどひとつもないような顔をして同席しているなんて。

「もう戻らせていただきます」ジェーンは小声で言い、微笑みながら立ちあがった。

「戻るですって？」レディ・ヘイワードが驚いたように言った。「だめよ、ミス・イングルビー。自分が今夜の主役になったことがわからないの？　ヘイワードが承知しないわ。そうでしょう、あなた？」

だがヘイワード卿は、紫色の衣装とやはり紫で羽根飾りのついたターバンを頭に巻いた未亡人と何やら熱心に話していた。

「失礼」キンブル子爵がジェーンの肘を取り、彼女をふたたび椅子に座らせた。「きみはまったく謎に包まれているね、ミス・イングルビー。ハイドパークからあわてて仕事場に向かっていったかと思えば、次は灰色の影のようにトレシャムに付き添い、今度は熟練の歌姫さながらに堂々と歌う。ちょっと尋問させてもらうよ」言葉の印象をやわらげるように魅力的な笑みを浮かべる。

レディ・ヘイワードが立ったまま手を叩いて人々の注目を引いた。

「軽食が終わったから帰るなんてことは許しませんからね。だって、まだほんの一二時ですもの。明日、兄を世間の笑い物にするわけにはいかないわ。居間でダンスをしましょう。ミセス・マーシュが演奏してくださるわ。ね、マダム、よろしいでしょう？　居間の絨毯をめくるよう、言いに行ってきましょうか。それともお兄さまが行ってきてくれる?」

「おやおや」トレシャム公爵は片眼鏡に指をかけて言った。「ぼくの評判を気にかけてくれるとはなんてやさしいんだ、アンジェリン。ぼくが行ってこよう」彼は食堂を出ていった。

「本当にもう失礼しないと」キンブル子爵のいくつかの質問に曖昧に答えたあと、ジェーンは告げた。「おやすみなさい」

「明日からもトレシャムを訪ねる口実を考えなくてはいけないいな」子爵が頭をさげてジェーンの手にキスをした。賛美するように顔をのぞき込む。

もうひとり危険な男性が現れてしまった——急いで部屋を出て、すれ違った何人かに挨拶をしながら、ジェーンは思った。キンブル子爵は、淡いブルーの瞳と銀色の夜会服が彼自身のブロンドにどれほど似合うか知り尽くしている。

けれども居間の前を通りかかったとき、今夜はそう簡単に部屋へ戻れそうにないとわかった。トレシャム公爵が杖をつきながら出てきたのだ。開いた扉の向こうに何人か客が戻っているのが見える。ほかの人々も食堂からこちらに移動してきた。

「もう寝に行くのか、ジェーン?」公爵が尋ねた。「まだ一時にもなっていないのに?」

「そうです、公爵さま。おやすみなさい」

「ばかを言うな! アンジェリンの言葉を聞いただろう。彼女はきみが今夜の主役だと思っている。たしかに妹のドレスの趣味はひどいものだ。きみも見たとおり、あの衝撃的なピンクは本人にまったく似合っていない。あんなに多くのひだ飾りをつけ、ブルーの羽根飾りをら聞かない人間はいない。きみも居間に来るんだ」

頭にさしたりするから、なおさら処置なしだ。とはいえ、アンジェリンほど一度言いだした

「いやです」

公爵が眉をあげた。「雇い主に盾突く気か？　ダンスをするんだ、ジェーン。このぼくと」

ジェーンは笑った。「杖も一緒に？」

「おっと」彼が杖を突きつけた。「今のは侮辱だぞ。ぼくは杖なしで踊る。しかもワルツだ。きみはぼくとワルツを踊るんだ」

公爵は階段に通じる通路とジェーンのあいだに立ちふさがった。ノーという返事を受けつけない顔をしている。もちろん彼女はとことん争う気持ちがないわけではなかった。そもそもダンスの無理強いなど不可能だ。

「あなたはワルツを踊らない人でしょう」

「そんなことを誰が言った？」

「あなた自身です。たしかにそう言ったわ。誰かと〈オールマックス〉の話をしていたときに」

「今夜は例外だ。ジェーン、きみはワルツを踊るか？　ステップを知っているか？」

逃げるなら今だ。ワルツのステップなど知らないと言えばいい。事実、友人同士の小さな集まりでチャールズと踊ったことがあるのを除き、公の場でワルツを踊ったことなどない。ところが、このダドリー・ハウスで同じ世界の人々に交じってワルツを踊ってみたい気持ち

が生まれた。誰にも見つからないところへ姿を消してしまう前に、トレシャム公爵とワルツを踊りたい。唐突にそう思った。

「迷っているな」彼が体を近づけてきた。「本当は踊りたいんだろう？　否定しても無駄だぞ、ジェーン。黙っているのが何よりの証拠だ」そう言いながら腕を差しだす。「おいで」

一瞬ためらったものの、ジェーンはその腕に自分の腕を絡め、居間についていった。

踊るために。

トレシャム公爵と、ワルツを。


ひとつたしかなことがある――若い客たちがにぎやかなカントリーダンスを踊っているあいだ、ジョスリンは椅子にかけて年配の客たちと雑談しながら思った。ジェーン・イングルビーは遠くないうちに去っていく。このダドリー・ハウスから。自分のもとから。

今夜の彼女はまさに注目の的だった。ダンスをしないうちから独身男性に取り囲まれている。その中には、いつもなら踊っているはずのキンブル子爵やフェルディナンドもいた。女性たちがシルクやサテン、宝石や羽根飾りやターバンで着飾っている中、小枝模様のモスリンのドレスと簡素な髪型のジェーンはどこか浮いていた。だが彼女を前にすると、ほかの女性たちが過剰に飾り立てているように見える。

ジェーンはとても自然に見えた。まるで一輪のバラのように。いや、バラではまだ派手すぎる。バラではなくユリだ。あるいはヒナギク。

これ以上彼女を屋敷に引き止めておけば、やがて周囲から不審の声があがるだろう。この三週間で自分が気づいたように、ほかの客たちにもわかるに違いない。ジェーンは頭のてっぺんから足の爪先までレディなのだ。おそらくは没落貴族の娘。それでもレディであることに変わりはない。しかも類まれな美貌の。

どこかで別の雇い主を探してやらなくては――ひどく気の滅入るその考えを、ジョスリンは頭の隅に追いやった。カントリーダンスが終わった。彼は杖を椅子に立てかけたまま立ちあがった。右脚に体重をかけてもあまり痛みがないことに、ひとまずほっとする。彼はピアノに座っているミセス・マーシュに近づいた。

「紳士のみなさん、お相手を見つけてください」ミセス・マーシュに〝ワルツを〟と頼んだあとにジョスリンは言った。ジェーンのほうに向かっていったとき、たまたまキンブル子爵とコナン・ブルームのふたりと目が合った。ふたりとも、まるでジョスリンがふたつ目の頭を生やしたかのような驚愕の表情をしている。無理もない。世間では、トレシャム公爵は決してワルツを踊らないというのが定説になっているからだ。しかし、ジョスリンは右手を差し伸べた。「ミス・イングルビー？」

「あとで大変な目に遭いますよ」めくられた絨毯の下のつややかな床に踏みだしながら、ジェーンが警告した。「たぶん明日から二週間は、脚をクッションにのせておかないといけなくなるわ」

「そのときは遠慮なく〝だから言ったでしょう〟と言えばいい」ジョスリンは右手をジェー

ンのウエストにまわし、左手で彼女の右手を握った。

彼がこれまで一度もワルツを踊らなかった理由は、結婚から逃げまわっている男性にとってワルツがあまりにも親密なダンスだからだ。だが、ぴったりの機会にぴったりの相手と踊るのであれば、最高の喜びを与えてくれるものだろうとずっと思っていた。

今回は機会も相手も申し分ない。

ジェーンの背筋は彼の手にしっくりとなじんだ。彼女はジョスリンに寄り添い、肩に手を置いている。けれども体が触れあうことはなく、ふたりは互いの目を見つめたまま周囲に人がいるのも忘れて踊った。ジェーンの体温が伝わってくるとともに、ほのかなバラの香りがした。

彼女のステップは、足が床についていないのではないかと思うほど軽やかだった。まるでジェーンが自分の一部になったかのようだ。ふたりが音楽そのものになったか、はたまた音楽がふたりに乗り移ったか。気づくとジョスリンは彼女に微笑みかけていた。ジェーンは笑わなかったが、ブルーの瞳は彼の笑顔に応えるかのようなぬくもりに満ちていた。

音楽が終わったとき、ジョスリンはふたつのことに気づいた。ひとつは、自分がいつもの高慢に取り澄ました表情ではなくなっていること。もうひとつは、右脚がとんでもなく痛むことだ。

「もう部屋に戻って寝ます」彼女が息を切らしながら言った。

「ああ、ジェーン」ジョスリンはやさしく言った。「残念だが、ぼくはつきあえない。まだお客が大勢いるからね」

人々がダンスのパートナーを替えたり、隅に引きさがったりする中、ジェーンは彼の腕から身を離した。

「部屋まで送るよ。そんなふうに脚をじろじろ見るな。心配しなくても、ちゃんと歩いてみせる。さあ、腕を組んで」

ふたりで出ていくところを誰に見られようとかまわなかった。それほど長くいなくなるわけではない。それにジェーンも、この先ダドリー・ハウスに長くいるわけではないのだ。だから噂に火がつくことはないだろう。

居間を出てみると、廊下と階段は嘘のように静かだった。杖を使わずに階段をゆっくりのぼっていく途中、ジョスリンはあえて口を開かなかった。ジェーンの部屋に続く小さな明かりのついた廊下を歩く。

「思ったとおり、今夜は大成功だった」しばらくして彼は言った。「いや、それ以上だ」

「ありがとうございます」

ジョスリンはジェーンの部屋の前で止まった。彼女と扉のあいだに立つ。

「ご両親は、きみをさぞ自慢に思っていただろうな」

「ええ――」ジェーンは言いかけた言葉をのみ込み、探るように彼を見た。「わたしを知る人はそう思ってくれました」注意深く答える。「でも、才能はただ自慢するためにあるわけじゃない。わたしの声は天からの授かりものです。あなたがピアノを弾く才能を授かったのと同じように」

「ジェーン」ジョスリンはささやき、頭をさげて彼女の唇にキスをした。けれどもふたりは切なく求めあうように唇を触れあわせ、やがてどちらからともなく離れた。

ほかの部分にはいっさい触れなかった。ジェーンも同じだった。

彼女の瞳はひそやかな情熱に潤み、頬は上気していた。唇はわずかに開いて湿り気を帯び、誘いかけているようだ。ジョスリンのほうは耳の奥で響く自分の鼓動がうるさくて、ほかの音が聞こえないほどだった。ああ、ジェーン、できることなら……。

ジョスリンは彼女の瞳の奥をのぞき込むように見つめ、やがて扉を開いた。

「陛下《したた》に客がいてよかった、ジェーン。これはいけないことだろう？　こんなことを続けてはいられない。おやすみ」

ジェーンは振り向きもせず部屋に飛び込んだ。うしろで扉が閉まる音を聞きながら、熱くなった頬を両手で覆う。

ワルツを踊ったとき、ウエストにまわされたトレシャム公爵の手の感触がまだ残っていた。彼の体温とコロンの香り、ふたりで踊った完璧なリズムがよみがえる。チャールズと踊った陽気で楽しいワルツではなく、もっと親密で官能的なワルツだった。

そう、陛下にお客がいてよかった。

まだ先ほどのキスの感触が残っている。激しさや貪欲さはなかった。もっと質が悪い。たまらないほどやさしく、そして切ないキス。そう、これはいけないことだ。こんなことを続けてはいられない。これ以上は絶対に。ジェーンは自分の中に焦がれるような疼《うず》きと虚しさを覚えた。

11

翌朝八時半、ブライトンまでの二輪馬車レースがハイドパーク・コーナーで開始されようとしていた。このぶんだと風もなく晴天に恵まれそうだと思いながら、ジョスリンは杖をついて屋敷の外に出た。

誰の助けも借りずに二輪馬車の高い座席にあがり、うしろに飛び乗ろうとした従僕を追い払った。すぐそこの公園まで行って戻ってくるだけのこと。フェルディナンドに最後の励ましをしてやりたかった。間違っても助言はするまい。ダドリー家の男は助言されることを好まない。特に身内からは。

まだ時間はかなり早かったが、群集が詰めかける前に弟に会っておきたかった。見物人の一部はレースの行方を見届けるためにうしろから馬を走らせ、ブライトンで勝者と祝杯をあげるだろう。いつもならジョスリンもその中にいたはずだ――いや、むしろレースの当事者になっていただろう。今回は違う。昨夜ワルツを踊ったわりに脚の具合は悪くない。といっても、長く過酷な乗馬をするのは愚かしい。

フェルディナンドは頬を上気させ、そわそわと興奮気味だった。ジョスリンよりも早く来ていたヘイワード卿と話をしている。

「アンジェリンからの言伝《ことづて》だ」ヘイワードがおどけたように眉をあげた。「〝どんなことがあっても勝って。首を折るような無茶だけはやめて。ダドリーの名誉はお兄さまの手にかかっている。とにかく自分の身の安全だけを考えて〟ほかにも同様の支離滅裂なメッセージがあるが、あえて伝えないよ」

フェルディナンドは微笑み、ジョスリンのほうを向いて挨拶した。

「あいつらもぼくと同じくらい本気だよ」弟が二頭の馬を示した。

ジョスリンは片眼鏡をかざしてフェルディナンドの二輪馬車を見た。見た目が優雅、しかも速そうに見えるというだけで弟が数カ月前に衝動買いした馬車だ。以来、彼はずっとこの馬車の文句を言っている。なるほどその馬車には、乗ってみてはじめてわかる難点があった。ジョスリンは一度だけこの馬車を走らせてみたことがあるが、ぜひまた乗りたいとは思えなかった。

レースではフェルディナンドが不利とはいえ、ジョスリンはまだ賭け金をあきらめていなかった。若さと負けん気では弟が勝るし、ダドリー家にはスポーツにおいては何があろうと二番手になってはならないという家訓がある。それに二頭の栗毛の馬は、ジョスリン自身がほしいと思うほどいい馬だった。問題は馬車だけだ。

対戦相手のベリウェザー卿が、馬に乗った男たちに囲まれて到着した。もちろん全員がベリウェザーの勝利に賭けている。気のいい何人かがフェルディナンドに挨拶をした。

「とてもいい馬じゃないか、ダドリー」ミスター・ワグディーンが陽気に言った。「まともな脚がそれぞれ一本ずつしかないのが哀れだが」

「哀れなのはそっちだぞ」フェルディナンドがにこやかにやり返した。「まともな四本脚の馬で勝負しても、負けて恥をかくんだからな」

ベリウェザーはつややかなブーツについた見えないほこりを鞭で払う仕草をし、対戦者など歯牙にもかけていないところを見せた。レースに出るというより、ボンド・ストリートをそぞろ歩くような気取った格好をしている。しかしもちろん、いったんレースがはじまれば、この男が本気を出すのは間違いなかった。

「フェルディナンド」ジョスリンは唐突に言った。「馬車をぼくのと交換しよう」

弟の顔がぱっと明るくなった。「本当にいいのか、兄上?」

「おまえが勝つほうに大金を賭けているのに、あんな帽子入れみたいな馬車でブライトンへ送りだせるか」ジョスリンは赤と黄色に塗られた弟の馬車のほうに顎をしゃくった。

フェルディナンドはためらわなかった。ものの数分で、彼の従僕が二頭の栗毛をジョスリンの二輪馬車につなぎ直した。

「これだけは忘れるな」口出しをしたい気持ちをこらえきれずにジョスリンは言った。「この馬車はおまえのより軽い。反応もずっと敏感だ。曲がり角では速度を落とせ」

フェルディナンドは座席に乗り、従僕から手綱を受け取った。すっかり真剣な表情になって集中している。

「壊さずに返せよ」最後にそれだけ言うと、ジョスリンは見物人たちと一緒にうしろへさがった。「さもないと、ただではおかないぞ」

一分後、ベリウェザー卿の義弟であるヤーボロー侯爵が空に向かって拳銃を構え、あたりが静まり返った。やがて拳銃が発砲され、大歓声と砂ぼこりと蹄の轟音《ごうおん》とともにレースがはじまった。

まるで騎兵隊の突撃さながらだな。二台の馬車とそのうしろを馬に乗って駆けていく男たちを物憂げに見送ったジョスリンは、残されたフェルディナンドの馬車に向き直り、ほかの見物人たちに軽く挨拶をした。

そのときになって、やはり従僕を連れてくればよかったと後悔した。今から〈ホワイツ〉へ行くには、いったん馬を厩舎に戻して、弟の馬車を馬車置き場に入れなければならない。しかし、彼自身は屋敷に戻る理由がなかった。あるのはむしろ戻りたくない理由のほうだ。

昨夜またジェーンにキスをしてしまった。そして、こんなことを続けてはいられないと自ら認めた。何か手を打つべきだ。彼女を出ていかせなければならない。

だが困ったことに、自分はジェーンを出ていかせたくない。

いけない、厩舎に向かうのだった。グローヴナー・スクエアに入ってダドリー・ハウスの扉が見えたとき、ジョスリンは屋敷の正面玄関に来てしまったことに気がついた。うっかりしていた。ひとまわりして裏口に行こう。

ところが、馬に進むよう合図したとたん思いがけないことが起こった。一瞬の出来事だったので、あとから考えても何が起きたのかよくわからない。何かが弾けるような大きな音がして、馬車が左に大きく揺れた。馬がいなないてあとずさりし、男性の叫び声と女性の悲鳴がした。ジョスリンは全身を何かかたいものに叩きつけられた。

気づくと、自分の屋敷の前で路上にうつ伏せに倒れていた。うしろで誰かがおびえた馬をなだめている。全身の骨が外れたような痛みの中で、別の誰かが自分の頭を抱きかかえ――帽子はどこへいった？――大丈夫、大丈夫よ、と子どもをあやすように繰り返しているのがわかった。

「まったく！」ジョスリンはうめきながら顔をあげ、地面から弟の馬車の残骸を見あげた。車軸が折れて、見るも無残にひしゃげている。広場に立つどの屋敷の窓からも、人々が心配そうにのぞいていた。他人の無様な姿を見るために、窓際に列を作っているのか？

「大きく息を吸って」ジェーン・イングルビーがあいかわらず彼の頭を抱いたまま言った。「屋敷の誰かがすぐに中へ運んでくれるわ。体を動かさないで」

生涯最悪の期間を、これ以上長引かせてたまるものか。

「そんな戯言《たわごと》しか言えないなら」ジョスリンは彼女の手を振り払うように頭を振った。「いっそひと言も話すな」

彼は地面に両手をついた。高価な革手袋の手のひらの部分が破れ、生々しい傷がのぞいている。全身の筋肉が悲鳴をあげるのもかまわず身を起こした。

「なんて愚かな人！」ジェーンが叱りつけ、ジョスリンは彼女の肩に寄りかからされた――

いつかのように。

　彼は残骸と化した馬車にふたたび目を向けた。「この馬車は、フェルディナンドがちょうどロンドン市街を抜けて速度をあげた頃に大破していただろう」

　ジェーンが眉をひそめて彼を見た。

「これはフェルディナンドの馬車だ。車軸が折れている。弟が乗っていたら、おそらく命はなかった。マーシュ！」ジョスリンは馬をなだめている馬丁を呼んだ。よその屋敷の人間らしい別の誰かが、馬車から綱を外してくれていた。「この馬車を徹底的に調べて、半時間以内に報告しろ」

「かしこまりました、閣下」馬丁が応えた。

「中に連れて入ってくれ」ジョスリンはジェーンに言った。「ここで騒ぎ立てるな。図書室で、きみが心ゆくまで手当てできるような痣《あざ》や切り傷がきっと見つかるだろう。骨はどこも折れていないし、着地したときに右脚はつかなかった。少なくともそう思う。これは誰かの仕業だ。しかも意図的な」

「フェルディナンド卿を殺すために？」屋敷に入りながらジェーンが言った。「そしてレースに負けるように？　そんな、まさか。そこまでして賭けやレースに勝とうとする人などいないでしょう。きっと事故だわ。起こるときには起こるもの」

「ぼくには敵がいる」ジョスリンは短く言った。「そしてフェルディナンドはぼくの弟だ」

細工されたのが馬車だけであってほしいと願うばかりだった。これはフォーブズ兄弟が関わっていると考えて間違いない。平気で卑劣なまねをする連中なのだ。

その日、ジェーンはダドリー・ハウスを出ていこうと心に決めていた。もともとないも同然だったが、ここでの自分の役目は終わった。約束の三週間もじきに終わる。トレシャム公爵の招待客を楽しませるために歌った昨夜の自分は、まったくどうかしていた。社交界の五〇人もの人々に見られてしまったのだ。彼らと同じ階級であることを示す華やかなドレスこそ着ていなかったが、少なくともふつうのメイドとは明らかに異なる衣装で。

社交界に捜査の手が伸び、彼女の容貌が伝えられるのは時間の問題だ。すでにそうなっていないのが不思議なほどだった。現実にそうなれば、ゆうべの客のうちの誰かがジェーン・イングルビーを思いだすだろう。

ダドリー・ハウスを出ていかなければいけない。姿を消さなくては。五〇〇ポンドを受け取り――これもまた正気の沙汰ではないけれど、どうあっても公爵に約束を守ってもらわなければ――そしてどこかに身を隠すのだ。ロンドン以外のどこかに。公共の移動手段を使う前に、歩いて市街を出てしまおう。

決心はかたかった。何より昨夜のキスのことがある。このままでは情熱に突き動かされて暴走してしまう。これ以上、ダドリー・ハウスにとどまることはできない。恋わずらいをしている場合ではないのだ。少なくとも当分は、自分の感情を優先させてはいけない。

ジェーンは公爵を図書室に連れていき、すぐにぬるま湯と軟膏と包帯を取ってきた。暖炉脇の椅子の前のスツールに腰をおろし、ひどく擦りむいた彼の手のひらに塗っていると、馬丁がやってきた。

「それで？」公爵がたたみかけた。「何がわかった、マーシュ？」

「車軸は間違いなく細工されていました」馬丁が答える。「通常の状態であのような壊れ方をすることは、まずありません」

「やはりそうか」公爵は険しい顔をした。「誰か信頼できる人間をフェルディナンドの厩舎に送れ、マーシュ。いや、おまえが行け。ここ数日であの馬車に近づいた人間をすべて知らせろ。特に昨日から今朝にかけてだ。まったく、なんてことだろう。フェルディナンドもあいつの馬丁も、馬車が長いレースに耐えられるか念入りに点検したはずだ」

「もし閣下がレースに出るとなれば、われわれも間違いなくそうしたでしょう」馬丁が応じた。

馬丁が出ていくと、ジェーンは自分がにらみつけられていることに気づいた。

「まさかその包帯を使うつもりではないだろうな。それで両手をぐるぐる巻きにされて出歩くつもりはないぞ」

「傷が痛んでもいいんですか、公爵さま？」ジェーンは脅した。

公爵は苦りきった笑みを浮かべた。ジェーンはスツールで姿勢を正した。彼が今朝の出来事や弟の安否を気にしているのはわかっている。でも、言うべきときが来た。これ以上は待てない。

「ここから出ていきます」彼女は唐突に言った。

公爵の笑みがさらにゆがんだ。「この部屋から？　包帯を片づけに行くのか？　だったらありがたい」

ジェーンは黙って見つめ返した。相手が一瞬たりとも考え違いをしていないのはわかっている。

「つまり、ぼくのもとから去るというのか？」とうとう彼が言った。

「しかたありません。あなたもわたしと同じでしょう。ゆうべ、そう言いました」

「だが、今日とは言わなかった」公爵は顔をしかめ、比較的傷の浅い左手の指を曲げ伸ばしした。「これ以上の災難は今日のところは勘弁してほしい、ジェーン」

「だが、今日とは言わなかった」

「災難ではないでしょう。わたしはこのお屋敷に期間限定で雇われ、それが終わったから出ていくんです——お金を受け取ってから」

「たぶん今日は支払いができない。昨夜の歌の報酬は五〇〇ポンドと約束しただろう？　それほどまとまった額をクインシーが現金で置いているとは思えない」

ジェーンは瞬きをしたが、こみあげてくる涙を引っ込めることができなかった。

「冗談はやめてください。お願いです。わたしは出ていかなくてはならないんです。今日じゅうに」

「ここを出てどこへ行く？」

彼女はただ首を横に振るしかなかった。

「行かないでくれ、ジェーン。行かせるわけにはいかない。ぼくには看護婦が必要なんだ。わからないか？」彼は両手をあげてみせた。「少なくともあと一カ月はきみが必要だ」

なおもジェーンは首を横に振った。公爵は椅子に深くもたれ、目を細めて彼女を見つめた。

「なぜそれほど出ていきたがる？　ぼくはそんなにひどい雇い主だったか、ジェーン？　そこまできみにつらく当たったたか？」

「ええ、そうです」

「それはぼくが昔から甘やかされて育ったからだよ。まったく悪気はないんだ。それに、きみは決してやられっぱなしではなかった。やられっぱなしだったのはぼくのほうだ」

ジェーンは微笑んだが、本心では泣きじゃくりたかった。不安な未来に踏みだすことより、過去を切り捨てなければならないのがつらい。でも、今朝はそのことは考えないつもりだった。

「きみはここを出ていくべきだ」公爵が不意に言った。「それについてはぼくも同感だよ。特にゆうべのことを考えれば」

彼女はうなずき、膝の上に置いた両手に視線を落とした。もし彼の手の擦り傷を理由に強引に引き止めてもらえることを期待していたとしたら、がっかりするところだ。

「だが、ここ以外の場所で暮らすのなら問題ないだろう。そうすれば、周囲の目や社交界の噂を気にせずに毎日でも会える。それならどうだ？」

ジェーンはゆっくりと視線をあげた。よもや自分の思い違いではあるまい。それより、信じられなかった。彼の言葉に対する自らの反応ぶり——いや、無反応ぶりが。腹を立てるどころか、ひどく心を動かされている自分がいる。

公爵は彼女を濃いブラウンの瞳でまっすぐ見つめていた。

「ぼくがいっさいの面倒を見る。きみは贅沢な暮らしができる。屋敷に使用人に専用の馬車。衣装に宝石。もちろん報酬もたっぷり払う。ある程度の自由も保証する。既婚女性よりも、ずっと大きな自由を」

「その代わりにあなたと寝るのね」静かに言った。質問したのではない。尋ねるまでもないことだ。

「ぼくはそれなりの経験者だ。きみに悦《よろこ》びを与えられる。悪くない条件だと思うが？ きみはぼくとベッドをともにすることを一度も考えたことがないと本気で言えるか？ まったくそんな思いはないと？ ぼくのことが不快か？ さあ、正直に答えろ。嘘をついてもすぐにわかるぞ」

「嘘をつく必要などありません。それどころか答えるまでもないわ。五〇〇ポンドと三週間分の賃金をいただきます。それでどこへでも好きなところへ行けますから。貧乏人にとっては、それだけのお金でもたいした財産ですもの。人生そのものをあなたに託すつもりはありません」

公爵は静かに笑った。「ぼくはきみに何かを強制できると思うほど愚かではない。きみを強引に誘惑するつもりはないさ。何かの餌で釣るつもりもない。ぼくは言うなれば、きみに新しい仕事を提案しているんだ。きみは住む家と収入を求めている。安全な環境と、寂しさを癒してくれる相手もほしいだろう？　きみだって欲求を抱えるひとりの女性だ。そしてぼくに惹かれている。ぼくはぼくで愛人を必要としている。もうかなり長く女性とつきあっていないんだ。おかげで、看護婦を部屋の外に連れだして唇を奪うことばかり考えるようになってしまった。暇なときに訪ねていく相手が要るんだ。ぼくの欲求を満たしてくれる相手が。ジェーン、きみならなれる。ぼくはきみを求めている。そしてもちろん、ぼくはきみに贅沢な暮らしをさせてやることができる」

しかも、世間の目から隠れて。

自分の両手を見つめながら、ジェーンは彼の申し出について考えていた。信じられないことだが、怒りに任せて言い返さないよう自分を抑えている。

たとえ当局に捕まらなかったとしても、自分はもう二度とレディ・サラ・イリングワースには戻れない。二五歳の誕生日を迎えても、父の遺産を相続できない。ここは現実的に自分の将来を考えるべきだ。どのみちどこかで生きていかなければならない。働かなければならない。どれほど倹約しても、五〇〇ポンドで一生暮らしていくことは無理なのだから。貴族に雇ってもらえる可能性はなくはない――住み込みの家庭教師か貴婦人のコンパニオンとしてなら。しかし、そのためには推薦状が必要だ。そうなると見つかってしまう危険性が出てくる。

上流階級の屋敷に雇ってもらうのが無理なら、生き延びるために肉体労働をするしかない。

それができないなら、トレシャム公爵の愛人になる以外に道はない。

「どうだ、ジェーン？」長い沈黙の末に彼が尋ねた。「きみの答えは？」

彼女は深く息を吸って公爵を見た。

この人から離れなくてすむ。

この人とベッドをともにすればいい。妻としてではなく。愛人になるのだ。囲われ者に。

「それはどんな屋敷ですか？」ジェーンは尋ねた。「使用人の数は？　報酬は？　わたしの利益はどう守られるのですか？　飽きられたとたんに放りだされないという保証は？」

彼がゆっくりと微笑んだ。「それでこそ、ぼくのジェーンだ」静かにつぶやく。「たいした鼻っ柱だ」

「契約書を作ってください。内容はふたりで相談して決めましょう。下書きを念入りに確認し、両者が署名をした時点であなたの愛人になります。それまでここにはいません。もうその屋敷はあるのですか？　あなたも愛人を住まわせるために別邸を所有する類の男性なんですか？　だったら、そこへ移ります。契約で合意に至らなければ、もちろん出ていきます」

「もちろん、ぼくはそういう目的のための別邸を持っている。今はふたりの使用人がいるだけだが、すぐに補充する。あとで案内しよう。マーシュが弟の厩舎から新たな情報を持ち帰ったあとで。ブライトンからレースの結果の知らせが届くまでにするべきことがある。契約内容については明日、話しあおう」

「わかりました」ジェーンはスツールから立ちあがり、洗面器と包帯を手にした。「荷物をまとめて、いつでも出ていけるようにしておきます」

「これはなんとなくの予想だが」

彼女が扉の取っ手に手をかけて振り向くと、公爵がわざと気弱そうに言った。

「きみはかなりふっかけてきそうだな。契約書の作成を要求してくる愛人などはじめてだ」

「これまでの愛人が愚かだっただけでしょう。それにわたしはまだ愛人になったわけではありません」

彼がおかしそうに笑い、ジェーンは扉を閉めた。

そのまま扉に背を預け、まわりに使用人がいないことに感謝した。急に気力が萎え、同時に膝から力が抜けた。

今、わたしは何をしたの？

何に合意したの？　もしくは合意しようとしているの？

自分のしたことに、それ相応の恐れを感じようと試みた。けれど感じたのは、心の底からの安堵《あんど》だった。これで今日じゅうに彼のもとを去らなくてもよくなった。二度と会えなくならずにすんだ。

12

それはジョスリンが五年前から所有する邸宅で、至極まっとうな界隈のまっとうな通りに立っていた。彼はここの内装や家具にかなり金をかけ、信頼の置ける使用人を雇った。そのうちのふたりが、住む人間がいないときでも管理に当たってきた。

ここはジョスリンのお気に入りの場所で、私的なひとときを楽しむための隠れ家だった。にもかかわらず、ジェーン・イングルビーを連れて敷居をまたいだとたん、彼は違和感を覚えた。

建物に対する違和感だけではない。ジェーンが自分の愛人になるということそのものが間違っているような気がしたのだ。たしかにジョスリンは彼女を求めていた。ベッドの中で。しかし、ジェーンは愛人としてどことなくおさまりが悪い。

「ジェイコブズ」彼は慇懃に頭をさげる執事に言った。「こちらはミス・イングルビーだ。しばらくここに滞在することになる。今後、おまえとミセス・ジェイコブズは彼女の指示に従うように」

主人が労働者階級から愛人を選んだことはジェイコブズにとって意外だったはずだが——

当然、ジェーンはハイドパークにいたときと同じ灰色の粗末なマントとボンネットに身を包んでいた——使用人として長年訓練を積んでいるだけに、ジェイコブズは驚きをおくびにも出さなかった。

「快適にお過ごしいただけるよう、精一杯務めさせていただきます、マダム」彼はジェーンに向かって頭をさげた。

「ありがとう、ミスター・ジェイコブズ」彼女はごく自然に応じた。執事は地下階にさがっていった。

「彼らが新たに使用人を雇い入れるだろう」ジョスリンはジェーンの肘に手を添えて邸内を案内しはじめた。「ぼくが決めようか？　それともきみが自分で決めたいか？」

「どちらも必要ありません」彼女はラベンダー色の絨毯と家具、ピンク色のカーテンとフリル付きのクッションで彩られた客間を見まわした。「数日しかいないかもしれないもの。まだ正式に契約したわけではないから」

「しかし、その予定だ」ジョスリンは彼女を食堂に導いた。「明日の朝、ここへ協議に来るよ、ジェーン。だが、まずはきみをボンド・ストリートにあるぼくのなじみの仕立屋に連れていく。そこで衣装のための採寸をしてもらうんだ」

「ありがとう。でも、わたしは自分の服を着ます」ジェーンは予想どおりの返事をした。「正式にあなたの愛人になるまでは。合意に至った時点で、あなたが望むなら仕立屋をここへ来させてください。ボンド・ストリートへは行きません」

「ぼくの愛人になったと世間に知れるのがいやなのか？」そう尋ねながら、ジョスリンは彼女がつややかな円形テーブルに指を滑らせるのを見つめた。このテーブルは客を大勢呼ぶときは、かなり大きく拡張できるようになっている。だが愛人とふたりきりの夕食を楽しむなら、手を伸ばして届く距離がいい。「恥ずかしいことだと思っているのか？　決してそんなことはない。高級な娼婦は貴婦人とほとんど同格とされる。ある意味においてはむしろ格上だ。ふつうの貴婦人より、ずっと影響力を持っている。きみはぼくの愛人として、世間から一目置かれるだろう」

「たとえあなたの愛人になっても、わたしは恥にも誇りにも思いません。報酬が高くて自分に合う仕事を手にしたと思うだけです」

ジョスリンは笑いだした。「自分に合う仕事だって？　うれしいことを言ってくれるじゃないか。二階を見に行こう」

彼はふと気になった。ジェーンは見た目どおり冷ややかで情熱に欠ける女なのだろうか？けれども彼女との二度の抱擁を思いだし、心の中で答えを出した。特に音楽室で抱きあったとき、ジェーンは決して情熱に欠けてなどいなかった。客の前で歌ったあと、彼女の部屋の外でキスをしたときも、こちらが危うく流されてしまいそうなほど強い切望を感じた。

寝室の扉を開いたとき、数歩前にいたジェーンが振り向いた。

「今日のうちにはっきりさせておきたいことがあります」彼女は両手を腰に当てて顎をあげ、戦いを挑むように目を光らせた。「もしわたしがここに住むことになったら、部屋をそっくり改装させてもらいますから」

「本気か？」ジョスリンは眉をあげ、片眼鏡を取りだして室内をしげしげと見た。支柱に複

雑な彫り物が施されたマホガニー材の大きな天蓋付きベッドには、ブロケード織りのシルク

の上掛けがかかり、天蓋も同じくシルクでバラの蕾《つぼみ》の刺繍《ししゅう》が施されている。天蓋からさがる

垂れ幕は窓辺のカーテンと同様、重厚で高価そうなベルベットだ。足元の絨毯はやわらかく

て厚みがある。

そのすべてが目にも鮮やかな真紅だった。

「もちろん本気です！」ジェーンが軽蔑したように言い返した。「あまりにひどい趣味なん

ですもの。この部屋にはたとえひとりでも寝たくないわ。もちろん、あなたと寝るのもお断

りします。売春婦になったような気がするでしょうから」

ジェーン・イングルビーといると、ときどき互いの立場をはっきりさせなければならなく

なる。問題は、ジョスリンがそれに不慣れなことだった。今までそんなことが必要になる相

手などいなかった。

「ジェーン」彼はブーツの両足を床に踏ん張り、両手を背中で組んで厳しい表情を作った。

「忘れてもらっては困るな。仕事をもらおうとしているのはきみであって、ぼくではない。

ぼくはきみに仕事をやろうとしているが、受けるのも断るのもきみの自由だ。半分の条件で

も飛びついてくる女性は山ほどいる」

彼女がまじまじと見つめ返してきた。沈黙のひとときが流れ、ジョスリンは動揺を見せま

いとじっと耐えた。

「わたしが間違っていました、公爵さま」やがてジェーンが口を開いた。「この契約についてはふたりで協議できるものと思っていました。でもあなたは、まともな人なら夢にも逆らおうとは思わない暴君に逆戻りしたようですね。どうぞ半分の条件で、ほかの女性を当たってください。わたしは出ていきます」

ジェーンがジョスリンに向かって一歩踏みだした。一歩だけ。彼は扉のところに立っていた。その気になれば、彼女は脇をすり抜けて出ていける。

「この屋敷のどこがそんなに気に入らない？」ジョスリンは折れた。「これまでそんな不満は誰からも聞かなかった」

しかし、残念ながらジェーンの言うとおりだった。彼女と一緒にこの建物に入った瞬間からわかっていた。まるで他人の家にはじめて足を踏み入れたような気がしたのだ。ここはジェーンの住むところではない。

「思い浮かぶ言葉がふたつあります。もっと時間があれば、辞書一冊分でも思いつくでしょうけれど。でも、とりあえず思いつく言葉は〝軽薄〟と〝無節操〟ね。どちらもわたしには耐えられないわ」

ジョスリンはわずかに唇を開いた。たしかにそのふたつの言葉は、この館《やかた》を端的に言い表している。一階の客間は自分ではなく女性が好む内装にした。あるいは、こうすれば女性が好むだろうと思われる内装に。この寝室はどうだ？　ここでろうそくを灯すと、いつも気分が盛りあがった。深紅は裸になった女性をこのうえなく妖しく見せる。

「これがわたしからの最初の要求です」ジェーンが言った。「この寝室と先ほどの客間は、わたしの思いどおりに模様替えをさせてもらいます。この点だけは絶対に譲れません。どうしますか？」

「最初の要求だって？」ジョスリンは目をむいた。「ジェーン、この契約書にぼくの要求は記されるのか？　それともぼくはきみの奴隷にされるのか？　ぜひ聞かせてほしいね。奴隷になるのも、それはそれで面白そうだ。鎖とか鞭が出てくるのか？」そこでにやりとしてみせた。

ジェーンは笑わなかった。

「契約は対等に行うものでしょう。もちろんあなたの要求も記されます。たとえば、望むときはいつでもわたしと——」

「ことをなせる？」

「ええ」彼女は短くうなずいた。

「望むときはいつでも、か」そう言いながらジェーンをじっと見つめ、彼女の頬が周囲の色と関係なく赤くなったことに喜びを覚えた。「たとえきみが望んでいないときでもか、ジェーン？　頭痛やその他もろもろの体調不良があっても？　ぼくの欲求に限界がないとわかっても、辛抱してつきあうというのか？」

彼女は少し考えてから答えた。「あなたからすれば当然の要求でしょう。そのための愛人ですもの」

「ばかにするな！」ジョスリンは不快そうに目を細めた。「そんな態度で臨むなら、ぼくはきみなどいらない。こちらの欲求が募ったとき、いつでも好きにできる女などほしいものか。その程度ですむなら安い娼館がいくらでもある。ぼくは一緒にくつろげる相手がほしい。ともに悦びを追求できる相手がほしいのだ。お互いに悦びを与えあえる相手が」

ジェーンはさらに赤くなったものの、あいかわらず背筋を伸ばし、しっかりと正面を向いていた。

「もしあなたが一〇日連続でやってきて、わたしがずっと断り続けたらどうするんです？」

「そのときは自分をどうしようもない男だと思うことにする。おそらく屋敷に戻って、拳銃で脳天を吹き飛ばすだろう」

ジェーンが笑った。深紅を背景にして笑う彼女が不意にとてつもなく美しく見えて、ジョスリンは一瞬息をのんだ。

「おばかさんね！」

「男が一〇日かかっても自分の愛人をベッドに誘えなければ」彼は弱々しく言った。「そいつは死んだほうがましだ。男が性的魅力を失ったら、なんのために生きるというんだ？」

彼女は首をかしげ、思案するようにジョスリンを見つめた。「冗談を言っているのね。でも、半分は本気なんでしょう。あなたにとって男であることはとても大切だから。違うかしら？」

「きみにとって女であることは大切ではないのか?」

その問いにジェーンはしばらく考え込んだ。こういうところが特徴的だとジョスリンはかねがね思っていた。彼女は最初に頭に浮かんだことをそのまま口に出したりしない。

「わたしにとっては、わたしであることが大切です」やがてジェーンは答えた。「それに女だから、女であることもやっぱり大切ね。でも完璧な女とはどんなものかわたしの中に明確なイメージがあるわけではないし、わたしが女であることによって、他人から何を期待されているのかもよくわからない。そんなものに自分を当てはめるつもりはありません。わたしは、ただわたしでありたいだけです」

ジョスリンは愉快になってきた。

「はじめてだ。この部屋で女性とこれほど離れて立ち、男女の違いについて議論するのは。本当はもう新しい関係になっているべきなのに。あのベッドに裸で横たわり、満ち足りたため息をついてぐったりしていてもいい頃だ」

今度こそジェーンは真っ赤になった。

「もしかして、わたしがこの寝室に入るやいなや、あなたとこの部屋の魅力に抗えなくなると期待したんですか?」

実はそう期待していた——ほんの少しだが。

「きみのほうは」ため息をつきながら言う。「ここが修道僧の部屋みたいになるまで、ぼくに指一本触れさせないつもりなんだな。いいとも、ジェーン。ジェイコブズに命令すればいい。ぼくの館を好きにするがいいさ。ぼくはぼくの役目として、その勘定を払う。そろそろ陛下に戻らないか？　今頃はミセス・ジェイコブズが、きみをひと目見ようと紅茶のトレーを手にして待っているだろう」

「食堂に運んでもらえばいいわ」ジェーンはしぶしぶ身を引いた彼の脇をすり抜けた。

「今夜はどこで寝るんだ？」ジョスリンは彼女のあとをついていきながら尋ねた。「食堂のテーブルの上か？」

「どこかに適当な場所を見つけます。どうぞご心配なく、公爵さま」

一時間後、屋敷の馬車をすでに帰してしまっていたジョスリンは、擦りむいた手で杖をつきながら別邸をあとにした。早くマーシュからフェルディナンドの厩舎に関する報告を聞きたかった。フォーブズ兄弟が弟の馬車に近づいた証拠をつかむことまでは期待するまい。車軸が折れたことが連中のうちの誰かの厚意による可能性があるとわかればじゅうぶんだ。

そうなれば、このトレシャム公爵が相手になる。

もうレースの結果は届いているだろうか？　いつもの自分らしくなく、フェルディナンドが無事にブライトンに到着したかどうかだけが気にかかる。

それにしても、ジェーン・イングルビーに愛人になるよう持ちかけるべきではなかった。とてもではないが、いい案とは思えない。

にもかかわらず、体が彼女を求めている。

いったいジェーンはなぜ、あの朝ハイドパークで決闘を目にしたとき、まともな女なら誰でもそうするようにさっさと素通りしてくれなかったのだろう？

あのとき彼女に気を取られたりしなければ、自分や自分の生きてきた世界を揺るがすような、こんな奇妙な感覚にとらわれることもなかっただろうに。


ジェーンは客間のソファで眠った。部屋の配色といい、フリル付きクッションや飾り物類といい、なんともひどい趣味だ。でも、少なくとも寝室のようにいやらしくはない。

午後にトレシャム公爵と話をしているあいだじゅう、あのベッドの真っ赤なシルクの寝具を乱しながら彼と絡みあっている自分の姿が浮かんでぞっとした。性的に高ぶったときの気分というのはよくわからないけれど、おそらくあのイメージにかなり近いはずだ。公爵と合意したこと——あるいは合意しようとしていること——が生々しい現実味を帯びた。

この自分がどうして愛人などになれるだろう？　ソファに横たわって眠りにつく前、ジェーンは上半身を起こしたまま考えた。トレシャム公爵に対してなんらかの感情を抱くことができなければ、とても体を重ねることなどできない。彼に何かを感じている？　もちろん愛してなどいない。愛するなんて、あまりにも軽はずみだ。でも、好きだろうか？　少しは愛情を感じているかしら？　尊敬する気持ちは？

これまで公爵と繰り広げてきた口論の数々を思いだし、ジェーンは思わず笑顔になった。彼は高飛車で、横暴で、まったくいらいらさせられる。けれど、こちらが歯向かうのを明らかに楽しんでいるようなところがある。それに相手の意見をさほど認めていないときでも、尊重はしてくれる。自分が今夜、彼と関係を結ぶこともなくひとりでここにいるのが何よりの証拠だ。それに彼は名誉を重んじる人でもある。嘘をついたレディ・オリヴァーを糾弾するより、オリヴァー卿と決闘するほうを選ぶほどに。

ジェーンはほっとため息をついた。そう、自分は公爵のことをじゅうぶん好きだ。それにもちろん、あの夜の音楽室で発見したように、彼には芸術的な鋭い感性と繊細さがある。そして知性もある。ユーモアのセンスもある。そんなすばらしい魅力の数々を、本人は世間の目に触れないよう巧妙に隠しているけれど。

自分たちはお互いを求めている。それは間違いない。公爵にとって女性が誰でも同じならば、こちらが契約書を作ってほしいと求めた時点でさっさと放りだされていたはずだ。でも、忘れてはいけない――そう、ふたりの関係が続いていくかぎり、これは彼の男性としての欲求によるもの。愛と勘違いしてはならない。

ジェーンはソファで眠り、チャールズの夢を見た。いちばんの友人。将来を約束した運命の相手。キャンドルフォードのバラが生い茂る東屋《あずまや》に並んで座っていたとき、チャールズは姉に赤ん坊が生まれたことを話し、自分たちも早くそうなりたいと言った。ジェーンが二五歳の誕生日を迎え、結婚相手を自らの意志で選べる日が待ち遠しい、と。

彼女は頬を涙で濡らしながら目覚めた。キャンドルフォードを出てからというもの、チャールズのことはなるべく思いだすまいとしてきた。それがうまくいきすぎたのかもしれない。今では旅費もできたのに、なぜ彼のところへ行こうと思いつかなかったのだろう？　チャールズは今もサマーセットシャーの姉のところにいるだろうか？　それとも、すでにコーンウォールに戻っているの？　捕まらないよう連絡を取る方法はあるはずだ。チャールズなら、どうすればいいかわかるに違いない。わたしを守り、必要とあらばかくまう手立ても考えてくれるはず。何よりも、チャールズならわたしの話を信じてくれる。ダーバリー伯爵が息子とわたしの結婚をもくろんでいるのを知っているから。シドニーがときどきひどく下劣な人間になることも知っている。特にお酒を飲んだときに。

もちろん今からでも遅くない。昨日ダドリー・ハウスを出てくるとき、これまでの報酬は全額もらっている。しかも、まだトレシャム公爵の愛人にはなっていない。彼が戻ってくる前にここを出れば、貞操を失うこともないのだ。

そもそも彼の愛人になるなど、一週間前なら考えただけで卒倒していたはず。今頃になってようやく別のまともな選択肢が浮かぶなんて、どうかしている。

けれども問題は、自分がチャールズを愛していないことだった。妻が夫を愛するようには愛していない。母が父を愛していたようにも愛していない。もちろん、そのことはずっと前から気づいていた。でも、いつもチャールズのことを愛したいと思っていた。彼が好きだったし、彼はわたしを愛してくれていたから。

もし今からチャールズのもとを訪ね、この状況から救いだしてもらうことができたら、この先ずっと彼と生涯をともにすることになる。数週間前なら、それでもよかったはずだ。友情と愛情さえあれば、ほかに何もいらないと思えただろう。

でも、今は違う。

つまり自分はチャールズと結婚してまっとうな妻になるより、公爵の愛人になるほうを望んでいるのだろうか？

満足のいく答えが出る前に午前もなかばになり、トレシャム公爵がやってきた。表玄関を叩く音がしたので、ジェーンが客間の扉を開けて顔を出すと、彼が帽子と手袋と杖をジェイコブズに渡しているところだった。それを見たとたん、彼女の中で答えが出てしまった。公爵は生気と快活さにあふれ、とても男らしい。ああ、やはりこの人のことが恋しくてたまらない。

「ジェーン」公爵は大股に近づいてきて、彼女と一緒に客間に入った。「フェルディナンドは勝ったよ。馬の鼻先ひとつの差で。最後のカーブでは一馬身の差をつけられていたが、粘ってベリウェザーに追いついた。ブライトンに駆け込んだときは、ほとんど横並びだった。だが、あいつは勝った。〈ホワイツ〉の会員の四分の三は賭けに負けて悲嘆に暮れている」

「ということは、けがはなかったんですね？　よかったわ」レースがいかにばかげているか蒸し返すこともできたけれど、公爵はとてもうれしそうだった。そしてジェーンも同じ気持ちだった。フェルディナンドは性格のいい愛すべき青年なのだ。

「ああ、どこもけがはない」彼はそこで顔をしかめた。「ただ、あいつは使用人の選び方に問題がある。侍従は主人がひげ剃りのとき、急に頭を動かす癖があるのをわかっていない。馬番はレースの前日、主人の商売道具を自慢するために厩舎と馬車置き場に見物客を山ほど入れた。そんなわけだから、誰がフェルディナンドの事故死を企てたか証明するのは無理だ」

「でも、あなたはサー・アンソニー・フォーブズかその弟のひとりを疑っているんでしょう？」ジェーンはソファに座り、公爵はその隣に並んで腰をおろした。

「疑っているなんてものじゃない」彼は部屋を見まわした。「まさに彼らのやり口だ。ぼくが連中の妹にちょっかいを出したことで、奴らはぼくの弟を狙った。もちろん後悔させてやるさ。喜んで相手になってやる。ところで、この部屋に何をした？」

話題が変わって、彼女はほっとした。

「ものを少し減らしました。クッションといくつかの飾りを。ここと寝室はもっと大々的に改装するつもりです。必要以上にお金をかける気はないけれど、それでもかなりの額になると思います」

「それはクインシーになんとかさせる」公爵は鷹揚《おうよう》に手を振った。「しかし、それはいつまでかかるんだ、ジェーン？　すっかり自分の好みになるまで、ぼくとベッドに入る気はないんだろう？」

「ええ」きっぱりと答えた。「指示を出してから一週間もすれば完了するはずです。もうジェイコブズには話してあるし、彼が言うには、あなたの名前を出せば業者はいくらでも急いでくれるということだから」

公爵は何も言わなかった。彼女の言葉が少しも意外ではなかったようだ。

「ならば契約について話そう。ぼくの館を好きに改装していいということ以外に、どんな条件がほしい？　ぼくはきみに看護婦のときの五倍の報酬を払うつもりだ。馬車も与えるし、使用人も必要なら何人でも雇えばいい。衣装もアクセサリーも好きなだけ買ってかまわない。勘定はすべてこちらが持つ。宝石も買っていいが、これはできればぼくに選ばせてもらいたい。もし子どもができたときは、将来にわたって責任を持つ。ほかに何か不足は？」

ジェーンは急に背筋が冷たくなった。まったく、自分はどこまで世間知らずなのか。

「あなたには何人子どもがいるんですか？」妊娠する可能性なんて考えてもみなかった。

彼が眉をあげた。「ふつうの人間ならしない質問だが、きみは気にするな、ジェーン。子どもはひとりもいない。こういう形で暮らしを立てる女たちは、妊娠を防ぐ方法を心得ている。だが、きみは知らない。これまでなんの経験もないだろう？」

こちらをまっすぐ見つめる公爵から目をそらさないようにするのはひと苦労だった。頬が赤くなりすぎていなければいいのだけれど。

「ええ」ジェーンは顎をつんとあげた。「あなたの負担をひとつ減らしてあげます。わたしには馬車はいりません」

「なぜだ？」彼はソファの背もたれに片肘をついて、拳を口元に添えた。濃いブラウンの瞳でジェーンをじっと見つめる。「買い物に行く必要があるだろう。街の見物にも。ぼくに連れだしてもらうことは期待しないでくれ。買い物は苦手なんだ。それにぼくがここにやってくるときは、きみを外よりベッドに連れていきたいと思っていることのほうがはるかに多いだろう」

「食料品の買い出しは使用人がするでしょう。それにわたしの着るものに不満があるなら、仕立屋をここに来させてくれればいいわ。わたしは外出したくないんです」

「きみのしようとしていることは、それほど恥ずべきことなのか？　もう二度と世間に顔を出せないとでも？」

その答えはゆうべ出した。公爵には思いたいように思わせておけばいい。けれども実際、彼の推理は正しくない。生きていくという目的のためには、自分にできることはなんでもしていかなければならない。

彼はしばらく何も言わなかった。暗い目でジェーンを見つめ、彼女も公爵を見つめ返し、ふたりのあいだに気まずい沈黙が流れた。

「きみには別の選択肢もある」ようやく彼が口を開いた。「名声と幸運が手に入る道だよ、ジェーン。それを選べば、放蕩者と寝ることで自分の価値をさげなくてすむ」

「あなたと寝ることで自分の価値がさがるとは思っていません」

「そうか？」公爵が空いているほうの手で彼女の顎を包んだ。親指でそっと唇を撫でる。「ぼくは社交界の派閥とはあまり縁がないが、ぼくの言葉は世間でそれなりの重みを持っている。きみをヒース卿かレイモア伯爵に紹介してやろう。どちらも芸術の熱心な擁護者だ。彼らのどちらかにきみの歌声を聴かせれば、間違いなく栄光の道を歩ませてくれるはずだ。きみにはそのくらいの才能がある。ぼくの助けなど必要なくなるぞ」

ジェーンは驚いて彼を見つめた。この人はわたしを求めている。それは間違いない。けれど、同時に手放す用意もあるというのだろうか？　自分に縛られない道を歩む手伝いまでしてくれるの？　彼女は無意識に唇を開き、公爵の親指に舌で触れた。

彼がジェーンの目をまっすぐ見据えた。体の奥を鋭いナイフのように欲求が貫いた。こんなきわどい瞬間を自ら招くつもりはなかった。彼も同じ気持ちだろう。

「わたしは歌手になりたいなんて思いません」

ふたたび世間の前に姿を見せる危険は別にしても、その言葉に嘘はない。自分の声を生きる糧を得る手段にしたくはなかった。ただ身近な人を楽しませるために歌いたかった。名声など別にほしくない。

公爵が身を乗りだし、親指で触れたところに唇を寄せた。そして、むさぼるように熱くキスをした。

「だが、ぼくの愛人にはなりたいのか？　自分の思いどおりの条件で？　それはなんだ？　ぼくが提示したもの以外に何を要求する？」

「生活の保障です。わたしが二五歳になるまでは必ず報酬を払い続けると約束してください。たとえそれまでに関係を終わらせたとしても。もちろん、わたしから契約を打ち切った場合を除いて。ちなみに、わたしは今二〇歳です」

「するとあと五年か。そのあとはどうやって生きていくんだ、ジェーン？」

わからなかった。本来なら、そのときに相続できるはずだった――爵位の継承者に引き継がれなかった父の財産のすべてを。けれどもちろん、その請求はもうできない。自由になれる年齢に達したからといって、逃亡者でなくなるわけではないのだ。

彼女はただ首を横に振った。

「ジェーン、ぼくがきみに飽きることはおそらくないだろう」

「まさか！　飽きるに決まっているわ。それも四年と半年より、ずっと手前で。だからこそ自分の将来を守る必要があるんです」

公爵が微笑んだ。彼はふだんめったに微笑まない。ジェーンを安心させるために微笑むことはさらに少ない。そのあまりに魅力的な笑みが何を意味しているのか、彼自身はわかっているのだろうか？

「いいだろう、契約書に明記しよう。万が一関係を解消したとしても、きみが二五歳になるまで金を払い続ける。ほかには？」

ジェーンはかぶりを振った。「あなたのほうはどうなんです？　わたしからの要求はこれですべてです。わたしはあなたに何をすればいいんですか？」

彼は肩をすくめた。「ただ、ここにいてくれればいい。ぼくに口説かれ、ぼくと同じくらいその気になったらベッドをともにしてくれ。それだけだ、ジェーン。男と愛人の関係に決めごとなどいらない。ぼくはきみを自分の思いどおりにしようという気すらない。そんな契約をしたところで、きみは守るはずがないからな。それにこんなことを口に出すのは愚かしいが、ぼくがきみに惹かれたのはそのどうしようもなく生意気なところなんだ。契約内容はクインシーに下書きをさせて、きみが確認できるよう届けさせる。それでいいか？　彼にとっても、いい気晴らしになるだろう。ぼくは来ない。次に来るのは、二階の寝室の用意が整ったという連絡をきみから受けたときだ」

「わかりました、公爵さま」彼が立ちあがると、ジェーンもそう言いながら立ちあがった。これからの一週間は永遠のように長く感じられることだろう。

公爵が彼女の顔を両手ではさんだ。「その言い方も改めてもらわなくてはいけないな。ふたりでベッドにいるときに〝公爵さま〟はいただけない。ぼくの名前はジョスリンだ」

はじめて知った。これまで誰も、ジェーンのいるところで彼をその名前で呼ぶことはなかった。「ジョスリン」そっと口に出してみた。

たいていの場合、公爵の瞳はいかにも厳しげで、心の奥底を映しだすことはない。意図的に示された感情以外に何かを見つけるのは不可能だ。そもそも、彼の瞳になんらかの感情が表れることさえ珍しいのではないだろうか。けれどもその名前を呼んだあと、一瞬だけ彼の瞳の奥にある蓋のようなものが開き、ジェーンは自分がその中に吸い込まれていくような気がした。

ほんの一瞬だけ。

公爵は両手をおろし、扉に向かった。

「一週間だ」彼は言った。「それまでに改装が終わらなかったら、何人かの首が飛ぶことになるぞ。作業員にそう釘《くぎ》を刺しておいてくれ」

「わかりました、公爵さま」ジェーンは言い直した。「ジョスリン」

彼はジェーンを振り返り、何か言おうと口を開きかけた。しかし思い直したのか、何も言わずに部屋を出ていった。

13

世間の多くはミック・ボーデンの職業をうらやましがる。ボウ・ストリートの捕り手の一員であることはちょっとした名誉なのだ。よく間違われるが、人々は彼が仕事のある日は文字どおり通りを駆けまわり、ロンドン全域と国内半数もの凶悪犯罪者を追いつめ、治安判事の前に引きずりだして正義の裁きを受けさせるものと思っている。人生そのものが終わりのない冒険と危険、そして華々しい成功に彩られているのだと勘違いする。

実際には、ミックの仕事はおおむね日々同じことの繰り返しで、かなり退屈だ。ときどき、どうして自分は港湾労働者か道路清掃人にでもならなかったのだろうと思うことがある。今日もまた、そういう日だった。田舎育ちでロンドンではまだほとんど顔を知られていない二〇歳そこそこのレディ・サラ・イリングワースは、思いのほか見つけにくいことが判明した。捜査開始からほぼ一カ月になろうとしているが、彼女の足取りは最初の数日しかつかめていない。

ダーバリー伯爵は、彼女がロンドンにいるという主張を今も曲げていなかった。ほかに行くところなどない、サマーセットシャーで夫と暮らしている古い知りあい以外に頼れるような友人や親戚はいないはずだし、その知人のところにも身を寄せていないのだから、と。

伯爵の言うとおりだろう。ミックは漠然とそう感じていた。彼女はこのロンドンのどこかにいるはずだ。とはいえ、すでに旅行から帰ってきたレディ・ウェブの屋敷に、彼女はふたたび姿を見せてはいなかった。亡父の管財人にも、現伯爵の管財人にも接触していない。どこかで金を使っているにせよ、有名店ではないようだった。盗んだ宝石を売りさばくか、もしくは質屋に預けたとしても、ミックの知っている店ではない。もっとも、このロンドンに彼の知らない店などないはずなのだが。彼女がどこかで安全な住まいを見つけたとしても、ミックや同僚が一軒一軒根気よく訪ねてまわった地区ではないだろう。職探しをしたのも、彼らが聞き込みをした地域ではなさそうだ。彼らはロンドン市内のほぼ全域を調べた――ただ一箇所、メイフェアの高級住宅地区を除いて。まさかそんな目立つ場所で仕事を探すような無謀なまねはしないだろうというのが彼らの考えだった。しかし、実際に訪ねてまわった職業斡旋所にそれらしい名前で登録した人間はいなかった。すらりと背の高いブロンドの美女を覚えている事業主もなかった。

またしてもダーバリー伯爵に報告できることが何もないとわかり、ミックは憂鬱になった。いっそのこと職を変えたほうがいいかもしれない、と真剣に考えてしまうほどに。けれども同時に、たかが小娘ひとりに人生をひっかきまわされてたまるかという男の意地のようなものも刺激された。

「彼女はどこにも奉公していませんでした」ミックは確信を込めて言った。かれこれ一カ月に及ぶ〈パルトニーホテル〉の滞在費のことが頭に浮かんだのか、伯爵は顔を赤くしている。

「家庭教師やコンパニオンの口を探したりはしないでしょう。それでは目立ちすぎます。同じ理由で、接客の仕事も避けたはずです。もっと人目につかない職場を探したのでしょう。たとえばどこかの作業場とか。おそらく仕立屋か婦人帽子店ではないかと」

ただしそれは、彼女が実際に仕事をしているとすればの話だ。金がいくら盗まれたのか、伯爵は明らかにしない。実はたいした金額ではないのではないかと、ミックは疑いはじめていた。少なくとも贅沢に暮らせるような額ではないだろう。まだ若い娘が急に大金を手にして自由に使えるようになったら、今頃は必ずなんらかの失敗をしているはずだ。

「だったら、何をぼうっと突っ立っている？」伯爵が冷ややかに言った。「ロンドンの工房をひとつ残らず調べに行ったらどうなんだ？ 栄誉あるボウ・ストリートの捕り手が、たかだか小娘ひとりに出し抜かれたままか？」不機嫌そうに皮肉を浴びせる。

「われわれが追っているのは本当に殺人犯なのですか？」ミックは尋ねた。「ご子息の具合はいかがです？」

「息子の命は時間の問題だ」伯爵はいらだたしげに言った。「きみたちが追っているのは間違いなく殺人犯だ。同じ罪が繰り返されないうちに捕まえろ」

こうしてミックはふたたび新たな調査に乗りだした。もちろんロンドンには無数の工房がある。せめて彼女がどんな名前を使っているか、正確に知ることができればいいのだが。それに彼女のいちばんの特徴とされている美しいブロンドを、本人が完全に隠しきれずにいれば。

ジョスリンにとって、それはひどく長い一週間だった。夜の時間は酒やカードゲームに費やし、昼間は拳闘クラブ〈ジェントルマン・ジャクソンズ〉でフェンシングやボクシングなどをして汗を流し、体力の増強に努めた。脚はかなり動かせるようになっていた。

フェルディナンドは自分の馬車に何が起こったか知らされて大いに怒り、レースのあと姿をくらましているフォーブズ兄弟を必ず見つけだして、ひとりひとりの顔に手袋を叩きつけてやると息巻いた。おまえは首を突っ込むなというジョスリンの言葉にも、なかなか耳を貸そうとしなかった。実際に命の危険にさらされたのだから無理もない。しかしこの点について、ジョスリンは弟に一歩も譲らなかった。

アンジェリンのほうは、馬車の車軸が折れたという知らせを受けて体調を崩したとかで、ヘイワードを貴族院から呼び戻した。そして神経をかき乱されたついでに、ボンネットを新調した。

「コヴェント・ガーデンの露天商から果物がひとつ残らず消えてしまったんじゃないか、アンジェリン？」ある昼さがりに馬でハイドパークを通り抜けたジョスリンは、バルーシュ型馬車に義母と同乗しているアンジェリンに出くわし、片眼鏡越しに妹を見て顔をゆがめた。「全部おまえの頭の上にのっかっているみたいだ」

「冗談はよして」アンジェリンはふくれっ面をした。「それよりお兄さま、二度と馬車に乗らないと約束してよ。フェルディナンドお兄さまもだわ。ふたりとも、そのうち本当に死んでしまうわよ。そうなったら、わたしはもう二度と立ち直れない。でもヘイワードに言わせれば、あれはただの事故じゃないって。わかっているわ、フォーブズの仕業でしょう。あの兄弟の誰がやったのかはっきりさせてくれないことには、わたしは恥ずかしくて、この先ダドリーの姓を名乗れないわよ」

「もう名乗っていないじゃないか」ジョスリンはそっけなく返し、帽子をあげてヘイワード未亡人に挨拶をしてから、ふたたび馬を進めだした。「おまえは結婚してから夫の姓になっているだろう、アンジェリン」

フォーブズ兄弟を見つけだして報いを受けさせることについて、ジョスリンは弟や妹ほど焦っていなかった。機会はおのずと訪れる。相手側もわかっているはずだ。当分のあいだはこのまま身を潜めさせてやろう。次回こちらと顔を合わせたらどんなことになるか想像して、せいぜい肝を冷やすがいい。

知りあいの何人かがジェーン・イングルビーのことを尋ねてきた。彼女の歌は予想をはるかに超えて人々の印象に残ったようだ。いったい彼女はどういう生い立ちなのか、今もダドリー・ハウスに雇われているのか、どこかよそで歌う予定はあるのか、誰が彼女に歌を教えたのかなど、質問は多岐にわたった。キンブル子爵などは、彼女はきみの愛人なのかと〈ホワイツ〉で面と向かって尋ねてきた。それに対してジョスリンは、片眼鏡越しに静かに友人を見つめ返しただけで何も言わなかった。

考えてみれば奇妙なことだ。ジョスリンはこれまで愛人の存在を周囲に隠したことはない。実際、気軽な夕食会やパーティーを開こうと思ったとき、ダドリー・ハウスではいささか堅苦しいということで別邸を使うこともあった。そんなときは愛人が女主人役を務めた。ジェーンはまさにその役にうってつけだ。

しかし今回、ジェーンを愛人として囲うことを仲間に知られたくなかった。彼女に不当なことをしているような気がしてしまうのだ。なぜそう感じるのかはうまく説明できないが。そこで仲間には、彼女はあくまでも臨時に雇われただけで今はもう屋敷にいないし、どこへ行ったかもわからないと言っておいた。

「なんてことだ、トレシャム」コナン・ブルームが嘆いた。「あの歌声をぜひともレイモア卿に聴かせるべきだったぞ。そうすれば、彼女も何不自由ない暮らしができたに違いないのに」

「ぼくが代わりに雇ってやってもよかったんだ」キンブル子爵が言った。「歌手としてではなく別の形で。もっとも、きみの主義には反するのかもしれないが。ともかく、彼女がどこにいるかわかったら教えてくれ」

親しい友人のひとりであるキンブルに対してにわかに敵意がこみあげ、ジョスリンは話題を変えた。

その夜、ジョスリンは物盗りに襲われる危険を顧みず徒歩で帰った。物盗りを怖いと思ったことはない。頑丈な杖があるし、五感は鋭いほうだ。むしろ、追いはぎと小競りあいをしてみたいと常日頃から思っているくらいだった。もっともそういう連中には、自分にどのくらい勝算があるのか相手を見て正確に判断する頭があるのだろう。ジョスリンは一度も襲われたことがなかった。

仲間との会話でジェーン・イングルビーの話題が出たせいで、なんとも落ち着かなかった。あれから五日が過ぎているが、五日どころか五週間にも感じられる。クインシーは翌日に例の奇妙な契約書を携えて別邸に赴いた。意外にもジェーンはあっさり署名した。細かいところをあげつらって、なかなか承諾しないのではないかと思われたが。

これで彼女はれっきとした自分の愛人だ。

清らかな処女の愛人。館から主《あるじ》を追いだし、契約書を要求し、提案を受けてから一週間も待たせるような女を囲ったと知れたら、みなからどんなに冷やかされることか。

人通りのない道の真ん中で、ジョスリンは急に笑いだした。怒りん坊のジェーン。初夜の床でも、花を散らされる臆病な処女を演じることはまずあるまい。

清らかで世間知らずの彼女には、自分が賢く立ちまわったという自覚はないだろう。一週間前のジョスリンは、ただジェーンを抱きたいと思っていた。五日前には会いたくてたまらなくなっていた。そして今は、燃えるように熱く求めている。ほかのことが何も考えられなくなるほど焦がれている。あの蜘蛛の糸のように長いブロンドに絡めとられるときが待ちきれない。

それからさらに二日待たされて、ようやく手紙が届いた。非常に簡潔な手紙だった。

〝屋敷の改装が終わりました。お好きなときに来ていただいてかまいません〟
およそ愛人からの手紙とは思えないそっけない文面に、ジョスリンの心はめらめらと燃えあがった。

ジェーンは部屋の中を落ち着きなく歩いていた。朝食後すぐにダドリー・ハウスへ手紙を出したが、トレシャム公爵は朝早く屋敷を出て夜中まで帰らないことも珍しくない。ひょっとしたら、明日まで手紙を読まないかもしれない。場合によっては、あと一日か二日はやってこないことも考えられる。

だが、ジェーンは歩きまわった。表通りに面した窓から顔を突きだしたいのをぐっとこらえながら。

彼女は新調した若草色のモスリンのドレスに身を包んでいた。ウエストの位置が高く、胸元の開きが控えめで、小さなパフスリーブがついたごく簡素なデザインだ。スカート部分はウエストから足首にかけて流れるような線を描き、すらりとした体を見事に際立たせている。値段もかなりのものだった。田舎の仕立屋に慣れていたジェーンには衝撃的なほどに。けれども彼女は、そのボンド・ストリートの仕立屋とふたりの助手を追い返すことはしなかった。その仕立屋はジェーンの新しい衣装の数や材質について、公爵から特別な指示を与えられて送り込まれたのだ。

ジェーンは布地と型紙を自分で決めた。濃い色よりも淡い色を、凝った形よりも簡素な形を選んだが、それ以外については特に注文をつけなかった。ただ、散歩用のドレスと外出用のドレスは一着ずつだけでいいと言った。当分のあいだは出歩いたり馬車に乗ったりすることはないから、と。

ここを訪ねるつもりがないなら、トレシャム公爵は館を好きに改装していいとは言わなかったはず――午後の早い時刻、また窓辺にもたれて外を見ながらジェーンは思った。仕立屋を送り込んだり、契約書を届けさせたりすることもないはずだ。実際、彼は契約書を二度も送ってきた。一度目は目を通すための一通と、署名して送り返すための一通。二度目はジェーンの保管用として彼の署名が入った一通を。彼女の署名の下に〝トレシャム〟と大きな署名があった。ジェーンの署名の確認はジェイコブズが、公爵の署名の確認はクインシーが行った。

とはいえ、やはり彼は来ないのではないかという考えを頭からぬぐえない。この一週間は長かった。今頃、彼はとっくにこちらのことなど忘れているかもしれない。別の女性を見つけたかもしれない。

どうしてこんなにわけのわからない不安を抱いてしまうのか自分でも理解できないし、理解したくもなかった。

ところが、通りの向こうから見慣れた人影が館のほうに大股で近づいてくるのが見えたとたん、それまでの不安がたちまち消え去り、大きな喜びがこみあげた。公爵はもう脚を引きずっていなかった。ジェーンはあわただしく向きを変え、客間の扉を開けに向かった。その勢いのまま玄関まで行こうとして、思いとどまった。その場に立ち止まり、彼が玄関扉をノックしてジェイコブズが応対に出るのを待つ。

公爵がここまで肩幅の広い人だったことをすっかり忘れていた。髪や目がこれほど色濃く、近寄りがたく、身の内に強いエネルギーを秘めて――いかにも男性的なことを。彼は気難しそうな表情で、帽子と手袋をジェイコブズに預けた。そのあいだ、ジェーンのほうをまったく見ようともしない。やがて客間のほうに歩きだしたところで、ようやく彼女に視線を向けた。

その目はジェーンのドレスや顔や髪だけではなく、彼女という人間のすべてを見ているようだった。瞳には、これまで見たこともない奇妙な強い光が宿っている。

これが、男性が自分の愛人を抱こうとするときの目だろうか？

「さて、ジェーン」公爵が言った。「ぼくの屋敷をいじりまわすのがようやく終わったか？」

わたしったら、手にキスをしてもらえるとでも思っていたの？　それとも唇に？　まさか彼から恋人らしい甘い言葉を期待していたとか？

「することが山ほどあって大変だったわ」ジェーンは落ち着いた表情で答えた。「ここを娼館からなんとか人が住める家にするために」

「で、そうしたのか？」公爵は客間に入って中を見まわした。ブーツの両足を大きく開き、両手を背中で組んで立っている。彼がいると部屋が狭く感じられた。

「ふむ、壁は取り壊さなかったんだな」

「ええ、ほとんどもとのままよ。さほど無駄づかいはしていないわ」

「無駄づかいされたら、クインシーに顔向けできない」公爵は言った。「彼はここ二、三日、顔色が悪いんだ。きっと請求書が山ほど舞い込んでいるんだろう」

「それについてはあなたにも多少は責任があるわ。あそこまで多くの衣装やアクセサリーはわたしには不要よ。でも送り込まれた仕立屋は、あなたの指示どおりにしないわけにはいかないと言ったの」

「一部の女性たちは自分の立場というものをわきまえているのさ、ジェーン。人の命令に従うことを心得ている」

「そうやってお金儲けをすることもね」彼女はつけ足した。「ここのラベンダー色の壁紙はもとのまま残したわ。内装を一から考えるなら、自分では選ばない色だけれど。でもピンクの代わりにグレーとシルバーを組みあわせて、フリル付きのクッションや小物類を取り除いたら、前より繊細で上品な感じになったの。結構気に入ったわ。ここなら居心地よく過ごせそう」

「本当に？」

彼が振り向いてじっと見つめた――またあの燃えるような異様なまなざしで。

「寝室も同じような雰囲気か？　それとも、かたくて細長い簡易ベッドがふたつ並んで、毛布代わりにチクチクする毛のシャツでも置いてあるのか？」

「あなたの気分を盛りあげるのに深紅が欠かせないのなら」ジェーンは激しい鼓動を無視し

て、声が震えていないことを願いながら言った。「たぶんがっかりするでしょうね。でも、わたしはとても気に入っているの。それが何より大切でしょう。あそこで毎晩眠るのはわたしですもの」

「ぼくがそうしてはいけないのか？」公爵が眉をあげた。

また顔が赤くなってしまった。これだけはどうしても取り繕えない。頬の熱さが自分でもわかる。

「いいえ。そこはきちんと合意したはずよ。しかも書面にして。あなたはいつでも好きなときに訪ねてくる権利があると。でも、あなたはわたしのように毎日ここで暮らすわけではないでしょう。あなたが来るのはわたしを、その……」それ以上うまく言葉が出てこない。

「抱きたくなったとき？」彼が言った。

「ええ」ジェーンはうなずいた。

「そうでないときは来てはいけないのか？」公爵は唇をわずかに開き、返事を待つように彼女を見つめた。気まずい空気が流れる。「契約書にそんな記述があったか？　ぼくはきみと体を重ねるためだけにしか来てはいけないと？　紅茶を飲みに来てはいけないのか？　話をしに来るのは？　ただふつうに寝るのは？」

それではまるで本物の夫婦か恋人だ。思わず心が揺れた。

「寝室を見に行きましょうか？」

公爵はしばらくジェーンを見つめ、それからゆっくりと微笑んだ。瞳と口の端に浮かんだその笑みに、彼女の膝から力が抜けそうになる。

「新しい内装を見に行くために？」彼が尋ねた。「それとも交わるため？」

あからさまなその言葉にジェーンはたじろいだ。とはいえ、今さら遠まわしな表現をしたところでやることは変わらない。

「わたしはあなたの愛人だもの」

「ああ、そうだ」公爵は両手を背中で組んだまま近づいてきた。頭をさげて彼女の顔をのぞき込む。「自死してでも貞操を守ろうという表情ではないな。いよいよその覚悟ができたということだろうか？」

「ええ」今にも相手の足元にくずおれてしまいそうだった。意気地がないからというより、ただ膝に力が入らなくて。

彼が背筋を伸ばし、ジェーンに肘を差しだした。

「では、行こうか」

寝室の家具の配置は変わっていなかった。変わったのは色彩だけだ。とはいえ、もし目隠しをされたままここに担ぎ込まれて立たされたら、同じ部屋とは気づかないだろう。かつて深紅だった寝室は、セージグリーンとクリーム色と金色に彩られていた。なんともいえず優美だ。

ジェーン・イングルビーには趣味のよさに加えて、色彩やデザインを見る目が備わっている。これもまた孤児院で育まれた才能なのか？　それとも、どこか田舎の領主館《マナーハウス》か、教区の司祭館か、育ってきた環境の中で自然に身につけたのか？

もっとも、改装された寝室の検分のためにここへ来たのではないが。

「どうかしら？」ジェーンの瞳は輝き、頰は上気していた。「感想を聞かせて」

「そうだな」ジョスリンは目を細めて彼女を見つめた。「その髪をようやくおろしてもらうときが来たというところだろうか。ピンを全部取ってくれ」

今日のジェーンの髪は、いつものようにひっつめられてはいなかった。美しく上品なドレスに合わせて、やわらかい雰囲気にまとめられている。だが、ジョスリンはその髪が自然におろされたところが見たかった。

ジェーンが髪からピンを抜き、頭を振った。

ああ。本人の言葉どおり、その髪は腰の下まで届いた。光り輝く黄金色の川だ。彼女が美しいことは前からわかっていた。粗末なメイド服や不格好なキャップをかぶっていたときでさえ。しかし、今の姿は……。

言葉も出なかった。ジョスリンは背中で両手を組みあわせた。せっかくここまで待ったのだから、先を急いではいけない。

「ジョスリン」ジェーンは心持ち首をかしげ、鮮やかなブルーの瞳でまっすぐ見つめた。「ここから先は、わたしにとってまったく未知の世界よ。あなたが導いて」

うなずいた彼は体の奥から強い感情がわいてくるのを感じた。欲望とは少し違う。むしろ切望か？　腹の底からわきだしてくるような、魂を揺さぶられるような強い憧憬の念にとらわれることがこれまでもたまにあった。音楽や絵画に接しているときに出てくる感情だ。それと同じものが、ジェーンに呼びかけられてこみあげてきた。

「ジョスリンという名前は、わが家で何世代にもわたって受け継がれてきた」彼は言った。「ぼくはその名をまだ母の子宮にいたときに授かった。しかし、ぼくに対してその名前を実際に口にした者はいない」

ジェーンが目を見開いた。「あなたのお母さまは？　お父さまは？　弟や妹は？　もちろん――」

「いや」彼はぴったりとした上着を脱ぎ、ベストのボタンを外した。「ぼくは公爵という現在の爵位の継承者として生まれた。だから生まれると同時に伯爵の称号を与えられた。一七歳になってトレシャムになるまで、家族はぼくを伯爵の名前で呼んだ。ファーストネームで呼んだのはきみがはじめてだ」

そう呼ぶよう提案したのは自分だ。ほかの愛人に言ったことはない。これまでの愛人は、ほかのすべての人間と同じようにトレシャム公爵の名前で呼んだ。一週間前、ジェーンの口からファーストネームで呼ばれて体が震えたのを思いだす。まさかあんな気持ちに――あれほど親密な気持ちになるとは思わなかった。自分がそれを求めていたとは知らなかった。誰かに〝ジョスリン〟と呼んでもらうことを。

彼はベストを脱ぎ、クラヴァットの結び目をほどいた。ジェーンはただ見つめている。両手を腰の位置で握りあわせ、半身をブロンドに包まれて。

「ジョスリン」彼女が静かに言った。「人は誰でも自分の名前を呼ばれる幸せを味わうべきよ。ほかの誰とも違う心を持つ、この世にただひとりの自分のためにつけられた名前で呼ばれる幸せを。……わたしも服を脱いだほうがいい？」

「いや、まだだ」ジョスリンは頭からシャツを脱ぎ、ヘシアンブーツを引っ張って脱いだ。長ズボンはもうしばらくはいたままにしておこう。

「あなたは美しいわ」

彼の上半身を見つめながらジェーンがそう言ったので、ジョスリンは驚いた。まさか彼女の口からそんな言葉を聞こうとは！

「あなたを怒らせてしまうかもしれないけれど。美しいという言葉は男らしさに欠けるから。でも、あなたはハンサムとは違う。一般的な意味では。ハンサムと言うには顔立ちが繊細すぎるし、目や髪の色も暗すぎる。あなたはハンサムではなく、美しいの」

百戦錬磨の娼婦がどれほどみだらな言葉を駆使しようと、今のジェーンの言葉ほどこちらの情熱をかき立てることはできまい。

「それなら、きみのことはなんと言えばいいだろう？」

ジョスリンは前に進みでて、ようやくジェーンに触れた。両手で顔を包み、シルクのような髪に指を絡める。

「きみはいわゆる愛らしい女性ではない、ジェーン。そのことはよく覚えておいで。愛らしさは女性に特有のものだが、時間とともに色あせる。きみは美しい。三〇になっても、五〇になっても、八〇になっても。二〇歳のきみは、ただ息をのむばかりにまぶしい。そして完全にぼくのものだ」彼は頭をさげ、ジェーンの唇に自分の唇を重ねた。舌を這《は》わせてから顔を離す。

「ええ、ジョスリン」彼女は濡れた下唇をかんだ。「今のところはあなたのものよ。契約書によればね」

「あんなろくでもないもの」彼は笑った。「ぼくはきみに求められたいんだ、ジェーン。あの紙に書かれた報酬や、この住まいのために契約したのではないと言ってくれ。ぼくを求めていると言ってくれ。このぼくを――ジョスリンを。そうでないのなら、違うとはっきり言ってほしい。そうすればこの先五年間、ぼくはきみがここで楽しく暮らせるよう黙って金を払い続ける。きみが求めてくれるまで、ぼくはきみを抱かない」

こんなことを気にするのははじめてだった。これまで男と寝ることで暮らしを立てる女性に嫌悪感を抱いたことはない。相手から悦びを提供してもらうときは、男のプライドにかけて同じ悦びを与えるようにしてきた。しかし、相手が本当に自分という人間を求めているのか、それともただ裕福で危険な遊びが好きと評判の貴族をものにしたがっているだけなのか、気にしたことなどなかった。本当の自分を求めてほしいと女性に望んだことなど一度もない。

これまでの自分は誰に対しても〝ジョスリン〟ではなかった。家族に対しても、女性に対しても、親しい友人に対してさえも。にもかかわらず、ジェーンがただ義務としてあのベッドに横たわるというのなら、自分は今すぐここを出て二度と戻らないほうがましだと思う。それが偽らざる気持ちだ。

「あなたがほしいの、ジョスリン」ジェーンがささやいた。

それが嘘でないことはたしかだった。彼女のブルーの目はまっすぐこちらを向いている。自分の思いを正直に伝えてくれている。

ジェーンが身をゆだねてきた。唇を彼の鎖骨のくぼみに押しつける。こちらにすべてを任せるような、甘い仕草で。

いつものジェーンらしくないだけに、その仕草はいっそう甘く感じられた。ただ相手に従わなければならないと考えてこんなことをする彼女ではない。

何か、思いがけないほどすばらしいものを受け取ったような気がした。

相手に求められていると心から思うことができた。考えてみれば、そんなふうに感じたことはこれまで一度もなかった。

「ジェーン」ジョスリンは彼女のブロンドに顔をうずめて言った。「ジェーン、きみの体に入りたい。きみの中に。迎えてくれ」

ジェーンは顔を離して彼の瞳を見つめた。「どうやるのか教えて。自信がないの」

ああ。どこまでもジェーンだ。この冷静で理性的な声——だがそれが緊張を隠すための手段だということに、彼は突然気がついた。

「喜んで」

ジョスリンはそう言いながらふたたび唇を重ね、彼女のドレスの背中のボタンを外しはじめた。

14

ジェーンは緊張していなかった。

いや、やはりしていた。

何をどうすればいいのかわからず、ぎくしゃくしてしまわないかと心配だった。でも、怖くはなかった。自分が今からしようとしていることに怖気をふるってもいない。恥とも思っていない。自分に嘘をついてもいなかった。彼がほしい。心から求めている。彼は本当に美しかった——引きしまった肩や胸、細いウエストと腰、長い脚。体は温かく、ムスクのコロンの香りがする。

彼はジョスリンであり、その名前を呼んだのはジェーンがはじめてだ。名前というものがどれほど大切か、彼女はわかっていた。ジェーンにしても、両親だけがミドルネームで呼んでくれたのだ。ほかのどんな名前よりも彼女をよく表している、ジェーンという名を。ジョスリンもそう呼ぶ。やめてほしいと何度も言ったのに、おかまいなしに。

ある意味、ふたりは体よりも心が先につながっていたのだろう。彼はジェーンの服を脱がしている。裸にされても少しも恥ずかしくなかった。こちらを見つめる濃いブラウンの瞳を見たとき、自分が美しく、相手にとって情熱をかき立てる存在なのだと感じることができた。

　そして彼女も同じように彼を見つめた。

「ジェーン」言葉とともに、腰に軽く手を添えられて引き寄せられた。胸の先端が彼の裸の胸に触れ、思わず深呼吸をした。彼が言った。「ベッドに横たわろう」

　背中に触れるシーツがひんやりと冷たく感じられ、ジェーンは一瞬だけ息をのんだ。部屋の配色は変えたけれど、布の材質は変えていない。これはサテンだ。これからベッドで繰り広げられる行為にふさわしい、官能的な肌触りがする。

　ジェーンは彼が服を脱ぎ終わるのを見ていた。彼はうしろを向かなかったし、彼女も目をそらさなかった。この先、彼の体を自分の体と同じくらいたくさん見たり、触れたりすることになる。

　彼の体にある変化が起きていた。自然豊かな田舎で育った自分にも、その意味するところはわかる。だが、それでも衝撃的だった。こんな大きなものが入るはずがない。

　彼はいつもと同じかすかな笑みを浮かべながらベッドにあがってくると、片肘をついて隣に寝そべり、ジェーンを見おろした。

「これの見た目と感触の両方に慣れてもらう。ぼくは処女を抱くのははじめてだ。今回は痛みも出血もあるだろう。しかし、きみの体が準備できないうちに押し入るつもりはない。きみがこれを受け入れられるようにするのはぼくの役目だ。前戯を知っているか？」

　ジェーンは首を横に振った。「聞いたこともないわ」

「名前のとおりだよ」彼の目はまだ笑っていた。「行為の前に、まず戯れるんだ。それからぼくがきみの中に入り、互いに動いてのぼりつめる。きみはどんなふうに体を動かすかも知らないだろう？　その頃には痛みはおさまっているはずだ。だからきみもきっと気に入る」

その言葉を疑う気はなかった。すでに内腿の奥から下腹にかけて、痛みとは違う鈍い疼きのようなものが感じられる。乳房も張りつめて、ひどく敏感になっていた。

「もうはじまっているの？」ジェーンは尋ねた。「その前戯が。言葉で」

「それぞれが部屋の両端に離れて立ち、言葉だけでお互いを燃えあがらせることだって可能だ」彼は微笑んだ。「そのうち試してみよう。しかし、今日のところはなしだ。今日は相手の肌に触れる日だよ、ジェーン。手と口を使って互いの体を探索する。ひとつになりたいという願いを阻む障害を、そうやって取り去っていくんだ。ぼくたちはひとつになりたいと思っている。そうだろう？」

「ええ」ジェーンは手を伸ばして彼の頰に触れた。「そうよ、ジョスリン。わたしはあなたの名前の一部になりたいわ。ジョスリンというあなたの一部に。あなたの中にある魂の一部に。あなたとひとつになりたいの」

「きみ、ぼく、ぼくたち」彼は頭をさげ、ジェーンの口にキスをしながらささやいた。「新しい代名詞を考えよう、ジェーン。〝きみとぼく〟でもなく〝ぼくたち〟でもない、ひとつに溶けあったジョスリンとジェーンのためのまったく新しい呼び方を」

親密なやりとりに動かされたように、ジェーンは唇を開いた。彼とこんなふうになるとは思わなかった。まるで心から愛しあう恋人たちのようだ。

こんなことは契約になかった。彼女の要求にも——そしてもちろん、彼の要求にも。

けれど、こうなった。

気づくのが遅すぎたのだ。彼の舌が口の中に滑り込み、その手が魔法のように官能の悦びをもたらす。今頃になって、なぜ自分がほかの選択肢ではなく彼の愛人になる道を選んだのかわかった。どうして怒ったり恐れたりすることなく、相手の申し出を受け入れたのか。

これは恋なのだ。

真実の愛とまでは言うまい。ただ、恋に落ちたのだ。自分という存在がなくなるまで、ととことん相手に与えたくなる欲求、空っぽになった自分がふたたび満たされるまで相手から奪い尽くしたくなる欲求の虜になってしまった。

彼の言うとおりだった。そこに言葉は存在しない。どんな代名詞もない。この深い真実を前にしては。

「ジェーン」

体じゅうの至るところに彼の手と、器用な指先と、口があった。彼は熟知していた——相手のどこに触れるべきか。どこにそっと触れ、どこをくすぐり、押さえつけ、撫でさすり、つねり、爪を立てるべきか。どこにキスをし、舐め、吸い、歯を立てればいいのか。

いったいどのくらい時間が過ぎたのだろう。いつの間に相手の体への触れ方を知ったのだろう。どんなふうに愛撫するか、どのタイミングで触れ方を変えるか、いつの間に覚えたのだろう。ともかくジェーンにはそれがわかった。まるで自分の中に愛する人のための泉があり、何も教えてもらわなくても、そこから自分で水を汲《く》みあげられるように。

もしかしたら、自分たちの体は互いにとって特別なのかもしれない。こういうことは、ふつうは暗がりの中で、目をかたく閉じて行うものではないだろうか。そうすることで相手を意識の外に締めだし、悦びをひとり占めにする。自分に経験があるわけではないけれど、恋人たちが目を開き、相手を見つめながら愛しあうことは珍しいのかもしれない。

「ジェーン」彼は何度もその名を呼び、ジェーンも彼の名を呼んだ。彼はジェーンのいとおしい人だった。そしてジェーンは彼のいとおしい人。

切なさが、焦がれる思いが、情熱が、次第に高まって体のある部位に集約されていった。

あの場所で彼を受け止めたい。

ここで。

今。

彼の手がジェーンの太腿のあいだに滑り込み、最も秘めやかな場所にやさしく触れ、鮮やかな魔法をかけて熱い情熱をかき立てた。

「ジョスリン」ジェーンは彼の手首をつかんだ。「ジョスリン」どう言えばいいのかわからない。でも、彼はわかってくれた。

「熱く濡れているよ。準備ができた」彼がふたたび唇を重ねた。「今からきみの中に入る。静かに横になって力を抜いてごらん。すっかり奥まで入ったら、最後のお楽しみをしよう」

「来て」彼女は言った。「お願い、早く」

彼が体重をかけてのしかかり、ジェーンをマットレスに沈み込ませた。動けないように押さえつけながら膝で彼女の膝を割り、左右に大きく広げて両手を体の下に差し入れる。何もわからないまま、ジェーンは本能的に相手の腰に両脚を巻きつけた。彼が顔をあげ、情熱に陰る目で見おろした。高ぶって何も見えなくなっているまなざしではない。ジェーンの瞳の奥を見透かすようなまなざしだった。

次の瞬間、彼女は脚のあいだに強い圧迫を感じた。彼はゆっくりではあるが容赦なく、彼女を押し広げながらどんどん入ってくる。不意に痛みのきざしが現れ、これ以上は受け入れられないという地点に達した。彼はあまりに大きすぎる。

「ジェーン」彼が悔やんでいるような声で言った。「できることなら、ぼくがきみの苦痛を引き受けてやりたい。だが残念ながら、苦しい思いをするのはいつも女性のほうだ」そう言うと、彼は一気に押し入った。顔をゆがませてジェーンの瞳を見つめる。

彼女の体が一瞬だけ硬直し、鋭い痛みが走って——気づけば、すでにその瞬間は過ぎていた。彼はいちばん奥まで入った。ジェーンの体に完全に入っていた。心の中、彼女そのものの中に。ジェーンは微笑みかけた。

「まだ生きているわ」

彼も微笑み、鼻先を擦りつけた。

「さすがだ。ジェーン・イングルビーがこれしきのことで泣いたり卒倒したりするものか。

そうだろう？」

　ジェーンは自分の中におさまった彼の太くてかたい未知なるものを締めつけ、そのすばらしい感触を楽しんだ。でも、彼は先ほどそれ以上の悦びを約束してくれた。処女喪失という恐ろしい瞬間が過ぎ去った今、改めて強い切望が押し寄せてきた。

「体をどんなふうに動かすの？　教えて、ジョスリン」

「何もせず横になっていてもいいんだ。そして動きたいと思ったときは一緒に動けばいい。このベッドではなんの決まりごともない。あのくだらない契約書さえ、どうでもいい。ただきみとぼくが互いに悦びを感じられればいいんだ」

　彼は頭をさげ、枕に広がったジェーンの髪に顔をうずめた。そしていったんゆっくりと身を引き、ふたたび中に押し入った。

　今度は痛くなかった。リズミカルに繰り返される彼の動きに合わせるように、熱く潤ったジェーンの体も次第に動きだした。深く貫く男性の体と、それを受け入れる女性の体が刻む力強い歓喜のリズムに、ふたりして夢中になる。けれども同時に、その悦びは肉体のつながりを超えたところにあった。これは男と女が――ジョスリンとジェーンがひとつになるための行為だった。わたしとあなたというふたつの言葉の境界がぼやけて意味を成さなくなる瞬間、わたしたちではなくわたしというひとつの自我に向かっていく行為だった。

　願望、切望、欲望――そのすべてが混ざりあい、苦しいまでにふくれあがった。もっと、もっとどこまでも……。

「今だ、ジェーン」彼が顔をあげた。唇が重なる。彼はジェーンの目をまっすぐ見つめた。「今だ。おいで。一緒に。さあ、ジェーン」

そう、今だ。ついにそのときが来た。何もなく空っぽの、それでいてこのうえなく満たされた世界に行くのだ。大いなる忘却と大いなる叡智《えいち》が同時に存在する世界。彼とひとつになる瞬間に向かって。

そう、今。

「ジョスリン！」

別人のような自分の声が彼の名を叫んだ。誰かがジェーンの名を呼んだ。

最後の熱い歓喜のうねりが退いていき、彼女はふたりの行為が成就したことを悟った。ささやき声が聞こえ、彼がジェーンの体からおりた。身が軽くなると同時に、肌がひんやりと涼しくなる。ふたたびささやく声がして、ジェーンは彼の汗ばんだ胸に抱き寄せられ、上掛けで肩をくるまれた。

「ジェーン」また彼が呼んでいる。「これでもまだ生きていると言えるかい？」

彼女は眠たげに微笑み、ため息をついた。「それならここは天国だというの？」

彼がくすりと笑ったが、ジェーンは疲れ果てていた。そのまま、彼女は甘いまどろみに落ちていった。

ジョスリンは眠らなかった。このうえなく満たされていながらも、落ち着かない気分だった。先ほどの自分たちは、体の悦びを与え、受け取るという二者の関係ではなかった。まるで――ああ、まったく、ジェーンに告げた自分の言葉が頭から離れない。抱きあっていたとき、彼は彼女になり、彼女は彼になった。それだけではない。ふたりひとつになると同時に、自分たちはまったく新しい別の何かになった。

気をつけないと、頭がどうかなってしまいそうだ。

こんなことは今までなかった。もちろん、こうなるつもりもなかった。自分はただ、以前のように愛人がほしいと思っただけだ。気の向くままにベッドをともにできる愛人が。ただそれだけのこと。自分はジェーンを求めていた。彼女は住む家と仕事を求めていた。実に単純明快かつ合理的な取引だったのだ。彼女が髪をほどいた瞬間までは。

いや、あれは欲望に火がつくきっかけだったにすぎない。

あのときではなく、ジェーンに名前を呼ばれたときに何かが変わった。あのあと彼女はなんと言っていた？　ジョスリンはジェーンのシルクのような髪に頬ずりし、改めて抱き寄せた。

〝人は誰でも自分の名前を呼ばれる幸せを味わうべきよ。ほかの誰とも違う心を持つ、この世にただひとりの自分のためにつけられた名前で呼ばれる幸せを〟

そう、あの言葉で変わったのだ。ばかばかしいことに。

公爵領の跡取りに生まれついた自分は、はじめから侯爵の格付けを持つ伯爵だった。自分が受けた教育は、正式なものもそうでないものも含め、すべてしかるべき時期に父の爵位と立場を受け継ぐために施された。自分はよく学んだ。そして一七歳で、その両方を引き継いだ。

〝ほかの誰とも違う心を持つ、この世にただひとりの自分〟

自分には心などない。ダドリー家の男たちは、ほとんどみなそうだ。

それに自分はこの世にただひとりの人間でもない。父とまったく同じ人生を、まわりから期待されたとおりに生きているだけだ。もう何年にもわたり、無軌道で無慈悲で危険な男という世間の印象をマントのように身にまとってきた。

ジェーンの髪から、いつものほのかなバラの香りがした。田舎の初夏の庭を思わせる香りだ。そして不思議に懐かしい気持ちを呼び起こす。なんと妙なことだろう。自分は田舎が嫌いなはずだ。一六歳のときに父と大喧嘩をして飛びだして以来、アクトン・パークには二度しか戻っていない。一度目は、出てきて一年足らずで父が亡くなり葬儀に戻ったとき。二度目は、その四年後に母が亡くなったとき。

アクトン・パークへは、自分が死んで葬儀のために運ばれる日まで戻らないつもりだった。しかし今、目を閉じてジェーンを抱きしめていると、屋敷の東側に連なる緑豊かな丘で、フェルディナンドやアンジェリンと追いはぎごっこやロビンフッドごっこに興じた日々がよみがえってくる。ひとりでいるときには、あの丘で詩人や神秘論者のまねごとをしたこともあった。あそこで大いなる自然の息吹を感じ、生命と言われているものの漠とした広がりや不思議さに思いをはせた。それについて自分なりの考察や洞察を言葉に置き換え、詩で表現しようとした。できあがったものに、ときには満足することもあった。

故郷を離れる際、ジョスリンはそれらの作品を激しい怒りに任せてすべて破り捨てた。

思えば、長らく故郷について考えたことがなかった。領地の管理についてはつねに目を配ってきたが、少なくともそれが自分の故郷だという意識はなかった。アクトン・パークが実家であることさえ忘れていた。だが、実際そうだったのだ。かつては。あの屋敷に、深い愛情を持って自分たちきょうだいを世話してくれる乳母がいた。自分が八歳か九歳の頃までいたはずだ。彼女がなぜ辞めさせられたかも覚えている。あるとき自分が歯痛を起こし、子ども部屋で彼女の膝にのせてもらっていたのだ。痛む顔を彼女の大きくふくよかな手で包んでもらい、やさしい歌を聴かせてもらっていた。そこになんの前触れもなく父が現れた。ふだん、そんなことはめったにないのに。

乳母はその場で解雇された。

ジョスリンは父の書斎に送られ、お仕置きをされた。

トレシャム公爵はジョスリンの尻を杖で何度も打ち据え、息子を女々しく育てるつもりはないということを思い知らせた。特に自分の跡取りとなる息子については。

「ジョスリン」ジェーンが目を覚ましかけていた。首をまわしてこちらを見つめる。美しい顔は上気し、まぶたは重たげで、バラ色の唇はキスで腫れていた。「わたしは下手だった？」

ジェーンは類まれな女性のひとりだ。情熱や女らしさを本能的に備えている。今日の午後、彼女はその両方を惜しみなく与えてくれた。自分が傷つくかもしれないことも考えずに。ひよっとしたら軽んじられ、拒まれるかもしれないということも頭にないまま。

しかしジョスリンが答える前に、ジェーンは指先で彼の眉間に刻まれたしわに触れた。

「どうしたの？　何が気に障ったの？　やっぱりわたしは下手だったのね。なんてばかなのかしら。自分にとって世界が変わるほどすばらしい体験だったからといって、あなたにとっても同じだったと思っていたなんて」

そこまで無防備な発言はいただけない。ジョスリンは彼女の手首をつかんでどけた。

「きみは女だ、ジェーン。しかも並外れて美しく、備えるべきものをちゃんと備えた女だ。ぼくはじゅうぶんに楽しませてもらった」

彼女の目つきが変わった。瞳の奥に何かが現れた。それを見たとき、ジョスリンは不意にわいてきたいらだちの正体に気づいた。それは涙を流すことなく胸の中で泣いていた自分に対する恥ずかしさだった。そして女々しい自分に対する怒りだ。

彼女にジョスリンと呼ばせたのは間違いだった。

「怒っているのね」ジェーンが言った。

「世界が変わるほどすばらしい体験をしたと言われては、まるでぼくがきみを勘違いさせてしまったようだからな」辛辣に言った。「きみは愛人として雇われたんだ。ぼくはただ、きみに仕事をさせただけだ。愛人が気持ちよく仕事できるよう、いつも最低限の心配りはしている。しかし、仕事は仕事だ。きみはさっき、自分の食いぶちを稼いだにすぎない」

今の言葉は、自分に聞こえたのと同じくらいジェーンの耳にも残酷に響いただろうか？

自分自身が憎かった。いや、それは今にはじまったことではない。ただこれまではその感情を、世間一般を見下す姿勢に置き換えてきた。

「そのうえ、報酬以上の働きをしたわ」ジェーンが冷ややかに言った。「あなたはわたしの体を利用するためにお金を出しているだけよ。わたしの考えや気持ちまで支配できるわけではないわ。わたしがあなたに体を提供して自分の務めを果たしている以上、世界が変わるほどすばらしい体験だと思おうと思うまいと、わたしの自由よ」

一瞬、ジョスリンはすさまじい怒りにとらわれた。もしジェーンがここでふつうの女のように泣きだしていたら、彼女をいっそうばかにすることで自らを激しく責めることができただろう。だがジェーンはいかにも彼女らしく、冷たい威厳をもってこちらを叱りつけた。全裸でベッドに横たわっているというのに。

ジョスリンは小さく笑った。「最初の喧嘩だな、ジェーン。おそらくこの先もあるだろう。しかし、ひとつ言っておく。ぼくとの関係に自分の感情を持ち込むな。いずれきみが傷つくことになってしまう。この部屋で行われるのは単なる性交だ。それ以上のものは何もない。きみは下手ではなかった。これまで経験したのと比べてもすばらしかった。いや、それ以上だ。これでほっとしたか？」

「ええ」ジェーンがあいかわらず冷ややかに答えた。「ありがとう」

ジョスリンの体がまた高ぶってきた。自らへの怒りと、彼女の気の強さと、その黄金色に輝く美しさと、ほのかなバラの香りに刺激されて。この午後の主導権は自分が握っているのだと改めて示すために、彼はするべきことをした。ジェーンを仰向けにして、ふたたび体を重ねた。ただし今回は、ただ体の欲求を処理することに徹した。男とその愛人。それだけの関係として。

そのあと彼は、窓に叩きつける雨音を聞きながら眠りに落ちた。

「ここで夕食をとっていくと思っていたわ」

「いや、いい」

ふたりは服を着て一階の客間にいた。しかし、ジョスリンは椅子に座っていなかった。先に立ちあがって暖炉に近づき、燃えていない木炭に視線を落としていた。それから窓辺に向かい、外の雨に目を向けた。

彼がいるせいで客間が狭く感じられた。完璧なまでの優雅さ、堂々たる姿、たくましい肩や脚を見ていると、わずか半時間前まで自分たちが二階のベッドに裸で横たわっていたことが信じられなくなる。そこで起きたことも嘘のように思えた。嘘ではない証拠にジェーンの下腹部と胸はひりひりと痛み、膝にも力が入らなかったが。

「夕食の約束がある」ジョスリンが言った。「そのあとは行きたくもない舞踏会に行く予定だ。だからここに長居するつもりは最初からなかった。ただ関係を結ぶのが目的だった」

この人の愛人でいるのはたやすいことではなさそうだ。もちろん、たやすいと思ってはいなかった。彼は傲慢なうえにかっとなりやすい。なんでも自分の思いどおりにすることに慣れている。特に女性に関しては。けれども何より接しにくいのは、彼のひどく気分屋なところだ。

先ほどベッドの中で同じような口調を聞かされたときのように、ジェーンはもう少しで屈辱感にのまれそうになった。だが、ジョスリンが計算ずくでわざとそういう言い方をしているのに気づいた。なぜかはわからない。彼女が恋人ではなく愛人にすぎないということを思い知らせたいのだろうか？

それとも、この女性は自分にとって快楽を得るための道具なのだと自分自身に思い込ませようとしているの？

知識や経験がなくとも、ジェーンにはわかっていた。はじめて中に入ってきたとき、ジョスリンは彼女の体を都合よく利用したわけではない。彼にとって、ジェーンはただの道具ではなかった。あれは単なる性交ではなかった。

彼は愛を交わしたのだ。わたしと。

「それを聞いて安心したわ」彼女は淡々と言った。「ほかの部屋も今日から手直しをしたいと思っていたの。それなのに午後がずいぶんつぶれてしまったから」

ジョスリンは顔だけこちらに向けて、ジェーンをじっと見つめた。

「きみはどうあっても自分に与えられた立場におさまらない気だな、ジェーン」

「娼婦のような気分にさせられることを拒否するという意味なら、そのとおりよ。あなたに求められたときはいつもここにいるわ。それが契約だもの。でも、あなた中心に暮らすつもりはない。昼間に窓の外をぼんやり眺めたり、夜にノッカーが鳴る音に耳を澄ませたりしてあなたを待つ気もないわ」

そう言いながらも、午前中ずっと窓辺を歩きまわっていた自分を思いだしてきまりが悪くなった。二度とあんなまねはやめよう。

「そういうことなら」ジョスリンがすごむように目を細めた。「きみを抱きたくなったときはあらかじめ手紙を送り、何かと忙しいきみの都合がつくかどうか確認したほうがいいだろうか？」

「わかっていないのね。わたしは契約書に署名したのよ。約束はちゃんと守るわ。そしてあなたにも守ってもらうつもりよ」

「自分の時間を何に使うんだ？」彼は窓から向き直って、空っぽの部屋を見まわした。「外出するのか？」

「裏庭で過ごすわ。とてもきれいな庭だけれど、もっと手入れが必要だから。いくつかやってみたいことがあるの」

「読書は？」ジョスリンが眉をひそめた。「ここに本はあるのか？」

「いいえ」そんなことくらい、わかっているだろうに。

「明日の朝、フッカム図書館に連れていこう。利用者登録をしてやる」

「やめて！」ジェーンは鋭く言った。そして肩の力を抜いた。「いいのよ、ジョスリン。ありがとう。することがたくさんあるから結構よ。娼館を人が暮らせる住宅に変えるには、時間も労力もかかるの」

「その言い方は無礼だろう」顔をしかめ、ブーツの両足を開いてソファの前に立つ彼は威圧的なほど大きく見えた。「ハイドパークへの散歩に誘っても、忙しいからと断るのか?」

「ええ」ジェーンはうなずいた。「わたしのことはかまわないで」

ジョスリンは長いあいだ彼女を見つめた。何を考えているのかわからない表情だった。ついさっき情熱的に自分を抱いた男性とは似ても似つかない、厳しくて冗談も通じない近寄りがたい人のように。

やがて彼は急にお辞儀をすると、背を向けて部屋から出ていった。

驚いたジェーンは閉まった扉を呆然と見つめ、玄関の扉が開いてふたたび閉まる音を聞いた。彼は行ってしまった。別れの挨拶もなく、今度いつ来るのかも言わないまま。

今度こそ、彼女は傷ついた。

胸の中が冷え冷えとした。

15

客間の隣の部屋には寝椅子があり、目をむくような豪華な絨毯が敷かれていた。そして異常なほどたくさんの鏡があり、立とうが座ろうが横になろうが、自分の姿が少なくとも一〇倍に増えて見えた。それに、またしてもフリル付きクッションと飾り物の数々。

おそらくここは、ジョスリンの過去の愛人がひとりの時間を楽しむための部屋として、もしくはふたりの第二の寝室として使われていたのだろう。きっと後者に違いない。

客間と寝室の二部屋の改装を進めていたときは、この部屋のことはまったく頭になかった。しかし余裕ができた今、ジェーンはここを自分の城に変えようとしていた。ラベンダー色の客間はたしかに上品になったが、どうしても自分の空間とは思えない。

鏡と寝椅子はただちにお払い箱となった。それらがどんな運命をたどろうと、ジェーンの知ったことではなかった。彼女は執事のジェイコブズに、書き物机と椅子、紙とペンとインクを買いに行かせた。そのあいだに執事の妻で家政婦のミセス・ジェイコブズに頼み、上質なリネンと刺繍枠と色鮮やかな刺繍糸のセット、そのほか裁縫小物などを買いに行ってもらった。

こうして、ジェーンが書き物や手芸をするためのプライベートな空間ができた。彼女はここで好きな刺繍に思う存分打ち込むつもりだった。

午後にジョスリンとはじめてベッドをともにしたジェーンは、暖炉の火が心地よい音を立てて燃えるその部屋で、刺繍をしながら夜を迎えていた。彼が豪華な晩餐会に出席し、そのあと別のにぎやかな舞踏会の会場へ向かうところを想像して、うらやまないよう努めた。彼女自身は社交界のお披露目をしていない。それをするはずだった年には、母の喪に服していた。そのあと父が病にふせったときには、世話人役を買って出てくれたレディ・ウェブの申し出を受けてお披露目をするよう強く勧められた。けれどもジェーンは、自分がそばについて看病するからと父を押し切った。やがて父が亡くなり、ふたたび喪に服すことになった。そのあとは新しい伯爵に後見される身となり、自由を失った。

ジョスリンは今夜ダンスをするのだろうか？　誰かとワルツを踊るの？

そんなことで落ち込んでばかりいても、しかたがないけれど。

部屋の扉が軽くノックされたとき、一瞬心が躍った。彼が戻ってきたのだろうか？　だが扉からのぞいたのは、当惑したような顔のジェイコブズだった。

「お邪魔して申し訳ございません、マダム。先ほど大きな箱がふたつ届きました。どういたしましょうか？」

「箱ですって？」ジェーンは目を丸くして刺繍を脇に置いた。

「公爵閣下からです。とても重くて、ほとんど持ちあがらないほどです」

「荷物が届くなんて聞いていないけれど」彼女は立ちあがった。「自分で確かめに行くわ。本当に公爵からなの？」

「間違いございません、マダム。あちらの使用人が運んできて、マダム宛の荷物だと申しました」

厨房の床に置かれたふたつの大きな箱を目にして、ジェーンはひどく興味をそそられた。

「ひとつ開けてみて」彼女の指示でミセス・ジェイコブズがナイフを取ってきた。箱を縛ってある紐をジェイコブズが切る。

ジェーンが蓋を開くと、そこにいる誰もが――執事も、家政婦も、料理人も、メイドも、従僕も――彼女と一緒に身を乗りだして中をのぞき込んだ。

「なんだ、本だわ！」メイドがひどくがっかりしたように言った。

「本ですって！」ミセス・ジェイコブズが驚いた。「これまで旦那さまが本を送ってきたことなんてなかったのに。なぜ今になって急に送ってきたのかしら？　マダムは読書をなさるんですか？」

「あたりまえだろう」ジェイコブズが怒ったように言った。「そうでなければ、マダムが書き物机や紙やインクをお求めになるはずがない」

「本なのね！」ジェーンは胸に両手を当て、まるで恐れ多いものを見たかのようにささやいた。

いちばん上に詰められている本の表紙をざっと見ただけで、それらがジョスリンの書斎にあったものだとわかった。ダニエル・デフォー、ウォルター・スコット、ヘンリー・フィールディング、アレクサンダー・ポープ。

「風変わりな贈り物ですね」メイドが言う。「マダム、別の箱にはもっといいものが入っているんじゃないでしょうか」

ジェーンは唇をかんだ。「とんでもない。これはすばらしい贈り物よ。ジェイコブズ、あなたとフィリップで、これをわたしの部屋に運ぶのは大変かしら?」

「自分ひとりでじゅうぶん運べますよ、マダム」若い従僕が勢い込んで言った。「箱から出すのもやりましょうか?」

「いいえ」ジェーンは彼に微笑みかけた。「そう言ってくれるのはありがたいけれど、わたしがひとりでするわ。一冊ずつ、自分で確認したいの。公爵がわたしのためにどんな本を選んでくれたのか」

部屋にはたまたま本棚があった。悪趣味な飾り物でいっぱいになっていたのを、ジェーンがすべて取り払ったのだ。

その後、彼女は二時間以上も箱のそばにうずくまり、一冊ずつ取りだしては気に入ったとおりに棚に並べ、何から読もうかと思案した。

ジョスリンが今日の午後に屋敷へ戻ったあと、自分のためにこれらの本を選んでくれたと思うと涙が出た。彼が本をクインシーに選ばせたのでないことはすぐにわかった。以前、彼女が特に好きだと言ったものがすべて入っていたからだ。

送られてきたのが高価な宝石だったら、少しもうれしくなかっただろう。宝石をいくつ買ったところで、ジョスリンの懐はほとんど痛まない。でも、本は別だ！　彼は本を新しく買ったのではなく、大切にしている自らの蔵書を譲ってくれた。書斎の棚から選びだしたものの中には、彼自身のお気に入りもあったに違いない。

おかげでその夜は、寂しさがいつの間にか消えていた。ジョスリンが別れの言葉もなく出ていったときの戸惑いも消えた。彼はまっすぐ屋敷へ戻り、そのまま書斎で過ごしたに違いない。ジェーンのために。

そこまで考えて、彼女は自分に強く言い聞かせた。これ以上、深みにはまってはいけない。どんなことがあろうとも、あの人を本気で愛してはいけない。

ジョスリンは新しい愛人のご機嫌を取っただけ。ただそれだけのことなのだ。

とはいえ、ジェーンは深夜まで読書を楽しんだ。

翌朝、ジョスリンは馬でハイドパークを通りかかった。この時間には乗馬用道路《ロットン・ロー》でよく仲間たちに出会う。昨夜のうちに雨がやみ、濡れた草が朝日を受けてまぶしくきらめいていた。気晴らしを求めてここに来たのだが、幸いすぐにコナン・ブルームとキンブル子爵に出会った。

「トレッシュ」キンブルが挨拶代わりに呼びかけた。「ゆうべは夕食をとりに〈ホワイツ〉に来ると思ったのに、来なかったな」

「屋敷で食べた」ジョスリンは言った。嘘ではない。気持ちが動揺してジェーンと食事をするどころではなく、またそれを彼女に知られたくなくて館を出た。夜会用の衣装を着ていたのに、結局は行かなかった。なぜ行かなかったのか、自分でもよくわからない。

「ひとりで？」コナンが尋ねた。「かわいいミス・イングルビーさえいないのに？」

「彼女と一緒に夕食をとったことなどない」ジョスリンは答えた。「何度も言うが、彼女は使用人だったんだぞ」

「いつでもぼくが雇うのに」キンブルが大げさにため息をつく。

「きみはレディ・ハリデーの夜会にも来ていなかったな」コナンが言った。

「ずっと自分の屋敷にいたんだ」ジョスリンは応えた。

するとと友人たちは互いに目配せし、そのあと同時に笑いだした。

「おいおい、相手は誰なんだ、トレシャム？」コナンが言う。「われわれの知っている女性か？」

「ぼくは誰にも怪しまれることなく自宅でひとりの夜を過ごすことも許されないのか？」ジョスリンは馬をゆっくりと駆け足にした。しかし友人ふたりは意に介さず、自分たちの馬を同じ速さにして、ジョスリンを左右からはさんだ。

「彼を〈ホワイツ〉にも、レディ・ハリデー邸のカード室にも行かせなかったということは、まったく新しい相手が出現したということだな」キンブルが言った。

「しかも今朝のこの不機嫌ぶりからして、その女性は彼を一睡もさせなかったようだぞ、キンブル」とコナン。

まるでジョスリンがその場にいないかのように、ふたりはにやにやしながら好き勝手に詮索している。

「ふたりとも地獄へ落ちろ」ジョスリンは言った。

だがその言葉も、ますます彼らを笑わせるだけだった。

そのときフェンスを隔てた向こうから、アンジェリンが親友のミセス・ステビンズと連れ立って歩いてくるのが見えた。朝の散歩の最中らしい。

「まったく頭に来るわね！」ジョスリンが近づくなり、アンジェリンは叫んだ。「どうしてわたしが訪ねていくときにかぎっていないの、お兄さま？　お兄さまが昨日の午後〈ホワイツ〉を出たとヘイワードから聞いてすぐに、今朝訪ねるという手紙を書いてダドリー・ハウスに届けさせたのよ。てっきり屋敷に帰っているんだろうと思って」

ジョスリンは片眼鏡の紐をいじった。「そうか。毎回同じことを言うようだが、またおまえの予想が外れただけのことだよ。しかし、なんの用事で来たんだ？　ごきげんよう、ミセス・ステビンズ」鞭の柄で帽子の縁に触れながら頭をさげる。

「みんなが言っているわよ」友人が膝を曲げてジョスリンにお辞儀をするそばから、アンジェリンが言った。「この二日間で、もう三回も聞いたわ。それから昨日、フェルディナンドお兄さまも言っていたわよ。きっとトレシャムお兄さまも誰かから聞いたでしょう。それでもわたしはお兄さまの口から直接聞きたいの、決してばかなことをしないって。でないと神経がまいってしまうから。ついでに、どんな犠牲を払ってもダドリー家の名誉を守ると約束して」

「実に興味をそそられる話題のようだが、肝心の部分を聞かせてくれる気はあるんだろうな、アンジェリン？　できれば早く言ってもらえないだろうか。キャバリエがくたびれてしまわないうちに」

「噂によると、フォーブズ兄弟は自分たちが馬車に細工したことでお兄さまが復讐しに来ると思って、ロンドンから逃げたそうよ」

「だろうな。街からいなくなった理由がそれだとしたら、あの三人にも知性のかけらがあったということだ」

「それがね」アンジェリンが言った。「今から言うのはたしかな話よ。そうでしょう、マリア？」同意を求めるようにミセス・ステビンズを見る。「ミスター・ハモンドが二日前にミセス・ベリー＝ホーの店で言ったの。誰もが知るとおり、彼の奥さんはミセス・ウェズリー・フォーブズのまたいとこよ。だから間違いないわ」

「なるほど」ジョスリンはそっけなく言い、顔の前に片眼鏡をかざして、フェンスの向こう側を歩く人々とフェンスの内側で馬に乗る人々を観察した。

「あの人たちはまだ根に持っているの。まったく、どこまで腐った連中かしら。フェルディナンドお兄さまは危うく殺されかけたのよ。向こうはトレシャムお兄さまがレース直前に馬車を取り替え、革の手袋に穴を開けただけですんだことが気に入らないの。この期に及んで、まだ復讐するつもりなのよ！　みなが言うとおり、お兄さまのほうこそ怒って当然なのに！　三人は援軍を求めてロンドンを離れ、もうすぐ舞い戻ってくるらしいわ」

ジョスリンはすばやく振り向き、背後に広がる草地に目を向けた。

「だが、今のところはまだ戻っていないんだろう、アンジェリン。その援軍というのは、おそらくジョシュア・フォーブズ牧師とサミュエル・フォーブズ大佐のことだな？」

「つまり五人対ひとりよ」アンジェリンは深刻そうに言った。「もしくは五人対ふたりね。フェルディナンドお兄さまが絶対に加勢すると言っているから。もしくはヘイワードがいつもの調子で、悪童の遊びにつきあわされるのはごめんだと言わなかったとしたら、五人対三人になるわ。わたしも彼の拳銃を取りあげて射撃の練習をしなくちゃ。これでもダドリーの一員だもの」

「頼むからやめろ。おまえの射撃の腕が子どもの頃と同じだとしたら、味方に加わってもらったとき、向こうが危険かこっちが危険がわかったものではない」

ジョスリンは改めて片眼鏡で、妹を頭のてっぺんから足の先まで見た。

「そのボンネットはおまえにしては意外なほど品がいいな。ただし、真っ赤なポピーをピンク色の散歩服に合わせたのは悲惨としか言いようがない」

「つい一〇分前にピム卿と鉢合わせしたわ」アンジェリンはつんと上を向いた。「今朝のわたしは特に魅力的に見えるから、ひとりで歩いているときに会いたかったと言っていたわよ。そうでしょう、マリア？」

「なんだと？」ジョスリンはたちまち険しい目をした。「アンジェリン、自分がトレシャム公爵の妹だということをピム卿に思いださせてやったんだろうな？」

「大げさにため息をついて笑ってやったわよ。このわたしが男性につけ入る隙を与えると思う？　このことをヘイワードに言ったら、きっと天井を向いてこう言うでしょうね……」

アンジェリンはそこで少し赤くなり、また笑いだした。キンブルとコナン・ブルームにうなずきかけると、彼女はミセス・ステビンズの腕を取って散歩の続きに戻った。

「ロンドンは新たな騒ぎを求めている」ジョスリンは仲間と進みながら言った。「近頃は誰もが、レディ・オリヴァーの身内だと名乗るろくでもない腰抜けどものことしか話題にしないようだな」

「奴らは心底震えあがっているのさ」キンブルが言った。「そそっかしいジョセフ・フォーブズが、きみが手を擦りむいた事故の責任を認めてしまったからな。連中はもっと別の手で攻撃を仕掛けてくるはずだ。もちろん決闘ほど正々堂々としたものではないだろう」

「何をしようと同じさ。奴らは面目と名誉を失う」ジョスリンは言った。「しかし、こんな話はもういい。うんざりだ。新鮮な空気と太陽の光を楽しもうじゃないか」

「頭をすっきりさせるために？」コナンが尋ねた。彼はジョスリンの向こう側にいるキンブルに言った。「気がついたか、キンブル？　レディ・ヘイワードの言葉によれば、トレシャムは昨日の午後屋敷にいなかったそうだ。きみと一緒だったのか？」

「いいや、コナン。ぼくじゃない」キンブルが大まじめに答える。「そっちは？」

「昨日の朝から今朝にかけて、ぼくも彼を一度も見なかった」とコナン。「くだんの女性は、実に新鮮で情熱的な恋人に違いないぞ」

「なんだ、そういうことか！」キンブルが急に手綱を強く引いて馬を止め、首をのけぞらせて笑いだした。バランスを崩して危うく鞍《くら》から落ちそうになり、あわてて体勢を立て直す。「コーン、灯台下暗しとはこのことだ。相手がわかったよ」

コナンとジョスリンの馬は少し先を進んでいた。

「かわいいミス・イングルビーさ！」キンブルが言った。「トレッシュ、この悪党め。嘘をついたな。彼女を自分のものにしただろう。ゆうべは彼女に引き止められて、友人や社交場や自分のベッドから遠ざかっていたんだな。しかも夜どおしだ。さぞかし期待どおりに楽しませてもらったんだろう」

「考えてみれば、すぐにでもわかりそうなものだった」コナンが同意した。「トレシャム、きみは彼女とダンスをした。しかもワルツだ。それに彼女からずっと目を離さなかった。それにしても、なぜ秘密にする？」

「実に残念だ」キンブルが大げさにため息をつく。「喪にでも服したい気分だよ。ボウ・ストリートの捕り手を雇って、彼女を見つけだそうとまで思っていたのに」

「ふたりとも」ジョスリンはいつものようにそっけなく言った。「そろって安らかにくたばるがいい。ぼくはここで失礼する。ダドリー・ハウスで朝食が待っているのでね」

悠然と屋敷に向かいだしたジョスリンのうしろで、つかのまの沈黙に続いてふたりの大笑いが聞こえた。

そういうことではない。ジョスリンは心の中で思った。そういうことではないんだ。だが、もしそういうことでないとしたら――新たな愛人を作った男が、彼女の体の目新しさに夢中になっているわけではないとしたら――いったいどういうことだ？

親しい友人たちにまでジェーンのことで笑い物にされたと思うと、ひどく気分が悪かった。

自分が来たことを、ジェーンは物音で気づいたに違いない。彼女は今回も客間の扉の外に立っていた。今日のドレスは淡い黄色だ。これも新しく仕立てたもので、前回と同じく簡素なデザインだった。例の灰色の仕事着からひとたび解放されてみると、どうやら彼女は衣装に関して文句のつけようもなく趣味がいい。

帽子と手袋を執事に手渡すと、ジョスリンはジェーンに近づいた。彼女がまぶしいくらい温かな笑みを浮かべて両手を差し伸べてきたので、なんだか調子が狂ってしまった。ここへ来るまでは世間一般を、そして彼女のことも見下して哀れむような気分だった。同時に、今日の午後ふたたびここへ来ずにはいられなかった自分にいらだっていた。

「ありがとう」ジェーンは彼が差しだした両手を強く握りしめた。「ほかになんとお礼を言っていいかわからないわ」

「本のことか？」ジョスリンは顔をしかめた。すっかり忘れていた。今日は彼女をまっすぐベッドへ連れていき、手短に楽しんだら、余計なことを考える前にさっさと館を出て、残りの予定をこなすつもりだった。ふたりの関係をあるべき姿に修正しようと思ったのだ。だがその一方で、キンブルやコナンの下世話な推測がまったく気に入らなかった。どうせ今夜も同じことを言われるのだろう。とはいえ、彼らの言うことがあながち外れているわけではないとも思い、それがまた不愉快だった。

「あれくらい、どうということはない」そっけなく言った。手を離して、ジェーンに先に客間へ入るよう促す。

「あなたにとってはそうでしょうね。でも、わたしにとってはすばらしいことだったの。ここへ来てから本が読めなくて、とてもつらかったんですもの」

「だったら」扉を閉めて部屋を見まわしながら、ジョスリンはいらだたしげに言った。「なぜぼくと一緒に図書館へ行こうとしないんだ？」

それに、なぜ人に見られることをそれほど恥じる？　これまでの愛人たちは、自分と一緒に外出している姿を人に見られるのを何より喜んでいた。

きっとジェーンは堅物の聖職者の娘なのだろう。しかし、ここで彼女の貞操を奪ったことに罪悪感を覚えるようでは、自分はもうおしまいだ。

もちろんジェーンは答えなかった。ただ微笑み、首を少しかしげている。

「今日はご機嫌斜めなのね。別に怖いとも思わないけれど。ところで、何か新しい話題はないの？」

敗北感にとらわれ、ジョスリンはほとんど笑いたい気分だった。

「フォーブズ兄弟は援軍を連れてくるためにこっそり街を出た。三人対ひとりなのに、ぼくとまともに勝負できないのさ。そこで五人対ひとりにしようという魂胆だ。それでもまだ分が悪いことを、連中に思い知らせてやろうと思う。ぼくは卑怯者と渡りあって勝つのが好きなんだ」

ジェーンがため息をついた。「男のプライドね。あなたは八〇歳になっても、あいかわらず喧嘩をしているでしょうね。といっても、そこまで生きられたらの話だけど。お座りになる？　紅茶を持ってこさせましょうか？　まっすぐ二階へ行きたい？」

困ったことに、ジョスリンはなぜか急に彼女がほしくなくなってしまった。少なくともベッドでは。少なくとも今すぐには。なぜなら、それはとても――とても、なんだ？　恥ずべきことだから？　またもや笑ってしまいたくなる。

「本はどこだ？　寝室か？　屋根裏部屋か？」

「隣の部屋よ。あなたが来ないときにひとりで過ごすための部屋にしたの。いわば、わたしだけのお城よ」

ジョスリンはこの客間が好きになれなかった。たしかに趣味のいい上品な空間になったが、それでも寝室に行くまでのお預けの時間を、多少なりとも行儀よく過ごすための無味乾燥な待合室といった感じなのだ。そのうえ、ここにはジェーンの居間だと感じさせてくれるものが何もない。

「そこに案内してくれ」

「わたしの部屋なのよ」彼女は言った。「つまり、わたしのほうからあなたを招待する場所。たまには食堂もそういう場所になるでしょうね。二階の寝室は、あなたが契約上の権利を行使できるところ。館のそれ以外の場所はわたしの個人的な領域よ」

ジョスリンは唇を開いた。ジェーンが飛びあがるほど厳しく怒鳴りつけてやるのと、首をのけぞらせて大笑いするのと、どちらがいいのか決めかねて。

契約上の権利だと！

「ミス・イングルビー」彼はこのうえなく優雅にお辞儀をした。「ぜひともあなたの城を拝見したいのですが？」

ジェーンは少し迷って唇をかみ、やがて小さくうなずいた。

「いいわ」そう言うと、先に立って客間を出た。

その部屋はまさにジェーンそのものだった。敷居をまたいだジョスリンはすぐにそう気づいた。はじめて彼女の世界に足を踏み入れた気がする。そこは優雅かつ上品でありながら、同時に堅実で温かい雰囲気に満ちた空間だった。

もとからある淡い黄褐色の絨毯とカーテンは、この部屋をいつも陰気に見せていた。以前の主たちがクッションや掛け布やけばけばしい小物類をいくら飾っても、もとの暗さを強調するばかりだった。例の鏡に至っては陰気さを倍増させた。ジョスリンはもうずっとこの部屋に足を踏み入れないことにしていた。

だが、ジェーンはこの淡い黄褐色を隠していない。そのことが部屋に安らぎをもたらしていた。寝椅子はなくなっている。鏡もきれいさっぱり消えていた。上品な椅子が何脚かと、書き物机と椅子があり、机には紙類が置かれていた。つまり、この机は単なる飾り物ではないということだ。本棚は彼が贈った本で埋まり、一冊が暖炉脇の椅子の前に置かれた小さなテーブルに開いて置かれていた。暖炉の反対側の椅子の前には、リネン地が刺繍枠に取りつけられていた。まわりには絹糸とはさみと針が散らばっている。

「座っていいか？」ジョスリンは尋ねた。

ジェーンは本棚の脇にある椅子を指し示した。

「どうぞ。書き物机と椅子の代金は、わたしの報酬から差し引いてくれていいわ。個人的に使うものだから」

「たしかぼくはこの家の改装を好きにしていいと言ったはずだ。くだらないことを言っていないで座れ。ぼくは紳士なものだから、きみより先に座ることができない」

彼女は少し落ち着かなげに見えた。少し離れた椅子に腰をおろす。

「ジェーン」ジョスリンはじれったそうに言った。「刺繍枠のところに座るんだ。作業しているところを見せてくれ。そういう技術も孤児院で覚えたのか？」

「ええ」彼女は場所を移って針を手にした。

彼はジェーンが刺繍をするのをしばらく黙って見ていた。彼女はまったく美しく優雅だった。生まれも育ちもレディそのものだ。間違いなく家が困窮したのだろう。仕事を求めてロンドンに来ることを余儀なくされ、婦人帽子店の雑用係でもせざるをえず、自分の看護婦になり、やがて愛人になるしかなかった。いや、こちらは押しつけたわけではない。そのことについて罪悪感を抱く必要はないのだ。自分は彼女にきわめて寛大な別の選択肢を提示した。レイモア卿に会えば歌姫にしてもらえる、と。

「こういう家庭的な雰囲気を味わうのが夢だった」よく考えもしないうちにそんな言葉が口をついて出てしまい、ジョスリンは驚いた。

ジェーンが顔をあげる。

「暖炉の脇で刺繍をする女。向かい側に座る男。ふたりも、まわりの世界も、安らぎに満ちている」

彼女はふたたび下を向いて手を動かしはじめた。

「少年時代に過ごした屋敷ではなかったことなの？」

ジョスリンは短く笑った。「母には刺繍針の先がどちらかもわからなかっただろう。それに両親はふたりとも、たまには暖炉の前に家族で集まることがあってもいいと誰からも教わらなかった」

そして自分もそんなことを誰からも言われなかった。では、この考えはどこから来たのだろう？

「かわいそうに」ジェーンが静かに言った。

ジョスリンは不意に立ちあがり、本棚に近づいた。

「『マンスフィールド・パーク』は読んだか？」しばらくしてから尋ねる。

「いいえ」彼女がふたたび顔をあげた。「でも、同じ著者の『高慢と偏見』は読んだわ。とても面白かった」

ジョスリンは本を棚から取りだして椅子に戻った。

「きみが刺繍をしているあいだ、読んでやろう」

最後に本を朗読したのは子どもの頃だった。人に読んでもらったのも、けがで動けなかった自分にジェーンが読んでくれたことしか思いだせない。あのときはそれほど真剣に耳を傾けていたわけでもないのに、意外なほど心が癒やされたのを覚えている。彼は本を開いて読みはじめた。

「〝もうかれこれ三〇年ほど昔のことだが、ハンティンドンのミス・マライア・ウォードは、わずか七〇〇〇ポンドの持参金でマンスフィールド・パークのサー・トーマス・バートラムの心をわがものにする幸運をつかみ……〟」

ジョスリンは二章の終わりまで読んだところで中断し、本を膝の上に置いた。ふたりはそのまましばらく無言で過ごした。このうえなく心地よい沈黙だった。気づくと、彼は椅子の中で伸びをしていた。すっかりくつろいで、このままうとうと眠ってしまいそうだ。なんとも言えない、この気分……なんと言えばいいだろう？　満足感？　たしかに。幸せ？　これまで自分が幸せだなどと感じたことは一度もないし、そんなことが大切とも思ってこなかった。

ここにいると、まるで世界から切り離されたような気がした。いつもの自分自身からも。

ジェーンとふたりで。同じようにジェーンも、ジョスリンの知らないこれまでの彼女の世界や、いつもの自分から切り離されているはずだ。こういうことを、この先もずっと続けていくのは可能だろうか？　かぎりなく永遠に？

もしくは、まさにジェーンそのもののようなこの部屋が、日常を忘れたくなったときの逃避場所になってくれるだろうか？　いつもの暮らしからはとうてい望めない、心の底からの安らぎをもたらしてくれるこの部屋が。

こんな非現実的でばかばかしいことをいつまでも考えていてはだめだ。もう出ていかなくては。もしくはジェーンをベッドに連れていかなくては。

「何を作っている？」心とは裏腹にジョスリンは尋ねた。

ジェーンは下を向いたまま微笑んだ。「テーブルクロスよ。食堂のテーブルにかけるの。ここで暮らすなら、何かすることを見つけないといけないから。わたしは昔から刺繍が好きなの」

さらにしばらくのあいだ、ジョスリンは彼女が作業するのをぼんやりと見ていた。刺繍枠の向きの加減で、どんな模様なのかは見えなかった。しかし、刺繍糸はどれも秋を思わせる色味で趣味よく統一されている。

「そばに寄って見たら怒るか？」

「まさか」ジェーンが驚いたように言う。「でも、わたしに気をつかってそんなことを言わなくてもいいのよ。あなたは刺繍なんて興味ないでしょう？」

彼はその問いかけを無視した。座り心地のいい椅子から身を起こし、広げて置かれている本の上に自分が手にしていた本を重ねた。

彼女がリネン地の隅に刺繍していたのは秋の森の風景だった。

「図案はどこから取ってきたんだ？」ジョスリンは尋ねた。完成図が知りたかったのだ。

「わたしの頭の中よ」

「ほう」ジェーンが刺繍を愛する理由がわかった。単に模様を刺すのが得意というだけではないのだ。「つまり、きみにとって刺繍は芸術なんだな。きみは色彩とデザインに対する感覚が優れているから」

「不思議なの。紙やキャンバスに向かっているときは、自分の頭の中のイメージをそれほどうまく表せない。でも刺繍針だと、それが布の上にすんなり表現できるのよ」

「ぼくは風景をうまく描けたためしがない。自分が描くより、実際の自然のほうがはるかに美しいと思ってしまうからだ。でも、人の顔は別だ。生命力や個性がいくらでも表現できる」

そう言ってしまってから後悔し、ジョスリンは唇をかんだ。気恥ずかしくなって背筋を伸ばす。

「あなたは肖像画を描くの？」ジェーンが目を輝かせて見あげた。「以前から、絵は芸術の表現形態としていちばん難しいと思っていたのよ」

「ただのお遊びだ」そっけなく言い、ぶらぶらと窓辺に近づいて小さな裏庭を見おろした。

よく見ると、実に手入れが行き届いている。あのバラは前からあそこにあっただろうか？

「それも過去形だ。今は描いていない」

「なぜなら」彼女が静かに言った。「男らしくない趣味だから、でしょう？」

父の言葉づかいは、それよりはるかに痛烈だった。

「きみを描いてみたい」気づくと、そう言っていた。「きみの顔は美しいことを抜きにしても奥が深い。描きがいがありそうだ」

返事はなかった。

「われわれは二階で性的な満足を得る。しかし、ここでは別の楽しみを追求することにしないか、ジェーン。ここなら他人の目を気にしなくてもいい。きみはこの部屋を、そのための場所にしたかったんだろう？　ぼくの愛人であることを含めた現実世界はいったん忘れ、隠れ家のようなこの安らぎの空間で、ありのままの自分に――ただのジェーンになりたいんだろう？」

ジョスリンは振り返った。ジェーンは手にした針を宙に浮かせたまま、彼をじっと見つめている。

「ええ」

「そしてぼくは、きみがこの部屋で最も一緒にいたくない相手というわけか」彼は寂しく微笑んだ。「無理強いするつもりはないさ。次からは、寝室以外の場所にいるときは客間で応対してくれればいい」

「そうではないの」彼女は少し間を置いてから続けた。「もう自分だけの部屋だなんて思っていないわ。わたしたちふたりの部屋よ。ここは契約も、お互いの立場も気にしなくていい場所。あなたはここで絵を描いたり、本を読んだりして、わたしは刺繍をしたり、書き物をしたりするの。暖炉をはさんで向かいあわせに座りましょう。心安らかにくつろぐのよ。いつでもあなたの好きなときにここへ来てちょうだい、ジョスリン」

彼は振り向いたまま、しばらく黙っていた。今の自分たちに何が起ころうとしているのだろう？　ここへ来る目的はただひとつのはずだ。余計なものはいらない。こんなことをしていたら、しまいに大変なことになる。ジェーンなしでは生きていけなくなってしまう。なのに、胸の中に小さな希望が痛みを伴って芽生えはじめている。

なんの希望だ？

「紅茶を飲みたい？」彼女が刺繍針をリネンに刺して立ちあがろうとした。「運ばせましょうか？」

「ああ」ジョスリンは背中で両手を組んだ。「ああ、頼む」

彼はジェーンが使用人に紅茶を頼むのを見守った。

「この館にはほかにも部屋がいくつもある。ここへピアノを運ばせよう。かまわないだろうか？」許可を求めている自分が信じられない。

「もちろんかまわないわ」ジェーンが大まじめに言った。「ここはわたしたちふたりのための空間よ、ジョスリン」

急に何かが押し寄せてきたような気がした。一瞬、これが幸せというものだろうかと思った。しかし彼は同時に、これまで経験したことのない奇妙な感情にとらわれた。

恐怖だ。

16

早めにベッドに入ったものの、ジェーンは眠れなかった。そして半時間後、眠るのをあきらめた。ベッドから出てろうそくを灯し、リネンのナイトガウンの上から暖かいローブを羽織る。そして部屋履きに足を滑り込ませると、階下の自室に向かった。自分とジョスリンの部屋。彼はそこを〝安らぎの空間〟と言った。

ジェイコブズはまだ起きていた。ジェーンは彼に、暖炉にもう一度火を入れてくれるよう頼んだ。従僕が石炭を持ってきて、ほかに何か必要なものがないか尋ねてくれた。

「特にないわ、フィリップ。あとは自分でするから気にしないで。疲れたら適当に寝室へ戻るわ」

「わかりました、マダム。部屋を出るとき、暖炉に火蓋をするのをお忘れになりませんように」

「教えてくれてありがとう。おやすみなさい」

「おやすみなさいませ」

眠くて目を開いていられなくなるまで読書をすることにしよう。午後じゅうジョスリンが陣取っていた暖炉のそばの椅子に座り、本を手に取る。彼が読まなかったほうを。読んでもらったほうは、そのままにしてあった。次に彼が来たら、三章の続きから読むかもしれないから。ジェーンは手にした本の読みかけのページを開き、膝の上に置いた。

　暖炉の炎に目を向ける。

　やはりジョスリンをこの部屋に入れるべきではなかった。入れたら自分だけの部屋と思えなくなることは最初からわかっていた。ここはすでにふたりの部屋だ。今こうしていても彼の気配が感じられる。行儀が悪くならない程度に、のびのびと椅子で体を伸ばしていた彼の姿がまぶたに浮かんだ。聞いている自分と変わらぬほど物語の世界に入り込んで『マンスフィールド・パーク』を朗読していた声がよみがえる。それから窓辺に立つ姿も……。

　なんて不公平な話だろう。はじめに考えていたとおり、ジョスリンとの関係をあくまでも性的なものにとどめておけば、もっと簡単だったのに。肉体関係を結ぶのと愛するのは別であることくらい、わかっている。遊び人の公爵とその愛人にとってはなおさらだ。けれど今の自分たちの関係がなんなのか、もはやよくわからなくなってしまった。

　今日の午後、ジョスリンはこの部屋で二時間以上も過ごしておきながら、ジェーンに——つまり自分の愛人に——指一本触れなかった。寝室にも連れていかなかった。ただふたりで紅茶を飲みながら、戦争や政治の話をしていたのだ。彼女は平和主義者で、ジョスリンは違った。政治改革に関して言うと、ジェーンは諸手《もろて》をあげて賛成、彼ははるかに慎重だった。話のあと、ジョスリンは唐突に立ちあがり、彼女にお辞儀と別れの挨拶をして出ていった。

ジェーンは空っぽになった気分で取り残された。いや、正確には少し違う。もう何がどうなっているのか、さっぱりわからなかった。体も、理性も、感情も。

この部屋にふたりでいた時間はほとんどずっと、彼はトレシャム公爵ではなくジョスリンだった。しかもジェーンがこれまで接してきたどんなときよりもくつろいだ、素顔のジョスリンだった。ありのままの自分でいることを、これまでになく必要としている男性だった。友情を必要とし、相手に受け入れられることを必要とし、そして――。

彼女はそこで大きくため息をついた。

そう。今日のジョスリンは愛を必要としている男性だった。

でも、たとえそのことを本人が認めたとしても、愛という究極の贈り物を彼が素直に受け取るかどうかは怪しい。

ましてや、その贈り物を同じように相手に返すことができるかどうか。

それに、その相手であるこちらの正体は？　逃亡者だ。そして殺人者――ああ、それは違う。自分までそんなふうに思いはじめているなんて。あの一撃だけでシドニーが死んでしまったのではないのに。

当時の記憶がよみがえり、体が震えた。

ジェーンは椅子の背に頭を預け、ジェイコブズかフィリップが表玄関の扉に錠をおろしている音に耳を澄ませた。まもなく部屋の扉を軽く叩く音がした。

「どうぞ入って」時刻はおそらく真夜中くらいだろう。使用人たちは、もうやすまなくてはならない頃だけれど。

　やってきたのはオペラマントに首から足元まですっぽり身を包んだジョスリンだった。片手を扉の取っ手にかけたまま立つ黒い姿は、まるで悪魔を思わせる。ジェーンは胃が裏返ったような気がした。今日の午後に彼をここへ入れたのは、やはり致命的な失敗だった。

「まだ起きていたのか？　扉の下から光がもれていた」

「自分の鍵を持っているの？」

「あたりまえだ。ここはぼくの家だぞ」

　ジェーンは立ちあがった。まさかこんな時間に来るなんて。

　そのとき不思議なことが起こった。彼女が近づいていったとき、ジョスリンが扉の取っ手から手を離して腕を広げた。マントの裏地の白いシルクと下に着ている黒い夜会服、白いシャツがあらわになる。だが、ジェーンにはその美しい装いすら目に入らなかった。彼のマントに包み込まれるように抱きしめられた彼女が顔をあげるのと、ジョスリンが頭をさげたのがほとんど同時だった。

　とても長く、熱い抱擁だった。ただ、なぜかそこに性的なにおいはなかった。少なくとも、それがすべてではなかった。経験のないジェーンにも、これが愛人をベッドに連れていくためのキスでないことは本能的にわかった。彼は公爵ではなく、ジョスリンだった。そしてジョスリンとして彼女にキスをしていた。

　抱擁が終わる頃、彼はふたたびトレシャム公爵に戻っていた。

「今夜はきみに仕事をさせることにしよう、ジェーン」

「もちろんいいわよ」彼女は身を離して微笑んだ。

するとこと手首を強くつかまれて恐ろしい目でにらみつけられ、思わず息をのんだ。

「やめろ！　そんな笑みを浮かべるな。心の中ではうんざりしながら男に媚《こび》を売る商売女みたいだ。〝もちろんいいわよ〟なんて二度と言うな。ぼくがほしくないなら、ただ出ていけと言えばいい。そのとおりにする」

ジェーンは手を振りほどき、怒って言い返した。「仕事をさせると言っておいてなんなの？　女性が心から男性を求めるとき、ベッドへ仕事に行くなんて言う？　仕事をさせると言った時点で、あなたはわたしを娼婦にしたのよ」

「実際、娼婦だ」彼は鋼のように冷ややかなまなざしで言った。「それも契約上の義務や権利をとやかく言う娼婦だ。おかげでぼくはどうなった？　きみを抱ける権利を買った男になった。金を払う代わりに奉仕してもらえる男になった。そしてきみは望まない奉仕をしなければならない娼婦になった。自分がさも正しいかのように怒りをぶつけるのはよせ、ジェーン。ぼくは謝らないぞ。そっちが招いたことだ」

「あなたのほうこそ……」彼女はそこで言葉を切り、呼吸を整えた。心臓が早鐘を打っている。「また喧嘩になってしまったわね。今のはわたしが悪かったのかしら？　だとしたら謝るわ」

「あのろくでもない契約書のせいだ」彼が低くうめく。

「だったら、わたしが悪いのよ」ジェーンは短く微笑んだ。「あなたに会えてうれしいわ、ジョスリン」

彼の顔から怒りと冷ややかさが消えた。「本当か？」

ジェーンはうなずいた。「それに心からあなたを求めているわ」

「心から？」彼がひどく暗い目で見つめる。

これがあのトレシャム公爵なの？　まさか自信がないとか？　こちらに受け入れてもらえるかどうか不安なのかしら？

「あの契約書は、この部屋ではいっさい効力を持たないということにしたでしょう。だから今の言葉は嘘ではないわ。わたしと一緒にベッドへ来て」

「実は先ほどまで劇場にいたんだ。そこでキンブルに、彼の屋敷で仲間と一緒に夕食をとらないかと誘われた。そこでぼくは狭い馬車に乗りあわせるより歩いていきたいと言って、みなといったん別れた。それなのに気づいたら足がここへ向かっていたんだ。これはいったいどういうことだろう、ジェーン？」

「たぶん、自分を怖がらない相手と思いきり口論をしたかったんでしょう」

「しかし、きみが先に謝った」

「わたしが悪かったからよ。別にわたしは、何がなんでも喧嘩で勝とうとしたりしないわ。誰かさんと違ってね」

ジョスリンが危険な笑みを浮かべた。

「ジェーン、結局きみはそうやって言いたいことを言って議論を締めくくる。おいで。ぼくが来た目的はひとつだし、きみは歓迎してくれた。早くベッドへ行こう」

彼の脇をすり抜け、先に立って階段をあがりながら、ジェーンは期待で胸がどきどきしてきた。しかし、ジョスリンはすぐについてこなかった。途中で足を止め、火が消えかけている暖炉に火蓋をしている姿が階段から見えた。

ジェーンは内心で微笑んだ。おそらくこれは、彼が今までしてきた中で最も家庭的な行為だろう。


明日の朝には、キンブルに容赦なくからかわれるに違いない。別にかまわなかった。これまで誰に何を言われようと——特に親しい仲間からでさえ——気にしたことなど一度もない。それに少なくとも、からかいそのものに罪はない。

実際、今夜は戻ってこずにはいられなかった。午後の奇妙な出来事に、思った以上にかき乱されていたのだ。自分と愛人を正常な関係に戻すために、ふたたび訪れる必要があった。彼女に仕事をさせる必要が。

その言葉をそのまま使ったのはまずかった。しかしそもそもジョスリンには、自分の言動についていちいち他人の気持ちを忖度《そんたく》する習慣などないのだが。

彼は服を脱ぎ、ろうそくの火を消して、ジェーンとベッドに入った。そして美しいナイトガウンは着たままでいるように告げた。その裾をつかみ、脚から腰、そしてウエストまでめくりあげたとき、なんともいえずみだらな気分になった。今夜は前戯をしたくない。また今日の昼間のような不可解な気持ちにとらわれる前に、やるべきことをやってしまいたい。ジェーンの膝のあいだに手を滑り込ませる。彼女の準備はできていた。ジョスリンはジェーンに覆いかぶさり、膝で相手の膝を割って脚を大きく広げさせ、両手を体の下に差し入れて彼女の中に入った。

その体はやわらかく、温かく、やさしく迎えてくれた。ジョスリンは力強く腰を動かしはじめた。ジェーンのことを純粋にただの女だと思い込もうとした。自分の欲求を、純粋に肉体的なものだと思おうとした。

そして、その両方に惨めにも失敗した。

彼はふだんベッドではめったにキスをしない。その必要を感じないし、親密な感じがしすぎて趣味ではないからだ。なのに、彼はジェーンにキスをした。

「ジェーン」彼女の口の中にささやいた。「ぼくに戻ってきてほしかったと言うんだ。午後のあと、ずっとぼくのことしか考えられなかったと」

「なぜ？」彼女がささやき返した。「わたしがそう言えば、勘違いするなと警告できるから？悪いけど、戻ってきたあなたに同情するつもりはないわ。ただ、とてもうれしいだけ。すてきな気分よ」

「まったく」ジョスリンは言った。「なんてことだ」

彼がさらに動くあいだ、ジェーンは無言だった。けれども、やがて絶頂が近づいてジョスリンが動きを大きく速くしたとき、彼女が彼のウエストに腕をまわし、両膝ではさみつけるようにして腰を浮かせ、さらに奥へ迎え入れようとしたのがわかった。

「ジョスリン」ジェーンが言った。「怖がらないで。どうか怖がらないで」

絶頂に向かおうとしている彼には、その言葉がよく聞こえなかった。しかし精を放って力尽きた体を彼女の隣に横たえたとき、残響のようなそのメッセージが耳に残った。きっと空耳だろう、とジョスリンは思った。

「おいで」彼は手を伸ばした。

ジェーンが身を寄せてくる。ジョスリンはナイトガウンの裾を整えてやり、上掛けを引きあげて彼女に腕をまわすと、頭のてっぺんに自分の頬をつけるようにして眠りに落ちた。

愛人の館で夜を明かし、眠るために夜明けとともに屋敷へ帰ることはよくあった。だが、愛人宅で朝を迎えたことは一度もなかった。今回もジェーンと自分自身に互いの立場をはっきりさせることだけを目的とし、数時間で帰るはずだった。

にもかかわらず、ジョスリンは朝日がさんさんと降り注ぐ寝室で目覚めた。腕の中では、しどけない姿のジェーンが素肌をほんのり染めて眠っている。

ジョスリンが弾みをつけてベッドからおりた拍子に彼女が目を覚ました。眠たげに彼に微笑みかける。

「すまない」すばやく夜会服を身につけながら言った。「あのろくでもない契約書によれば、ぼくは自分の権利を行使しようとするとき以外、きみのひとりの時間を侵害する権利を持たないはずだった。すぐに消える」

「ジョスリン」とがめるようにそう言ったジェーンは、やがて無礼にも笑いだした。さもおかしそうに。

雇い主の彼に対して。

「そんなに面白いことを言ったか？」ジョスリンは彼女をにらみつけた。

「さてはあなた、世間で評判のベッドの技巧を夜どおし披露するつもりがすっかり眠り込んでしまったので、きまりが悪いんでしょう。あなたって、いつも自分の優位性を保っていたいのね」

まさにそのとおりなのだが、それがわかって気分がよくなるはずもない。

「少なくともきみを面白がらせることができてよかった」彼は乱暴にマントをひるがえして体にまとい、襟元のボタンを留めた。「いつかまたきみが必要になったときに来させてもらう。では、失礼」

「ジョスリン」ジェーンが小さく呼びかけたとき、彼はすでに寝室の扉を開いていた。尊大に眉をあげて振り返る。「すばらしい夜だったわ。あなたは一緒に眠る相手としてもすてきよ」

彼女が自分をからかってそう言ったのか、確かめる気はなかった。ジョスリンはそのまま部屋を出て、少し乱暴に扉を閉めた。

まったく。階段をおりながら、ジョスリンは顔をしかめた。玄関ホールの時計は七時を指しているし、ジェイコブズが自分を送りだそうと待っている。自分はこの館に七時間もいたのだ。ジェーンのベッドに七時間もいながら、彼女と一度しか交わらなかった。たったの一度しか！

彼は執事にそっけなく声をかけ、通りに出て歩きだした。右脚の違和感が日に日に薄らいでいることに気づき、少しだけ気分がよくなる。

〝一緒に眠る相手としてもすてきよ〟

つい笑いがもれてしまった。まったく彼女の言うとおりだ。本当にすばらしい夜だった。ひと晩寝て、これほどすっきりした気分になるのは久しぶりだ。

屋敷に戻ったら風呂に入って服を着替え、買い物に出かけよう。小型のピアノと絵の道具を買うのだ。この尋常ならざる事態に対処する最善の策は、おそらく素直に身を任せることだろう。ものごとはなるようになり、やがて当然の帰結にたどりつく。遅かれ早かれ、ジェーン・イングルビーに飽きるときがやってくるに違いない。これまでベッドをともにした女性はみな、そうだった。だから今回もきっと同じだ。それが一カ月先か二カ月先か、もしくは一年先かはわからないが。

それまでのあいだ、なぜ楽しんではいけない？　まったく不慣れなこの気分――そう、それはつねに頭の隅にちらつき、決定的な言葉として語られる瞬間を待っている。

いいさ、言ってしまえ。

なぜ恋に落ちた気分を楽しんではいけない？

人生一度くらい、愚かになってみることがなぜいけないのだ？　同じ日の朝、庭の手入れをして楽しく体を動かし、太陽の日差しを背中に心地よく感じながら、ジェーンはある結論に至った。

自分はもちろんジョスリンに恋をしている。しかもそれだけでなく、彼を本気で愛しはじめている。もうその気持ちを否定することに意味はないし、愛さないよう努力しても無駄だ。

わたしはジョスリンを愛している。

でも、この愛はもちろん実らない。彼も同じように愛してくれると思うほど、自分は愚かではない。ジョスリンがこちらにひどく執着していることはわかる。万が一彼が本気になったとしても、それで幸せになれるわけではない。自分は愛人なのだ。しかもいわくつきの。

このまま永遠に逃亡者として生きていくのは不可能だ。そもそも、身を隠すなどという意気地なしの衝動に身を任せたのが間違いだった。いつもの自分からは考えられない行動だ。レディ・ウェブが不在で助けてもらえないとわかった時点で、逃げ隠れせずに、やるべきことをやりとおせばよかったのだ。

ダーバリー伯爵がまだロンドンにいるなら会いに行こう。もしいないなら、ボウ・ストリートの捕り手の事務所を探し当てよう。チャールズにも手紙を書こう。聞いてくれる相手なら隠さず真実を話し、運命を受け入れよう。ひょっとしたら逮捕され、裁判にかけられ、殺人罪で有罪になるかもしれない。そうなれば縛り首か、少なくとも流罪か終身刑を言い渡されるだろう。もちろん、おとなしく引きさがるつもりはない。最後の瞬間まで、それこそ死に物狂いで戦い抜こう。逃げも隠れもせずに。

そう、隠れていないで世間の前に出て戦おう。

でも、あと少し時間がほしい。これはあくまでも自分との約束にしておこう。ジェーンはバラの株のまわりの雑草を抜き、土を掘り返してやわらかくした。踏ん切りがつかないまま何週間も何カ月も過ごしてしまわないよう、期限だけ決めておこう。自分に与える猶予は今日から一カ月。そのあいだはジョスリンの愛人、またはいとおしい女として過ごす。もちろん後者について彼に自覚はない。ジョスリンのことは、二階の寝室では愛人として、一階の私室では親友として迎えよう。

一カ月。

そのあとはすべてあきらめよう。彼には真実を明かすまい。もちろん、あとあと知られることにはなる。トレシャム公爵がサラ・イリングワースをダドリー・ハウスに三週間もかくまい、さらに愛人としてここに住まわせていたことが世間に知れたら、言うまでもなく大騒ぎになるだろう。でも心配ない。そもそも彼の日常は醜聞に彩られている。それが生きがいになっていると言ってもいいほどだ。彼のことだから、むしろ面白がるかもしれない。

一カ月。

作業のできばえを見るために、ジェーンは上体を起こした。すると館のほうからフィリップがやってくるのが見えた。

「ミスター・ジェイコブズから言伝です」彼は言った。「新しいピアノとイーゼル、ほかにもいくつかお荷物が届きました。どこに置けばいいでしょうか？」

ジェーンは胸にこみあげるものを感じながら立ちあがり、従僕について館に戻った。

今日からのすばらしい一カ月、もう自分の気持ちを無理に抑えるのはよそう。

愛の一カ月がはじまるのだ。


それからの一週間、ジョスリンは自分の身内も、オリヴァーも、フォーブズも、噂に花を咲かせる社交界の面々もほぼ完全に無視した。ほとんど毎朝ハイドパークに馬を走らせ、〈ホワイツ〉で朝食をとり、新聞を読み、仲間と話をして一、二時間を過ごしたが、それ以外の社交界のつきあいには顔を出さなかった。

キンブル子爵とコナン・ブルームはもちろん大いに愉快がり、上品とは言いがたい言葉でからかった。しかし、それもある朝までの話だった。三人で〈ホワイツ〉から帰る途中、幸いにも周囲に人がいないところでキンブルが口を開いた。

「なあ、トレッシュ」彼はわざと退屈そうに言った。「かわいいミス・イングルビー相手にきみの精根が尽きたら、ぼくに譲ってくれ。彼女がぼくに対して精根を使い果たすか試してみよう。ぼくはきみにない技巧をひとつふたつ知っているはずだからな。そしてもし――」

その言葉は、キンブルが左顎に受けた強烈な拳の一撃で中断された。彼はあっけに取られた表情のまま歩道に転がっていた。そしてジョスリンも、同じくらい呆然とした顔で拳を握りしめて立っていた。

「おい、やめろ！」コナンがうろたえて言った。

ジョスリンは顎をさすっている友人に厳しく問いかけた。「きっぱり片をつけたいか？」

「やめろって！」コナンが繰り返す。「ぼくはきみたち両方の介添人にはなれないんだぞ」

「トレッシュ、なぜもっと早く言わなかったんだ」キンブルは気落ちしたように言いながら頭を振り、起きあがって服についたほこりを払った。「そうしたら、こちらも一発お見舞いされずにすんだのに。きみは彼女を本気で愛しているんだな。それなら今の行動はじゅうぶん理解できる。しかし、それなら最初から堂々と警告すべきだったぞ。悪意のない冗談を言っただけで殴られるのは、そう愉快なことではない。もちろん、ぼくはきみの顔に手袋を叩きつけるようなまねはしないさ。だからそんなにおっかない顔をするな。ぼくには彼女の名誉を汚すつもりなど毛頭なかった」

「こちらも友情を損なうつもりはなかった」ジョスリンが右手を差しだすと、キンブルは弱々しく握り返した。「きみやコナンにからかわれるのは別に気にしていないよ、キンブル。逆の立場なら、ぼくもそうしただろう。だが、ほかの奴が関わるとなると話は別だ。公の場でジェーンの名誉を汚されるのは許しておけない」

「ちょっと待て！」コナンが憤慨したように言う。「まさかぼくたちが噂をばらまいているなどと思っていないだろうな、トレシャム？　とんだ考え違いだぞ！　とはいえ、きみが誰かを本気で愛するなんて夢にも思わなかったが」彼はそこで急に笑いだした。

「愛なんてとんでもない！」ジョスリンはぶっきらぼうに言った。

ともかく、その週のジョスリンはほとんどの時間をジェーンの館で――まったく性質を異にしながらも補完しあうふたつの領域で過ごした。午後はジェーンの私室で、彼女に指一本触れることなく過ごした。そして夜にはふたりの寝室で彼女を抱き、一緒に眠った。

まったく奇跡のような一週間だった。

あまりにもすばらしすぎて、こんなことは長く続かないと思わずにはいられなかった。そしてもちろん、実際にそのとおりだった。

とはいえ、その幸せなひとときが終わるまでに、まだあと一週間が残っていた……。

17

一度か二度、ふたりは庭を散歩した。歩きながらジェーンは、これまで庭のどこにどう手を入れたか、これからどんなことをする予定かを説明した。だがほとんどの時間、ふたりは館の中で過ごした。そもそもその週はずっと肌寒く、ぐずついた天気だったのだ。

ジェーンは自分の楽しみに没頭した。寒さをしのぐ必要もあって、自然に暖炉のそばで何時間も刺繍をして過ごした。リネン地の隅のひとつに秋の森の風景が豊かに広がり、やがてほかの隅にも広がっていった。ときどきジョスリンが本を朗読した。『マンスフィールド・パーク』はすでに真ん中あたりに差しかかっていた。しかしたいていの夜、彼は本を読むよりピアノを弾くことが多かった。ほとんどが自作曲だ。ときおり、それはどこか迷うような感じではじまった。音がどこから来たのか、どこへ向かおうとしているのか、弾いている本人にもわからないかのように。けれどもある地点を過ぎると、聞こえる音は彼の頭の中の考えや手の動きによるものではなく、純粋に心と魂の表現に変わる。すると音楽は命を得たように、生き生きと流れだすのだった。

ときどきジェーンは、ジョスリンのうしろに立つか隣に座るかして歌を歌った。多くはふたりが知っている古い民謡やバラッドだ。意外にも、彼が豊かなバリトンで彼女と一緒に賛美歌を歌うこともあった。

「日曜ごとに家族総出で教会に出かけたよ」ジョスリンは言った。「特別信者席の豪華なフラシ天のクッションに、自分たちの高貴なお尻を置くために。ただし一度座ったら、礼拝のあいだじゅうぴくりとも動いてはならなかったがね。下々の者はかたい木製のベンチに座り、呆《ほう》けたようにわれわれを見ていたよ。きみはどうだった、ジェーン？　きみたち孤児も二列に並んでぞろぞろ歩かされ、背もたれのないベンチに座り、神が与えてくれるものに感謝させられたのか？」彼は華やかなアルペジオを奏でながら尋ねた。

「教会へ行くことは好きだった」彼女は静かに答えた。「それに、神さまにはいつも何かしら感謝することがあったわ」

ジョスリンがおだやかに笑った。

ほとんどの午後、彼は絵を描いて過ごした。ジェーンの顔だけ描くのは結局やめることにして、全身を描きたいと言いだした。彼女が鋭い目でにらむと、ジョスリンは眉をあげた。

「体に髪しかまとわせずに、床の上でみだらなポーズを取らせるとでも思っているのか？　そんなことをさせるくらいなら、絵を描く以外のことをするよ。今夜やってみせよう。そう、それがいい。今夜のテーマはろうそくと裸と髪だ。きみに妖婦《セイレーン》さながらのポーズを取らせてみよう。きっと魅惑的だろうな。しかし絵については、ぼくはきみが刺繍をしているところを描く。そうしているときが、いちばんきみらしいから」彼は目を細めてジェーンを見た。

「物静かで、勤勉で、優雅な、芸術に情熱を傾ける姿さ」

こうしてジョスリンは絵を描き、ジェーンは刺繍をして、それぞれが無言で作業に没頭した。彼はいつも上着を脱ぎ、上等なシャツの上にゆったりとした大きな作業用シャツを羽織った。日を追うごとに、そのシャツに絵の具の染みが増えていった。

彼は描いている途中の作品を見せてくれなかった。

「わたしは刺繍を見せてあげたのに」ジェーンは言った。

「ぼくが頼んだとき、きみがいいと言ったんだ」彼が言い返す。「きみが頼んだとき、ぼくはだめだと言った。それだけだ」

その件については、それ以上言い争いにならなかった。

ジェーンは刺繍をしながらジョスリンの観察もした。もちろん、こっそりと。あまりじっと見つめたり、手を止めたりすると、彼は集中力が途切れたように顔をしかめ、文句を言った。ときおりジェーンは、彼女の最も私的な空間をここまで同じように心地よく共有しているジョスリンが、かつて自分に仕えるより餓死したほうがましだったと思わせてやると言った人と同一人物とは信じられない気がした。この男性が、世間を騒がせてばかりいるあの傲岸不遜なトレシャム公爵とは思えなかった。

ジョスリンは芸術家の魂を宿していた。彼の人生の大半において、音楽は抑えつけられてきた。絵の腕前はまだわからないものの、その集中ぶりはまさしく真の芸術家のものだった。より絵を描いているときの顔からは、いつもの気難しそうな皮肉めいた表情が消えていた。

若々しく、ハンサムに見えた。

かぎりなく愛すべき男性に見えた。

しかしジョスリンが本当の意味で心を開き、自分自身について語りだしたのは四日目の晩だった。そのとき彼は、成人して以来ずっと世間に見せてきた生意気な反逆児の仮面の向こう側にある素顔の自分を語ったのだった。


ジョスリンは恋に落ちた新鮮な気分を楽しんでいた。とはいえ、あくまでも新鮮だから楽しいのであって、この気分もやがて薄れ、いつもの日常が戻ってくるだろうと考えていた。ただ、これまでの愛人がすべてそうであったように、今は自分を夢中にさせているジェーンもいずれ新鮮味を失い、どこにでもいるただの美しい女になってしまうのだと思うと、ほっとすると同時に悲しくもあった。彼女を想い、ベッドの中でも外でも時間を共有して全身に太陽の光を浴びたような喜びを感じることもなくなるのだと思うと、悲しかった。

ジェーンに対する欲望は日増しに激しくなっていった。最初の二回のようなおとなしい行為では満足しきれなくなり、ジョスリンは彼女に――そして自分自身に――それまでとは趣向の異なる、より官能的で長時間に及ぶ楽しみ方を教えた。一週間前の自分なら、この新しい愛人とベッドだけを分かちあい、それ以外はいつもと変わらぬ生活を送ることで満足できていたかもしれない。しかし、今週は先週と同じではなかった。今週はベッドのほかにもはるかに多くの楽しみがあった。むしろ、ベッド以外の共通の楽しみが多くあるからこそ、夜の時間も楽しめるのかもしれなかった。

ジョスリンは、子ども時代にしたかったことに心おきなく打ち込んだ。ピアノを弾き、絵を描き、夢を見、現実世界を離れて思索をめぐらせた。自分が描こうとしている絵の進み具合に一喜一憂した。彼はジェーンの本質をとらえることに苦労していた。やがて、対象をあまりにも見つめすぎ、考えすぎているからいけないのだと気づいた。そこで彼は、かつての自分に自然と備わっていた力をもう一度呼び起こした。五感や思考だけに頼って対象物をとらえようとするのではなく、言葉では表すことができないもの――言わば彼自身の本質――を通して見極めようとしたのだ。すると、自分の中の芸術魂が思考の束縛から解き放たれた。何かを創造するためには、何かを生みだそうとするその力に自らをゆだねなければならないのだとジョスリンは気づいた。

もちろん、どんなものごとも言葉にしなければ明確には理解できない。だが自分がなんとか表現したいと思っているものは、言葉だけではうまくとらえられない。だからこそ、彼はこれまでずっと言葉より行動を優先させてきたのだ。

やがて、ジョスリンの生活を大きく占めるようになった女性の姿がキャンバスに浮かびあがってきた。

とはいえ、四日目の晩にジョスリンと彼の愛人の関係を新たな局面に導いたのは、やはり言葉の力だった。彼はピアノを弾いていた。ジェーンは歌っていた。その後、彼女が使用人に紅茶のトレーを持ってこさせ、ふたりは心地よい沈黙の中で紅茶を飲んだ。暖炉をはさんで差し向かいにくつろいで座り、ジェーンは暖炉の火を、ジョスリンは彼女を見つめていた。

「アクトン・パークには深い森があった」ジョスリンは唐突に言った。「地所の東側の境界線まで広がっていた。人の手がまったく入っていない、野生の動物や鳥が生息する原生林だ。よく屋敷を抜けだしてそこへ行き、ひとりで何時間も過ごした。そのときに心から思ったんだ。ぼくには木も花も、草の葉っぱ一枚も描くことはできないと」

ジェーンは少し気だるそうな笑みを浮かべていた。椅子にゆったりと身を預け、背もたれに頭をのせている彼女を見るのははじめてだ。

「なぜ?」

「ぼくはしょっちゅう木に触れていた。幹に両手をまわし、体をくっつけて立っていることもあった。野の花を手のひらに握りしめたり、草の葉を指のあいだにはさんで滑らせたり。そこにある世界はあまりにも豊かすぎた。そして、あまりにも多面的だった。ぼくはさぞかしわけのわからないことを言っているだろうね?」

彼女は首を横に振った。ちゃんと理解しているのだ。

「目の前にあるたったひとつのものさえ、ぼくの理解をはるかに超えていた。あのときの気持ちをなんと表現すればいいだろう。息をのむような気持ち? いや、そんなものではない。とうてい解き明かせない巨大な謎に身を置いているような気分だった。そして不思議なことに、その謎を解き明かしたいとも思わなかった。なぜそれほど探究心に欠けていたんだろう?」

自分を嘲笑おうとしたとき、ジェーンが口を開いた。「瞑想家《めいそうか》だったのよ」

「えっ？」

「ほとんどの人は言葉によって語られた神を信じ、神と自分との関係を言葉で語って満足するものよ。人間と言葉は切っても切り離せないものだからどうしてもそうなりがちなのよ。でも一部の人々は、神が世界じゅうのすべての言語や宗教を合わせたものより大きな存在であることに気づいてしまうの。彼らは沈黙の中――まったくの無の中に神の存在を感じる。神と心を通わせようとする努力をなげうつことによって、真に神に触れるの」

「よしてくれ、ジェーン。ぼくはそもそも神を信じていない」

「瞑想家はたいていそうよ。少なくとも、名前をつけられたり、言葉で語られたり、絵にされたりするような神はね」

ジョスリンはおかしそうに笑った。「ぼくは自分を冒瀆的な人間だと思っていた。神は教会より森にいるような気がしたからだ。そう思うことが心地よかった」

「もっとアクトン・パークのことを聞かせて」

そこで彼は語った。屋敷や周囲の自然のこと、弟や妹のこと、乳母を含め日常生活をともにした使用人たちのこと、どんな遊びやいたずらをしたか、何を夢見て、何を恐れたか。かつて記憶の隅に追いやられ、そのまま消えてしまえばいいと思っていた過去の時間が、ふたたび息を吹き返した。

思い出話が終わり、最後に沈黙のひとときが流れた。

「ジョスリン」しばらくしてジェーンが言った。「昔の頃の自分をもう一度取り戻して。たとえ望まなかったとしても、それはあなたの一部なのよ。それにあなたは、自分で思うよりもずっと深くアクトン・パークを愛しているわ」

「亡霊だ、ジェーン」彼は告げた。「今話したことはすべて過去の亡霊だよ。よみがえらせたりするべきではなかった。きみものんびり聞いている場合ではないぞ」

「わたしは少しも怖くなかったわ」

「しかし、思い出話には思わぬ危険が潜んでいるものだ」ジョスリンは立ちあがって手を差し伸べた。「仕事の時間だ」ジェーンが聞きとがめたように目を光らせると、彼はにやりとした。「そしてまた、きみがぼくに仕事をさせる時間でもある。いいかい、ジェーン？　とても過酷な疲れる仕事だ。ぼくにまたがって気のすむまで楽しむ方法を教えよう。ぼくを疲れ果てさせてみろ、ジェーン。もう許してくれと懇願させてみろ。ぼくをきみの奴隷にするんだ」

「なんてことを言うの！」ジェーンが立ちあがって彼の手に手をゆだねた。「わたしはあなたを奴隷にしたいなんて思わないわ」

「だが、もうしている」目元に笑みを浮かべて弱々しく言う。「今のぼくの言葉にそそられなかったとは言わせないぞ。頬が赤くなっているし、声も少しだけうわずっている」

「わたしは嘘をつかないわ」彼女はつんと澄まして言った。「たとえ義務でも気持ちがいいということは決して否定しないわよ」

「それならおいで。いつも上にのられてばかりでなく、上にのるのがどれほど気分のいいものか教えてやろう。ぼくをどう使えばいいか教えてやるよ」

「わたしはそんなこと――」そこで突然、彼女はジョスリンが好きな声で笑いはじめた。「でも、あなたはそもそもわたしの主人ではないのよ。それなのに、わたしがあなたの主人になる必要があるの？　でも、いいわ。教えてちょうだい。馬に乗るのと同じようなものかしら？　乗馬はわりと得意なの。もちろん、馬にはどちらが主人かはっきり教えてやる必要があるけれど」

ジョスリンは笑いながら、ジェーンを部屋から連れだした。

その週最後の日の午後遅くにジョスリンが肖像画を仕上げた。彼は当日晩餐会に招かれていたのでジェーンはがっかりしたが、そのあとまた戻ってきてくれることを期待していた。とはいえ、大切な一カ月のうちの一週間がすでに終わってしまった。あと三週間しか残っていない。彼女にとっては、一日、一時間が惜しかった。

ジェーンはジョスリンがピアノを弾くところより、絵を描くところを見るのが好きだった。ピアノを弾くとき、彼はあっという間に自分の世界に入り込み、いとも簡単に音楽を紡ぎだす。イーゼルを前にしたときの彼は、より苦労していた。作業に打ち込みながらも顔をしかめたり、ときには小さく毒づいたりもする。

だが、とうとう絵が仕上がった。ジョスリンは筆についている絵の具を拭き取りながら言った。「きみはこれまで、ぼくが出ていくたびにこっそりこの絵を見ていたんだろうな?」

「見ていないわ!」怒って答える。「なんてことを言うの、ジョスリン! 自分なら見るに違いないからって、変なことを言わないで」

「見ないと約束したら、ぼくは見ないぞ。だいたいこっそり盗み見ることなどない。見るなら堂々と見るさ。さあ、こっちへ来てごらん。きみは自分の姿を気に入るだろうか?」

「完成したの?」もうすぐ仕上がりそうなそぶりなどまったく見せなかったのに。ジェーンは刺繍針を布に刺して勢いよく立ちあがった。

「ここへ来て見てごらん。ぼくがただのお遊びで描くと言ったのが本当だとわかる」彼女がどんな判定を下すかまったく気にしないかのように肩をすくめると、ジョスリンはせわしなくパレットの汚れを拭き取りはじめた。

なんだか見るのが怖いような気がした。もし本当に下手な絵だったら、感想を言うとき気をつけなければならない。とはいえ、ありのままを正直に言わなければ、彼に八つ裂きにされてしまうだろう。

絵を見たときの第一印象は、少々美しく描かれすぎというものだった。絵の中のジェーンは座って刺繍をしており、どの輪郭も優美な曲線を描いていた。顔は横向きだ。ただ一心に手元の作業に集中しているように見える。当然ながら、今までこんな自分を見たことはなかった。実際、よく似ているのだろう。ジェーンはうれしさに頬を染めた。

次に抱いた印象は、この絵が実物に似ているかどうかは重要ではないということだった。

彼女はキャンバスに目を凝らした。自分に似ていること以外の何か——そこにある何かを見つけようとして。

全体の色調は予想していたより明るいが、よく見れば実際どおりだった。でも、何かが違う。ジェーンは眉をひそめた。なんだろう？　絵画のことは昔から詳しくない。

「どうだ？」ジョスリンの声には少しいらいらしたような、あの尊大な響きがあった。わずかに不安げな響きも混じっている。「これでもまだきみを美しく描き足りないか、ジェーン？　この絵に満足できないか？」

「どこから……」ふたたび眉根を寄せる。何を尋ねたいのか自分でもよくわからない。「どこから光が来ているの？」

そう、それだ。たしかにこれはよくできた肖像画だ。色彩が豊かで洗練されている。けれど、これはただの絵ではない。生命が宿っている。光がある。自分が何を言いたいのかよくわからないけれど。光が存在するのは当然なのだ。これは明るい昼間の情景を描いた絵なのだから。

「ああ」ジョスリンが静かに言った。「そうすると、ぼくは成功したということか、ジェーン？　うまくとらえることができたのかな、きみの本質を？　光はきみ自身から出ているんだ。きみはいつもまわりに光をもたらしている」

でも、彼はそれをどうやって表現できたのだろう？

「がっかりしているんだな」

ジェーンは彼を振り向いて首を横に振った。「あなたには絵を教えてくれる人がいなかったんでしょう。未来のトレシャム公爵には許されないことだったでしょうね。だけどジョスリン、あなたはあなた自身が大切にしているものを余すところなく備えた人よ。この一週間、ここで過ごすことで見いだした自らの可能性を、勇気を持って追求していくべきだわ。あなたは音楽家としても、画家としても、すばらしい才能を持っている。わたしがいなくなっても、その道を歩み続けてほしい。それがあなたと世の中の両方に幸せをもたらすと思うわ」

もちろんジョスリンは、いかにも彼らしく本筋とは関係のない点を突いてきた。

「するときみはぼくを捨てるつもりなのか？　今よりもいい環境に乗り換えるというのか？新しい技巧を教えてくれる男のところに？」

彼がこんなふうにひねくれた言いがかりをつけてくる理由が、ジェーンにはわかっていた。褒められて照れているのだ。

「どうしてわたしがあなたを捨てたりするというの？　あれほど有利な条件で契約を結んでいるのに。捨てるとしたらあなたのほうからよ」

「もちろん、いずれそうなるだろう」ジョスリンは目を細めて彼女を見つめた。「いつも最初の一週間か二週間は相手にすっかり夢中になる。それから数週間で徐々に興味が失われ、最後には無残に関係が終わる。ぼくがきみに夢中になってから、もうどのくらいになる？」

「わたしとしては、刺繍だけでなくほかの技術も身につける時間がほしいわ」彼女は椅子に戻り、絹糸を裁縫袋に片づけはじめた。「庭の手入れももっと必要だし、読むべき本もこんなにたくさんあるし。それに書きたいこともいろいろあるの。あなたに興味を持ってもらえなくなったら、好きなことをたくさん見つけて、ますます心豊かに生活すると思うわ」

彼が静かに笑った。「ぼくはてっきり、この部屋では喧嘩をしてはならないものと思っていた」

ジェーンは言い返した。「あら。わたしはこの部屋にトレシャム公爵は入ってこないものと思っていたわ。あの意地悪で尊大な男性には敷居をまたがせないことで合意したと思っていたのに。わたしに対するあなたの興味がいつ尽きるか、そのあとわたしがいつまであなたの厚意にすがれるのか考えさせようとするなんて最低よ。いいこと、まるでわたしに情をかけてやっているような顔でやってきたら、たちまち追いだしてやりますからね。あなたはわたしの同意を得ないかぎり指一本触れることができないのを忘れないで」

「つまり、きみはこの絵を気に入ってくれたんだな？」ジョスリンが弱々しく言った。

ジェーンは裁縫袋を脇に置き、たまりかねたように彼を見た。

「あなたって、少しでも不安になるたびにわたしを傷つけずにはいられないの？　もちろん気に入ったに決まっているでしょう。あなたが描いてくれた絵だし、今週の思い出としてずっと残る絵ですもの。もしわたしが絵のことをもう少しわかる人間だったとしても、やっぱり気に入ったと思うわ。これはすばらしい作品よ。嘘ではないわ、ジョスリン。でも、詳しいことは専門家に訊いてちょうだい。この絵はわたしがもらえるの？　この先ずっと自分のものにしていいの？」

「そうしたいなら」彼は言った。「ほしいか？」

「もちろんほしいわ。もう行かないと晩餐に遅れるわよ」

「晩餐？」ジョスリンは顔をしかめ、思いだしたような顔をした。「ああ、あれか。かまうものか。ここできみと食べるよ、ジェーン」

こうして、大切な夜がまたひとつ増えた。


ふたりは夕食後に紅茶を飲み、ジョスリンは椅子に座ってくつろぐジェーンに『マンスフィールド・パーク』を読み聞かせた。だがそのあとは心地よい沈黙の中にしばらく身を置き、やがて昨夜と一昨日の夜に続いて少年時代の思い出を語りだした。いったん話しはじめると、自分でも止められなくなっていた。

「あなたは戻るべきよ、ジョスリン」彼が言葉を途切れさせたとき、ジェーンが言った。「戻る必要があると思うわ」

「アクトン・パークへ？　まさか！　自分の葬式のときまで戻るつもりはない」

「だけど、とても懐かしそうに話すじゃない。屋敷を出たときは何歳だったの？」

「一六歳だった。二度と戻るまいと心に誓ったよ。実際、戻っていない。二度の葬式を除いて」

「まだ学校にいる年齢だったんでしょう？」

「ああ」

　ジェーンはそれ以上質問してこなかった。いかにも彼女らしい。詮索を好まないのだ。しかしジョスリンにしてみれば、大声で質問されたも同然の気分だった。ジェーンは静かに慎《つつ》ましく座っている。思えばこの一週間で、彼女にはずいぶんいろいろなことを打ち明けたものだ。

「きみは知りたくないんだな、ジェーン」

「でも、あなたは話す必要があると思っているのね」

　彼女が言ったのはそれだけだった。ジョスリンは暖炉の火を見つめ、ふたたび話しはじめた。

「あのときぼくは一六歳で、恋をしていた。相手は近くに住む一四歳の娘だ。ぼくたちは永遠の愛を誓いあった。一度ふたりきりになってキスをしたこともある――唇に。ほんの三秒くらいのことだった。そのときは本気だったんだ、ジェーン」

「若い頃の自分をあまり笑うものではないわよ」彼の言葉に自虐的な響きを感じたのか、ジェーンはまるで八〇代の老女のような口ぶりで言った。「恋が大人にとって一大事であるように、若者にとってても大切なことだもの。むしろ若者のほうが真剣かもしれないわ。大人よりずっと一途だから」

「父はそのことに気づき、危惧を抱いた」

「お父さまはあなたたちを引き裂いたの？」

「アクトン・パークにはコテージがあった」ジョスリンは背もたれに頭を預けて目を閉じた。

「以前に話しただろう。ぼくより一〇歳年上の、貧しい親戚の女性が暮らしていたコテージだ」

「ええ」

「そこからそう遠くないところに泉があった。夢のような場所だよ、ジェーン。丘のふもとにあり、木々の緑が水面に映って小鳥たちがさえずる、ひっそりとした泉だ。夏になると、ぼくは屋敷に近い湖で弟や妹とはしゃぐ代わりに、その泉まで足を伸ばして水浴びをしたものだ。あるとき、ぼくより先にその女性が来ていて、薄い下着一枚で水浴びをしていた」

そこで言葉を切った。ジェーンは何も言わなかった。

「彼女はもちろんあわてていた」ジョスリンは続けた。「泉から出てきた彼女は、まるで何も着ていないように見えた。彼女は笑いだし、冗談を言った。とても魅力的だった。想像できるかい、ジェーン？　たっぷり金を握らされた熟練の娼婦と、まったく未経験の若造の出会いを。一回目、ぼくはコテージまで行く余裕さえなかった。泉の脇の茂みで彼女と抱きあった。何がどんなふうになるのか、そのときはじめて知ったよ。最初から最後まで、ものの三〇秒もかからなかったと思う。自分が本物の男になったような気がした」

彼が目を開いたとき、ジェーンは目を閉じていた。

ジョスリンは笑った。「次の日、ぼくはふたたびコテージに行った。その次の日も。最後の日には快楽を三〇秒で終わらせないようにするこつ〈ヽ〉を〈ヽ〉つかみ、長々と励んでいた。とうとう力尽きたとき、彼女が急にふつうの声でしゃべりはじめたんだ。〝この子は覚えが早くて将来有望よ〟と。〝そのうちわたしのほうがいろいろ教わることになるかもね〟いったい誰に話しているのかと思ってぼくが振り向く間もなく、別の声がした。父の声だ。ぼくたちがいる寝室の扉のほうから聞こえた。〝よくやってくれた、フィービー〟ぼくはやけどでもしたみたいに飛びあがってベッドをおりた。脱いだ服が置いてあるのとは反対側に。父は笑いだした。しばらく前からそこに立っていたように、父は戸柱に肩を預けていた。もちろんぼくの様子を見物し、男としての能力を値踏みしていたんだ。おそらくは彼女と下品な目配せを交わしながら。〝恥ずかしがることはないぞ〟と父は言った。〝男はすべて経験豊かな女に筆おろしをさせてもらうべきなんだ。私のときも父が世話してくれた。そして私がおまえの世話をしてやった。フィービーほどうまい女はこの世にいない。しかし、彼女とは今日かぎりだ。今後はいっさい近づくな。自分の女に息子が種をまくのを見過ごすわけにはいかんからな〟と」

「なんてこと」ジェーンが小さくつぶやき、そこでジョスリンははっと現実に引き戻された。

「ぼくは服をかき集め、コテージを飛びだした。立ち止まって服を着る間もなく、その場で嘔吐《おうと》した。ひとつには、自分の最も私的な行為を父に見られてしまったから。もうひとつには、ぼくがみだらなことをした相手が父の愛人で、しかもすべて父が仕組んだことだったから。それまでぼくは父に愛人がいることすら知らなかったんだ。両親はお互いに誠実だと思っていた。あのときのぼくほど世間知らずな奴はいなかったよ、ジェーン」

「かわいそうに」彼女は静かに言った。

「だが、ぼくはひとり静かに吐くことさえ許されなかった」ジョスリンは乾いた声で笑った。「父は知りあいと一緒だったんだ。ぼくが恋をしていた娘の父親さ。コテージから出てきた父は、ぼくの前で笑いながら相手にことの顚末《てんまつ》を説明した。そして、みなで村の酒場に行き、一人前の男になったぼくのために祝杯をあげようと言いだした。ぼくは父に死んでしまえと怒鳴った。そのあと屋敷に戻ってからも、さらに口汚く罵った。次の日、ぼくはアクトン・パークを出た」

「それからずっと苦しんできたの?」ジェーンが尋ねた。彼女はいつの間にか椅子から立ちあがり、ジョスリンの椅子の前に立っていた。そして彼が何か思う間もなく膝の上にのって、肩に頭を預けた。ジョスリンは自然にその体に腕をまわした。

「近親相姦でもしたような気分だった。ぼくは父の愛人と交わってしまったんだ」

「あなたは少しも悪くないわ」

「ぼくは純真無垢な少女に恋をしていた。それなのに、親戚だと思っていた一〇歳上の女と交わっているとき、その少女のことを一瞬たりとも思いださなかった。ぼくはあの経験から大切なことを学んだよ、ジェーン。ぼくは父の性質をそっくり受け継いでいる。まさに、あの親にしてこの子ありだ」

「あなたは一六歳だったのよ。そんな強烈な誘惑に抗うのはふつうの人間には無理よ。もうこれ以上、自分を責めないで。その出来事があったからといって、あなたがひどい人間ということにはならないわ。むしろ逆よ」

「自分が本当にひどい人間だとわかるまでには、さらに数年かかった」

「ジョスリン」ジェーンは彼のベストのボタンをいじりながら言った。「もしこの先あなたに息子が生まれたら、同じことをする？　自分の愛人を使って……」

ジョスリンは息を吸って想像してみた——自分の血を受け継いだ大切な息子と、不実な欲望を満たしてくれる愛人。そのふたりが抱きあうところを見守る自分。

「心臓《ハート》を引き裂いたほうがましだな。そんなものが自分にあるとも思えないが」

「だったら、あなたは父親と同じではないわ。祖父と同じでもない。あなたはあなた。繊細で、芸術家肌で、ロマンティックな少年よ。本当の自分を抑圧され、ひどいやり方で誘惑されてしまった。それだけよ、ジョスリン。ときとして不幸な出来事に傷つくのはしかたがないことだわ。だけど、あなたにはまだこの先も長い人生がある。もう自分を許してあげるべきよ」

「ぼくはあの日、父を失った。そしてまもなく母も失った。ロンドンに出てきて、母の本当の姿を知ったときに」

「そう」ジェーンが悲しげに言う。「でも、ご両親のことも許してあげて、ジョスリン。彼らだって、いろいろな事情を抱えて大人になったのよ。ふたりの心にどんな傷があったのか誰にもわからないわ。親はただ親というだけではない。彼らも人間よ。ほかのみんなと同じ弱い生き物なの」

ジョスリンは彼女の髪に指を絡めた。「きみはなぜそれほど賢いのだろう？」

ジェーンはしばらく答えなかった。「いつもそばにいる相手のことはよくわかるものよ。特に相手が自分にとって大切な人の場合は」

「つまり、きみはぼくを大切に思ってくれているのか?」ジョスリンは彼女の頭のてっぺんにキスをした。「ぼくの最も恥ずべき過去を知った今でも?」

「ええ、ジョスリン。あなたを大切に思っているわ」

その言葉にとうとう堰《せき》が切れた。はじめのうち、ジョスリンは自分が泣いていることに気づかなかった。ジェーンの髪に涙がしたたり落ち、胸が引きつったように大きく波打つまでは。彼は恐怖におののいた。だが、彼女はジョスリンに体を押しのけさせなかった。空いているほうの腕を彼の首にまわし、さらにぴったりと身を寄せてきた。それでジョスリンは彼女を抱きしめたまま無様に声を詰まらせて泣き、やがてポケットからハンカチを取りだして洟《はな》をかんだ。

「まったく。きみのせいだ、ジェーン」

「ねえ、教えて。お父さまがやさしくしてくれた思い出は?」

あるわけがない! しかしよく考えてみると、父がポニーの乗り方を教えてくれ、フェルディナンドとも一緒にクリケットをして遊んでくれた記憶がよみがえった。

「父はクリケットで遊んでくれた。ぼくとフェルディナンドがようやくバットを振りまわしたり、ボールを二メートルほど投げたりできるようになった頃から。父にとっては、ぐんぐん伸びていく若草を見るようで楽しかっただろう」

「その思い出を忘れないで。そういう記憶をほかにも思いだして。たしかに愉快な人ではない。父親にあるまじき行動であなたを傷つけたけれど、お父さまは怪物ではないわ、ジョスリン」

ジョスリンは彼女の頭にふたたびキスをし、そのまましばらく黙っていた。

自分が過去をよみがえらせたことが信じられなかった。しかも言葉に出した。女性が聞いている前で。愛人の前で。だが、口にしたことで不思議に清々《すがすが》しい気分になった。あの恥ずべき出来事は、言葉にされたことで以前ほどおぞましい感じがしなくなった。自分自身のことも。父のことさえも。

心の平安が訪れた。

「過去に亡霊がいるのは恐ろしいものだ、ジェーン」しばらくしてジョスリンは言った。「きみにはそんなもの、まったくないだろう?」

「ええ」あまりにも長く返事がないので、てっきり答える気がないものと思ったときにジェーンが言った。「ないわ」

「ベッドへ行くか?」彼は満ち足りた吐息とともに言った。「眠るために。ぼくの記憶が正しければ、ゆうべわれわれはかなり精力を消耗させた。今夜はただふつうに眠ることにしないか?」

「いいわ」

ジョスリンは笑ってしまいそうになった。自分は今から愛人とベッドに向かう。

ただ眠るために。
墓の中の父が聞いたら、ひっくり返るだろう。

18

翌朝、ジョスリンはいつものようにまっすぐ屋敷へ戻った。風呂に入ってひげを剃り、服を着替えてクラブに出向き、それから朝の日課をこなすために。ところが玄関をくぐったとたん、ホーキンスが待ち構えていたように大切なことを告げた。クインシーが話したいことがあるという、しかも緊急に。

「三〇分後に彼を図書室へ行かせろ」ジョスリンは階段をあがりながら言った。「それからバーナードを階上《うえ》に呼べ。ぼくは今あいつの顔を特に見たいわけではないから、くれぐれも粗相のないよう釘を刺しておけよ、ホーキンス。ひげ剃りの道具と湯はどうなっている、とおまえから確認してやれ」

三〇分後、マイケル・クインシーが図書室へ来たとき、ジョスリンはすでにそこにいた。

「どうした？」眉をあげて秘書を見る。「アクトン・パークで一大事でも起きたか？」

「来訪者です、閣下」クインシーが言った。「二時間前から厨房で待っています。どうしても帰りません」

ジョスリンはふたたび眉をあげ、背中で両手を組んだ。

「ほう？　うちにはじゅうぶんな数の従僕がいるはずだが。なぜ彼らに言いつけて、その来訪者とやらをつまみださない？　ぼくが自分でしないといけないのか？　それでわざわざ知らせに来たのか？」

「その男はミス・イングルビーのことを尋ねています、閣下」

彼はしばらく黙り込んだ。「ミス・イングルビーのこと？」

「ボウ・ストリートの捕り手なのです」

ジョスリンは秘書を見つめた。

「最初にホーキンスが応対し、こちらにまわしてきました。私はミス・イングルビーなど知らないと答えました。するとその男は、閣下に会って話ができるまで待つと言いました。閣下が帰ってきて話ができるまで一週間かかるかもしれないと告げると、一週間でも待つと言うのです。そのまま厨房に居座って、いっこうに帰る気配がありません」

「ミス・イングルビーのことを知るためにか」ジョスリンは目を細めた。「その男をここに呼べ、クインシー」

ミック・ボーデンは落ち着かない気分だった。仕事でメイフェアの大邸宅を訪れることはほとんどない。正直なところ、彼は貴族というものが苦手だった。しかもこのダドリー・ハウスの主は、ほかの捕り手たちも関わりあいになるのをいやがるような無軌道ぶりで知られるトレシャム公爵だ。

しかしミックは、自分が事件の核心に近づいていると感じていた。使用人たちはそろって嘘をついている。ひとり残らず全員が、ミス・ジェーン・イングルビーなど知らないと言ったのだ。公爵の秘書までもが。もっとも、その秘書はあまりにも立派な風貌だったので、ミックははじめ彼が公爵だと勘違いしてしまったが。

ミックは嘘を見抜くことができた。この屋敷の人間がなぜ嘘をついているかもわかった。彼らはミス・イングルビーを守ろうとしているのではなく、使用人としての自分の立場を守っているのだ。見知らぬ部外者に対しては、屋敷で暮らす人間のことはたとえそれが同僚であってももらしてはならない。その理屈はミックにも理解できた。

やがて執事が厨房に現れた。下級な人間のにおいをかぎつけるためか、鼻をひくひくさせている。彼はミックを見下したような目で見た。

「こちらへ」

ミックは執事について厨房をあとにし、急な階段をあがると、ラシャ張りの扉を抜けて玄関ホールの奥に入った。いきなり屋敷の中心部に足を踏み入れた彼はあまりの豪華さに息をのみつつ、内心の驚きを顔に出すまいとした。そこに秘書が待っていた。

「公爵は五分だけお時間をくださる」秘書が言った。「今からきみを図書室に案内する。私は部屋の外で待ち、きみが出てきたら玄関まで送る」

「ありがとうございます」ミックは応えた。

彼はいくぶん緊張していたが、執事が扉を開けると意を決して図書室に入った。六歩前進して止まり、絨毯に両足を踏ん張って立つ。帽子を脱いで両手に持ち、軽く頭をさげた。深々とお辞儀をするつもりはなかった。

トレシャム公爵は――今度こそ本物の公爵のはずだ――豪華な大理石の暖炉の前に、両手を背中で組んで立っていた。乗馬服を着ているが、このうえなく上等で体にぴったり合っているので、ミックはこれまで粋だと思っていた自分の服がにわかに安っぽく思えてきた。こちらをひたと見据える公爵の瞳の色はたいそう濃い。あれはきっと黒だろう。

「私に尋ねたいことがあるとか」公爵が口を開いた。「きみはボウ・ストリートの捕り手だって？」

「はい。ミック・ボーデンといいます」ふたたび頭をさげたくなるのをこらえながら、ミックは言った。「ジェーン・イングルビーを雇っておられたと聞いてうかがいました」

「ほう？」公爵は眉をあげ、険しい表情になった。「誰からそんなことを聞いたのか尋ねてもかまわないだろうか？」

「マダム・ディー・ロレントです。婦人帽子店の店主の。彼女はひと月ほど前までミス・イングルビーを雇っていました。話によると、イングルビーはそこを辞める際、こちらで雇われることになったと言ったそうです」

「そうなのか？」公爵が目を細めた。「それで、きみはなぜイングルビーを探している？」

一瞬迷ったものの、ミックは答えた。「彼女は容疑者なのです。卑劣な犯罪の」

公爵の指先が片眼鏡の柄を探り当てたが、それを顔にかざすことはしなかった。

ミックには、人の性格を正しく見抜けるミックには、この公爵はたしかに危険だとわかった。「作り話だな？」

「とんでもない。すべて事実です。ジェーン・イングルビーは偽名です。本名はレディ・サラ・イリングワース。ダーバリー伯爵の子息にして跡継ぎであるシドニー・ジャーディンを殺害し、伯爵の金と宝石を盗んで逃走しました。この事件については、公爵閣下もおそらくお聞き及びでしょう。彼女は逃亡者です。そして私の考えでは、こちらの屋敷にいるはずです」

「なんと」公爵は少し間を置いて言った。「この一カ月、朝起きたときに自分の喉がぱっくり切り裂かれているのに気づくようなことがなくて幸いだった」

ミックは強烈な満足感を覚えた。ついにやった！　トレシャム公爵は彼女がダドリー・ハウスにいることをほとんど認めたも同然だ！

「では、彼女はこちらにいるのですね？」

公爵は片眼鏡を胸の高さまであげた。「以前はな。ミス・イングルビーは私が脚を撃たれた日から三週間、看護婦としてここに雇われた。そして二週間ほど前に辞めて出ていった。彼女を探すなら、どこかほかを当たってもらいたい。クインシーが玄関まで送る」

ミックはまだ帰るわけにはいかなかった。

「彼女がどこへ行ったかご存じではありませんか？　これはとても重大なことなのです。ダーバリー伯爵は悲しみに暮れておられ、犯人に公正な裁きが下されるまで、一瞬たりとも心の休まるときがありません」

「それから宝石がキャンドルフォードの金庫に戻る日まで、だろう」公爵がつけ足した。

「たしかにミス・イングルビーはここの使用人だった。しかし、すでに辞めた使用人の行方までこちらが知っているとでも？」ふたたび尊大そうに眉をあげる。

またしても壁にぶつかってしまった。あともう少しのところまで来たというのに。

「話はそれだけか？　以上で尋問は終わりだな？　そろそろ朝食をとりに行きたい」

できることなら、ミックはもっと質問したかった。人は何かを意図的に隠すつもりがないときでも、自分が知っていることに意外なほど無自覚なものだ。ひょっとしたら彼女は、この先どうしたいか話したことがあったかもしれない。自らの秘密について、同僚に何かしらほのめかしたかもしれない。いや、さすがにそれはないか。彼女は自分がお尋ね者になったとわかっていたはずだ。この屋敷で過ごした数週間のうちに、ボウ・ストリートの捕り手が自分の行方を探している話を耳にしただろう。

「いいな？」公爵のひと言には有無を言わせぬ響きがあった。

ミックは頭をさげて別れの挨拶をすると図書室を出た。先ほどの秘書が玄関まで送ってくれた。ふたたびグローヴナー・スクエアに立ったとき、彼は自分がまた振りだしに戻ってしまったことに気づいた。

いや、必ずしもそうではないかもしれない。

例の決闘については、婦人帽子店の女主人から聞くまでもなく知っていた。トレシャム公爵は右脚を撃たれ、三週間にわたって屋敷から出られなかったのだ。その間、ロンドンの紳士たちは列をなして見舞いに訪れただろう。そのとき彼女は看護婦として彼に付き添っていた。当然、何人かの客に見られているはずだ。その中には公爵ほど口のかたくない人間もいるに違いない。

そう、自分は完全に壁にぶつかったわけではない、とミックは思った。少なくとも望みはまだある。

必ず彼女を見つけてみせる。

何もかも最初から目の前にあったのだ。ボウ・ストリートの捕り手がとぼとぼと広場を去っていく姿を図書室の窓から見おろしながら、ジョスリンは思った。すべてがあまりにも近くにありすぎたせいで、逆に何も見えていなかった。

彼女は明らかに育ちがよかった。あの洗練された話し方。誇り高く優雅な身のこなし。それに彼女は本が読めた。衣装以外のすべてにおいて、最初から、レディの特徴を備えていた。ことさら上手でなくとも、ふつうにピアノを弾くことができた。そしてすばらしい声で歌った。あの声は明らかに訓練されたものだったし、ヘンデルなど作曲家に関する知識も彼女は有していた。それに人を使う能力も。称号を持つ人間に恐れをなすこともなかった。そういう相手に高圧的な態度を取られても、ひるまなかった。

孤児院で育ったという彼女の話を、自分は一瞬でも信じていただろうか？　一瞬くらいは信じたかもしれない。しかしどこかの時点で、彼女が素性をごまかしていることに気づいていた。なぜごまかすのか考えてみたことさえある。そして、おそらく何か秘密にしておきたい過去があるのだろうと思った。これまで自分は、人が隠したがっている秘密をあれこれ詮索したことはない。

レディ・サラ・イリングワース。

ジェーン・イングルビーではなく、レディ・サラ・イリングワースだったとは。

ジョスリンは目を細め、今は誰もいなくなった広場を凝視した。

彼女が人に見られることをひどく嫌うという最大の手がかりを、これまで何度も見誤ってしまった。ダドリー・ハウスにいたとき、彼女は庭以外の戸外に出なかった。今住んでいる館の外にも出ようとしない。客の前で歌うこともずいぶんいやがった。歌手として間違いなく華々しい人生を送れたはずなのに、自分の愛人になる道を選んだ。

きっとわが身を恥じているのだろうとジョスリンは思っていた。最初のうちは公爵との関係を周囲に怪しまれていることを、そしてその次は、実際にそういう関係であると知られることを。だが、彼女はそれ以外について自らを恥じるそぶりはいっさい見せなかった。例の契約の交渉にしても強気だった。娼館に暮らしている商売女のようになることをよしとせず、部屋を思いどおりに改装した。はじめて自分と関係を結んだ午後も特に嘆くことはなく、その後も涙を見せたり後悔したりする様子はなかった。

ふつうに考えればわかることだ。彼女が外に出ようとしないのは、誰かの目に留まって捕まることを恐れているからだ。こんな単純な事実にまったく気づけなかったとは。彼女は世間から身を隠しているのだ。

窃盗と殺人の罪で追われているのだ。

窓際から身を引くと、ジョスリンは部屋の反対側まで歩いていき、オーク材の机の天板に両手を置いた。

逃亡者をかくまっていること自体はまったく気にならない。彼女が凶悪犯だなどという話は、まったくのお笑い草だ。しかし、彼女の正体に気づくのがあまりにも遅かった点については、とても平静ではいられなかった。

相手が一文なしの孤児や困窮した貴族の女性なら、愛人として囲うことは世間的になんら問題ない。だが、伯爵の娘を愛人にするとなるとわけが違ってくる。いや、同じだろうか。すべての人間が平等に生きていける美しい社会なら同じかもしれない。

しかし、現実社会はそうではない。

だから同じではないのだ。

つまり自分は、コーンウォールのキャンドルフォードの故ダーバリー伯爵の娘、レディ・サラ・イリングワースの貞操を奪ったことになる。

現時点において、レディ・サラ・イリングワースに親しみはまったく感じないが。

まったく。

ジョスリンは机を拳で叩き、奥歯をかみしめた。なぜ言ってくれなかったのだ？　なぜ助けを求めてくれなかった？　恐ろしい真実を打ち明けられた公爵が仰天し、すぐさま彼女の身柄を捕り手に引き渡すとでも思ったか？　そんな男ではないと信じられなかったのか？　こちらがシドニー・ジャーディンのような男をどれほど軽蔑しているかわからないのか？

まったく！　ふたたび机に拳を強く打ちつける。こともあろうに殺人を誘発するとは、あの男は――ただし本当に死んだとすればだが――いったいあの男は彼女に何をした？　事件以来、いったい彼女はどれほどの罪悪感と恐怖と孤独にさいなまれてきたのだ？

まったく！　なぜぼくを信頼して真実を話してくれなかった？

信じて話す代わりに、彼女はこちらの脚に枷《かせ》をはめ、しかもその鍵を捨ててしまった。意図してそうしたわけではないにせよ、まったく見事な手際だ。

だからこそ、彼女をとうてい許すことができない。

あの女め！

しかもそれだけではない。ジョスリンは昨夜、これまで誰にも見せたことがなかった自分の魂を彼女にさらけだしたばかりだった。それほど彼女のことを信じたのだ。

しかし、ジェーンはこちらを同じように信じてくれなかった。はじめて会ったときから耐えがたい苦しみを負っていたはずなのに、これまでただのひと言も明かそうとしなかった。

昨夜でさえも。

〝過去に亡霊がいるのは恐ろしいものだ、ジェーン〟あのとき自分はそう言ったのだ。〝きみにはそんなもの、まったくないだろう？〟

〝ええ、ないわ〟

まったく！

ジョスリンは改めて机に拳を叩きつけた。銀の皿の中でインク壺《つぼ》が飛び跳ねた。


彼は昼間をなじみのクラブで過ごした。〈ジェントルマン・ジャクソンズ〉のボクシング室へ行き、射撃練習所へ行き、競馬場へ行った。〈ホワイツ〉で夕食をとり、退屈な夜会に二時間ほど顔を出した。そこでアンジェリンに会い、ずいぶん長く顔を見なかったわねと言われた。妹は、今年の夏はヘイワードに頼んでブライトンに連れていってもらい、摂政王子やそのお仲間と合流してロイヤル・パビリオンをのぞかせてもらうの、と言った。そのあとジョスリンはフェルディナンドにも会い、やはりずいぶん久しぶりだねと言われた。

「だいたい許せないのは」弟は怒りながら言った。「フォーブズの奴らはまだこそこそ身を隠しておきながら、兄上のほうが怖気づいていると言いふらしていることだ。もちろんぼくについても、兄のうしろに隠れていると悪口を言っている。いったい兄上は連中をどうしてやるつもりだい？　ぼくはそこが知りたい。こんなにぐずぐずしている兄上を見るのははじめてだ。もし奴らが一週間経っても姿を見せなかったら、こちらから探しに行くつもりだ。頼むから兄の特権を振りかざして止めないでくれよ。なんといっても、連中はぼくの命を狙ったんだからな」

ジョスリンはため息をついた。そう、自分はぐずぐずしていたのだ。ただ女にうつつを抜かしていたばかりに。

「そして連中はぼくを辱めようとした」ジョスリンは言った。「奴らの相手はぼくがする、フェルディナンド。じきにだ」彼はそれ以上、取りあわなかった。

この一週間、愛人と戯れ、話をしたり本を読んだりピアノを弾いたり絵を描いたりしているうちに、公爵としての評判がわずかに損なわれたようだ。放っておくわけにはいかない。

夜もふけた頃、ジョスリンはようやくコナンとキンブル子爵に合流した。三人は夜会の会場から〈ホワイツ〉に向かった。

「ふたりとも、ぼくの愛人の名前を誰にも明かしていないだろうな？」

「なんだ、トレシャム」コナンが腹立たしげに言った。「われわれをそこまで信用できないのか？」

「だとしたら」キンブルが不気味なほど静かな声で言う。「きみの顔に一発お見舞いしないといけないな、トレッシュ。最近のきみはまったくどうかしているぞ。しかし、その質問には何か事情があるんだろうな」

「ある男がいるんだ」ジョスリンは言った。「髪を油で撫でつけたボウ・ストリートの捕り手だ。服の趣味はひどいが、賢そうな目をしている。そいつがジェーン・イングルビーのことを尋ねまわっている」

「ボウ・ストリートの捕り手だって？」コナンが足を止めた。

「ミス・イングルビーのこと？」暗い夜の通りでも、キンブルが顔をしかめるのがわかった。

「本名はレディ・サラ・イリングワースだ」

ふたりの友人がまじまじとジョスリンを見つめた。

「きみたちのところにも、その男がやってくるだろう」ジョスリンは言った。

「ジェーン・イングルビー？」キンブルが無表情に言う。「聞いたこともないな。きみはどうだ、コナン？」

「誰だって？」コナンが顔をしかめた。

「いや、そういうことではないんだ」ジョスリンはおだやかに言い、また歩きだした。仲間ふたりがその両側につく。「ぼくがけがから回復するまで、彼女が看護婦として雇われていたことはすでに先方に知られている。そこまではぼくも認めた。今朝、その男がぼくの図書室にやってきて、ばかにされるまいと必死になっていたときに。ぼくは彼女が屋敷に三週間いたことを認めた。そのあと彼女は出ていった、辞めた使用人がどこへ行ったかなど知ったことではないと言っておいた」

「そんな使用人なんていたか？」コナンがどうでもいいことのように言った。「ぼくはまったく気づかなかったよ、トレシャム。だいたい、ぼくはよその使用人などいちいち気にしないからな」

「それはきみの夜会で歌った女性か、トレシャム？」キンブルが尋ねる。「ああいう音楽が好きな人にとっては魅力的な歌声だった。同じく、ほかの女性がサテンや鳥の羽根や宝石で美しく着飾っている中、素朴なモスリンのドレスを着た田舎娘を好む人間にとってはなかなか魅力的だった。で、彼女はあれからどうなったんだ？」

「ありがとう」ジョスリンは言った。「きみたちのことは心配ないと思っていた」

「しかし、トレシャム」コナンがふつうの声に戻った。「シドニー・ジャーディンのほうはいったいどうなっているんだ？　まさか、レディ・サラが盗みを働いているところを見とがめて殺されたなんて話を信じろとは言わないだろうな？」

キンブルが大きく鼻を鳴らした。

「何があったのかはまだわからない」ジョスリンは悔しそうに歯を食いしばった。「彼女は打ち明けようとしないんだ。しかし、はっきり言っておく。ジャーディンは絶対に死んだほうがよかった。もしまだ生きているなら、あのとき死んだほうがましだったとぜひとも思い知らせてやりたい」

「協力が必要なら、遠慮なく言ってくれ、トレシャム」コナンが言った。

「レディ・サラのことはどうするつもりだ、トレッシュ？」とキンブル。

「八つ裂きにしてやるとも」ジョスリンの表情が殺気を帯びた。「洗いざらい吐かせてやる。足枷をはめ、この世に生まれてきたことを死ぬまで後悔させてやる」

「足枷だって？」コナンが顔をしかめた。「ただの愛人にそこまで――」彼はそこで急に咳《せ》き込んだ。おそらくキンブルに肘で脇腹をしたたか突かれたのだろう。

「足枷だ」ジョスリンは繰り返した。「だが、その前に酒が飲みたい。酔っ払うまで飲む。泥酔するまで飲むぞ」

しかしもちろんジョスリンは、いくら酔おうとしても、どれだけ飲んでも酔えなかった。真夜中過ぎにひとりで〈ホワイツ〉を出たときは、相当な量を飲んでいたはずだった。だが思った以上に酒に強い体質だったらしく、気づくとしっかりした足取りで愛人の館に向かっていた。先ほどまでの熱い怒りは、冷ややかな憎しみに変わっていた。彼女を八つ裂きになどできるはずもない。彼女であれ、誰であれ、女性に手をあげたことなどないのだから。頭に血がのぼっていないときは、いつもの暴言も出てこないだろう。

館にたどりつき、扉を鍵で開けて中に入ったとき、ジョスリンは彼女をただ辱め、弱い立場であることを思い知らせることしか考えられなかった。もちろん彼女とは結婚しなければならなくなるだろう。向こうはまだそのことに気づいていないらしいが。彼女は名目上は妻になる。ただし、やがて気づくはずだ。自分が夫にとって、つねに愛人以下の存在であるということに。

19

ジョスリンは真夜中過ぎにやってきた。今日はもう来ないものとあきらめていたジェーンは、それでも何かがおかしいと思い、自分の部屋から食堂、そして客間へと歩きまわっていた。私室でわが身を守るように体に両腕をまわし、彼が描いてくれた肖像画を見つめていたとき、玄関の扉の鍵が開く音がした。早く迎えに行こうと、彼女は燭台を手にした。そこで自尊心を失ってはいけないと思い直し、落ち着いて静かに廊下に出た。まもなく、そういうふうにしてよかったと思うことになった。

彼は黒いオペラマントを着ていた。シルクハットと手袋を注意深く脱ぎ、おもむろにこちらに目を向ける。そのときジェーンは、自分がトレシャム公爵を——忘れかけていたあの男性を前にしていることに気づいた。不機嫌そうで、冷ややかで、辛辣で、しかも明らかに酒に酔っている。彼女は微笑みかけた。

「二階へ行け！」彼は横柄に言い、階段に向かって頭をひと振りした。

「なぜ？」ジェーンは眉をひそめた。

彼は眉をあげ、まるで足元の虫けらを見るような目でジェーンを見た。

「なぜ？」彼は言った。「なぜ、だと？　ぼくはひょっとして来る場所を間違えたのか？　しかし鍵は合っていたぞ。ここはぼくが愛人を住まわせている家ではなかったのか？　愛人に奉仕させるために来たんだ。そのためにはベッドが必要で、愛人にもそこにいてもらわないといけない。そしてベッドは二階にある。そうだろう？」

「あなた、酔っているのね！」ジェーンは相手に負けないくらい冷ややかに言った。

「そうか？」彼は驚いた顔をした。「だが、愛人の家を見つけられないほど酔ってはいない。二階にあるベッドにたどりつけないわけでもない。あれが勃《た》たないわけでもないぞ」

　下品な言葉にジェーンは顔を赤くし、胸がつぶれる思いで彼を見つめた。この夜が明ける頃には本当につぶれているに違いない。なんて愚かだったのだろう！　自分が恋に落ちるだけでなく、彼も自分に恋をしていると期待していたなんて。

「二階だ！」彼がふたたび階上を指した。そしてうなずいた。「そうか、きみがためらっているわけがわかったぞ。ぼくが丁寧にお願いしないからだな。どうぞ二階にあがってください、ジェーン。寝室に入ったら着ている服をすべて脱ぎ、ヘアピンを外して、ぼくの快楽に奉仕するためベッドに仰向けになってください。契約書のとおり、どうぞよろしく」

　彼の声は氷のように冷ややかだった。瞳は夜のように暗い。

　ジェーンは拒む理由をとっさに思いつくことができなかった。契約書には、愛してくれなければ体を許さないという条項はない。それでも、どうすればいいのか急にわからなくなってしまった。まるでこの一週間が――これまでの人生で最もかけがえのない一週間が、跡形もなく消えてしまったような気がする。彼が親友でも恋人でもなく、魂を分かちあえる相手でもなかった気がした。

何を言おうと、何をしようと、結局自分は愛人でしかないのだ。

ジェーンは向きを変え、先に立って燭台を高くかざしながら二階にあがった。心は石のようにかたくなっていた。いや、石ではない。石なら痛みを感じないはずだから。こみあげる涙を必死にこらえる。自分にそんな弱い面があると彼に悟られるわけにはいかない。

どんなことがあっても！

「ジェーン、ぼくが来たのは」寝室に入ってしばらくすると、彼は謎めいた表情で言った。「愛人に楽しませてもらうためだ。きみは今からどうやってぼくを楽しませる？」

ふたたび、彼と過ごした一週間がまったく存在しなかったような気がした。存在しないなら、今の言葉に特に傷つくこともあるまい。言葉そのものが侮辱的なわけではないのだから。ここで侮辱されたように反応してはいけない。あの一週間を、ただ忘れてしまうべきなのだ。

だが、ジェーンは長く迷いすぎた。

「まさか頭痛がするというんじゃないだろうな？」彼が嫌味たっぷりに尋ねた。「それとも生理中とか？」

月のものはあと数日ではじまるはずで、少し気がかりではあった。でも、今ここでそれを気にしてもはじまらない。男女のこうした関係の末路がどういうものか、最初からわかっていた。契約書には妊娠したときの条項まで設けられている。

「それとも、今夜のぼくにただ辟易《へきえき》しているのか？」彼はこれまで見せたこともないような恐ろしい目つきをした。「自分の特権を行使するのか、ジェーン？　満たされない欲求を抱えたぼくを表に蹴りだすのか？」

「もちろんそんなことはしないわ」ジェーンは静かに彼を見つめた。「喜んであなたに奉仕します、公爵さま。あなたがここにいないとき、わたしはそのことだけを考え、楽しみにしながら待っている。しょせん、わたしはそういう女でしょう？」

「ほっとしたよ、ジェーン」彼はジェーンとベッドに近づきながら言った。「少なくとも憎まれ口は健在のようだ。きみがおとなしくなったら、ちっとも面白くないからな。それで、ぼくのためにどんなみだらな遊びを編みだしてくれるんだ？」

この一週間余りのうちに、ジェーンはいろいろなベッドでの技を教わった。欲望に対する羞恥心もなくなった。今の彼は明らかにジェーンの出方を待っている。ベッドの脇に立って両手を背中で組み、眉をあげて挑むようにこちらを見ている。次はどんなふうに愛を交わせるか期待をふくらませていただけに、彼女はこの状況に当惑するというより強い不安を覚えた。

ジェーンはゆっくりと服を脱ぎはじめた。少しずつ肌を見せながら、じらすように脱いでいく。脱いだ衣類を一枚一枚丁寧にたたみ、振り向いて椅子に置いた。一糸まとわぬ姿になると、両腕をあげて頭からヘアピンを一本ずつ抜いた。やがて長い髪が流れ落ちた。彼女は微笑んだ。自分は昨夜、彼に過去を思い出させ、恥ずかしい思いをさせてしまったのかもしれない。彼の態度がここまで急に変わったのは、そのせいなのだろうか？

彼はまだマントを着たままだったが、それを肩のうしろにひるがえした。ぴったりした夜会用のブリーチズを突きあげているふくらみを隠そうともしない。けれども彼は動かなかった。顔つきも無表情のままだ。

ジェーンは彼の喉元のボタンを外し、マントをうしろの床に落とした。その過程で彼の体と自分の肌を触れあわせたとき、はじめてあることに気づいた――裸になった状態で完全に服を着た相手と一緒にいるのは、なんとも刺激的だ。

「座って」彼女はベッドを示した。

眉をぴくりとあげたものの、彼は黙ってベッドに脚を広げて座り、両手をうしろについて上体を支えた。

「ぼくがまだ教えていないみだらなことをするのか？」ジェーンがブリーチズのボタンを外していくのを見ながら、彼が言った。「どうするつもりだ？　口を使うのか？」

彼の言わんとすることはわかった。でも、今の自分にできるとは思えなかった。少なくとも今はまだできない。ふたりが単なる男と愛人ではなく、本物の恋人同士にならないかぎり。

ジェーンは男性の欲望の証《あかし》を手に取り、やさしく愛撫した。彼は目を細めながら、彼女の手の動きを見守っている。やがてジェーンはベッドにあがって彼にまたがり、こわばりを自分の秘所にあてがうと身を沈めた。背中をそらして、サテンの夜会服に包まれた彼の肩に両手でしっかりつかまる。

「いいぞ。なかなか悪くない」そう言いながらも、彼はじっとしていた。ジェーンの体内でかたく大きくなっているものの、まったく動こうとしない。息が酒くさかった。

上にのることを教えてくれたのは彼だった。そのとき彼はベッドに仰向けになり、ジェーンがその上に体を重ねた。彼はともに動いた。ふたりで一緒に頂点へのぼりつめた。

今夜の彼は静かに座ったまま、暗く恐ろしい目でただジェーンを見つめている。

彼女は熱く潤い、高ぶっていた。彼がもっと反応を示し、情熱的に導いてくれることを望んだ。だが、その気配はない。彼の中にジェーンが照らすことのできない闇が見えた。彼はふたりを罰しているのだ。昨夜の自分が愛人に過去の傷を見せてしまったことが許せなくて。

ジェーンは開いた両膝とふくらはぎで体を支えながら動きはじめた。いつかのように上下に動きながら相手を締めつけたり、ゆるめたりはしなかった。前はそうすることで自分の中でふくれあがる欲求をいくらか制御したのだ――少なくとも最後の瞬間までは。今回はなんの歯止めもかけず、ひたすら快楽のリズムを刻んだ。さらに背中をそらし、首をのけぞらせて目を閉じたまま、シルクのブリーチズに包まれた彼の膝頭をしっかり押さえつけて。

ジェーンは全身で伝えようとした。彼のことを大切に思っていると。必要としてくれるなら、すべてをなげうって応えると。どれほどよそよそしく不機嫌にふるまわれても、彼女にはわかっていた。彼は自分を必要としているのだ。

彼が身をこわばらせてじっとしている中、どのくらいそうやって動き続けたのかわからない。欲求が募っていき、痛みとなり、やがて苦しみと区別がつかないほど耐えがたくなったとき——ああ、ようやくそのとき——彼が両手でジェーンの腰をつかみ、それまでのリズムを崩した。彼は繰り返し腰を突きあげた。気づくと彼女の耳に自らのすすり泣く声が、まるで他人の声のように遠くから聞こえた。やがて彼が声をあげ、ジェーンの体内に精をほとばしらせた。

自分たちはひとつになった。そう、ひとつになったのだ。これで彼の心も癒やされたはず。並んで横になり、互いのぬくもりに包まれながら、静かに語りあおう。やさしく元気づければ、彼は不機嫌で恐ろしいトレシャム公爵から、ふたたびジョスリンに戻ってくれるはず。

明日になったら、今度は自分の忌まわしい秘密を打ち明けよう。

ジェーンは息を切らせて汗にまみれていた。体が冷たくなっている。彼にまたがって広げた両膝がこわばっていた。彼女は顔をあげ、うっとりと微笑みかけた。

「実によかった」彼が簡潔に言った。「なかなか優秀な仕事ぶりだ。報酬にじゅうぶん見合っている」彼はジェーンを自分の上から抱きおろしてベッドに転がすと、すばやくベッドからおり立った。ブリーチズのボタンを留めにかかる。

まるで水差しの水を浴びせられたような気がした。

「そしてあなたは」彼女は言った。「あいかわらず侮辱の名人ね。自分がこれのためにお金をもらっていることくらい、じゅうぶん承知しているわ。ゆうべうっかりわたしに気を許して打ち明け話をしたのを後悔しているからといって、そんなことをいちいち持ちださなくても結構よ」

ジェーンは上掛けを引っ張りあげて体を隠した。急に自分がひどく無防備に思えてきた。

「これが侮辱か、ジェーン？　すばらしく床上手だと言われることが？　ぼくはめったに褒めないほうだぞ」彼はマントをひるがえして身を包んだ。

「わたしが侮辱だと言っているのは」ジェーンは半身を起こし、上掛けを胸元まで引きあげた。「あなたが仕事だの報酬だのを持ちだして、わたしを貶めようとしているその態度よ。ただの女で愛人にすぎないわたしに、自分の心を打ち明けてしまったと後悔していること。わたしはあなたと親友になれたと思っていたわ。親友はお互いに心から語りあうものよ。どんな秘密も打ち明けて、深い傷も見せあうことができる。でも、わたしは間違っていた。自分がただこれだけのためにお金をもらっていることを忘れていたわ」彼女はベッドのほうに腕を振りあげた。「悪いけど、もう疲れたの。生きる糧を得るために働いたから。どうぞお帰りになって、公爵さま。おやすみなさい」

「親友は秘密を打ち明けるだと？」彼はぞっとするような目でジェーンをにらみつけた。一瞬、彼女は恐怖を覚えた。彼がこちらにやってきて、自分の体をつかむのではないかとさえ思った。だが、それはなかった。彼はむしろ丁寧にお辞儀をして、そのまま部屋を出ていった。

ジェーンは寒さに震えながら部屋に取り残された。これほど孤独と不幸を感じたことは、いまだかつてなかった。

グローヴナー・スクエアの屋敷に向かいつつ、ジョスリンはこれ以上ないほど落ち込んでいた。自分のことがほとほといやになっている。もっとも、そう感じるのは今にはじまったことではないが。まるで彼女を無理やり犯してしまったような気分だ。とはいえ、今夜の自分の態度は、これまでの愛人に対する態度とたいして変わりはない。それにしても彼女には幻滅した。今夜、彼女はこちらに指一本触れさせるべきではなかったのだ。それなのに、まるで年季の入った娼婦のように進んで身を差しだした。

許せない。彼女は一週間のうちにぼくに心の隙を作らせ、最高のベッドの相手というだけでなく、あたかも親友か心の友を見つけたように錯覚させたのだ。うまい具合に油断させ、最も隠しておきたかった本当の自分について告白させた。こちらから何を受け取っても、肉体以外のものはいっさい返そうとせず、お互いに恵みあう平等な関係でなかったことを巧妙に気づかせまいとした。

ぼくの信頼をすっかりつかんでおきながら、自分の正体を隠し、ジェーン・イングルビーという名の愛人の立場に逃げ込んだ。そのくせ、親友のなんたるかについて偉そうに説教をした。

彼女はぼくからすべてを奪った。とうになくしたと思っていた、他人を愛する能力さえも。やはり人生は生きるに値するものだなどというはかない希望を、彼女はぼくに抱かせた。一〇年間にわたってこの身を守ってくれた、心地よくも強固な防御の膜を取り去った。

許せない。

この期に及んでも、まだ彼女をサラと思うことすらできずにいる。自分にとって、彼女はあくまでもジェーンだった。

しかし、ジェーン・イングルビーはこの世に存在しない。

屋敷が近づくにつれて、頭がずきずきと痛みだした。運がよければ、夜明け前にはひどい二日酔いに見舞われて、この葛藤をしばし忘れることができるだろう。

通りの反対側の暗がりから目を凝らしていたミック・ボーデンは、まずトレシャム公爵が建物から出てきて、次に寝室らしき部屋の窓の明かりが消えたことを確認した。これは間違いなく女性の家だ。公爵は自分の鍵を使って入り、まもなく明かりがついたあの部屋で何度か彼女と楽しみ、すっかり満足して今ふたたび家路についたのだ。

長く疲れる一日だった。これ以上、ここにいる必要もないだろう。帰っていく男を女性が表に出て見送ることはなさそうだ。窓辺に立って手を振ることも。

しかし、彼女はいつかの時点で姿を見せるに違いない。おそらく明日、散歩か買い物に出るだろう。ただ姿を見ることができればいい。少なくとも、それで公爵が会っていた女性がジェーン・イングルビーことレディ・サラ・イリングワースかどうかわかる。この館の主がどういう立場なのか、ミック・ボーデンはぴんと来るものがあった。そしてボウ・ストリートの捕り手としての長い経験から、そういった自分の勘は信じることにしていた。

朝にまたここへ来ることにしよう。そして彼女が出てくるまで見張るのだ。もちろん、そういう退屈な仕事を助手に任せることはできる。ほかにもしなければならない聞き込みを抱えているのだ。だが、いつ終わるとも知れぬ難儀な捜査を続けるうちに、ミックの心にこの女性に対する興味と、一種の尊敬のようなものが生まれていた。ぜひとも自分が彼女を最初に見つけ、そして逮捕したかった。

20

その朝ジョスリンは、いつものように馬でハイドパークに出かけることが叶わなかった。ひどい頭痛と胃のむかつきに加え、侍従にも対処しなければならなかったからだ。主人の帰宅を知らないまま主寝室にやってきたバーナードが朝の光を部屋に入れようとカーテンを開けたせいで、ベッドに横たわっていたジョスリンは、まばゆい日差しに顔を直撃されたのだった。

しかしジョスリンは、いつまでも二日酔いの苦しみに甘んじたり、使用人を罵倒したりして時間を無駄にするつもりはなかった。昨夜はたまたまキンブルとコナンに会って話をすることができたが、ダーバリー伯爵に同じことは期待できない。相手は公の場にまったく姿を見せないのだから。姪だかいとこだか知らないが、サラ・イリングワースと同じだ。

だが、午前のなかばに〈パルトニーホテル〉に出向いて問いあわせてみると、伯爵はまだそこに滞在していた。そして、おそらく少しけげんに思ったであろうものの、トレシャム公爵からの面会依頼に応じた。実のところ、ふたりはこれまでどこかで出会っても、黙ってうなずきあう程度の仲だった。まず伯爵の部屋に自分の名刺を届けさせたジョスリンが侍従に案内されて客間に通されると、相手は立って出迎えた。

「トレシャム公爵」ダーバリー伯爵は言った。「調子はどうだね？」

「ありがとう。おかげさままで悪くない。いつ屋敷のベッドで喉を切り裂かれてもおかしくないという状況からすれば。いや、むしろとっくに死んでいたかもしれない状況と言うべきだろうか。というのも、レディ・サラ・イリングワースはもう二週間以上も前に、うちの屋敷から出ていったのでね」

「ああ、そのようだ。どうぞかけてくれ。飲み物を注ごう」伯爵は例のボウ・ストリートの捕り手から近況報告を受けているようだった。「彼女がどこへ行ったか知らないか、トレシャム？　何か聞かなかったか？」

「何も聞かなかった。ありがとう」ジョスリンは胃のむかつきを覚えながら飲み物の礼を言い、勧められた椅子に座った。「わかっておいてほしいのだが、彼女はうちに来たとき、奉公人の格好をして偽名を使っていた。こちらは彼女をあくまでも使用人として雇い入れたんだ。辞めるときにどこへ行くのか尋ねることなど、考えつきもしなかった」

「ああ、もちろんだ。わかるとも」伯爵は自分のために飲み物を注ぎ、部屋の中央の四角いテーブルの向こう側に座った。見るからにがっかりしている。「しかし、捕り手どもはこちらが払った金の半分の働きもしておらんのだ、トレシャム。はっきり言って、まったく無能だ。私がここにこうして一カ月以上も詰めている中、あの凶悪な女は何も知らない市民に交じってのうのうと逃げ延びている。まさか三週間もダドリー・ハウスにいたとは。それがわかってさえいれば！」

「ぼくは運がよかった」ジョスリンは言った。「彼女になんの危害も加えられなかったからな。ご子息を殺されたそうだな？　心からお悔やみ申しあげるよ、ダーバリー」

「ありがとう」

伯爵は明らかに居心地が悪そうな顔をした。それがあまりにもはっきり見て取れたので、いかにも気だるそうな表情を装いながら相手を鋭く観察していたジョスリンは、心の中でひとつの判断を下した。

「しかも彼女は金品まで盗んだそうじゃないか」ジョスリンは続けた。「ダドリー・ハウスで三週間も過ごしたのだから、レディ・サラはうちの屋敷にも高価な宝石がたくさんあることを知ったに違いない。実は昨日の朝に彼女の正体がわかってからというもの、わが家にも盗みに入られるのではないかと恐れているんだ。運悪くその場に居合わせたら、こちらまで殺されてしまうかもしれない」

伯爵が鋭い目を向けたが、ジョスリンは長年の鍛錬で顔色ひとつ変えなかった。

「たしかに」

「さぞかしはらわたが煮えくり返っていることだろう」ジョスリンは言った。「縁続きというだけの女に――しかも面倒を見てやっている女にはかり知れない苦痛を与えられ、社会的な権威まで失墜させられたわけだからな。もしぼくが同じ立場なら、やはりここに閉じこもって、ひたすらしびれを切らすばかりだろう。そしていざ女が捕まったら、司法の判断を待たずに馬の鞭で尻を思いきり叩いてやるよ。言うことを聞かない女はそうするにかぎるというからな。しかし、ふたつだけ言っておきたいことがある。実は、今日はそのために来た」表情からして、ダーバリー伯爵は自分が侮辱されたのか同情されたのかよくわからないようだった。

「うちの使用人に聞き取りをしたんだが」ジョスリンは言った。もちろんでたらめだ。「みなが口をそろえて言うことには、ジェーン・イングルビーと名乗ったその女はダドリー・ハウスに来たとき、小さなバッグひとつしか持っていなかったそうだ。そこでぼくはわからなくなった。彼女はそちらで盗んだ金品をどこに隠したのだろう？　ボウ・ストリートの捕り手はその点を調べているだろうか？　宝石をたどれば足取りがつかめるはずだが」

ジョスリンは眉をあげて相手の返事を待った。

「それもひとつの考え方だ」伯爵が顔をこわばらせる。ジョスリンは確信した。実際はそんな宝石などないのだ。あったとしても、たいした価値はないのだろう。

「あの捕り手はぼくの尾行などやめて宝石をたどったほうが、よほど成果をあげられると思うがね」ジョスリンはにこやかにつけ加えた。

ダーバリー伯爵がジョスリンに鋭い目を向けた。

「それに」ジョスリンは続けた。「昨日の朝ぼくに会ったことで、彼も理解したはずだ。ぼくは、寝ているあいだに頭を斧で叩き割られ、有り金を根こそぎ盗まれるかもしれないのを承知で女とベッドをともにすることに刺激を覚えるようなけしからん男なんだ。世間にも、向こう見ずで命知らずと言われているのでね。しかし、昨日は行く先々まで尾行されて愉快に思わなくもなかったが、同じことが今日も繰り返されると思うとさすがにうんざりだ」

捕り手の昨日一日の動きを把握していなかったらしく、伯爵はぽかんとした表情でこちらを見た。

「現時点では、まだそうなっていないが」ジョスリンは言った。「おそらく彼は今、ぼくがゆうべ立ち寄ったある女性の館の前に張り込んでいるだろう。その女性はぼくの愛人だが、ここでひとつわかっておいてもらいたいことがあるんだ、ダーバリー。どんな女であろうと、ぼくの愛人はすべてぼくの庇護下にある。彼女に不快な思いをさせる人間がいたら、ぼくが相手になる。その旨、そちらの捕り手に――名前は失念してしまったが、伝えておいてもらいたい」彼は立ちあがった。

「よくわかった」ダーバリー伯爵は見るからに腹を立てたように言った。「私はきみの妾宅《しょうたく》の見張りをしている捕り手に大枚をはたいているというわけだな、トレシャム？　まったく許せん」

「ここだけの話」ジョスリンは扉の脇に置かれたテーブルから帽子と手袋を取った。「窓の外から見張られていると知りながら女性と、まあその、社交にいそしむのは、いささか気が散るものでね。今夜も同じ目に遭わないことを願うよ」

「もちろんだ。この件についてはミック・ボーデンにこちらの納得がいくまで説明させる」

「ああ、それだ」ジョスリンは部屋を出ながら言った。「そんな名前だった。小柄で髪を油で撫でつけた男だ。それでは失礼する、ダーバリー」

両目の奥に二日酔いのしつこい痛みがまだ残っていたものの、ホテルの階段をゆっくりおりて外に出たジョスリンは、伯爵との会談に満足していた。そろそろ午前も終わりだ。いつもとは逆に、彼女が館から顔を出したりしないことを願った。少なくとも見張り番がいなくなるまでは。しかし、その心配はないだろう。裏庭に行く以外、彼女は絶対に館の外へ出ない。それがなぜなのか、今ならもちろんジョスリンにもわかった。


まだ手をつけていなかった庭の一角の雑草と格闘しながら午前を過ごしていたジェーンは、終わりが来たと感じていた。彼自身も口にしていた。はじめは相手にすっかり夢中になり、徐々に興味が失われ、最後には無残に関係が終わると。

はじめの段階は終わった。彼の軽はずみな告白のために――いや、軽はずみだったという彼の判断のために。興味が失われるのは徐々にではなく、まったく間だろう。昨夜のような夜が、あと二、三回はあるかもしれない。だが、まもなくクインシーがやってきて別れを告げるだろう。そこで話しあうことはあまりない。関係が終わったときのことは、最初から契約書で細かく取り決めてあるのだから。

そして、もう二度とジョスリンに会うことはないだろう。

ジェーンはイラクサの塊を乱暴に引き抜いた。手袋をしていても棘《とげ》が痛い。

かまわないわ。彼女は心の中でつぶやいた。いずれ自分からボウ・ストリートの捕り手の事務所に出頭することになる。あともう少ししたら、迷うことなくそうできる気がした。そして自分の運命がどうなってもかまわなくなりそうだ。もちろん、人を殺したなどというばかげた嫌疑には最後まで抵抗するつもりだけれど。とはいえ、シドニーは実際に死んでしまった。

ジェーンはふたたびイラクサの塊を引き抜いた。

午後になってまもなくジョスリンがやってきた。汚れた服を二階で着替えていたとき、玄関のノッカーを叩く音がしたのだ。まったく期待していなかったわけでもないくせに、それがいかにも驚くべきことのように、彼女は無意識に自らを欺いた。身をこわばらせて耳を澄ませていると、階段をあがってくる足音がした。けれども、ためらいがちに扉をノックしたのはジェイコブズだった。

「マダム、公爵が客間でお話をされたいそうです」

ヘアブラシを置いたとき、胸がふさがる思いがした。思えば自分たちは、あの客間をもう一週間以上も使っていなかった。

客間に入ってみると、ジョスリンは火の気のない暖炉の前に立ち、片手を炉棚にのせていた。

「こんにちは、ジョスリン」

彼の濃いブラウンの瞳はいつもどおり皮肉めいていて、何を考えているのかわからない。昨夜と変わらず不機嫌そうだ。不意にジェーンは、ジョスリンがなぜここへ来たかわかった。

考えてみれば、彼がクインシーをよこすはずがない。自分の口から伝えに来たのだ。

これで終わった。たった一週間半で。

小さくうなずいたものの、ジョスリンは挨拶を返さなかった。

「わたしは間違っていたわ」ジェーンは言った。「隣の部屋を見せてほしいとあなたに頼まれたとき、あくまでも断るべきだった。あなたは愛人がほしかったんでしょう、ジョスリン。面倒なことがいっさいない、体だけの関係を求めていたんでしょう。あなたは誰かと心を通いあわせるのを恐れている。それから、自分の中に息づく芸術家の魂も。過去の思い出と向きあう度胸もなく、それが人生を照らしてくれるかもしれない可能性すら否定する。あなたは公爵である以前にひとりの純粋な人間として生きる勇気がないのよ。本来のあなた自身を取り戻すよう、励ましたりしなければよかった。あなたの友人になど、ならなければよかったわ。最初に決めたとおり、体だけの関係にとどめるべきだったのよ。わたしはただベッドであなたを楽しませ、それ以外の活動はすべてよそでしてもらえばよかった」

「なるほど」ジョスリンが氷のごとく冷ややかに言った。「ほかにも何か意見は？」

「もうこれ以上、あなたを契約に縛りつけるつもりはないわ」彼女は告げた。「たった一週間半で実質的に関係が終わったのに、あと四年半も面倒を見るよう要求するなんて罪だもの。わたしのことはきれいに忘れていただいて結構よ。わたしは明日には出ていくわ。いいえ、あなたが望むなら今日じゅうにでも」

おそらく今日のほうがいいだろう。考えすぎないうちに出ていったほうがいい。〈パルトニーホテル〉へ行こう。そこにダーバリー伯爵がいなければ、ボウ・ストリートの捕り手を見つけよう。

「たしかにそうだ」かなり長いあいだ無言でジェーンを見つめたあと、ジョスリンが言った。「あの契約書は無効だ。致命的な不備がある」

彼女はわずかに顔をあげた。今頃になってはじめて、彼が以前のジョスリンに戻り、行かないでくれと引き止めてくれることを願っていた自分の本心に気づいた。

ジョスリンが続けた。「一方が偽名を使っている場合、契約は無効のはずだ。もちろん、ぼくに法律の専門知識があるわけではない。クインシーならよく知っているだろう。しかしぼくは間違っていないはずだ、サラ」

妙なことに、ジェーンはしばらく気がつかなかった。ただ、胸がひやりとした。それもほんの一瞬だけ。彼が口にしたその名前が、消えずに宙に浮かんでいるかのようだ。ジェーンは近くの椅子にへたり込んだ。

「それはわたしの名前ではないわ」小声で言う。

「これは失礼」ジョスリンは皮肉めかしたお辞儀をした。「きみがあくまでも正式な呼び方を好むことを忘れていたよ。レディ・サラと呼ぶべきだった。それでいいだろうか?」

彼女はかぶりを振った。「誤解よ。それはわたしの名前じゃない。わたしはジェーンよ」そう言いながらも両手で顔を覆い、その手が震えていることに気づいた。ふたたび手を膝におろす。「なぜわかったの?」

「人が訪ねてきた。ボウ・ストリートの捕り手だ。彼はサラ・イリングワースの行方を追う過程で、マダム・ディー・ロレントとかいう婦人帽子店を訪ねたらしい。おそらくマダム・ド・ローレンのことだろう。奇《く》しくも、きみの前の雇い主と同じだ。そこで賢明なるボウ・ストリートの捕り手は、サラときみが同一人物だと考えた」

「あなたに打ち明けるつもりだったの」その言葉がいかに虚しく聞こえるか、ジェーンは痛感した。

「ほう？」ジョスリンが片眼鏡をかざし、冷ややかな目で見つめた。「それは本当か、レディ・サラ？　疑って申し訳ないが、きみほど上手に嘘をつく人間に会ったのははじめてなのでね。ぼくは誰かと心を通いあわせるのを怖がっているだって？　ぼくの友人になるべきではなかっただって？　ぼくとしたことが、まんまとだまされたものだ。といっても、短いひとときだが。もうここまでだ」彼は片眼鏡を落とし、紐でぶらさげて揺らした。

信じてほしいとすがりつきたい気持ちが胸にこみあげてきた。二日前に彼が心を開いて昔の秘密を話してくれたから、自分も打ち明けようと思って機会を待っていたと言いたかった。けれど、彼は決して信じてくれないだろう。逆の立場だったら、やはり自分も相手のことが信じられないだろうから。

「わたしの居場所を知っているの？」彼女は尋ねた。「そのボウ・ストリートの捕り手は」

「彼はゆうべ、ぼくをここまでつけてきた。そしてきみが二階でぼくを楽しませているあいだ、外に立っていた。ああ、そんな驚いた顔をしなくていい。彼の雇い主に申し入れて、張り込みはやめさせた。特にこの館周辺については。ただし、捕り手本人はだまされていない。雇い主より切れ者だからな」

「ダーバリー伯爵は今も〈パルトニーホテル〉に？　あなたはそれをはっきり知っているの？」

「今朝、訪ねたときはいた」

ジェーンの顔から血の気が引き、表情がゆがむのが自分でもわかった。耳の奥がじんじんと響く。呼吸をしている空気が氷のように冷たく感じられた。でも、気を失って倒れるつもりはなかった。そんなことだけはしたくない。

「ああ、もちろんきみがここにいることをばらしてはいないよ、レディ・サラ」ジョスリンは目を細めて彼女を見つめた。

「ありがとうございます。捕り手に捕まって引きずりだされるより、自分から出頭します。少し時間をいただけたら、二階から荷物を取ってきて、ここを出ていきます。あなたが黙っているかぎり、わたしがあなたの愛人だったことは誰にも知られないわ。ミスター・クインシーもここの使用人たちも、決して他言しないでしょうから。そういう条件であなたに雇われているんでしょう？　あなたが醜聞にまみれることはないわ」ジェーンは立ちあがった。

「座れ」

静かだがひどく恐ろしい声だったので、彼女は考える間もなく従った。

「嫌疑をかけられている犯罪に覚えはあるのか？」

「殺人のこと？　それとも窃盗のほう？」膝の上で組みあわせた両手に視線を落とした。緊張のあまり関節が白くなっている。「たしかにわたしは彼に一撃を与えたわ。お金も取った。だから有罪よ」

「宝石は？」

「ブレスレットを。二階の手荷物の中にあるわ」

　今さら弁解がましいことは言うまい。ジョスリンとはもう、なんでもないのだから。昨日ならこうはいかなかった。彼は友人であり、恋人だったから。けれど、もう赤の他人だ。

「一撃を与えたというのは斧でか？　それとも拳銃で？」

「本で」

「本だと？」

「本の角がこめかみに当たったの。彼は傷口から血を流してふらふらしていたわ。座ってじっとしていれば大丈夫だったでしょうけれど、あの人はまた追いかけてきたの。わたしが脇によけた拍子にバランスを崩し、倒れて額を炉床に打ちつけたのよ。でも、そのときはまだ生きていた。だから使用人に言いつけて二階の部屋に運ばせ、お医者さまが来るまで付き添ったの。わたしが屋敷を出たときも、彼はまだ死んでいなかったわ。意識は戻っていなかったけれど」

　ああ、やはりわかってもらいたいという気持ちに負けてしまった。ジェーンは両手を見つめたまま思った。

「〝あの人はまた追いかけてきた〟と言ったな」ジョスリンは静かに言った。「彼はそもそも、なぜ追いかけてきたんだ？　きみが盗みを働くところを見つけたからか？」

「とんでもない」ジェーンは鼻を鳴らした。「わたしに乱暴しようとしたのよ」

「キャンドルフォードで？」ジョスリンが鋭く聞きとがめた。「自分の父親が暮らしている屋敷の中で？」

「ダーバリー伯爵は不在だったの。夫妻で旅に出ていたわ」

「きみとジャーディンのふたりを残して？」

「親類の老婦人をわたしの付添人《シャペロン》にしてね」ジェーンは笑った。「その老婦人は――エミリー大おばさまはポートワインに目がないの。それからシドニーのこともお気に入りだった」胃が引き絞られるように痛んだ。「シドニーは大おばさまにワインをたくさん飲ませて、早々と寝室に引きあげさせたわ。その夜、屋敷にいたのはシドニーと彼の使用人と仲間数人だけだった」

「その仲間はきみを守ってくれなかったのか？　ジャーディンが死んだ経緯について事実を証言してくれなかったのか？」

「あの人たちは嘘をついたの。実際にはわたしを襲うよう、シドニーをけしかけていたわ」

「きみを襲ったりしたら父親が戻ったときどんなことになるか、ジャーディンは考えなかったのか？」

「わたしが身を恥じて口をつぐむと思ったんでしょう。黙って結婚に応じると高をくくったのよ。たとえわたしが伯爵に訴えたとしても、同じことだったと思うわ。伯爵もなんとかして自分の息子とわたしを結婚させようとしていたもの。親子であまりにしつこく要求してくるから、そのうち本当に斧で叩き殺してやりたくなっていたかもしれない」

「つれない花嫁というわけか。いかにもジャーディンがそそられそうだ。特に相手がきみのような美女とくれば。ぼくはダーバリー伯爵のことはよく知らないが、今朝会って話したときは、あまりいい印象を持たなかった。だが、なぜきみは金や宝石を盗んで逃走し、偽名を使って身を隠している？　それでは罪を認めているも同然だ。およそジェーン・イングルビーらしからぬ行動じゃないか。といっても、彼女はこの世に実在しないわけだが」

「わたしが持ちだしたのは一五ポンドよ。父が亡くなってから一年半のあいだ、伯爵はわたしに一ポンドたりとも渡さなかったわ。ブレスレットは両親が結婚したとき、父が母に贈ったものよ。母がそれを亡くなる間際にわたしに譲ってくれて、わたしが父に頼んで、ほかの宝石と一緒に金庫に保管してもらったの。伯爵はわたしがいくら頼んでも渡してくれなかったし、わたしのものであることすら認めようとしなかった。でも、わたしは金庫の暗証番号を知っていたの」

「ばかな男だ、そんなことにさえ頭がまわらないとは」

「わたしは逃げるつもりはなかったわ。ただ、あそこがほとほといやになったの。だからロンドンへ来て、母の親友でわたしの名付け親のレディ・ウェブの屋敷に行くつもりだった。夫のウェブ卿は、新たに伯爵となった父のいとこと並んで、わたしの共同後見人になるはずだったの。でも、亡くなってしまったわ。どうやら父は、ほかの人を任命しようとは考えなかったみたい。あいにくレディ・ウェブは旅行中で、当分ロンドンに戻らないとのことだった。わたしはそのときになってはじめて焦ったの。もしかしたらシドニーは重傷かもしれない。それどころか死んだかもしれない。わたしがお金やブレスレットを持ちだしたことを、まわりはどんなふうに受け取るだろう。あの場にいた人たちが本当のことを話してくれるはずがない。これは困ったことになった、と」

「だから逃亡することにしたわけか」

「ええ」

「キャンドルフォードやその近辺に、きみの味方になってくれる人はいなかったのか？」

「相手は伯爵よ。そしてシドニーは……その世継ぎ。ふたりに立ち向かってわたしを守ってくれるほど力のある人はいなかったわ。わたしのいちばんの友人は……彼のお姉さんがいるサマーセットシャーを訪ねて留守にしていたし」

「彼？」ジョスリンの問いかけは静かだった。

「チャールズよ」彼女は答えた。「サー・チャールズ・フォーテスキュー」

「きみのいちばんの友人か？　そして許婚《いいなずけ》？」

ずっとうつむいていたジェーンは、そこではじめて顔をあげてジョスリンを見た。最初の衝撃は次第に薄れていた。彼にあれこれ詮索されるいわれはない。質問に答える義務もない。自分はただの元愛人だ。今日までの報酬を受け取るつもりもないし、買い与えられた衣装を持っていくつもりもない。

「そうよ」きっぱりと言った。「結婚の約束をしていたの。はかない約束になってしまったけれど。わたしは二五歳になるまで伯爵の同意なしに結婚できない。だから、わたしの二五歳の誕生日に結婚しようとふたりで決めていたの」

「しかし、もう違うのか？」ジョスリンがふたたび片眼鏡をかざしたが、ジェーンはひるむことなく彼を見つめ返した。

「きみのそのお相手は殺人犯と結婚するのがいやなのか、レディ・サラ？　なんて意気地のない男だ。それとも傷物になった女は困るというのか？　これもまた騎士道精神に反するじゃないか」

「わたしにその気がなくなったのよ」かたい声で告げた。

「賢明だ」彼が冷ややかに言う。「わが国の法は重婚を禁じている、レディ・サラ」

もういいかげんに、その呼び方はやめてほしかった。

「重婚ですって？」チャールズは誰かほかの女性に出会って結婚したのだろうか？　そうだとしても、ジョスリンがそんなことを知っているのはおかしいということに、なぜか思い至らなかった。

「サー・チャールズ・フォーテスキューは」ジョスリンが続けた。「法の定めにより、ぼくの妻と結婚することはできない。おそらく世間は彼の心が悲しみに打ち砕かれないことを祈るだろう。だが現時点では、彼がロンドンに駆けつけて街じゅうを探しまわり、きみを見つけだして胸に抱きしめる気配はなさそうだ。そうすると世間は彼ではなく、きみの心が悲しみに打ち砕かれないことを祈るかもしれない。正直、ぼくにとってはどうでもいいことだが」

ジェーンは椅子から立ちあがった。

「あなたの妻ですって？」目を大きく見開く。「なんてばかなことを言いだすの。わたしが孤児院育ちのジェーン・イングルビーではなくキャンドルフォードのレディ・サラ・イリングワースだとわかったから、急に結婚しなければならないと思いはじめたというわけ？」

「そこまで的確な表現はぼくにもできないな」

「あなたの午後の予定がどうなっているのか知らないけれど」ジェーンは彼の冷たい瞳を見つめ、そのあまりにもよそよそしい態度に寒けすら覚えた。「わたしはこれから大切な用事があるの。〈パルトニーホテル〉に行かなくては。失礼するわ」彼女は扉に向かった。

「座れ」ジョスリンが先ほどと同じく静かに命じた。

ジェーンはくるりと振り向いた。「わたしはあなたの使用人ではないわ。それに――」

「座れ」さらに静かな声だった。

彼女はしばらくジョスリンを見つめ、滑るように部屋を横切って彼の目の前に立った。

「もう一度言うわ。わたしはあなたの使用人じゃない。これ以上わたしに何か言うなら、その高飛車な物言いをやめてほしいものね。さっきから、あなたの言葉はちゃんと聞こえています」

「マダム、ぼくにも我慢の限度というものがある」ジョスリンの瞳が殺気を帯びた。

「そう。わたしのほうはとうに限度を超えたわ」ジェーンはふたたび扉に向かった。

「レディ・サラ」彼が冷酷な声で呼び止めた。「ひとつはっきりさせておく。もうすぐ――この二、三日のうちに、きみはトレシャム公爵夫人になる。この件に関するきみの個人的希望はいっさい考慮されない。ぼくはそんなものにまったく関心はない。きみはぼくの妻になる。そして残る生涯、この世に生まれたことを嘆き続けるだろう」

あまりの衝撃にジェーンは真っ青になった。さもなければ大笑いしているところだ。彼女は近くの椅子に腰をおろし、スカートの裾を丁寧に直してから顔をあげ、努めて落ち着いたまなざしで彼を見た。

「鼻持ちならない貴族を演じようとするとき、あなたはとんでもなく愚かになるのね」

膝の上で両手を組み、唇をかたく引き結ぶ。ジェーンは臨戦態勢に入った。

21

彼女に対する自分の憎しみがあまりにも強いことにジョスリンは驚いていた。彼はこれまで誰かを憎んだことがなかった——おそらく父を除いては。母のことさえ憎んだことはない。相手に対して強い気持ちがないかぎり、憎しみは生まれないのだ。ということは、レディ・サラ・イリングワースになんの興味も関心も抱かなければいい。

そう考えると、うまくいくような気がしていた。しかし今、自分が目にしているのは、どう見てもジェーン・イングルビーだ。

「その愚かな夫をしょっちゅう相手にする必要はないと言っておけば、そちらも安心だろう」ジョスリンは言った。「きみはアクトン・パークで暮らすことになる。生まれ故郷に対するぼくの愛情のほどは、きみも知ってのとおりだ。きみに子どもを産ませる必要が生じたら、年に一度くらいは顔を見せる。うまくことが運べば、最初の二年で息子がふたり生まれるだろう。跡継ぎとしてしっかり養育していくから心配はない。もちろん、きみが周到に計算していたとすれば、すでにちゃっかり身ごもっているかもしれないな」片眼鏡をかざして彼女の腹部に目を向ける。

彼女の唇は例のごとく引き結ばれていた。彼女が気丈に自分を保っているのがせめてもの救いだ。先ほどは真っ青になって絶望に打ち震えたように見え、つい哀れみのようなものを感じてしまった。今、彼女は突き抜けるように鮮やかなブルーの瞳でこちらをにらみつけている。

「ひとつ忘れているわよ、公爵さま」彼女が言った。「この社会では女性は奴隷ではないわ。もちろん、ほとんどそれに近い状態ではあるけれど。結婚するにあたって、花嫁は少なくとも〝はい〟なり〝誓います〟なり、なんらかの意思表示をしなければならない。あなたはわたしを祭壇の前に引きずっていくでしょう。わたしがあなたに力で敵うはずはないから。けれど宣誓のとき、拒否されて大恥をかくのはあなたよ」

彼女が明らかに結婚をいやがっているのは喜ぶべきことだ。しかし、こちらは彼女にだまされ、恥をかかされ、こけにされている。結婚についてだけは、彼女の意思を通すわけにはいかない。

「それに」彼女はなおも言った。「わたしはまだ適齢ではないわ。父の遺言によれば、後見人の同意がないかぎり、二五歳になるまで結婚できないのよ。違反したら遺産を相続できなくなるの」

「遺産？」ジョスリンは眉をあげた。

「キャンドルフォードを除くあらゆる資産よ。もちろん爵位も除くけれど。それ以外の領地や預金は、二五歳になったときに受け継ぐことになっているの。もしくは後見人の同意を得てそれより早く結婚した場合は、夫のものになるのよ」

なるほど、そういうことならいろいろと説明がつく。目下ダーバリー伯爵は、爵位とキャンドルフォードとあらゆるものごとを自由に決定する力を持っているわけだ。そしてレディ・サラを説き伏せて首尾よく自分の息子と結婚させることができれば——あるいは彼女の人生をとことん惨めにして、二五歳になるまでに誰かと駆け落ちでもさせてしまえば——永続的な力を手にすることになる。

「つまりきみがその決まりを破ったときは、ダーバリーが遺産を相続するわけだな?」

「ええ」

「それなら彼がすべて相続すればいい」ジョスリンはそっけなく言った。「ぼくはこのうえなく裕福だ。妻の財産など当てにする必要はない」

「どのみち殺人罪が確定すれば、わたしは遺産を相続できないわ。それどころか……死刑になるかもしれない。でも先に何が待っていようと、最後まで闘うつもりよ。そしてどんな結果になろうと、誰とも結婚はしない。チャールズとも、あなたとも。少なくとも二五歳までは未婚でいるわ。結婚するとしたら、そのあとで考える。わたしは自由になるの。死刑になるか、牢獄に入るか、流刑になるか、自由になるか、いずれかの結果になるでしょう。どうなるにせよ、妻という名のもとに誰かの奴隷になるつもりはないわ。とりわけあなたの妻にだけは絶対にならない」

ジョスリンは黙って彼女を見つめた。もちろん彼女は目をそらさない。男女を問わず、ジヨスリンの視線に耐えられる数少ない人間のひとりなのだ。彼女は誇り高く顎をあげていた。まなざしは鋭く、唇は一直線に結ばれている。

「もっと早く気づくべきだった」ジョスリンはつぶやくように言った。「きみが本当は氷のように冷たい人間だということに。ベッドでは情熱的だが、それは体のことだ。心とはなんの関係もない。きみは相手を信頼させて秘密を引きだす不思議な才能を持っている。相手に同情や共感を抱いていると信じ込ませることができる。そうやって、きみは相手からすべてを奪い尽くす。獲物の生き血を吸って生きながらえる怪物のように。きみから何も与えられないことに相手は気づかない。さる紳士の婚外子で、立派な孤児院育ちのジェーン・イングルビー。きみがぼくにくれたものは、その言葉――真っ赤な嘘だ。それと魅惑的な肉体。それだけだ。きみと言い争うのはもう疲れた。ぼくはこれから別の用事がある。しかし、また戻ってくる。それまでここにいろ」

「たしかにわたしはあなたを傷つけたのかもしれない」彼女は立ちあがった。「でも、たった今、あなたもわたしを傷つけたわ。これまではそうでなかったとしても、今たしかにわたしの心は氷のように冷たくなった。わたしはあなたの果てしない欲求に応えようと、身も心もすべて捧げたのよ。そしてすべてが昨日終わったの。もう出ていって。わたしだって疲れたわ。ひとりになりたいの。あなたはさぞかし裏切られた気分でしょう。わたしも同じよ」

背を向けて部屋を出ていく彼女を、今度はジョスリンも止めなかった。そのうしろ姿をただ見送った。そして、そのままかなり長くそこにとどまっていた。

心が痛かった。

そんなものが自分にあるとも思っていなかった心が。

彼女の言葉など信用できない。できるはずがない。二度とだまされるものか。

ぼくが裏切っただと？　つまり彼女は共感や友情や愛を与えてくれていたというのか？

こちらが心を開いて昔の話をしたように、向こうも秘密を打ち明けてくれるつもりでいたと？

ジェーン。

レディ・サラ・イリングワース。

ああ、ジェーン！

ジョスリンは部屋を出て、その足で館をあとにした。しばらく歩いたところで、彼女に館で待機するよう告げたことを思いだした。勝手に出ていかないとしっかり約束させるべきだった。まったく、なぜそのことに頭がまわらなかったのか。

いや、彼女はあそこを動かないだろう。自分が行くまで待っているだろう。

ジョスリンは引き返さなかった。


執事が名刺をのせたトレーを持ってきて、玄関ホールでトレシャム公爵が面会を求めていると告げたとき、レディ・ウェブはおそらく驚いたはずだ。しかしジョスリンが部屋に案内されたとき、彼女は手紙を書いていた机から落ち着いた物腰で立ちあがった。

「トレシャム公爵」丁寧に呼びかける。

「マダム」ジョスリンは深々とお辞儀をした。「お時間をいただけたことに感謝します」

レディ・ウェブは四〇歳くらいの優雅な未亡人で、ジョスリンと面識はあるが、さほど親しいわけではない。彼女は日頃、ジョスリンがつきあっている仲間よりも上品な人々と交際している。彼はレディ・ウェブに対して敬意の念を持っていた。

「どうぞかけてちょうだい」椅子を勧めながら、彼女は近くのソファに腰をおろした。「どういったご用件かしら」

「マダム、あなたは」彼は椅子に座りながら言った。「レディ・サラ・イリングワースとお知りあいですね」

レディ・ウェブが眉をあげ、鋭いまなざしを向けた。「わたしは彼女の名付け親なの。何か新たな情報でも？」

「彼女はダドリー・ハウスで、ぼくの看護婦として三週間雇われていました。ぼくが決闘で脚を撃たれたときからです。その決闘の場を彼女がちょうど通りかかったのです。婦人帽子店へ仕事に向かう途中でした。もちろん、そのときは偽名を使っていましたが」

レディ・ウェブは身動きひとつしなかった。「彼女は今もダドリー・ハウスに？」

「いいえ、マダム」ジョスリンは椅子に深く身を沈めた。これまで経験したことがないような、なんとも言えない居心地の悪さを感じる。「昨日ボウ・ストリートの捕り手がやってくるまで、ぼくは彼女がレディ・サラ・イリングワースとはまったく知りませんでした。ミス・ジェーン・イングルビーだと思っていたのです」

「ああ、ジェーン」レディ・ウェブは言った。「それはご両親が呼んでいた名前よ。彼女のミドルネームなの」

ばかなことに、そう聞くとうれしくなった。やはり彼女は本当にジェーンだったのだ。

「ご理解いただきたいのですが、彼女はあくまでも使用人でした。しかも一時的な」

レディ・ウェブは頭を振り、大きくため息をついた。「それで、彼女がどこへ行ったかあなたは知らないのね。わたしにもわからないわ。あなたはそれを言いたくてここへ来たの？逃亡者をかくまう片棒を担がされたことに腹を立てて？　トレシャム公爵、たとえわたしが彼女の居場所を知っていたとしても、あなたに言うつもりはありませんよ。それからダーバリー伯爵にも」彼女は蔑むようにその名前を口にした。

「ということは、あなたは信じていないのですね？」ジョスリンは尋ねた。「彼女にかけられているさまざまな嫌疑を」

表情こそ変わらなかったが、レディ・ウェブはわずかに鼻孔をふくらませた。実に優雅に、だが椅子の背にもたれることなく背筋を伸ばして座っている。どことなくジェーンを彷彿《ほうふつ》とさせる姿——本物のレディのたたずまいだった。

「サラが殺人犯のはずがありません」夫人はきっぱりと言った。「それに泥棒でもありませんよ。わたしの財産と評判をかけてもいいわ。ダーバリー伯爵は彼女と自分の息子を結婚させたがっているのよ。賢い彼女が軽蔑しきっている、ろくでもない息子とね。シドニー・ジャーディンがなぜ死ぬようなことになったのか、わたしなりに想像はついています。あなたがダーバリー伯爵に協力するつもりで、一昨日彼がわたしから探りだしそこねた情報を狙ってここへ来たのなら、お互いに時間を無駄にするだけよ。どうぞお帰りになって」

「本当に彼が死んだとお思いですか？」ジョスリンはいぶかしむように相手を見た。

レディ・ウェブはまじまじと見返した。「シドニー・ジャーディンのこと？　そうではないとしたら、なぜ父親は息子が死んだなどと嘘を？」

「伯爵は実際に息子が死んだと言いましたか？　ここ最近ロンドンのあちこちの屋敷の客間や社交クラブで飛び交っている噂を、彼があえて否定しなかっただけでは？」

夫人はジョスリンをじっと見つめた。「あなたはなぜここへ来たの？」

それをどう説明したものか、ここへ来るまでずっと考えていた。だが、満足のいく答えは出なかった。「ぼくは彼女がどこにいるのか知っています。彼女がダドリー・ハウスを出るとき、別の仕事を見つけてやりました」

レディ・ウェブはすぐさま立ちあがった。「ロンドン市内なの？　そこへ案内してちょうだい。例のばかげた罪状について弁護士に詳しく調べさせるあいだ、彼女をここに連れてきてしっかり守るわ。もし、あなたの推測どおりシドニー・ジャーディンが生きているとしたら……そのときはただではおかない。彼女はどこなの？」

ジョスリンも立ちあがった。「市内にいますよ、マダム。ぼくが連れてきましょう。ここへ来るときに一緒に連れてきてもよかったのですが、彼女がこちらで安全に過ごせるかどうか、先に確認しなければならなかったので」

不意にレディ・ウェブが探るような目で彼を見た。

「トレシャム公爵」恐れたとおり、夫人は疑問を投げかけた。「サラにいったいどんな仕事を世話したの？」

「どうかご理解ください」ジョスリンは声をこわばらせた。「彼女はぼくに偽名を教えたのです。孤児院で育ったとも言いました。家柄のよい女性であることはわかっていましたが、ぼくは彼女が困窮し、どこにも頼れるつてがないと思っていたのです」

レディ・ウェブは一瞬だけ目を閉じ、身をかたくした。

「彼女をここへ連れてきて。そのときはお付きのメイドか、誰かまっとうな女性のコンパニオンをつけてちょうだい」

「そのようにしましょう、マダム。言うまでもなく、ぼくはレディ・サラ・イリングワースと結婚しようと思います」

「あたりまえです」ジョスリンをまっすぐ見つめる彼女のまなざしは冷ややかだった。「ひとりの悪党の手から逃げようとして、また別の悪党の手にかかってしまうなんて、悲しくも皮肉な話だわ。とにかく彼女を早くここへ」

いつものように不遜な表情を浮かべたい気持ちをこらえ、ジョスリンはお辞儀をした。少なくともこの女性は、自分の名付け娘がまんまと公爵をつかまえたことにほくそ笑むような態度は取らなかった。

「弁護士の協力をできるだけ取りつけてください、マダム。そのあいだに、ぼくも婚約者にかけられたいわれなき疑いを晴らし、不適切な後見人から解放するために手を打ちます。それでは失礼」

敵意に満ちた表情で部屋の中央に立つレディ・ウェブを残し、ジョスリンは辞去した。ここなら安心してジェーンを託すことができる。ついに彼女の友人が現れたのだ。

ジョスリンが出ていったあと、ジェーンは寝室にこもっていた。化粧台の前のスツールに身じろぎもせずに座り、両手を膝の上で組みあわせて、ただ絨毯に目を落としていた。

やがて彼女は立ちあがり、買い与えられたすべての衣装を片づけはじめた。もともと自分が持っていた簡素なモスリンのドレスと丈夫な下着、ロンドンに出てきたときにはいていたストッキングをより分け、それらを身につける。髪にブラシをかけてきつく三つ編みにし、灰色のボンネットにおさまるよう、うしろで小さくまとめた。ボンネットとマントを身につけ、古い靴に足を入れ、黒い手袋をはめたところで支度ができた。身のまわりのわずかな品と、例のこのうえなく高価なブレスレットが入ったバッグを持ち、静かに部屋を出る。

あいにく階下の通路にフィリップがいて、驚いたようにジェーンを見つめた。女主人が外に出ようとするところをはじめて見たうえに、彼女がひどく地味な格好をしていたからだ。

「お出かけですか、マダム？」

「ええ」ジェーンは微笑んだ。「ちょっと外の空気を吸いに出てくるわ、フィリップ」

「どうぞ、マダム」フィリップは急いで扉を開き、彼女が手にしているバッグを気づかわしげに見た。「もし公爵が戻ってこられたら、どちらへ行かれたとお伝えすればいいでしょう?」

「散歩に出たと言えばいいわ」彼女は笑みを浮かべたまま玄関を出た。たちまち、今にも世界の端から転落してしまいそうな恐怖にとらわれた。気持ちを奮い立たせて前に踏みだす。

「わたしは囚人ではないのよ」

「もちろん違います、マダム」フィリップがあわてて言う。「どうぞお散歩を楽しんでいらしてください」

フィリップに何かきちんとした別れの言葉をかけてやりたかった。彼は気持ちのいい青年で、これまでよく尽くしてくれたのだから。けれどもジェーンはそのまま歩いた。背後で扉が閉まる音がした。

牢獄の扉のように。

これで外に締めだされてしまったのだ。

いや、神経が張りつめているせいでそう思ってしまうだけなのかもしれない。歩きだして五分もしないうちに、ジェーンは誰かがあとをつけてくることに気がついた。だが、振り向かなかった。歩く速度をあげることも、落とすこともなかった。歩道を一定の速さで歩き続ける。背筋を伸ばし、しっかりと顔をあげて。

「レディ・サラ・イリングワースですね?」

特に荒々しいわけでもない、静かな声がすぐうしろから聞こえた。ジェーンは背中にとかげでも這っているような悪寒を覚えた。恐怖で膝がわななき、胃に不快なものがこみあげてくる。彼女は立ち止まってゆっくりと振り向いた。

「あなたがボウ・ストリートの捕り手ね？」相手はとてもそのような風貌ではなかった。背が高くもなければ恰幅《かっぷく》がいいわけでもなく、ただそのあたりを歩いている伊達男を下手にまねただけのような、さえない男だ。

「そのとおりです、マイ・レディ」そう答えながらも、捕り手は彼女をまともに見据えたまま、会釈さえしなかった。

つまりジョスリンは間違っていたことになる。彼は館の周辺の見張りをやめさせることができなかったのだ。ジョスリンはその捕り手を切れ者だと言っていた。だが、獲物が近いとわかれば命令にそむいても見張りを続けるほど気骨のある男だとは思わなかったらしい。

「あなたに苦労はかけないわ」落ち着いた声を出せたことに内心で驚きながら、ジェーンは言った。最初の衝撃が去ってしまうと、恐怖の念は不思議におさまっていた。「わたしはダーバリー伯爵に会いに〈パルトニーホテル〉へ行くところなの。あなたも一緒についてきて、わたしを首尾よく逮捕したと向こうで報告すればいいわ。でも、今のところはそれ以上わたしに近づいたり触れたりしないで。さもないと金切り声をあげるわよ。周囲には馬車も通行人も大勢いるでしょう。あの人たちに、あなたがわたしのあとをつけてきて妙なことをしようとしたと言いふらすわ。わかっていただけたかしら？」

「マイ・レディ、ひとつお断りしておきますが」捕り手は申し訳なさそうに言った。「このミック・ボーデンは、いったん犯人を見つけたら何があろうと取り逃がしません。相手がご婦人であろうと、どれほど口がうまかろうと容赦しない。相手を信じることもない。目立たないようにマントの下で両手を縛るから、おとなしくついてきなさい。女性なら、公衆の面前で恥をかきたくないでしょう」

たしかに有能かもしれないが、この捕り手は賢明ではなかった。片手をポケットに入れながら、ジェーンに向かって一歩踏みだした。そこで彼女は口を大きく開けて悲鳴をあげた。自分でも驚くほど大きな金切り声を。子どもの頃ですら、うるさく泣き叫んだことなどなかったというのに。捕り手があっけに取られた顔をした。あわててポケットから出した手には縄が握られている。

「そんなに騒ぐな」彼は鋭く言った。「こちらは決して――」

決してなんだというのか、ジェーンはいっさい耳を貸さずに叫び続けた。馬に乗ったふたりの紳士が駆けつけて鞍からおりた。二輪馬車が通りの反対側で急停車し、御者台から屈強な御者が飛びおりて、近くの若い掃除夫にしばらく馬を押さえておいてくれるよう大声で叫んだ。ついさっきジェーンとすれ違ったばかりの中産階級らしい立派な身なりの老夫婦がこちらを振り向き、急ぎ足で戻ってくる。ボクシング選手と思われるような大男がどこからともなく現れ、ミック・ボーデンをうしろから羽交い締めにした。

「その男がわたしに声をかけたの」ジェーンは集まってきた人々に訴えた。「あれでわたしを縛ろうとしたのよ」震える指先で彼が手にした縄を指す。「そして連れ去ろうとしたの」

誰もがいっせいに騒ぎだした。大男が悪党の口から内臓を吐きださせんばかりに締めあげる。御者は、こいつを馬車に乗せて最寄りの治安判事のところへ連れていこう、そうすれば間違いなく縛り首だと提案した。紳士のひとりは、その前にこの男の相貌が変わるほどぶちのめしてやるべきだと言った。年配の紳士は、こんなろくでなしが白昼の表通りをうろついて女性を襲うなど許しがたいと言った。彼の妻は娘に対するようにジェーンの肩に腕をまわし、同情と怒りの言葉を並べ立てた。

取り押さえられて身動きできないながらも、ミック・ボーデンは平静さを取り戻した。「私はボウ・ストリートの捕り手だ」威厳を込めて言う。「殺人と窃盗の罪に問われている犯人を今まさに逮捕しようとしているところだ。公正なる法の行使を邪魔するな」

ジェーンは顎をあげた。「わたしはレディ・サラ・イリングワース」集まっている人々に名前が知られていないことを願いつつ、言葉に怒りをにじませる。「わたしの後見人であるダーバリー伯爵を訪ねに〈パルトニーホテル〉へ向かっているところよ。伯爵はわたしがメイドを従えていないことを知って驚くでしょう。メイドは体調を崩しているので、連れてこなかったの。もちろん代わりに従僕についてこさせればよかったのでしょうけれど、まさか昼間に知らない男性から声をかけられるとは思わなかったわ」マントのポケットからハンカチを取りだして口に当てる。

ミック・ボーデンがにらみつけてきた。「妙な芝居はやめるんだ」

「さあ、こっちへ」年配の夫人がジェーンの腕を取った。「あなたを〈パルトニーホテル〉まで送ってあげましょう。いいわね、ヴァーノン？　ここからそう遠くないから」

「行きなさい、お嬢さん」馬に乗っていた紳士のひとりが言った。「証人としてあなたが必要になっても、あなたの居場所をわれわれは知っている。しかし私は、治安判事の手を煩わせることなく法の裁きを下す主義だがね」

「ちょっと待て」ジェーンが年配の夫婦に両脇を守られるようにして歩きはじめたのを見て、ミック・ボーデンが言った。こんな状況でなければ、彼女は滑稽に思ったかもしれない。ついにとんでもないことをしてしまった。大胆不敵になった自分が面白くもあり、不安でもあった。もう少しでボウ・ストリートの捕り手に両手を縛られるところだったのだ。

〈パルトニーホテル〉の正面玄関に到着すると、ジェーンは付き添ってくれた老夫妻に丁重に礼を述べ、もう二度とひとりでロンドンの通りを出歩くようなばかなまねはしないと約束した。夫妻があまりに親切だったので、彼らをだましたことが心苦しかった。もちろん自分が殺人犯や泥棒ではないことは嘘ではないけれど。彼女はホテルの建物に入った。

数分後、ジェーンはダーバリー伯爵が宿泊しているスイートルームの客間の扉を叩いていた。来訪を伯爵に知らせるので一階のラウンジで待ってはどうかというホテル側の申し出は断った。応対に出てきたのは伯爵の侍従、パーキンスだ。ジェーンを見て、彼は口をあんぐりと開けた。彼女が何も言わずに一歩踏みだすと、あわてて脇に退いた。

そこは広々とした優雅な客間だった。ダーバリー伯爵は扉に背中を向けて机に向かっている。胸の奥で心臓が跳ね、喉元までせりあがってくるような気がして、耳鳴りがした。

「誰が来たんだ、パーキンス？」伯爵が振り向くことなく尋ねた。

「ごきげんよう、ハロルドおじさま」ジェーンは言った。


ジェーンをレディ・ウェブのところへ連れていくまで、ジョスリンは一刻も無駄にするつもりはなかった。彼女がこれ以上あの館にいても、いいことはひとつもない。付き添いとして、ミセス・ジェイコブズを一緒に馬車に乗せるつもりだった。

しかし、馬車を取りに行くにはハイドパークを通り抜ける必要があった。馬で公園を抜ける途中、ジョスリンは偶然あるものを目にした。小道から少し離れたところに馬に乗った紳士の一団がいて、そのうちの何人かが興奮した様子で騒いでいたのだ。

どうやら喧嘩がはじまりそうだ。いつもなら迷わず近づいて様子をうかがうのだが、今は急ぎの用があるのでそのまま進もうとした。けれども不意に、大騒ぎしている紳士のひとりが自分の弟であることに気づいた。

フェルディナンドが喧嘩をしているのか？　ダドリー家の男の例にもれず、またもめごとに首を突っ込んでいるのだろうか？　ジョスリンはあきらめのため息をついた。これは少なくとも味方になってやらなければなるまい。

ジョスリンが来たことに最初に気づいたのは言い争いの渦中にいた連中ではなくまわりの人間だったが、やがて当事者たちも気がついた。ひとりが振り向くとほかの人間もそれにならい、その場が奇妙に静まり返った。

その理由はほどなくジョスリンにもわかった。彼らがついに勢ぞろいしたのだ。フォーブズ兄弟の五人がその場にいた。ロンドンでひとりずつ別々に姿を見せる度胸がなく、全員一緒に世間に顔を見せたのだ。

「兄上！」フェルディナンドが叫んだ。勝ち誇ったようにフォーブズ兄弟を見る。「さあ、これでどちらが臆病者の腰抜けかはっきりするぞ！」

「なんと」ジョスリンは眉をあげた。「ここにいる誰かがそんな下品な言葉を使ったのか、フェルディナンド？　実際に耳にしなくてよかった。それで、その無慈悲な言葉を向けられたのはいったい誰だ？」

ジョサイア・フォーブズ牧師は退屈な聖職者にすぎないが、少なくとも姑息《こそく》な男ではなかった。彼はなんのためらいもなくジョスリンの目の前まで出てくると、さも大仰に右の手袋を脱いで口を開いた。

「トレシャム、貴様は臆病者の腰抜けのうえに、神聖なる結婚を汚す不埒者《ふらちもの》だ。不服があるなら私と勝負しろ」

彼は身を乗りだしてジョスリンの頬に手袋を叩きつけた。

「喜んで」ジョスリンはさも退屈そうに言った。「介添人はすみやかにコナン・ブルームと協議してくれ」

フォーブズ牧師に続いて、目の覚めるような深紅の軍服に身を包んだサミュエル・フォーブズ大佐が出てきた。見物人たちがざわめく中、ジョスリンは残りの兄弟が順に並んでいるのに気づいた。彼は小さくあくびをした。

「妹の件で貴様に勝負を挑む」そう言うと、フォーブズ大佐は自分の手袋を脱いで同じくジョスリンの頬をはたいた。

「運命がそれを許すとあらば」ジョスリンは静かに応えた。「もっとも、この約束を果たす前にそちらの兄がぼくの脳みそを飛び散らせた場合は辞退しなければならない。あるいはコナン・ブルームがぼくの遺志を継いで代わりに相手になるか」

フォーブズ大佐が馬の向きを変えてうしろにさがり、サー・アンソニー・フォーブズの出番になった。しかしジョスリンは手をあげて制し、残る三人の兄弟をさも見下したように順に眺めた。

「申し訳ないが」おだやかに言う。「その三人と名誉をかけた場所で対峙《たいじ》するのは遠慮させてもらう。悪党に罰を与えることは名誉でもなんでもないからな。それにぼくは、決闘では紳士しか相手にしないことにしている。弟を殺すことで相手に痛手を与えようと企てるのはまったく紳士的ではない」

「それに安全でもないぞ」フェルディナンドが語気を強めた。「その兄が、卑劣な罠をかけた相手に立ち向かうとなれば」

次第に数が増えていく周囲の人だかりから、まばらな拍手が起こった。

「おまえたち三人は」ジョスリンは馬の鞭で相手をひとりずつ指した。「今この場でぼくの拳による制裁を受けるがいい。だが、もう少し人目につかない場所に移ろう。おまえたち三人を一度に相手してやる。ぼくは紳士だから、たとえ相手がおまえたちのようなろくでなしでも卑怯な手は使わない。ただし、この戦いに規則はないし介添人もつかない。これは正式な決闘ではないからな」

「いいぞ、兄上」フェルディナンドが勢いよく言った。「よくぞ言ってくれた。でも、この戦いはふたり対三人だ。これはそもそもぼくの喧嘩だし、こいつらを懲らしめてやる快感を一緒に味わわせてもらわないわけにはいかない」弟は鞍からおり、ジョスリンが示した雑木林のほうに馬を引いていった。林の向こうは広い草原になっていて小道はなく、乗馬や散歩を楽しむ人もめったに通らない。

ジョスリンが思ったとおり、三人のフォーブズ兄弟は明らかに動揺していた。周囲の紳士たちは思わぬ乱闘を見物できることになり、嬉々として移動した。

ジョスリンは弟と並んで上着とベストを脱いだ。それからふたりは詰めかけた人々が丸く取り囲む草地の中央に出た。

それにしても、なんとつまらない戦いだろう。ものの二分もしないうちに、ジョスリンは落胆と軽蔑の念を抱いた。ウェズリー・フォーブズは明らかにジョスリンの脚を狙い、ブーツの足でしつこく蹴りつけてくる。しかしあいにく、反射神経の優れたフェルディナンドがその足を空中でボールのように両手でつかみ、相手がバランスを崩して倒れたところに長い脚で顎に強烈なキックをお見舞いした。

大多数の見物人から熱烈な歓声があがり、勝負はふたり対ふたりになった。運よくジョスリンの腹部に一発パンチを決めたサー・アンソニー・フォーブズは、しばらくは相手と互角に戦おうと頑張ったが、やがて泣き言をもらしはじめた。いわく、馬車に細工をしたのはウェズリーだったのに自分が戦わされるのは不公平だと。

観衆が野次を飛ばした。

「だったら、なおさらおあいこだ」ジョスリンは必死に身をかばうサー・アンソニーにジャブを繰り返し、とどめの一撃を与えるまでたっぷり時間をかけた。「こちらもそいつの弟に天罰をくれてやる」

ようやくジョスリンは左フックと右アッパーカットを繰りだした。相手はクリケットのボールが命中した三柱門《ウイケット》よろしく地面に倒れた。

そのあいだフェルディナンドは、ジョセフ・フォーブズの腹をボクシングのサンドバッグ代わりに連打していた。けれどもサー・アンソニーが倒されて歓声があがると、相手の顔面に強烈な一発をお見舞いして打ち止めにした。ジョセフは膝を折り、血まみれの鼻を押さえて地面に転がった。起きあがる気配はなかった。

ジョスリンは黙って見ていた残りふたりの兄弟のほうに歩み寄った。礼を失しない程度に頭をさげる。「あとの段取りについてはコナン・ブルームに任せる」

ほぼ無傷のフェルディナンドが上着を取りあげて陽気に笑った。

「これなら五人一度に片づけてもよかったな。でも、欲張りは禁物だ。楽しかったよ、兄上。

とても刺激的だった。たしかにこの三人には決闘より罰がふさわしい。ここで見物してくれた人たちも、当分のあいだこの話をあちこちで広めてくれるだろう。ダドリーの人間を怒らせたらどうなるか、よくわかってもらえるに違いない。これから〈ホワイツ〉へ行くかい？」

あいにくジョスリンは、自分がこの騒ぎでどれほど時間を無駄にしたか気になっていた。

「あとでな。急いで行くところがあるんだ」彼は勝利をたたえようと近づいてきた知りあいを制するように手をあげ、馬に乗りながら弟を見た。「フェルディナンド、ひとつ頼みごとをしてもいいか？」

「なんなりと」弟はうれしそうな顔をした。兄に何か頼まれることなどめったにないからだ。

「ある話を広めてほしい。もちろんさりげなく。ぼくの元看護婦で、夜会の音楽会の主役を務めたミス・イングルビーは、実はレディ・サラ・イリングワースだったと言ってくれ。ぼくがたまたま運よく彼女を見つけ、レディ・ウェブの屋敷に連れていったと。これまで彼女について飛び交っていたさまざまな噂は、根も葉もない憶測に尾ひれがついたものだったと」

「なんだって」フェルディナンドが目を輝かせた。「どうやって見つけたんだ、兄上？　どうやって彼女を？　いったい――」

ジョスリンは手をあげてさえぎった。「引き受けてくれるか？　今夜どこかで社交界の催しがないか？」

「舞踏会ならある。レディ・ワードル邸だ。恐ろしくつまらない集まりだろう」

「そこで話してくれ。一度だけ、事実をそのまま言えばいい。様子を見て問題なさそうなら二度。それ以上はだめだ」

「なぜ――」フェルディナンドが言いかけたが、ジョスリンはふたたび手をあげた。

「あとで説明する。彼女をレディ・ウェブの屋敷に連れていかなければならない。それも緊急に。しかし、うまくやるよ」

馬に乗って先を急ぎながら、ジョスリンはまんざらでもない気分だった。子ども時代のように、弟が自分の味方でもあると思えるのはいいことだ。

これでふたつ決闘を抱えることになった。もっとも、まずはジェーンの問題に片をつけるのが先だが。ほかのすべての話についてと同様、彼女はレディ・ウェブの屋敷に連れていかれることについても持ち前の性格を発揮して怒りだすだろうか？

まったく、あのどうしようもない強情っ張りときたら！

22

ダーバリー伯爵はくるりと振り向き、目を見張った。

「なるほど」言いながら席を立つ。「とうとうボウ・ストリートの捕り手にいぶりだされたわけだな、サラ。あの男はどうした?」

「さあ、知らないわ」ジェーンはゆっくりと部屋に入り、手袋とボンネットを小卓に置いた。「わたしを連れ去ろうとして周囲に取り押さえられたの。わたしがかまわずこちらへ向かいはじめたとき、人々はあの人をどうするかまだ決めていなかったわ。わたしはおじさまに会うために自分の意志でここへ来たのよ。悲しみをともに嘆くために。それから、まるでわたしが罪人であるかのように家の前にボウ・ストリートの捕り手を張り込ませた真意を聞かせてもらうために」

「ほう」伯爵は声をあげた。「そうすると、彼の推測は正しかったわけだな? 私もそう思ってもよさそうなものだった。おまえは娼婦になったのだな。トレシャムの情婦に」

ジェーンはその言葉を無視した。「おじさまが雇った捕り手は、わたしのことを窃盗犯と言い、両手を縄で縛ってここへ引っ立てようとしたわ。そもそも、わたしが自分のもの以外しにおじさまから何を盗んだというの？　彼はわたしを殺人犯とも言った。どうすればわたしがシドニーを殺したことになるのかしら？　彼は勝手に倒れて頭を打ったのよ。わたしを手込めにすることで結婚を承知させようとして襲いかかったときにね。わたしがキャンドルフォードを出たときは、彼はまだ生きていたわ。わたしがベッドに運ばせたの。お医者さまを呼びにやらせたのもわたしで、お医者さまが来るまで付き添ってあげたのもわたしよ。シドニーのしたことは許せないけれど、それでも亡くなって気の毒だとは思っているわ。あんな見さげ果てた人でも。だからといって、わたしが責任を問われることなどいっさいない。おじさまがどうしてもわたしに罪を負わせようとするなら、それは止められないわ。でもそんなことをすれば、おじさまのほうこそ、ご自分の恥を世間にさらすだけよ」

「おまえはいつもそうやって生意気な口をきく」伯爵は背中で手を組み、彼女をにらみつけた。「陪審員たちが、ダーバリー伯爵とおまえのようなあばずれのどちらの話を真剣に聞くか試してみるか」

「笑わせないで、ハロルドおじさま」膝が震えているのを相手に悟られないよう願いつつ、ジェーンは近くの椅子に腰をおろした。「紅茶をいただきたいわ。人を呼んでくださる？　それともわたしが呼びましょうか？」

しかし、伯爵が答える時間はなかった。扉を叩く音がして、それまでおとなしくしていた侍従が応対に出た。息を切らしたミック・ボーデンがひどい有様で入ってきた。鼻はベーコンのように赤く、少し腫れている。片手に血のついたハンカチが握られていた。片方の鼻孔から細く血が伝っている。彼はジェーンをにらみつけた。

「彼女を逮捕しました、伯爵。ですが恥ずかしながら、彼女は私が思っていたより狡猾《こうかつ》で危険でした。もしお望みなら、また妙なことをしないうちにこの場で縛りあげ、治安判事のところへ引っ張っていきます」

ジェーンはボーデンのことが少々気の毒になった。この人はきっとずいぶんな辱めを受けたはずだ。たぶんここまで自尊心を傷つけられたことはないだろう。

「いや、それよりコーンウォールに連れて帰る」伯爵が応えた。「そこで裁きを受けさせる。夕食がすんだら今夜のうちに出発だ」

「そういうことなら、ご忠告申しあげますが」ボーデンが言った。「彼女が馬車でおとなしくしているとはお思いになりませんように。おそらく途中の宿で騒動を起こし、あなたを悪者に仕立てあげて、愚かな群衆の手に渡そうとするでしょう。あるいはあなたが眠り込んだとたん、ご子息にしたように斧で頭を叩き割ろうとするかもしれません」

「あなたによほど不快な思いをさせてしまったようね」ジェーンはおだやかに言った。「でも、わたしは叫び声をあげるとちゃんと警告したわよ」

ボーデンが彼女にじろりと目を向けた。「伯爵、もし私があなたなら、彼女の手足を縛っておきます。それから猿ぐつわもかませる。そのうえで見張りを雇います。喜んで引き受けそうな女性をひとり知っています。さすがのこの令嬢も、バーサ・ミーカーに妙なまねはしないでしょう」

「ばかばかしい！」ジェーンは言った。

だが、ダーバリー伯爵は不安になったようだ。

「この娘は昔から強情なのだ。父親が亡くなってからというもの、われわれがどんなに親切にしてやっても、まるで言うことを聞かなかった。ひとり娘なので、とことんわがままに育ったのだろう。彼女をキャンドルフォードに連れ戻し、そこでしかるべき処置を取ろうと思う。よかろう、ボーデン。その女を雇え。ただし二時間以内にここへよこすのだ。でないとロンドンを出ないうちに暗くなってしまう」

それまでジェーンはすっかり安堵していた。思ったよりも簡単にことが運んだからだ。自分が長きにわたって柄にもなく臆病になっていたのが嘘のような気分だった。たとえあの夜キャンドルフォードで起きた出来事の真相を誰ひとり証言してくれなかったとしても、ここそ隠れたりおびえたりする必要はなかったのだ。

けれども今、ふたたび恐怖が襲いかかってきた。このふたりは自分を縛りあげ、女性の見張りまでつけて、あたかも罪人のようにコーンウォールに戻そうとしている。そして向こうに着いたら、殺人犯として裁判にかけるつもりなのだろう。鼻から吸い込んだ部屋の空気が急に冷たく感じられた。

「差し当たって」ボーデンがふたたびジェーンに厳しい目を向けた。あなたが心安らかに夕食を召しあがれるように、彼女を椅子に縛りつけておきましょう。侍従に手を貸していただきたい」

こみあげる怒りに力を得て、ジェーンは勢いよく立ちあがった。

「そこを一歩も動かないで」強い命令がボーデンの動きを一瞬止めた。「なんてばかげた提案なの！　それがわたしに対する復讐？　あなたに抱いていたわずかな尊敬の念もすっかり消え失せたわ。もう少し賢い人だと思っていたのに。ハロルドおじさま、わたしは自分の意志でキャンドルフォードに戻ります。重罪犯みたいに連行されるのはお断りよ」

しかし、ボーデンはポケットからふたたびあの縄を取りだしていた。侍従も不安そうに伯爵に目をやり、主人が短くうなずき返すのを確認すると前に踏みだした。

「縛りあげろ」伯爵はくるりと背を向け、机の上の新聞をめくりはじめた。

「わかったわ」ジェーンは歯を食いしばった。「そちらがその気なら、こちらだって」

とはいえ、今度は悲鳴をあげる手は使えない。人が駆けつけたところで、殺人犯が取り押さえられそうになって抵抗しているだけだと伯爵が言えば、それですまされてしまう。格闘になればもちろん負けるに決まっている。場合によっては、相手のふたりに伯爵まで加勢するかもしれない。

この分だと、数分後にはもとどおり椅子に座らされていることになりそうだ。手足を縛られ、猿ぐつわをかまされて。もちろん倒されるまでに、相手の男たちに青痣と引っかき傷のひとつもこしらえてやるつもりだけれど。そこまで考えると、どういうわけかそれまでの恐怖が消えて、不思議な高揚感がわいてきた。

ふたりの男は左右から同時に襲いかかってきた。ジェーンは全力で対抗した。体をひねって向きを変え、肘で相手の脇腹を突き、口をふさごうと伸びてきた手にかみつきさえした。そして自分でも気づかぬうちに罵りの声をあげていた。

「汚い手で触らないで！　あんたなんて地獄に落ちればいいのよ！」そう叫んだ直後、静かな声が部屋に響いた。

「おや、楽しい遊びを邪魔したかな？」

ちょうどパーキンスがジェーンの片腕を抱え込み、ボーデンがもう一方の腕を背中にねじりあげたところだった。彼女は息を切らし、顔に乱れ落ちた髪の奥から声の主をにらみつけた。相手は開いた扉の枠にもたれ、かざした片眼鏡で不気味に拡大された瞳でこちらを見つめている。

「消えてちょうだい」ジェーンは言った。「たとえ生まれ変わったとしても、男なんてもううんざり。あなたの助けなんていらない。ひとりでどうにかするわ」

「なるほどそのようだ」ジョスリンは片眼鏡をおろした。「しかし、ひどい言葉づかいだな、ジェーン。それにダーバリー伯爵、なぜ大の男がふたりしてレディ・サラ・イリングワースの両腕にぶらさがっているんだ？　きわめて奇妙かつ公正さに欠ける遊びに見えるが」

扉の向こうをミセス・ジェイコブズがいかにも憤慨した様子で行き来しているのが見えた。ジェーンもまったく同じ心境だった。ついさっきまで猛々《たけだけ》しかった男ふたりが、たかだかひとりの気だるげな紳士を目の前にしたとたん、なぜこうもおとなしくなってしまうのだろう？

「トレシャム」ダーバリー伯爵が短く言った。「サラと私は日が暮れるまでにコーンウォールに発つ。きみに来てもらうような用事は何もない」

「わたしは自分の意志でここへ来たのよ」ジェーンも負けずに言った。「あなたはわたしになんの責任も感じることはないわ、トレシャム公爵」

もちろんジョスリンは彼女を無視して、ミック・ボーデンに静かな口調で告げた。

「そのレディから手を離せ。おまえの鼻はすでに痛々しいことになっている。きみがやったのか、ジェーン？　よくやったな。だが、目まで同じ状態にしなければならなくなっては気の毒だ」

「言わせてもらうが――」ボーデンが口を開く。

しかし、ジョスリンはふたたび片眼鏡をかざして眉をあげた。ボーデンに腕を放されてジェーンはほっとしたものの、片眼鏡と眉だけでその場を制してしまうジョスリンの強さに対して悔しさがこみあげた。

「この捕り手を出ていかせろ」ジョスリンがダーバリー伯爵に言った。「それから侍従も。この騒動がほかの宿泊客に知られたら、そちらは殺害されたはずの人間がなぜ今もコーンウォールでぴんぴんしているのか釈明を迫られることになるぞ」

ジェーンはすばやく伯爵のほうを向いた。彼は怒りのあまり、顔がほとんど紫色になっている。だが、伯爵は言葉を失っていた。ジョスリンの指摘に否定も反論もできずにいる。

「図星だな」ジョスリンが静かに言った。

「そちらこそ困ったことになるぞ」伯爵が言った。「重罪人をかくまっていたことが世間に知れたらな。しかもそれが自分の愛――」

「それ以上言わないほうが身のためだ」ジョスリンがさえぎった。「捕り手を出ていかせるのか、ダーバリー？　それともこちらでやろうか？」

ミック・ボーデンが大きく息を吸った。「もう一度言わせてもらうが――」

「悪いが」ジョスリンはぞんざいに言った。「こちらはおまえの話など聞きたくもない。すぐに出ていったほうがいいぞ。でないと、先ほどおまえが彼女にしたように腕をねじりあげてやる」

一瞬だけ受けて立つようなそぶりを見せたものの、ボーデンは思い直して縄をポケットにしまい、大いに不満そうな態度で部屋から出ていった。伯爵の侍従もおとなしくあとに続き、扉を静かに閉めた。

ジェーンは瞳に怒りを燃え立たせて、ダーバリー伯爵をにらみつけた。

「シドニーが生きているですって？　しかもぴんぴんしているの？　それなのにおじさまは今日までわたしを殺人犯として捜索させたの？　わたしがこの部屋に来てからさえ、シドニーが死んでいるかのように思い込ませたわね。いったいどうしたらそこまでひとでなしになれるの？　おじさまがロンドンの治安判事のところへ行かずにキャンドルフォードへ戻ろうとした理由がこれでわかったわ。この期に及んでも、まだわたしをシドニーと結婚させるつもりなのね。まったくどうかしているわ。それとも、おかしくなったのはわたしのほうなのかしら」

「だが、おまえが息子を襲い、生死の淵《ふち》をさまよわせたのは事実だぞ」伯爵が言い返した。

「それに盗まれた金とブレスレットのこともある」

「ああ」ジョスリンが扉の脇の椅子に帽子と杖を置きながら言った。「自分の勘が当たってうれしいよ。やはりジャーディンは今もこのつらい浮き世の一員なわけだな？　めでたいことじゃないか、ダーバリー」

ジェーンは怒りの矛先をジョスリンにも向けた。「勘ですって？　ただの当てずっぽうで言ったの？　だいたい、なぜまだここにいるのよ？　あなたの助けはいらないと言ったでしょう。あなたになんて二度と頼らない。消えてちょうだい」

「ぼくはきみをレディ・ウェブのところへ送り届けるために来た」

彼女は目を見開いた。「ハリエットおばさまのところへ？　おばさまがロンドンへ戻ってきたの？」

ジョスリンは小さくうなずき、伯爵に顔を向けた。

「あそこのほうがキャンドルフォードより何かと便利だ。ぼくが婚約者を訪ねるにも」

ジェーンは大きく息を吸って口を開いた。よくもぬけぬけと！　でも、シドニーがコーンウォールでぴんぴんしているという。そしてレディ・ウェブがロンドンに戻ってきた。それなら彼女のところへ行くほうがいい。永遠に続くかと思われた悪夢がこれで終わったのだ。

ジェーンは開いた口を閉じた。

「それでいい、いとおしい人よ」ジョスリンがやさしく言う。

「婚約者だと？」伯爵がわれに返って尋ねた。「トレシャム、レディ・サラは二〇歳だ。二五歳になるまで、私の同意がないかぎり誰とも結婚や婚約はできない。もちろんきみともだ。それにこんなふざけた婚約などあるものか。貴様のような男が自分の情婦と結婚などするはずがない」

ジョスリンがゆったりと前に踏みだすのを、ジェーンは目を丸くして見守った。一瞬ののち、彼が伯爵のクラヴァットのうしろの部分をつかんでぐいと持ちあげたので、首吊りのようになった伯爵は足をばたつかせ、靴の先で床をこすった。紫色だった顔がさらにどす黒くなる。

「ぼくはたまに」ジョスリンが静かに告げた。「自分の耳が悪いのではないかと思うことがある。無礼なことを言った相手に罰を与える前に、こちらの聞き違いでないか医者に診てもらうべきだろうな。しかしダーバリー、そうはいっても、ぼくはなかなか自分を抑えられない男だ。今後は、何かぼくに言いたいことがあるときは大きな声ではっきりと言え」

伯爵の靴のかかとがふたたび床に届き、首吊りの縄となっていたクラヴァットが本来の役目に戻った。もっとも、先ほどよりしわが寄って形もゆがんでいるが。

さすがのジェーンも、これには女性として満足を覚えずにはいられなかった。

「レディ・サラ・イリングワースとの結婚準備を進めるにあたり、そちらの同意を得なければならない」ジョスリンが言った。「コーンウォールへ帰る前に文書で準備してもらえるだろうな。遅くとも明日の朝までに」片眼鏡をかざす。

「断る」伯爵が言った。「サラのことは私が責任を負っているのだ。貴様のような男ではなく、彼女を末永く幸せにしてくれる相手を見つけると彼女の亡父と約束した。それにこの娘は私の息子を襲い、危うく殺しかけた。金も宝石も盗んだ。その件について、サラはコーンウォールで償いをすべきだ。少なくとも私に対して。なんといっても、私は彼女の後見人だぞ」

「告訴はロンドンで行われるべきだろう、ダーバリー。コーンウォールまでの長い道中、レディ・サラが囚人としておとなしくしているとは思えない。すぐに治安判事のところへ連れていくのを手伝おう。もちろん今の時期の社交界は目新しい話題に飢えているから、裁判になればさぞかし注目を集めるぞ。大切に育てられた深窓の令嬢が、自分の倍ほどもある男を一冊の本で殴り倒して起訴されたとなればな。しかも、信託財産から当然渡されるべきこづかいを一年以上もまったく渡されなかったのに、後見人から一五ポンド失敬し、金庫から自分のブレスレットを持ちだしたことで窃盗罪に問われたとなれば。ちなみにその金庫には、彼女が二五歳になるか結婚するかしたときに相続する予定の、はるかに高価な宝石がたくさん残されていた。断言してもいいが、この事実が社交界に広まったら、人々は大いに沸くだろうな」

ダーバリー伯爵が鼻孔をふくらませた。「私を脅迫するつもりか、トレシャム？」

ジョスリンが眉をあげる。「もし本気で脅迫するつもりなら、わが婚約者にあなたを後見人の義務違反で訴えさせると脅すだろう。息子のほうは婦女暴行未遂罪だ。こちらが働きかければ、目撃者のうち少なくとも誰かひとりくらいは真実を話す気になるはずだ。それから念のために言っておくが、この先シドニー・ジャーディンがぼくの前に姿を見せるようなことがあれば、五分と経たぬうちに口の中から折れた歯をつまみださなければならなくなるぞ。当人にそう伝えてくれ」

またもやジェーンの胸に、意に反する満足感がこみあげた。なぜジョスリンはこれほどたやすく勝ってしまうのだろう。あまりに不公平だ。彼に立ち向かえる人間はこの世にひとりもいないのだろうか？　ダーバリー伯爵は完全に顔色を失っていた。彼女を捕まえ、コーンウォールに連れ戻り、シドニーと結婚するよう脅迫する計画がどうやら失敗に終わったとわかったからだ。しかもトレシャム公爵との結婚の承諾まで与えないわけにはいかなくなった。さもないと、ジェーンの父が残した財産と自分の財産のすべてを失うだけではすまされない。はるかに恐ろしい運命をたどることになるだろう。

仏頂面のジェーンが他人ごとのように椅子に座って黙りこくっている中、ミセス・ジェイコブズと伯爵の侍従が部屋に呼び入れられ、トレシャム公爵とレディ・サラ・イリングワースの結婚をダーバリー伯爵が後見人として承諾する書面が交わされた。

それが終わってしまうと、もうそこでの用事はなくなった。ジェーンはのろのろとマントを身につけて服のしわを伸ばし、ボンネットをかぶり、手袋をはめ、ミセス・ジェイコブズにバッグを持ってもらって部屋を出た。階段をおり、ホテルの外で待機していた公爵家の紋章付きの馬車と、その横でなんとか公爵に取り入ろうと待ち構えていたおべっか使いの集まりに迎えられた。ジェーンは高価なフラシ天張りの馬車に乗り込み、ミセス・ジェイコブズが隣に座った。

そこへ彼が乗り込んできて、彼女の向かいの座席に座った。

ジェーンは背筋を伸ばして顎をつんとあげ、窓の外に視線を向けながら告げた。

「レディ・ウェブの屋敷まで、あなたに送っていただくことにするわ。でも、ひとつだけはっきりさせておくわよ。ここにいるミセス・ジェイコブズに証人になってもらいましょう。たとえあなたが地上で最後の男性で、一〇〇万年しつこく言い寄ってきたとしても、わたしはあなたとは結婚しません。絶対に」

「親愛なるレディ・サラ」ジョスリンがうんざりしたような声で言った。「少しはこちらのプライドというものも考えてくれないか。一〇〇万年だって？　悪いが、せいぜい一〇〇〇年で引きさがらせてもらうよ」

ジェーンは口をきつく結び、何か辛辣な言葉を言い返したいのをぐっとこらえた。ここで口論になったら相手の思う壺だ。

彼は助けに来てくれた。それはもちろんわかっている。いかにもトレシャム公爵がしそうなことだ。彼は紳士としての自分の名誉に重きを置き、許しを得ずに館を去っていった元愛人を助け、結婚することにした。つまりジェーンは彼の所有物なのだ。

友人のつもりでいたのに。

真実を打ち明けるつもりでいたのに。

自分は彼に信用されていない。そしてもちろん、愛されてもいない。

幸い、レディ・ウェブの屋敷まではすぐだった。けれどもジェーンがようやく彼女のことを考えたのは、馬車が止まってからだった。自分がここへ来ることをレディ・ウェブは当然承知しているはずだ。ほかの事情もすべて知っているのかしら？　喜んで迎えてくれるの？

その答えは従僕が馬車の扉を開けるより早くわかった。玄関の扉が開き、レディ・ウェブが自ら出迎えに現れたのだ。玄関の敷居まででではなく踏み段の下まで。

「ハリエットおばさま！」

ジョスリンが先に馬車を降りて手を貸してくれたが、ジェーンはほとんど意識することもなかった。一瞬ののち、彼女は亡き母の親友であるレディ・ウェブのやさしい腕の中にいた。

「サラ！　来ないのかと心配したわ。待っているあいだずっと客間を行ったり来たりしていたから、さぞかし絨毯がすり減ったことでしょう。ああ、会えてよかった！」

「ハリエットおばさま」

ジェーンは泣きだしてしまい、レディ・ウェブに付き添われながら踏み段をあがってまばゆい玄関ホールに入った。そのまま階上の客間に通され、火が赤々と燃えている暖炉の脇に置かれた美しい椅子に座らされて、涙を拭くようにとレースの縁取り付きのハンカチを手渡された。そのときはじめて、彼女はレディ・ウェブとふたりきりでいることに気づいた。

ジョスリンは去ったのだ。

おそらく永久に。

世の中にあれほど強烈な求婚の断り方もないだろう。

まったくせいせいした。

けれど、人生でこれほど虚しさを感じたこともなかった。


忙しい朝だった。ジョスリンは馬でハイドパークに出かけて、ポティエ男爵とコナン・ブルームに会った。コナンはすでにフォーブズ兄弟の介添人と協議を終え、一週間後に二日連続で午前中にハイドパークで決闘が行われることになったと報告した。ジョスリンはうんざりしながら思った。レディ・オリヴァーの身内ばかり決闘相手にしていては、自分ひとりのせいでハイドパークがふたたび男の名誉をかけた対決の舞台として返り咲くことになりそうだ。

とはいえ、今回は楽観できない。こちらの命を狙う新しい敵がふたりも登場したのだ。少なくともジョサイア・フォーブズ牧師は、トレシャム公爵ににらまれて震えあがるような肝の小さい男ではない。

そのときキンブル子爵が、その後さらにフェルディナンドもやってきたので、ジョスリンは懸念を頭の隅に追いやった。

「ゆうべの話はあっという間に広まったよ。まるで薪《たきぎ》小屋に火を放ったように」フェルディナンドがいたずらっぽく微笑んだ。「ミス・ジェーン・イングルビーがレディ・サラ・イリングワースだったとは！　みんなもう大騒ぎさ。兄上の夜会に招かれて彼女の歌を聴いた客たちが、ゆうべも着飾ってやってきたんだよ。ハーディングなどは、自分はずっとそうじゃないかと思っていたと力説していた。あれほど品のある女性はレディ・サラ以外に考えられないと思っていた、とね」

「彼女をどこで見つけたんだ、トレシャム？」ポティエが尋ねた。「それにどうやって真相を突き止めた？　きみを見舞いにダドリー・ハウスへ行ったとき、彼女はいつもそこにいた。しかし、われわれは露ほどの疑いも持たなかった」

「それより」コナンが口をはさむ。「彼女にかけられていた嫌疑がすべて晴れたというのは本当なのか、トレシャム？」

「ああ、すべて誤解だった」ジョスリンはぞんざいに手を振り、馬に乗って反対方向に進んでいくふたり連れの女性に向かって軽く帽子を持ちあげた。「昨日、コーンウォールに戻ろうとしているダーバリーをつかまえて話したんだ。ダーバリーがロンドンに出てきて捕り手を雇ったのは、レディ・サラを見つけて何も心配することはないと伝えるためだったそうだ。それなのに、本人のあずかり知らぬところで噂が勝手にひとり歩きしたらしい」

「だが、窃盗の件は？」ポティエがきいた。

「実際には何も盗まれていなかった。まったく、人というのは噂話に影響されやすいものだ。ほかにもっとやるべきことがないのか反省すべきだな」

仲間たちが笑った。まるでジョスリンがその朝でいちばん気のきいた冗談を言ったかのように。

「しかし噂というのは、とかくあとを引くものだ」ジョスリンは続けた。「新しい噂が持ちあがれば、それに取って代わられるがね。たとえばぼくは、今後はレディ・ウェブの屋敷を訪問し、レディ・サラに親交を求めようと思う」

ポティエが笑った。「そいつはいい。たしかに新しい噂になる。公爵が足枷をはめられることに憧れていると評判になるぞ」

「ああ、そうなって当然だ」ジョスリンは大きくうなずいた。「彼女は世間から悪く言われるいわれなどまったくない、れっきとしたレディなのだからな」

「ぼくも彼女に会いに行くよ、トレシャム」フェルディナンドが言った。「彼女がレディ・サラだとわかったからには、もう一度じっくり見てみたい。いや、それにしても信じられないような話だ！」

「ぼくも彼女に会いに行かせてもらうよ、トレッシュ」キンブルが言う。

「うちの母や妹も彼女と親しくなりたがるはずだ」コナンも言った。「ふたりを連れていくよ。うちの母はレディ・ウェブと知りあいなんだ」

仲間たちがこちらの意図をよく理解してくれているとわかり、ジョスリンはほっとした。キンブルとコナンは真相を知る立場にあるからだが、何も知らないフェルディナンドやポティエでさえ、貴族の令嬢が三週間も公爵の看護婦として雇われていたことにある種のいたたまれなさを感じているようだ。ジェーンを社交界へ正式に引き入れ、彼女にかけられた嫌疑がまったくいわれのないものであることを世間に印象づけるために、それぞれ協力しようとしてくれている。

最終的には、トレシャム公爵が看護婦として雇っていた女性に求愛しているという話題が社交界を席巻《せっけん》し、古い噂は完全に忘れ去られるだろう。

これで何もかもうまくいく。レディ・サラ・イリングワースが自分の愛人だったことを知っている人間は、何があろうと絶対によそにはもらさない。公爵の妻になっても彼女の名誉は将来にわたって守られるはずだ。

そこから話題はようやく昨日の喧嘩の話になった。

そのあとジョスリンは〈ホワイツ〉へ出かける前に新聞を読もうと思い、屋敷で朝食をとっていた。そこへアンジェリンが訪ねてきて、執事が来訪を告げるまもなく食堂に乗り込んできた。

「お兄さまたちふたりとも、いったい何を考えているのかしら。昨日、ハイドパークでフォーブズの三兄弟を相手に殴りあいをしたんですって？　それを聞いたときは、いてもたってもいられなかったわ。でも三人とも負けて馬車に担ぎ込まれたなんて、まったくいい気味よ。ふたりは意識不明、もうひとりは鼻を折られたんですってね。五人全員ではないのが残念だわ。もしそうだったらダドリー家の誉れになったでしょうし、お兄さまたちなら間違いなく勝てたはずだもの。残りのふたりには決闘を申し込まれたのね？　ヘイワードはレディが聞くような話ではないと言ったけれど、否定はしなかったから、やっぱり本当なんでしょう。

わたしはもう今日から一睡もできないわ。お兄さまは絶対に殺されるわよ。そうなったら、わたしはどうしたらいいの？　あるいはお兄さまが相手を殺してしまったら、パリに逃げるしかなくなるわよね。それでもヘイワードは、やっぱりわたしをパリに連れていく気はないと言うの。まったくいけ好かない人なんだから。パリに行けるならブライトンはあきらめてもいいと思っているのに。ところでお兄さま、あのジェーン・イングルビーがレディ・サラ・イリングワースだったという話は本当なの？」

「いいから座れ、アンジェリン」ジョスリンは大儀そうに手を振って向かいの椅子を示した。「コーヒーでも飲んでくれ」食器棚の脇に控えている執事に指を振って呼び寄せる。「そして後生だから、見る人の度肝を抜くそのエンドウ豆みたいな色のボンネットを脱いでくれ。そいつが視界に入ると消化に悪いような気がする」

「ねえ、本当なの？」アンジェリンが食いさがった。「お願いだから本当だと言って。だって、まさにダドリー家にふさわしくないこと？　お兄さまは恐るべき殺人鬼を看護婦として雇い、選りすぐりのお客が集う夜会で歌わせたのよ。こんな刺激的な話はないわ」ホーキンスが身をかがめてカップにコーヒーを注ぐあいだ、彼女はおかしそうに笑った。

どうやらアンジェリンはボンネットを取る気がないらしい。ジョスリンはうんざりしたように妹を見た。「レディ・サラ・イリングワースは、今はレディ・ウェブの屋敷にいる。おまえに彼女を訪ねてもらえるとありがたいんだがね、アンジェリン。なぜなのかさっぱりわからないが、おまえはダドリー家で唯一まともな人間ということになっている。おそらくへイワードみたいな退屈な男と結婚したことで、ある種の歯止めがきいているんだろうな。もっとも、強力な歯止めとは言いがたいが」

アンジェリンが陽気に笑った。「ヘイワードが退屈な男ですって？　そうね。本当にそうだわ。少なくとも表向きには」

妹の頰が赤く染まり、ボンネットにさしてあるピンク色の羽根と相まって強烈な印象を与えたので、ジョスリンはいっそうげんなりした。

「レディ・ウェブの屋敷を訪ねてみるわ。ヘイワードが午後にでも付き添ってくれるでしょう。もう一度彼女を見てみたくてたまらないわ、お兄さま。彼女は斧を取りだしそう？　ヘイワードはわたしを守って命を落とすことになるかもしれないわね」

「彼女はジャーディンの頭を本の角で殴ったんだ」ジョスリンはそっけなく告げた。「相手が、その、あまりに無礼すぎたから。それだけのことだ、アンジェリン。ジャーディンは元気に生きているし、盗んだとされていた金品も実はまったく盗まれていなかった。ことの真相は実につまらないものだ。だから、レディ・サラは社交界の隅に追いやられるべきではない。立派な人々の手で輪の中に引き入れてもらう必要があるんだ」

「そのあたりのことはレディ・ウェブが抜かりなく手を打つでしょうよ。どうしてお兄さまがそこまで気にかけるの？」アンジェリンは柄にもなくひとり言をつぶやき、ふと黙り込んだ。持ちあげたコーヒーのカップを途中で止め、兄をじっと見つめたあと、カップをソーサーに戻して笑いだす。「さては彼女のことが本当に気になっているのね！　まったく最高だわ！　さっそくヘイワードに伝えなくちゃ。でも、あの人ったら議院に行ってしまって、わたしを迎えに来る時間まで戻らないの。お兄さまったら、彼女にぞっこんなんでしょう！」

おぞましいボンネットが拡大されてしまうにもかかわらず、ジョスリンは片眼鏡をかざした。「おまえをそこまで喜ばせることができてうれしいよ。だがおまえにもわかると思うが、〝ぞっこん〟という言葉は移り気で飽きっぽいダドリーの男にはそぐわないがね。ともあれ、ぼくはレディ・サラと結婚するつもりだ。このことを伝えたのはおまえがはじめてだよ。もちろん当の相手には言ってあるがね。ただし向こうはノーと言った」

アンジェリンがまじまじと見つめた。一瞬ジョスリンは、妹がしゃべれなくなってしまったのかと思った。

「レディ・サラがノーと言ったですって？」アンジェリンがようやく言葉を発した。「お兄さまに？　トレシャム公爵に向かって？　なんて見あげた女性かしら。正直に言って、彼女がお兄さまの看護婦だったとき、わたしはほとんど目もくれなかったの。だって、全身灰色ずくめだったんですもの。世界にこれほど色があふれているのに、どうしてわざわざ灰色なんて選ぶの？　でも、彼女が夜会で歌ったときは衝撃を受けたわ。それに彼女はワルツも上手だった。考えてみればあれが真相を知る手がかりになったかもしれないけれど、まったく思いつかなかったわ。でも、その彼女がお兄さまの求婚を拒んだのね。なんだかわたし、彼女のことが好きになりそう。とても芯の強い女性に違いないわ。まさにお兄さまにぴったりね。そういう女性が義姉になってくれるなんてすてき！」

「彼女はノーと言ったんだ、アンジェリン」

妹は不可解そうな顔をした。「だって、お兄さまはダドリー家の人間でしょう。ダドリー家の人間はノーという返事を受けつけないわ。わたしだってそうよ。ヘイワードはわたしを紹介されてから丸一カ月というもの、わたしとの結婚をとてもいやがっていたの。本当よ。わたしのことを頭が空っぽで軽薄なうえに、おしゃべりすぎると思っていたのよ。はっきり言って、お兄さまたちみたいなきょうだいがいることも快く思っていなかったわ。それでも彼はわたしと結婚した。実際のところ、あの人は最初の求婚でわたしにノーと言われて、それは落ち込んだのよ。屋敷に戻って拳銃自殺するのではないかと思ったくらい。つまり、いったんわたしが彼と結婚すると思い定めたからには、彼は最終的にわたしの魅力に屈しないわけにはいかなかったというわけ。そのとおりだと思わない?」

「もちろん思うとも」

それから半時間ほど兄をおしゃべりにつきあわせたのち、アンジェリンはようやく帰っていった。とはいえ、その日の午前はなかなか有意義だった。もうジェーンの立場は間違いなく安泰だ。それに今回の求婚話を妹の耳に入れたことで、強力な味方を得られた。これであくまでも結婚を拒否しているジェーンの防御の砦《とりで》を攻めることができる。

なぜそうまでして彼女の防御を崩したいのだろう? ジョスリンは一瞬だけ不思議に思った。自分がそこまで彼女に固執しているとは思いたくない。ただジェーン・イングルビーの強情さが我慢ならないのだ。まったく彼女ときたら、ひどい言葉をこれでもかと浴びせてくれる。

しかし、レディ・サラ・イリングワースにはそうはさせない。つまりそういうことだ。とはいえジョスリンは、今日の午後、彼女を訪ねるときに何を着ていこうかと考えてそわそわしている自分に気づいた。まるで恋わずらいにかかった初心な学生のように。

23

「顔がやつれて見えるわね、サラ」レディ・ウェブが言った。「これまでの苦労を考えれば無理もないわ。じきにバラ色の頬を取り戻せるようにしましょう。今日の午後に散歩へ出るか、馬車で外出できたらどんなによかったかしら。すばらしいお天気ですもの。でも、今日はあいにく午後に訪問客を迎える予定の日なの。残念だけれど、お客様のお相手をしなくてはね」

ジェーンはウエストの位置が高い、しゃれた小枝模様のモスリンのドレスを着ていた。午前中にフィリップとトレシャム公爵の御者が届けてくれたトランクの中に入っていたものだ。髪はメイドが結ってくれた。身なりは午後の社交に備えて万全だったが、胸の中にはわだかまりが残っている。

「できればわたしは、お客さまの目に入らないよう引っ込んでいたほうがよくないかしら、ハリエットおばさま」

窓の外を眺めていたレディ・ウェブがジェーンの向かいの椅子に座った。

「それは絶対にしてはいけないことよ。サラ、お互いに口に出してはいないけれど、あなたが最近までどういう暮らしをしていたか、わたしはよくわかっています。そんな運命になってしまったことは本当に嘆かわしいけれど、それはもうすんだこと。誰も知らなくていいことよ。いぶかしむ人が出てきたら、間違いなくトレシャム公爵が黙らせてくれることでしょう。それにもちろん彼はあなたと結婚するつもりよ。彼は紳士で、あなたを傷つけてしまったことをよく承知しているわ。ただ道義的に責任を取るつもりでいるだけでなく、ぜひともあなたと結婚したいのだと言ってくるでしょう」

「紳士ぶるのは彼の得意技よ」ジェーンは苦々しく言った。「でも、わたしにそんなものが通用するとは思っていないはずだわ」

「トレシャム公爵はロンドンで最も素行の悪い紳士という評判よ」レディ・ウェブがため息をついた。「でも、それはあまりに悪く言いすぎかもしれないわね。とにかく破天荒で、いつも喧嘩騒ぎの中心にいるけれど、彼が特に悪い人間だという話は聞かないもの。先代の父親や、その前の代の祖父とそっくりだけれど」

「違うわ!」ジェーンは思った以上に声を張りあげてしまった。「まったく似ていないわ」

レディ・ウェブが目を丸くした。だが彼女が何か言う前に客間の扉を叩く音がして執事が顔を見せ、最初の来客を告げた。サー・コナン・ブルームと彼の母親であるレディ・ブルーム、そして妹のクロエ・ブルームだ。三人の到着からほどなくして、ヘイワード夫妻も現れた。レディ・ヘイワードは、今日はジェーンと話すのが目的で来たとはっきり前置きし、彼女がダドリー・ハウスに雇われていたときに素性を隠していたことについて抗議の弁を述べた。

「兄に言われたときは本当に驚いたわ、レディ・サラ。それに兄があなたを見つけて、レディ・ウェブの屋敷に連れていったと聞いたときはこれ以上ないほどうれしかった。まさかあなたが噂の手斧を持った殺人犯だったなんて！　考えるといつも笑いが止まらなくなるの！本当よ、ヘイワードに尋ねてみて。ジャーディンはあなたにとんだ失礼を働いたんでしょう。彼には一度会ったことがあるけれど、なんだかやけに感じの悪い人だったわ。本で叩いたくらいで、よく我慢できたわね。でも相手は父親に泣きついて大騒ぎしたりして、なんて弱虫でみっともないのかしら。わたしがあなたなら、間違いなく斧に手を伸ばしていたわよ」

「ちょっといいか。レディ・ウェブがさっきからずっとおまえに椅子を勧めてくれているんだがね」ヘイワード卿がそう言って、妻を別の場所に引っ張っていった。

そのあと大勢の客がやってきた。何人かはレディ・ウェブの友人だった。それ以外はジェーンがダドリー・ハウスで何度も会った面々だ。キンブル子爵、フェルディナンド・ダドリー卿、それにポティエ男爵もいた。ほどなくジェーンは、誰がどういう理由で彼らを送り込んだか察しがついた。これは彼女の名誉を回復させることを目的とした運動なのだ。そうとわかると、まったくありがたくないどころか、猛烈に怒りがこみあげた。ジョスリンの助けなどなくても自力で人生を立て直すくらいのことはできるのに、なぜこんな余計なまねを？本人がやってくれれば、その思いを伝えられるのだけれど。

やがて、実際に本人が現れた。

ジョスリンはひとりだった。服装は非の打ちどころがなく、ブルーの上着にビスケットのような色合いの長ズボンを合わせている。体に完璧に合っているところを見ると、仕立てには大金が注ぎ込まれたに違いない。足元のヘシアンブーツは、あたかも一対の鏡として使えそうなほどつややかに磨き抜かれている。そしてもちろん、彼はいやになるほどハンサムだった。いつ頃から彼をハンサムだと思うようになったのか、自分でもよくわからない。ハンサムなうえに息が詰まりそうなほど男性的な、あの雰囲気。軽蔑したくなるほど尊大な、あの態度。

心の中では全力で憎んでいるものの、場所が場所だけに礼儀作法を守らないわけにはいかず、もちろんジェーンはジョスリンをにらみつけたり、帰るよう告げたりすることはできなかった。なんといっても、ここはジェーンの客間ではない。ジョスリン同様、ここでは彼女も客のようなものだ。

ジョスリンはレディ・ウェブにお辞儀をして挨拶を交わした。ジェーンには遠くから会釈するだけ――まるで彼女を視界に入ってきた一片の塵《ちり》としか見ていないようで、なんとも腹立たしい。そのあと彼はわずかに眉をあげ、レディ・ヘイワードやフェルディナンド卿やキンブル子爵をはじめとする自分の身内や仲間がいることを確認した。そのあとはレディ・ウェブの友人であるミセス・ミンターやミスター・ブロックルディーンのところへ行ってしまい、たっぷり一五分ほど話し込んでいた。

ジョスリンとは絶対に話をするまい――相手の来訪が告げられるやいなや、ジェーンはそい人だろう。それなのに、こちらに無視する機会も与えないとは、なんていまいましい人だろう。もちろん彼のことを無視するだけでなく、はっきり言ってやりたかった。こんなふうに人々を送り込んで、わたしの名誉回復を手伝うようなおせっかいはいらないと。なのにこちらに近づきもせず、文句も言わせないなんて、本当に腹立たしい。

「新しい馬車はとてもすてきね、フェルディナンドお兄さま」レディ・ヘイワードが言った。「前のよりはるかにいいわ。でもそのうちに必ず、誰の馬車よりすばらしいと証明するようレースを挑まれるでしょうね。絶対に受けて立ってはだめよ。またこのあいだみたいなことがあったら、わたしは神経が持たないわ。だけど、お兄さまが最後のカーブのところでみんなの忠告を無視して加速したという話を聞くと、今でも興奮してしまうの。わたしもその場で見物したかったわ。ねえ、レディ・サラ、女性であることがつまらないと思うことはない？」

ジェーンの視界の隅でジョスリンが席を立っていた。出ていこうとしているのだ。先ほど彼はジェーンたちの一団に目を向けていた。出ていく前にこちらへ来て話しかけるつもりだろう。彼女はわざとフェルディナンドのほうを向いて、にこやかに微笑みかけた。

「あなたの手綱さばきはたいしたものなのね、フェルディナンド卿」

ジェーンも好感を抱いている、血気盛んで気のいい若者は、すぐさま話に乗ってきた。

「もしよかったら、明日の午後にぼくの馬車でハイドパークに出かけないか、レディ・サラ？」

「まあ、ありがとう。喜んで」うれしそうに言いながら、彼女は近くにやってきたジョスリンをじろりと見あげた。

だが、相手に不快そうな表情を期待していた当ては外れた。彼はどことなく愉快そうな顔つきをしている。

「もう失礼するので、ご挨拶を」彼はわずかに頭をさげた。

「あら」笑みを浮かべたまま応える。「あなたでしたの、公爵？　ここにいらしたことも忘れていたわ」公の場でこれほど無作法なことを言ったのはたぶん生まれてはじめてだ。なんとも言えず、いい気分だった。

「ああ」ジョスリンはジェーンの目を見据えながら、彼女とそのまわりにいる人々にだけ聞こえるよう声をわずかに大きくした。「そう言われても驚かないよ。みなも知ってのとおり、午後に知人宅を訪問するのはぼくにはいささか退屈なので、ずっと避けてきたんだ。しかし、きみについては例外にしよう。なんといっても、元使用人と紅茶を飲むような機会はめったにないからね」

こちらをやり込めてすっかり満足なのだろう、彼はくるりと背を向けてゆうゆうと部屋を出ていった。ジェーンは礼儀作法も忘れ、その背中をものすごい目でにらみつけた。周囲の人々は驚いて互いに顔を見あわせたり、何も聞かなかったふりをしたり、咳《せき》払いをしたりしている。レディ・ヘイワードがジェーンの腕を軽く叩いた。

「よく言ったわ。先ほどのあなたの言葉で兄は相当驚いたはずよ。それであんな捨てぜりふを残していったの。ああ、あなたのことが本当に気に入ったわ」

会話が再開し、ほどなくして客たちは帰っていった。

「うちの午後のお茶会がこれほど盛況だったことはないわ」みながいなくなったあと、レディ・ウェブが笑いながら言った。「そのことについてはトレシャム公爵に感謝しないといけないわね、サラ」

「もちろん」思ったよりもこわばった声が出た。「彼には感謝しているわ。でも万が一、彼が戻ってきても、わたしはいないと言って、ハリエットおばさま」

レディ・ウェブは椅子にかけ、ジェーンをじっと見つめた。

「あなたは彼にひどい扱われ方をしたの？」

「いいえ。彼はわたしに何ひとつ押しつけなかったわ。わたしはただ、彼の申し出を受けただけ。契約書も作ってもらったの。そこに書かれた取り決めを彼はきちんと守ってくれた。何もひどいことはしなかったわ」

ただ、あの人はわたしの心を奪った。しかもなお悪いことに、人として好きにさせてしまった。それなのに真実が発覚したとたん氷のように冷たくなって、わたしを信じてくれなくなった。わたしの心をかき乱し、これ以上ないほど無力で、奈落の底にいるような気分にさせたのよ。

そんな思いを口には出さなかったが、その必要はなかった。

「彼はあなたの心を奪ったのね」レディ・ウェブが静かに言った。

彼女を鋭くにらんだものの、ジェーンはこみあげる涙を抑えることができなかった。「あんな人、大嫌い」自分に言い聞かせるようにつぶやく。

「そのようね」レディ・ウェブはかすかに微笑んだ。「なぜなの？　わたしに話してちょうだい」

「心の冷たい傲慢な人だもの」

レディ・ウェブがため息をつく。「やれやれ。彼を本気で愛しているのね。喜んでいいのやら、悲しんでいいのやら。でも、いいわ。わたしはあなたの身に起きたことを完全に過去のものにする方法をいろいろ考えたの。あなたを女王陛下の次回のお茶会に連れていくわ。その翌日に、この屋敷であなたのお披露目の舞踏会を開きましょう。わたし自身も楽しみですっかり舞いあがっているの。きっと今シーズン一、盛大な催しになるわよ。あなたはすっかり有名人だもの。さっそく計画を立てましょう」

それはまさに、数年前にジェーンが夢見ていた社交界でのお披露目だった。けれども頭の中は、今日の午後にジョスリンがよそよそしい態度でやってきて、こちらをほとんど無視し、最後に嫌味を言って帰っていったことでいっぱいだった。彼がジェーンの肖像画を描き、それから自分の胸の内を明かして、彼女を膝の上に抱きながら泣いたのはいつの午後だっただろう？

はるか遠い過去のことに思える。

自分たちとはまったく関係のない他人のことのように。

あんな人は大嫌いだ。

この胸の痛みは永久に消えないような気がする。

そのとき、ジェーンはあることを思いだしてあわてた。あの絵。大切な肖像画。あれを持たずに家を出てしまった！

家？

あそこが自分の家？


春の社交シーズンの恒例として、昼さがりになると思い思いに着飾った人々が馬や馬車や徒歩でハイドパークに集う。そこでは、たまたま知りあいを見つけたり見つけられたり、噂を流したり流されたり、最先端の衣装を自慢したりされたり、気のあるそぶりを見せたり見せられたりといったことが繰り広げられる。

ジェーンは青いドレスの上に上着《ペリース》をまとい、簡素な麦わらのボンネットについたブルーのリボンを顎の下で結んでいた。そしてレディ・ウェブに貸してもらった麦わら色のパラソルをさしている。彼女はフェルディナンドの新しい馬車の高い座席に座っていた。フェルディナンドは軽快に鞭を使いながらにこやかに話し、あちこちの屋敷の客間やクラブでふたたび話題となっている、かのレディ・サラ・イリングワースをひと目見ようと近づいてきた人々に彼女を紹介した。

ジェーンは愛想よく微笑み、会話を交わした。なんといっても、人生にふたたび太陽が戻ったのだ。今日は若くハンサムなフェルディナンドに付き添ってもらっているし、彼はジェーンに好かれるべく努力している。兄にとてもよく似ているけれど、さすがにそのことで彼を悪く思うつもりはジェーンにもなかった。

残念ながら、その兄のことを考えてしまうと心の底からは楽しめなかった。ここ四八時間のうちに起きた奇跡——恐怖から解放され、本来の自分を取り戻し、自らが属していた世界にふたたび戻れたこと——それすら帳消しにして、一週間前に戻りたいとまで願う自分がいる。ふたりで過ごしたあの最後の週、ジョスリンは絵を描き、自分は刺繍をしていた。ふたりでいることに安らぎを感じた。親友になった。恋に落ちた。

あれはすべて幻想だったのだ。

現実はここにある。

その現実において、ジョスリンがキンブル子爵とともにこちらに近づいてきた。彼はいかにも不機嫌そうで、近寄りがたい空気を漂わせている。まさにいつものごとく。ジョスリンは鞭の柄で帽子の縁をわずかに持ちあげて軽く会釈し、挨拶の言葉を口にした。その間、キンブル子爵は愛想よく微笑みながらジェーンの手を取ってキスをし、世間話をはじめた。ジョスリンは無表情な目で彼女をじっと見つめるばかりだ。

ジェーンは微笑み、おしゃべりをし、パラソルをくるくるまわして、明日の午後にキンブル子爵と馬車でハイドパークに来る約束をした。やがて彼らは去っていった。彼女はかろうじて笑みを保ったものの、喉がつかえたように苦しくなって鼻の奥がつんと痛み、続いて胃のあたりが重たくなった。

胸の内の苦しみをどこにも吐きだすことができなかった。フェルディナンド卿の話も聞かなければならないし、ほかの人々とも会話をしなければならない。ジョスリンが去ってまもなく、レディ・ヘイワードが幌《ほろ》をあげた馬車に揺られながら近づいてきて、隣に座っていた義母のヘイワード未亡人を紹介し、長話をはじめた。

「レディ・ウェブ邸でのあなたのお披露目の舞踏会がとても楽しみだわ。今日の昼近くに招待状が届いたの。きっとヘイワードが付き添ってくれるでしょう。あの人、日頃は舞踏会なんて退屈だと言ってめったに行かないんだけど。ダンスに退屈することなんてあると思う、サラ？　あら、そんな目をしないでちょうだい、フェルディナンドお兄さま。お兄さまに話しているんじゃないんだから。それにお兄さまがダンスより喧嘩のほうが好きなことは誰でも知っているわよ。このあいだお兄さまたちふたりがフォーブズ三兄弟と戦ったと聞いたとき、わたしがどんな思いをしたかわかる？　といっても、負かした相手が五人全員だったらもっとせいせいしたでしょうけれどね。それにしても、兄弟三人がやられたというのに、残りのふたりはどうして何もせずに突っ立っていたのかしら？」

「アンジー」フェルディナンド卿が言った。「もう言うなよ」

だが、ジェーンは鋭く彼のほうを見た。「あなたとトレシャム公爵がフォーブズ三兄弟と戦ったですって？　拳銃で？　相手の三人を殺したの？」

「素手の殴りあいだ」フェルディナンド卿はきまり悪そうに答えた。「ふたりを順に失神させてやったよ。三人目は鼻を折られて地面に転がった。倒れた相手を攻撃するのは卑怯だから、そこまでにしておいた。アンジー、レディの前でそんな話をするのは慎みがないぞ」

レディ・ヘイワードが呆れたように天を仰いだ。

「だったら、わたしが夜中にベッドで目を開けたまま、トレシャムお兄さまがフォーブズ兄弟の残りふたりと対決する日のことを考えて頭がどうかなりそうになるのも慎みがないというのね。次は拳銃なんでしょう。今度こそ殺されるわよ。でも、二日連続でふたりを相手にするなんてさすがだと思うけれど。お兄さまが二日目の朝を迎えられることを祈るばかりだわ」

ジェーンは全身の血が足の爪先に集中してそこだけ熱くなり、それ以外の部分は冷たくこわばるのを感じて、今にも気を失いそうになった。

「アンジー」フェルディナンド卿が鋭く言った。「これは男の世界のことだ。ほかにましな話題がないなら、そのボンネットの縁にくっついている鳥を家に連れ帰って餌をやり、まわりの花にも水やりをするんだな。その細い首でどうやってそれだけのものを支えていられるのか想像もつかないよ。それではごきげんよう、マダム」

彼は帽子に手を添えてヘイワード未亡人に挨拶をし、馬に鞭をくれた。

本当に失神せずにいられるかどうか、ジェーンは定かでなかった。耳の奥で虫の羽音のようないやな音がする。両手は針やピンが刺さったみたいにちくちく痛んだ。彼女は尋ねた。

「トレシャム公爵がまた決闘をするの？　しかも二回も？」

「きみが気にすることはないよ、レディ・サラ」フェルディナンド卿が明るく言った。「だが、どちらかひとつはぼくに戦わせてもらいたいな。なんといっても殺されかけたのはぼくのほうだしね。しかし無理だろうな。兄はいったん決めたら、どんなことがあっても考えを曲げないから」

「ばかな人！　なんてばかな人なの！」そう叫んだとき、怒りのおかげで全身にふたたび血液がめぐりはじめた。「いくら名誉のためだからって」

「そう、まさにそれさ」そう言うと、フェルディナンド卿はとても自然に、だがきっぱりとほかの話題に移った。

一度ならず二度の決闘とは。しかも二日連続で。今度こそジョスリンは死んでしまう。生き残る確率はいつもの半分しかないのだ。

これも自業自得だ。考えれば考えるほどはらわたが煮えくり返る。

けれど、自分はこの先何をすればいいのだろう？

ジョスリンのいない世界を、どうやって生きていけるというの？

これほどジェーンに会いたくなるとは、ジョスリンも思いもよらなかった。あの最初の午後にレディ・ウェブの屋敷を訪ねたとき、人々の前で彼女になんとも無礼な言葉を浴びせてしまった。彼女がこちらを無視して、フェルディナンドに微笑みかけ、一緒に公園へ出かけようという彼の誘いを受けただけのことで。あのとき、弟の顔に本気で手袋を叩きつけてやりたくなった。ジェーンが来ると知って、あれからわざわざ二度もハイドパークに出かけた。一日目は弟と、二日目はキンブル子爵と外出している彼女を見るために。そして挨拶をし、言葉を交わした。ただそれだけだ。彼女の強情そうな瞳や憮然と引き結ばれた唇から、こちらが余計なことを言えば口論になると思ったから――まわりに人さえいなければ、それも歓迎するところだが。

もちろん、ジェーンとは何があろうと結婚するつもりだ。彼女がノーと言ったからこそ、なおさらそう決めていた。とはいえ、いつものように自分の意志を強引に押し通すやり方はジェーンには通用しないのもわかっていた。彼女には、状況の変化に気持ちを合わせるための猶予期間が必要だ。

ジェーンが自分に会いたくなるまで放っておくべきだ。いずれそうなるに決まっている。ジェーンの正体が明らかになったときは、彼女が示してくれた共感はうわべだけだったと決めつけたが、もう確信が持てなくなっていた。ジェーンが〝ふたりのための空間〟と呼んだ部屋で分かちあった心地よい調和がよみがえる。それに彼女が見せてくれた情熱は本物だった。別邸での最後の二回の訪問が悔やまれてならない。はじめは夜、次は昼だった。あのときの自分は状況にうまく対処できなかった。

彼女に、そして自分自身にも考える時間を与えるつもりでいた。だが、もうすぐ二回の決闘がある。どちらも拳銃を使う。もう今までのように不謹慎な態度で臨むことはできそうにない。今度ばかりは本当に死ぬかもしれない。

これまで自分の命について真剣に考えたことはあまりなかった。だが、今の自分には生きるべき理由がある。

ジェーンがいる。

とはいえ、死ぬかもしれない身でどうして彼女に求愛できるだろう？　しかもジェーンが今でもこちらを恨んでいて、自分自身も彼女に裏切られた思いが癒えていないのに？

そんなわけで、ジョサイア・フォーブズ牧師との初日の決闘を控えた数日間は、ジョスリンはジェーンから身を遠ざけた。一度は別邸をのぞき、ふたりの部屋にたたずんだ。作業途中で枠がついたままになっているリネン地に目をやり、そこで背筋を伸ばして優雅に腰をおろしている彼女の姿を思い浮かべた。いつも自分が座っていた椅子のかたわらに置かれたテーブルから『マンスフィールド・パーク』を取りあげる。とうとう最後まで読み終わらなかった。ピアノの前で立ったまま、右手でメロディーを奏でてみた。それから自分が描いた彼女の肖像画に目をやる。

内側から生命と愛の輝きにあふれ、キャンバスを光で満たすジェーン。なぜ彼女を疑ったりしたのだろう？　彼女を抱きしめ、すべての秘密と恐れを打ち明けるよう促さず、冷たい怒りをぶつけるようなまねをなぜしてしまったんだ？　彼女は裏切ってなどいない。裏切ったのは自分のほうだ。

ジョスリンは弁護士をダドリー・ハウスに呼びつけ、遺言を変更した。そして自分がすべきだったのにしなかったことを思い、悔やみ続けた。あのときジェーンを抱きしめてやらなかったことを。

その機会はもう二度とないかもしれない。あと一度だけ彼女を抱きしめることができたら、死んでも思い残すことはないのだが。ジョスリンは珍しく感傷的になっていた。

何をばかげたことを。ときにはそう思いもした。

そうこうするうち彼は、ジェーンがレディ・サングスターの夜会に出席することをアンジェリンから聞いた。宮廷での謁見も正式なお披露目もしていないジェーンが、その夜会に招待されたのだという。

その夜会にはジョスリンも招待されていた。

最初の決闘の前夜だった。

24

レディ・サングスター邸の夜会に出席することは例外的に許される、とレディ・ウェブはジェーンに言い聞かせた。正式なお披露目の前に公の場に出ておいて悪いことはない、やましいことがあってこそ隠れているように思われてはならないのだ、と。

ただ、その夜会があるのはジョスリンの一日目の決闘前夜だった。ジェーンはそのことをレディ・ウェブに話していなかった。フェルディナンド卿を質問攻めにした日から、誰にも言っていない。あれから食べることも眠ることもろくにできなくなっていた。別のことを考えることすらできなかった。ダドリー・ハウスに行き、お願いだからばかなまねはしないでとジョスリンに懇願しようかとも思ったが、そんなことをしても無駄だとわかっていた。彼は男で、男には男の名誉があるのだ。

夜会に出席したのは、ひとつにはレディ・ウェブのためであり、もうひとつには自分自身のためだった。これで今夜は少しでも気が紛れる。もっとも、明日は知らせを聞くまで生きた心地もしないだろうけれど。しかも、たとえ明日ジョスリンが無事だったとしても、明後日にまた同じことが待っている。ジェーンは鈍い金色のサテンの優雅なドレスをまとい、ふたたびメイドに髪を美しく整えられていた。とてもきれいだが少し顔色が悪いとレディ・ウェブに指摘され、頬に紅をさすことに同意さえした。

サングスター邸の夜会には、ごくかぎられた客しか招かれないと聞いていた。とはいえ、ジェーンの目から見れば大規模な夜会だった。客間とその向こうの音楽室を隔てる両開きの扉が開け放たれ、さらにその向こうの小さな客間に通じる扉も開かれていた。その三つの部屋のすべてが招待客でにぎわっている。

ヘイワード夫妻とフェルディナンド卿が出席していて、それぞれ客との会話に熱中していた。明日の朝とそのまた翌朝に兄が生死を分けるというのに、彼らはなぜそんなふうにしていられるのだろう？　キンブル子爵も魅力的な笑みを浮かべて若い女性に話しかけている。明日には親友が死んでしまうかもしれないのに、どうして平気そうに見えるの？　そのときキンブル子爵がジェーンを見て、相手の女性に断ってから近づいてきた。

「いつものぼくは退屈な夜会を疫病のごとく避けているんだよ、レディ・サラ」彼は例の魅力的な笑みを浮かべた。「しかし、今夜はきみが来ると聞いたのでやってきた」

「今夜あなたを退屈させせないようにする責任が、わたしにかかっているということ？」ジェーンは扇で子爵の腕を軽く叩いた。レディ・ウェブが知人に挨拶をするためにそばを離れていく。

「まさにそのとおり」子爵が肘を差しだした。「きみのために飲み物をもらって、どこか隅に引っ込んでおしゃべりをしよう。ぼくがきみを独占しているところを誰かに見つかるまで」

キンブル子爵は楽しい話し相手だった。しばらくのあいだ、ジェーンは彼と会話をしながら笑っていた。その間ずっと、なぜこの人は親友の身に危険が迫っていることを考えずにいられるのだろう、どうして自分はこんなときに無理に笑ったりできるのかしらと思っていた。

周囲は人々の話し声でざわめいていた。中央の部屋から音楽が流れてくる。ジェーンはまわりを見まわして、ふとわれに返った。自分がここへ来たことで人々の目を引いたのはたしかだ。でも、こちらを白い目で見る人はいない。貴族の中でも選りすぐりの人々が集う社交の場に顔を出す大胆さに眉をひそめる人もいない。

けれど、それも虚しい勝利に思えた。

「がっかりだな」キンブル子爵が言った。「最高に気のきいたことを言ったつもりなのに、微笑みひとつもらえないとは」

「まあ」ジェーンはたちまち反省した。「ごめんなさい。なんとおっしゃったの?」

子爵はいつもよりやさしい笑みを浮かべた。「音楽を聴きに行こう。そのほうがきみの気が紛れるかもしれない」ふたたび肘を差しだす。「何もかもうまくいくよ」

やはり彼もジョスリンのことを気にしているのだ。それをジェーンに気づかれたことも、子爵はわかっているようだった。彼女が同じように心配していることも。

中央の部屋ではフェルディナンド卿がピアノの周囲に集う一団の中にいた。彼はジェーンに微笑みかけ、彼女の手を取って自分の唇につけた。

「ひとつ文句を言わせてもらうよ、キンブル」フェルディナンド卿が言った。「彼女をひとり占めしすぎだ。代わってもらおう」ジェーンの手を自分の肘にかけさせ、ピアノのそばに導く。

この人は兄にとてもよく似ている、とジェーンは思った。ただ、ジョスリンよりわずかに細身で脚が長い。兄には陰りがあるが、弟には明るさがある。大らかで、楽しげで、あっけらかんとした単純な若者に見える。けれど、本当はそうではないのかもしれない。自分はたまたまジョスリンの複雑な性格を知る機会に恵まれただけなのかもしれない。彼の愛人として――また友人として過ごしたから。

「思ったより大勢の人が来ているのね」

「ああ」フェルディナンド卿が笑みを浮かべて彼女を見おろした。「ぼくもきみと同じで、これほど格式ある夜会に出席した経験はほとんどないんだ、レディ・サラ。日頃はこういう機会を避けるようにしている」

「今夜はなぜ来たの？」

「きみが来るとアンジーに聞いたから」彼はにやりとした。

キンブル子爵と同じだ。ふたりとも、それほどこちらに好意を寄せてくれているのだろうか？　それとも自分とジョスリンの関係を知っているの？

「何か歌ってくれるかい？」フェルディナンド卿が尋ねた。「誰かに伴奏を頼んでみるから、ぜひ歌ってほしい。よければぼくのためにね。きみほど声のきれいな人はいないよ」

ジェーンはミス・ミーアンに伴奏をつけてもらって、《繊細な態度のお嬢さん》を歌った。ピアノの周囲にいた人々は、それまでより熱心に聴き入った。隣の部屋からも人が集まってくる。

そこにジョスリンがいた。

歌い終わったジェーンが人々の拍手に笑顔で応えたとき、彼は客間に通じる扉付近に立っていた。非の打ちどころのない優雅ないでたちだ。数時間以内に死と対峙する人間にはとても見えない。

見つめあうジェーンとジョスリンに人々が何かを察し、音楽室が一瞬しんとなった。彼女が視線を外してふたたび微笑むと、何ごともなかったようにまた話し声が戻った。

「まったく！」次に歌う若い女性のためにピアノから離れようとしたジェーンの隣で、フェルディナンド卿がつぶやいた。「なぜ彼女がここにいるんだ？」

目を向けると、ジョスリンの隣にレディ・オリヴァーが立っていた。彼を見あげて微笑みながら何か言っている。ジョスリンも相手を見おろして応えていた。レディ・オリヴァーは彼の腕に手をかけている。

フェルディナンド卿が気を取り直したように言った。

「廊下の向かいに軽食堂がある。そちらへ行ってみようか。何か食べ物を皿に取ってあげようか？　おなかが空かないかい？」

「ええ、ぜひ」ジェーンはにっこりして彼の腕を取った。

五分後、彼女は食べ物を山盛りにした皿が置かれた小さなテーブル席で、フェルディナンド卿に加えてさらに四人の男性に囲まれていた。そこで何を尋ねられ、どう返事をしたかはあとから考えても思いだせない。さらには何を食べたかも覚えていなかった。

ジョスリンがここに来た。明朝の決闘をまったく気にしていないかのように。自分の命など、どうでもいいかのように。しかも、あの女性に体を触らせていた。みなのいるところで、はっきり拒否することもせずに。あれでは本当に彼女と関係があると思われるし、既婚の不倫相手と公の場で一定の距離を保つという最低限の節度すらないように見える。そこまでするのが男の名誉なのだろうか？

ようやくフェルディナンド卿がジェーンを軽食室から連れだし、廊下を隔てた客間のほうに導いてくれた。レディ・ウェブを見つけてそろそろ帰りましょうと言うには、まだ時間が早すぎるだろうか？　とはいえ、あと一時間もこの場にとどまっていたら、気を失うか大声で叫びだすかしてしまいそうな気分だ。

フェルディナンド卿と客間に入ろうとしたとき、誰かがやってきた。ジョスリンだ。彼はジェーンの右手首をつかみ、何も言わずにただ弟を見つめた。同じく何も言わなかったものの、フェルディナンド卿は彼女から腕を離し、ひとりで客間に入っていった。その間、ジェーンも無言だった。なんとも奇妙な空気が流れた一瞬だった。

ジョスリンはジェーンを廊下に連れだして左に折れ、明かりに照らされた夜会会場から少し離れた通用口の物陰に引っ張っていった。彼女の手首を握ったまま扉を背にして立たせ、目の前に立ちふさがる。その表情は暗くてよく見えなかったが、こちらをまっすぐ見つめる瞳は見えた。そこにはかぎりない情熱と深い悲しみ、切望とあきらめが宿っていた。ジェーンは言葉もなく、ただ打ちのめされたように彼を見つめ返した。

どちらも無言だった。しかしふたりのあいだに流れる沈黙は、言葉にならない切実な思いに満ちていた。

〝明日か明後日の朝、ぼくは死ぬかもしれない〟

〝わたしを残して逝ってしまうかもしれないのね〟

〝これでお別れかもしれない〟

〝しかも永遠の。あなたのいない世界をどうやって生きていけというの？〟

〝いとしいきみ〟

〝いとしいあなた〟

ジョスリンはジェーンを強く抱きしめた。彼女の体を自分の中におさめてしまいたいかのように。ジェーンも彼とかぎりなくひとつになろうとしがみついた。ジョスリンの体の感触と、香りと、鼓動がわかる。

それを感じるのも、これが最後かもしれない。

暗がりの中、ジョスリンの唇がジェーンの唇を探り当てた。すぐそばに客たちがいることも忘れ、ふたりは激しいキスに溺れた。彼の体温、味、男らしさが舌に伝わってくる。でも何より大切なのは、それがジョスリンであることだった。人生に意味を与えてくれた彼の息づかいと鼓動を、全身に感じられることだった。ジョスリンがここにいて、温かい生身の人間として自分に抱きしめられていることだった。

もう放さない。何があっても。

しかし彼は顔を引き、ジェーンの顔を長いあいだ見つめたあと、彼女を放して去っていった。足音が客間のほうに遠ざかり、ジェーンはその場に取り残された。

これほどの寂しさを感じたのは生まれてはじめてだった。ほとんど真っ暗な廊下を呆然と見つめる。

ふたりとも、互いにひと言も発しなかった。

「そこにいたのか」少しして、フェルディナンド卿のやさしい声が聞こえた。「レディ・ウエブのところまで連れていってあげよう。フェルディナンド卿の。屋敷に帰るよう頼んであげようか？」

ジェーンはしばらく返事さえできなかった。けれどもやがて、つばをのみ込んで物陰から出た。「ありがとう、フェルディナンド卿。でも、いいの。レディ・オリヴァーはまだいるかしら？　彼女のところへ連れていってもらえる？」

彼はためらった。「きみがあんな女性を気にする必要はない。兄上は彼女のことなどなんとも——」

「わかっているわ」ジェーンは言った。「それはよくわかっているの。でも、彼女と話がしたいの。今こそ誰かがそうするべきなのよ」

迷ったものの、フェルディナンド卿は肘を差しだし、彼女をふたたび夜会の会場に連れていった。

レディ・オリヴァーは招待客のどの集団にも入れてもらえないようだった。彼女は客間の中央に立ち、扇で顔をあおぎながら不遜な笑みを浮かべていた。まるで、そこにいるどの集まりも自分の水準には達していないとでも言いたげに。

「おそらく彼女は招待状さえ持っていないと思うよ」フェルディナンド卿が小声で言った。「レディ・サングスターは、よもや兄上と彼女の両方を招くつもりはなかっただろう。だが礼儀上、やってきた彼女を追い返すわけにもいかない。本気で彼女と話がしたいのかい？」

「ええ」ジェーンは答えた。「ついていてもらわなくても大丈夫よ、フェルディナンド卿。どうもありがとう。本当に親切な方ね」

こちらを振り向いたレディ・オリヴァーがジェーンを見て驚いたように眉をあげると、フェルディナンド卿は儀礼的に頭をさげた。

「まあ」彼が去っていくと、レディ・オリヴァーが言った。「人騒がせなレディ・サラ・イリングワースのご登場ね。わたしになんのご用？」

最初、ジェーンはレディ・オリヴァーを軽食堂に連れていこうと思っていたが、周囲のおしゃべりや隣室からの音楽のせいで部屋全体が騒がしく、ここでも他人に聞かれることなく話ができそうだった。

「真実を話してもらいたいの」ジェーンはそう言いながら、相手の目をまっすぐ見据えた。

レディ・オリヴァーは扇を広げ、ゆっくりと自分の顔をあおいだ。

「真実ですって？　いったいなんのことかしら？」

「真実を話さないことで、あなたはご主人とトレシャム公爵を命の危険にさらしたわ。そして明日、今度はふたりのお兄さまと公爵をふたたび危険にさらそうとしている。すべてあなたが本当のことを言わないからよ」

レディ・オリヴァーの顔が明らかに青ざめ、手の動きが止まった。明日の決闘のことを今はじめて知り、衝撃を受けたに違いない。だが、彼女はただ者ではなかった。ジェーンの見ている前で平静さを取り戻し、ふたたび扇で顔をあおぎはじめた。

「わたしは妹の名誉を守ろうとする兄たちに恵まれたことに感謝しているわ、レディ・サラ」冷ややかに言い返す。「いったいわたしにどうしろというの？　決闘を中止するように言って、あなたの恋人を救えとでも？　あなたにとっては、彼を決闘で失ったほうがかえって身のためかもしれないわよ。飽きられたとたんにぼろ布のように捨てられずにすむわ。自分の愛人を最終的にはいつもそうやって捨てるのがトレシャムなのよ」

ジェーンも冷たく相手をにらみつけた。「話をそらそうとしても無駄よ、レディ・オリヴァー。トレシャム公爵があなたの恋人だったことは一度もない。でも、彼は紳士らしくあろうとしているわ。レディの主張を否定してみんなの前で恥をかかせるより、自分が死ぬかもしれない危険を選んだ。そこでわたしが尋ねたいのは、あなたはそれでも本物のレディなのかということよ。真実よりも嘘のほうが虚栄心を満たしてくれるからといって、男性を苦しめたり、命の危険にさらしたりして平気なの？」

レディ・オリヴァーは笑った。「彼があなたにそう言ったの？　わたしと恋仲だったことはないと？　あなたはそれを信じたの？　お気の毒さま、レディ・サラ。あなたはしょせんただの世間知らずなのね。教えてあげましょうか……いえ、やっぱりいいわ。もうほかに言いたいことはないの？　だったら失礼するわね。友人を待たせているから。ごきげんよう」

「この先、あなたの人生は人にうらやましがられるものではなくなるわよ」ジェーンは言った。「自分がついた嘘のせいで誰かが命を落としたとなれば。昼夜を問わず、毎日のように良心の呵責にさいなまれることになるのよ。眠っているときでさえ、その苦しみから逃れることはできない。わたしはあなたにも正しい心があると信じているわ。ただ見栄っ張りなだけで、根っからの悪人ではないと思いたい。わたしはごきげんようとは言わないわ。あなたに機嫌よく過ごしてほしくはないもの。明日か明後日の決闘でどんなことが起こるか想像して苦しんでもらいたいわ。そして手遅れになる前に行動してほしい。そうすれば、あなたもまたまわりから人として尊敬してもらえるはずよ」

ジェーンは、扇をぱちんと閉じて音楽室のほうへ去っていくレディ・オリヴァーを見送った。振り向くと、フェルディナンド卿に付き添われたアンジェリンと、キンブル子爵に付き添われたレディ・ウェブが立っていた。

「行きましょう、サラ」レディ・ウェブが言った。「帰る時間よ。長いおしゃべりをさんざん楽しんで、もうくたくただわ」

「おふたりを馬車までお送りしますよ、マダム」キンブル子爵が言った。

アンジェリンが進みでて、ジェーンをしっかりと抱きしめた。いつものアンジェリンらしくなく無言のままで。

フェルディナンド卿が口を開いた。「朝いちばんに訪ねるよ、レディ・サラ」

もちろんそれは、ジョスリンが生きているかどうかを知らせに行くという意味だ。

ジョスリンの夜はいつ果てるとも知れなかった。だが、もちろん朝はやってきた。切れ切れの睡眠と、奇妙に生々しい夢と、長い覚醒のひとときの末に。今回の決闘がこれまでの四回とまったく違うように思えるのが不思議だ。今までは神経の高ぶりこそあれ、眠れなくなったことはなかった。

彼は予定よりも早く起き、二度と戻らない場合に備えて長い手紙をしたためた。封蠟《ふうろう》を垂らし、やわらかい蝋にシグネットリングを押しつけ、封筒に唇をつけてしばらく目を閉じる。昨夜ジェーンを抱きしめた。しかし、ひと言も言葉が出なかった。何か言おうとすると、体が粉々に砕けてしまいそうだった。あのとき求められていたのは、自分にはうまく言えない種類の言葉だった。これまで誰にも言ったことがないような。

運命の朝を迎えて真実の愛を見つけるとは、なんと皮肉なことだろう。しかも自分は、たとえ今日を生き延びたとしても明日はわからない身だ。

愛の存在を信じていなかった自分が愛を見つけることができたのが不思議だった。相手がジェーンであってもなお、結婚などというものは罠だと考えていたような自分が。

ジョスリンは侍従を呼ぶための紐を引いた。


ジェーンは眠れなかった。寝ようとして横になったがまんじりともせず、めまいと吐き気を感じながら闇の中でベッドの天蓋を見つめていた。しまいには起きだして服を着替え、寝室の窓際の長椅子に座って丸くなった。カシミアのショールにくるまって、熱くなった頬をガラス窓に押しつけて冷やす。

あのとき、何か言うべきだった。言いたいことが山ほどあったのに、なぜ黙っていたのだろう？　でも、答えはわかっていた。心のいちばん深いところにある感情を言い表せる言葉など存在しないのだ。

もし彼が死んでしまったら？

ジェーンはショールの中で身震いし、歯が鳴らないように奥歯をかみしめた。

ジョスリンはこれまで四度の決闘を経験し、いつも無事だった。それならあと二回も大丈夫のはずだ。しかし周囲の話では、彼の勝算は低かった。それにハイドパークでジェーンの容赦ない質問攻めに屈したフェルディナンド卿は、決闘が行われる日時や場所ばかりか、ジョサイア・フォーブズ牧師がその職業に似合わず冷徹で射撃の腕も一流だという話までしていた。

扉を引っかくような音で思考が中断され、ジェーンははっとして扉を見た。時刻は明け方だ。扉が静かに開き、メイドが恐る恐るベッドのほうに首をのばしている。

「わたしはここよ」ジェーンは声をかけた。

「お嬢さま」メイドが暗がりの中で言った。「申し訳ございません。階下に女性がお見えで、どうしてもお嬢さまと話がしたいとのことです。それでミスター・アイヴィーが起こされて、ミスター・アイヴィーがわたしを起こしました。その女性はお嬢さまに会えるまで帰らないとおっしゃっています」

胃のあたりが締めつけられ、ジェーンはめまいを感じながら長椅子から足をおろした。

「誰なの？」

きかなくてもわかっていたが、できれば彼女であってほしくなかった。それにもう手遅れだ。そうに違いない。

「レディ・オリヴァーです」

ジェーンは自分の姿を鏡で確認することすらしなかった。部屋を飛びだし、レディらしからぬ勢いで階段を駆けおりる。

レディ・オリヴァーは玄関ホールをせかせかと歩きまわっていた。ジェーンの姿が目に入ると、彼女は階段の下に走り寄った。明け方の光と燭台のろうそくに照らされたその顔は、ひどく思いつめたように見える。

「どこなの？」彼女はいきなり尋ねた。「ふたりがどこで会うかわかる？　時間は？」

「ハイドパークよ」ジェーンは答えた。「六時に」

「ハイドパークのどこ？」

おそらく以前と同じ場所と思うしかなかった。でも、それがどこかはうまく説明できない。ハイドパークはとても広いのだ。

「なぜ？　そこへ行くつもりなの？」

「そうよ」レディ・オリヴァーが言った。「早く。どこなのか教えて」

「口では説明できないわ。でも、案内ならできる。馬車はあるの？」

「あるわ。だったら案内してちょうだい。さあ、ぐずぐずしないで。早くマントとボンネットを取ってきて」

「時間がないわ」ジェーンは相手の袖口を引っ張って玄関に向かった。「もう五時をまわっているはずよ。行きましょう！」

レディ・オリヴァーを急《せ》かす必要はなかった。ふたりはすばやく馬車に乗り、ハイドパークに向かっていた。

「もしジョサイアが死ぬようなことになったら……」レディ・オリヴァーがハンカチで目を押さえる。

ジェーンも祈るような気持ちだった。ジョスリンが死ぬようなことがあってはならない。あっていいはずがない。まだ生きてやるべきことがたくさんある。絶対に死んではいけない。

「ジョサイアは兄弟の中でいつもいちばんだったわ」レディ・オリヴァーが語った。「ほかの兄たちより、わたしにやさしくしてくれた。幼いときにわたしの遊び相手になってくれて、うしろをつきまとわせてくれたのもジョサイアだけよ。失うわけにはいかないの。ああ、御者はもっと急げないのかしら？」

ようやくハイドパークに着いたものの、木立の向こうにある人目につかない草地に馬車を乗り入れるのは不可能だった。女主人に叱り飛ばされた御者があわてて踏み台を置くと、マントにボンネットに手袋というまともな装いのレディ・オリヴァーがあたふたと降り、そのうしろからおろした髪と部屋着とショールに室内履きというとんでもない姿のジェーンが続いた。

「こっちよ！」ジェーンは叫んで走りだした。もちろん確信はない。間違っているかもしれなかった。間違っていなかったとしても、すでに手遅れかもしれない。自分の乱れた息づかいとレディ・オリヴァーの泣き声の切れ目に銃声が聞こえないかと耳を澄ます。

場所は間違っていなかった。木立を抜けたとき、静まり返っている見物人の一団が見えた。彼らが静かにしている理由はひとつしかない！

シャツに長ズボン、それにヘシアンブーツだけの姿になったジョサイア・フォーブズ牧師とジョスリンが銃口を天に向け、背中合わせの状態から歩いているところだった。ふたりはちょうど止まりかけていた。これからまさに相手に狙いを定めようとしている。

「やめて！」ジェーンは叫んだ。「やめて！」彼女は足を止め、握りしめた両の拳を口に当てた。

レディ・オリヴァーが金切り声をあげながら前に飛びだした。

男性ふたりが止まった。ジョスリンはこちらに顔を向けることも拳銃を構えた手をおろすこともなく、横目でジェーンの姿をとらえた。そのままじっと見つめ続ける。フォーブズ牧師は振り向いて拳銃を持つ手をおろし、苦々しい顔をした。

「ガートルード！」牧師は大声で言った。「すぐに帰れ！　ここは女性が来るところじゃない。あとで会いに行く」

オリヴァー卿は戸惑いときまり悪さを感じたらしく、見物人の集団の中から出てきて妻の腕を取り、その場から連れだそうとした。しかし、レディ・オリヴァーは夫の手を振りほどいた。

「やめて！」彼女が言った。「話すことがあるの」

ジョスリンの視線をひるむことなく受け止めていたジェーンの耳にレディ・オリヴァーの言葉が届いた。次の瞬間、ジェーンはレディ・オリヴァーが兄の命を救うために自分の評判を落としてでも勇気ある行動に出ようとしているのだと悟った。同情はわかなかった。本来なら、彼女は夫と公爵の決闘のときにそうすべきだったのだ。

けれど不思議だ、とジェーンは妙に冷静に考えていた。レディ・オリヴァーが最初から正しい行動に出ていれば、自分はジョスリンに出会わなかった。人の運命とはなんと数奇なものだろう。

「ジョサイア、トレシャム公爵を撃ってはだめ」レディ・オリヴァーが訴えた。「サミュエルもよ。公爵は何も悪くない。彼とわたしはなんでもなかったの。わたしは想いを寄せていたけれど、彼は振り向きもしなかった。わたしは自分をめぐって男性同士に争ってもらいたかったの。それが魅力的でロマンティックなことに思えたのよ。でも、間違っていた。この場で認めるわ。だからなんの罪もない人を撃たないで。さもないと一生後悔するわよ。わたしと同じように」

「この期に及んで恋人をかばうのか、ガートルード？」フォーブズ牧師は、ふだん説教台から響かせているに違いない厳かな声で言った。

「わたしの性格を知っているでしょう。もし嘘でないなら、人前で自分を貶めるようなことを言いに来たりしないわ。わたしはただ正しいことをしようと決めたの。もしこれでも信じないのなら、一緒に来たレディ・サラ・イリングワースに尋ねてみて。このあいだの決闘のあとにわたしがトレシャム公爵のお見舞いに行ったとき、彼女はわたしが公爵にすげなくされるのを見ていたわ。彼がわたしの恋人だったことは一度もないの。でも彼は紳士だから、わたしを嘘つきと公言することはなかったのよ」

ジョスリンは身動きひとつせず、ジェーンから目を離しもしなかった。だが、片方の眉が皮肉っぽくあがるのが遠目からでもわかった。

ジェーンはまだ両の拳を口に押し当てていた。

フォーブズ牧師が芝生を横切ってジョスリンに近づいた。そこでようやくジョスリンはジェーンから目を離し、拳銃を構える手をおろした。

「どうやら私の誤りだったようだ、トレシャム公爵」牧師はあいかわらずもったいぶった口が調で言った。「貴殿に謝罪しなければならない。この挑戦は取りさげる。ただし、そちらが私を許せないというのなら、このまま続けよう。なんといっても、私の身内がそちらの家族に危害を加えようとして卑怯なまねをしたのだから」おそらくフェルディナンド卿の馬車のことで、彼は三人の弟たちを厳しく罰したのだろう。

「そのことなら」ジョスリンが言った。「すでに仕返しはすんでいるよ、フォーブズ。そして今朝の決闘については、ぼくも妹のためなら同じことをしたはずだ」彼は拳銃を左手に持ち替えて、相手に右手を差しだした。

ふたりが握手をすると、サミュエル・フォーブズ大佐も進みでてきて謝罪の言葉を述べ、挑戦を取りさげた。見物人たちがいっせいにため息をもらした。ジェーンは口に押しつけていた両の拳をそろそろとおろした。見ると、手のひらに八つの爪の跡がくっきり残っている。

レディ・オリヴァーは夫の腕の中に優雅に倒れ込んだ。

決闘者たちの和解がすっかり終わった。まもなくジョスリンはひとりになり、ふたたび木立に目を向けた。近づこうとする仲間たちに向かって左手をあげて押しとどめ、右手でジェーンをぞんざいに招き寄せる。

その仕草を見たとたん、ジェーンの胸に渦巻いていたさまざまな思いが一瞬で吹き飛び、深い安堵とすさまじい怒りだけが残った。まるで人を犬のように呼びつけて！　自分から相手に近づいていくことなどありえないとでもいうのだろうか？　ジェーンは彼のほうにずんずん歩いていき、ほとんど鼻と鼻を突きあわせるほど近くに立った。

「あなたは最悪の男よ」押し殺した声で告げる。「傲慢で最低のわからずやだわ。大っ嫌い！　わたしになんの言葉もかけずに死ぬつもりだったのね。ゆうべだって――あのときだって、何ひとつ言ってくれなかった。これでもうじゅうぶんすぎるくらいよくわかったわ」彼女はジョスリンの鼻先で指をぱちんと鳴らした。「わたしのことなんて、しょせんその程度にしか思っていないんでしょう。あなたの顔など二度と見たくない。二度とよ。わかった？　金輪際、わたしに近づかないで」

ジョスリンは腹を立てるわけでもなく、ただ横柄に彼女を見つめ返した。

「二度と近づくなとぼくに命令するために、こんな朝っぱらからその姿で駆けつけたのか、レディ・サラ？」なんとも憎らしい言い草だった。「ただぼくを最悪の男と罵倒するために、いちいち正論を振りかざしたな。さあ、ぼくの腕を取るんだ。オリヴァー卿の馬車まで送ろう。レディなら、あれに乗って帰るべきだろう。ぐずぐずしていたら、夫婦愛に目覚めたオリヴァー夫妻に置いていかれてしまうぞ。そうなったら、きみはこの場に残っている男たちに付き添われて帰ることになる。まだ世間の評判が危ういレディ・サラ・イリングワースにとっては避けたい事態だろう」

腕を差しだされたものの、ジェーンはジョスリンに背を向けて馬車のほうへ歩きだした。彼が隣についてきてたたみかけた。

「これはおそらくきみの考えだな？　すばらしい間合いだった。まさに危機一髪で救われたよ」

「危機一髪で救おうとしたわけではないわ」ジェーンは冷ややかに言った。「ゆうべレディ・オリヴァーに、そろそろ真実を話すべきだと言ってあげただけよ」

「するときみはぼくの命の恩人というわけだ」彼の口調はあいかわらず高慢で、感謝しているような響きはない。

「お友だちのところへ戻って」馬車が見えてきて、まだ取り乱しているレディ・オリヴァーと一緒に屋敷へ戻れることが確実になったところでジェーンは言った。

ジョスリンは立ち止まって頭をさげ、何も言わずに背を向けた。だが彼が歩きだそうとしたとき、ジェーンはふとあることを思いだした。

「ジョスリン！」

彼が立ち止まって振り向いた。瞳に奇妙な光が浮かんでいる。

「刺繍を忘れてきたの」言いたいことが急に言えなくなり、ジェーンはあらぬことを口走った。

「届けるよ」そう言ってから、ジョスリンはすぐに訂正した。「失礼、きみはぼくに二度と会いたくないんだったな。誰かに届けさせる」ふたたび歩きだそうとする。

「ジョスリン！」

ふたたび彼が同じ目で振り向いた。

「あの絵もなの」

ジョスリンが返事をするまで、ふたりの視線が先ほどよりも長く絡みあったように感じられた。

「届けさせる」

彼は背を向けて去っていった。

まるで昨夜のことなどなかったかのようだ。あれはいったいなんだったのだろう？　男と元愛人が人目を忍んで交わしただけの平凡なキスだったの？

ジェーンは向きを変え、馬車へと急いだ。

25

その日のうちに、ジェーンの刺繍と肖像画と『マンスフィールド・パーク』が届けられた。フィリップが持ってきてくれたらしいが、ジェーンは会わなかった。はっきりしているのは、ジョスリンが届けてくれたのではないということだ。よかった。彼の今朝の態度は高圧的で、冷ややかで、侮辱的だった。昨夜のキスにやさしさがこもっているように感じられたのは、ただの勘違いだったのだ。荷物を運んできたのがジョスリンでなかったおかげで、会いたくないと拒まずにすんだ。彼の名前など二度と耳にしたくもない。

だが、それが真実でないことは翌朝はっきりした。レディ・ウェブがまだ着替え室にいて、執事が朝食室に新聞を持ってきたときのことだ。

「お手紙です」執事がジェーンに告げた。

彼女は奪うようにして手紙を受け取り、はやる思いで差出人の名前と場所を確認した。しかし、すぐにがっかりした。書かれていたのは太くてのびやかなトレシャム公爵の筆跡ではなかった。失望のあまり、その筆跡に見覚えがあることに気づくのが遅れた。

「ありがとう」封蝋を切る。

チャールズからだった。長い手紙だ。差出地はコーンウォールになっている。

手紙には、ダーバリー伯爵がキャンドルフォードに戻ったとあった。それに、サラが無事に見つかり、レディ・ウェブの屋敷にいると知らされたとある。長く生死の境をさまよっていたシドニー・ジャーディンがようやく回復に向かいはじめたことがキャンドルフォードから正式に発表されたという一文を読み、ジェーンはほっとした。

〝ぼくがどれほどつらい思いをしたか、とても言葉では表せない〟チャールズは手紙で訴えていた。〝すべての出来事がぼくの不在中に起こり、窮地に立たされたきみがぼくに助けを求められなかったと思うとたまらなかった。きみを追ってロンドンに行こうかとも思ったが、どこを探せばよかったのか？ ダーバリー伯爵はボウ・ストリートの捕り手を雇ってもなお、きみを見つけだせなかった。それならぼくのような人間にいったい何ができただろう？〟

とにかくやってみればよかったのに。本気で相手を愛しているなら、ふつうはそうするはずだ。

手紙はさらに続いた。〝ダーバリー伯爵はもうひとつ知らせを持ち帰った。もちろん事実ではないと信じている。サラ、これはおそらく伯爵がぼくを攻撃しようとして言ったのだろう。きみも知ってのとおり、彼はいつもぼくたちの仲を裂こうとしてきた。伯爵は、トレシャム公爵がきみに求婚することを認めたと言った。サラ、これを読んだらきみはおそらく大笑いするだろう――よりによってトレシャム公爵とは！ ぼくは彼に直接会ったことはないが、なんでも英国一の放蕩者という評判らしい。きみが彼につきまとわれて迷惑していないことを祈っている〟

ジョスリン。ああ、ジョスリン。

〝ぼくはロンドンに行く。いくつか大切な仕事を片づけたら急いで出発するよ。今回の不幸な出来事のせいできみを侮辱してもいいと考える不埒な男から、きみを守ってやる。きみを迎えに行くよ、サラ。たとえダーバリー伯爵が認めてくれなくても結婚しよう。ぼくはとびきり裕福な男というわけではないし、きみが財産を相続できなくなるのは残念だ。しかしぼくは妻や家族をじゅうぶんに養っていけるし、少しくらいの贅沢はさせてやれる〟

ジェーンは目を閉じ、手紙の上に頭をうなだれた。

チャールズのことは心から好きだ。前からずっと。もう何年も、彼のことを結婚してもいいと思えるほど好きだと自分自身に思い込ませてきた。けれども今、なぜ彼を愛せないのかわかった。チャールズと自分のあいだには燃えるような情熱がないのだ。あるのはおだやかなやさしさだけ。この数週間こちらがどれほど苦しい思いをしてきたか、どうやらチャールズはまるでわかっていない。今この瞬間でさえ、彼女のもとに急いで駆けつけようという気持ちもない。片づけなければならない仕事を優先させている。

手紙をたたんで皿の横に置いたとき、あまりのやるせなさに目の前が暗くなった。レディ・ウェブの屋敷に来てからというもの、特にチャールズを思いだしたことはない。彼と結婚できそうにないことはとうに自覚していたが、今朝はなんの心の準備もないままに突然この真実を突きつけられてしまった。

ずっと昔から心の支えにしてきたものが、とうとう断ち切られてしまった。これから先はずっとひとりぼっちで生きていかなければならない気がする。

それなのに、チャールズがロンドンにやってくるという。

来ないでほしいとすぐに返事を書かなければ。ジェーンは朝食に手もつけずに席を立とうとした。彼にはるばる来てもらっても無駄足になるだけだ。それに、結婚できないことは直接言うより手紙で伝えるほうが楽だろう。


死の危険が遠のいたとジョスリンがたしかに信じられるまで数日を要した。フォーブズ兄弟、そしておそらくオリヴァー卿も、レディ・オリヴァーが決闘の場に駆けつけて真実を話したことでようやく納得したとみえる。

図書室でアクトン・パークからの新しい報告書に目を通している最中にそのことを実感し、ジョスリンは呼吸が少し浅くなっていることに気づいた。机に肘をついて両手を持ちあげたとき、その手がわなわなと震えているのを見て衝撃を受けた。

マイケル・クインシーにこんな姿を見られなくてよかった。

思えば不思議だ。これまでの決闘では死を覚悟するほど追いつめられなかった。理由はおそらく、これまで生きることに正面から向きあったことがなく、存分に生きたいという思いが希薄だったからだろう。家令が送ってきた無味乾燥な報告書を読んでいるとき、はじめて強い望郷の思いがこみあげた。あの場所へ戻って、大人の目でもう一度屋敷を見てみたかった。庭園や森や丘をさまよい、かつて少年だった自分を思いだし、大人になった自分を再発見してみたい。

ジェーンとともにあそこへ行きたい。

切ないくらい彼女を求めている。しかし、彼女が社交界デビューを果たすまではそっとしておこうと思っていた。お披露目の舞踏会で彼女にダンスを申し込み、受け入れてもらえるまで何度でも求愛するつもりだった。もちろん遅かれ早かれ受け入れてもらえるだろう。トレシャム公爵をいつまでも拒み続ける人間などいない。

だが、その舞踏会までまだ一週間もある。そんなに長くは待てそうになかった。それに、ひょっとしたらジェーンが自分を拒み続けるはじめての人間にならないとも限らない。こうしておとなしく待っているあいだにも、キンブルやフェルディナンドのような連中が彼女を街のあちこちに連れだしている。全身の毛穴から魅力を振りまき、ジェーンが自分といるときにはめったに見せることのないまぶしい笑顔を勝ち取っている。そうしたことすべてに嫉妬している自らに対し、ジョスリンはひどくいらだった。ジェーンがほかの男を求めるなら好きにすればいい。相手ともども地獄に落ちればいいのだ。キンブルとフェルディナンドふたりを同時に相手にして戦う自分を想像した――海賊のごとく両手に剣を持って。

口には短剣《カトラス》、片目は眼帯だ。

「まったく！」誰もいない図書室で叫び声をあげると、ジョスリンは机を拳で叩いた。「いっそのこと彼女の首をひねってやる」

その日の午後、ジョスリンはレディ・ウェブの屋敷に姿を見せたものの、ほかの客たちが集まっている客間に案内されることを拒んだ。レディ・ウェブとふたりだけで話がしたいと執事に告げ、一階の応接間に通してもらった。

レディ・ウェブが今回の求婚を内心快く思っていないことはわかっていた。もちろん彼女は、それを顔に出すほどはしたなくはない。夫人の胸中は理解できた。成人して以来、ジョスリンは彼女のような立派な女性たちによい印象を持ってもらおうと努力したためしがなかったのだ。どちらかと言えばその逆だった。とはいえレディ・ウェブは、ジョスリンが自分の名付け娘であるジェーンに求婚する必要があるということは認識していた。

「ただし、もし彼女が拒んだら」レディ・ウェブは、ジェーンを呼びにやる前にジョスリンに釘を刺した。「わたしは彼女の意思を尊重します。あなたに好き勝手なまねはさせませんからね」

ジョスリンはかしこまってお辞儀をした。

それから二分が経過し、ジェーンが姿を見せた。

「まあ」扉の取っ手に手をかけたまま、彼女は言った。「あなたなの」

「最後に鏡をのぞいたときはそうだった」ジョスリンは優雅にお辞儀をした。「誰だと思った？」

「チャールズかと思ったわ」

彼は眉をひそめ、ジェーンをにらみつけた。「チャ、ャ、ー、ル、ル、ズだと？」感じよくふるまおうとしていた気分が一気に吹き飛ぶ。「例のコーンウォールの腰抜けのことか？　きみと結婚するつもりでいる田舎者の？　そいつがロンドンに来ているのか？」

ジェーンの唇が例によって引き結ばれた。「サー・チャールズ・フォーテスキューは腰抜けでも田舎者でもないわ。彼はどんなときもわたしの親友でいてくれた。あの人はできるだけ急いでこちらにやってくる予定よ」

「できるだけ急いで？」ジョスリンは繰り返した。「このひと月余り、そいつはいったい何をしていたんだ？　ロンドンに駆けつけ、きみをダーバリーの魔の手から救おうと街じゅうを血まなこで探していたという話は聞かなかったぞ」

「彼に何ができたというの、公爵さま？　ボウ・ストリートの捕り手でさえ、わたしを見つけだせなかったのよ。彼に見つけられたはずがないわ」

「ぼくなら見つけただろう」ジョスリンは目を細めた。「ぼくが本気で探せば、世界はきみを隠すほど広くはない、レディ・サラ」

「もうその呼び方はやめてちょうだい」彼女は言った。「それはわたしの名前ではないわ。わたしはジェーンよ」

その言葉にふと心がなごみ、ジョスリンは腰抜けで田舎者のサー・チャールズ・フォーテスキューに対する憎しみを一瞬忘れた。

「ああ、そうだった。そしてぼくは〝公爵さま〟ではない、ジェーン。ジョスリンだ」

「ええ」彼女が唇を舐める。

「なぜそんなところで取っ手に手をかけたまま、かたくなっている？　ぼくがきみに飛びかかって襲うとでも？」

ジェーンは首を横に振り、部屋の奥に入ってきた。

「あなたなど怖くないわ」

「だったら怖がったほうがいいぞ」

ジョスリンは彼女の体に視線をさまよわせた。今日は淡いイエローのドレスに身を包んでいる。髪がつややかに輝いていた。

「きみが恋しかった」そう言ったものの、完全には素直になれなかった。「もちろんベッドで、という意味だが」

「そうでしょうよ」ジェーンが突き放すように言う。「それ以外の意味なんてあるはずがないもの。なぜ来たの、ジョスリン？　わたしがジェーン・イングルビーでなくレディ・サラ・イリングワースだから、求婚しなければならないとあいかわらず思っているの？　それは侮辱よ。そこまで人の中身より名前のほうが大切なの？　あなたはジェーン・イングルビーと結婚しようとは夢にも思わなかったんでしょう」

「きみはぼくの考えをなんでもお見通しらしいな」ジョスリンは言った。「それなら今のぼくの夢もわかるか？」

「ジェーン・イングルビーとはまったく結婚する気がなかったくせに」彼女は言い募った。「どうして今さらわたしと結婚したがるの？　それも紳士道？　レディを嘘つき呼ばわりするより決闘を選んだときと同じなの？　だったら、わたしは紳士などいらないわ、ジョスリン。放蕩者のほうがずっとましよ」

珍しいことに、今日のジョスリンは彼女につられてかっとなることがなかった。これは明らかに有利だ。

「そうなのか、ジェーン？」彼は声をやわらげた。「なぜだ？」

「放蕩者には自分の意志があるわ。弱みも、人間らしさも、それから——ああ、言葉が出てこない」片手を宙にさまよわせる。

「情熱？」

「そう、それよ」

ジェーンは鮮やかなブルーの瞳でジョスリンをにらみつけた。

「わたしと言いあいをしているときのあなたのほうがよほどいいわ。暴言を吐いたり、高飛車に指図したり、本を読んでくれたり、わ——わたしの絵を描いてくれたり、音楽に没頭したりしているときのあなたのほうがいい。どんなにいけ好かなくても、そのほうがずっとましよ。そういうときのあなたには情熱があるもの。紳士面をするあなたなんていらないわ、ジョスリン。きっぱりとお断りよ」

ジョスリンは笑みを押し隠した。それと希望も。今の言葉が何を意味しているか、ジェーンは自分でわかっているのだろうか？　いや、おそらくわかっていない。彼女は例によってかっかしている。

「そうなのか？」彼はジェーンに近づいた。「だったら、きみにキスをするべきだな。自分がいかに紳士からほど遠いか証明するために」

「あと一歩でも近づいてみなさい、ひっぱたいてやるから」

しかしもちろん、ジェーンが身を引くことはなかった。ジョスリンはさらに二歩前に出て、彼女とほとんど目と鼻の先まで近づいた。

「お願いだ、ジェーン」ふたたび声をやわらげる。「キスをさせてくれ」

「なぜ？」瞳を涙に光らせながらも、彼女は目をそらさなかった。それが怒りの涙なのか、感動の涙なのかはわからない。

「どうしてあなたにキスをさせないといけないの？　このあいだの夜会では、あなたは何も話さなくても、わたしのことを思っていると信じさせてくれた。それなのに翌朝ハイドパークでわたしを招き寄せたときは、とても冷ややかで横柄だったわ。まるでわたしのことを、あなたに服従すべき犬か何かのように思っているみたいだった。わたしのことなんて露ほども大切に思ってくれないあなたに、なぜキスをさせる必要があるの？」

「露ほども？」ジョスリンは問いかけた。「なんてことを言うんだ、ジェーン。ぼくはきみのことが好きだよ」

「帰って」彼女は言った。「からかわないで。もちろんあなたに感謝すべきことがたくさんあるのはわかっているわ。あなたがいなければ、わたしは今頃コーンウォールでシドニーやおじさまに苦しめられていたでしょう。でもあなたがわたしを助けてくれたのは、単に自分のプライドを守るため。わたしが本当のことを打ち明けたいと心から願ったとき、あなたはそこにいてくれなかった。あなたは――」

彼は手を伸ばしてジェーンの唇を指先で押さえた。彼女は口をつぐんだ。

「言わせてくれ」ジョスリンは言った。「ぼくときみは、あの最後の一週間でとても親密になった。ぼくはこれまで誰ともあそこまで深い関係を築いたことはない。きみとぼくは互いの関心ごとや内心の思いを分かちあった。楽しみや感情を共有した。恋人だけにとどまらず友人になった。ただの友人、ただの恋人を超えたつながりを得た。きみはぼくに、成熟した人間になるために過去の自分と父を許さなければならないと教えてくれた。そして、男であるためにやさしさや繊細さを切り捨てる必要はないと教えてくれた。人としての感情をよみがえらせてくれ、過去と向きあわせてくれ、少年時代に苦しみだけでなく喜びもあったことを思いださせてくれた。ただぼくのそばにいて、ただジェーンでいてくれることによって」

ジェーンが顔をそむけようとしたが、ジョスリンはまだ彼女にしゃべる機会を与えなかった。彼はジェーンの顎を手で包んだ。

「きみは言った。ぼくがあのような形で真相を知ることになったのでなければ、きみもぼくがしたように打ち明けるつもりでいたと。ぼくはそれを信じるべきだったよ、ジェーン。最初に真実を知ったときも、あんな態度に出たのはとんでもない誤りだった。ぼくはきみを支えるべきだったんだ。前の晩にきみがしてくれたようにきみを抱きしめ、自分が知らされた事実を伝え、きみがぼくを信じて何もかも話し、頼りにできるよう導いてやるべきだった。

ある種の記憶を思いだすことがどれほどつらいものか、ぼく自身よくわかっていた。前の晩に同じ経験をしたばかりなのだから、もっと配慮すべきだった。ぼくはそれに失敗したんだ、ジェーン。そしてきみを傷つけてしまった」

「やめて。ひどい人ね。そんな言い方をしたら、わたしが言い返せないとわかっているんでしょう」

「どうか言い返さないでくれ。許してくれ、ジェーン。お願いだ」

その言葉が本気かどうか確かめるように、彼女はジョスリンを見つめた。ジェーンがこれほど無防備に見えたことはなかった。彼の言葉を信じたいという切望が瞳に浮かんでいる。

「ジェーン」彼はやさしく言った。「きみはぼくに、この世に本当に愛が存在すると教えてくれた」

ジェーンの両目から涙があふれて頬を伝った。ジョスリンはそれを親指で受け止め、彼女の顔を両手で包み、左右の頬の乾いたところにキスをした。

「わたし、あなたが、し、死んでしまうと思ったのよ！」ジェーンが声を詰まらせた。「もう間に合わないだろうと思ったわ。今にも銃声が聞こえて、着いたらあなたが倒れて死んでいるだろうと。ここではっきりそう感じたの」そう言って胸を叩く。「いやな予感がしたのよ。だから、あなたに言えなかったことをどうしても言っておきたくて……ああ、なぜほしいときにかぎってハンカチがないのかしら？」彼女は洟をすすり、ポケットのない部屋着の縫いあわせ部分を探った。

ジョスリンは白い大きなハンカチを差しだした。

「しかし、きみは間に合った。そして言いたいことをすべて言った。思いだしてみようか。最悪の男。傲慢。最低のわからずや――これはひどいな。大っ嫌い。あなたの顔など二度と見たくない。これで全部だったか？」

受け取ったハンカチで洟をかんだものの、ジェーンはそのハンカチをどうしていいかわからずにいた。ジョスリンは受け取って自分のポケットに入れた。

「あなたが死んだら、きっとわたしも死んでいたわ」愉快なことに、彼女はまたつっけんどんな口調に戻っていた。「本当に最低最悪な人。また誰かに決闘を申し込まれるようなことになったら、そのときはわたしがこの手であなたを殺してやるから」

「本当にそうしてくれるか？」

ジェーンは口を引き結んだ。「何があろうとわたしと結婚するつもりなんでしょう？　それともでまかせなの？」

「今のぼくにとって何が怖いといって、きみにノーと言われるほど怖いことはないんだ、ジェーン。そしてきみがいったんノーと言えば、どんなことをしても覆せない。どうかぼくに情けをかけてくれ。こんな弱い立場に置かれるのは生まれてはじめてでね。これまでは何ごとも自分の思いどおりにしてきた」

だが、ジェーンはあいかわらずの表情でこちらを見つめている。

「なんだ？」ジョスリンは尋ねたが、彼女は黙って小さく首を横に振るばかりだ。「ジェーン、ぼくは故郷に帰りたい。アクトン・パークへ——きみと一緒に。あそこでぼくたちの新しい思い出と伝統を育んでいきたい。きみにはぼくの夢がわかるんだろう。まさにこれなんだ。ぼくの夢をともに叶えてくれないか？」

彼女が口をいっそうかたく閉じた。

「なぜ黙り込む？」ジョスリンは背中で両手を組みあわせ、彼女に向かってわずかに頭を突きだした。「どうしたんだ、ジェーン？」

「あなたって、いつも自分のことばかりね。自分がどうしたいか、どんな夢を叶えたいかばかり。わたしはどうなの？　わたしのことをほんの少しでも考えてくれているの？」

「言ってくれ、きみはどうしたいんだ？　ぼくに何を望んでいる？　目の前から消えてほしいのか？　ならば、そう言えばいい。ただし感情に任せて言い放つのではなく、あくまでも本気とわかるよう冷静かつ真剣に。きみに消えろと言われれば、ぼくは黙ってそのとおりにする」

数日前フォーブズに銃口を向けられても、ここまでの恐怖は感じなかっただろう。

「今さらわたしにどうしたいも何もないわ」ジェーンが叫んだ。「妊娠したんだもの！」

ジョスリンは満身の力で顎を殴られたかのように身をすくめた。なんということだ！　いったいいつからわかっていたんだ？　自分が今日ここを訪ねなければ、彼女のほうから知らせてきただろうか？　そもそも知らせる気があったのか？　事実を伝え、こちらを信じ、許してくれる気があったのか？

彼女はそれきり口をつぐんで、にらみつけている。ジョスリンは背中で組んだ両手に痛いくらい力を込めた。

「ジェーン」やがて静かに言った。「そういうことなら、話はまったく違ってくる」

26

レディ・ウェブはジェーンの着替え室の扉を開いて中に入った。ミッドナイト・ブルーのドレスに羽根飾りのついた同色のターバンという彼女の装いは、まさにジェーンと好対照だ。ジェーンは白のサテンに白のレースを重ねたドレスに身を包み、ほとんど非現実的なまでに美しかった。ドレスは胸元のラインが低い洗練されたデザインで、裾の部分と胸下の高い位置で結ばれたサッシュとスカラップスリーブにつややかな銀糸の縫い取りがある。腕には白い長手袋、足には銀色の履き物、そして輝くブロンドの結い髪には、白地に銀糸が織り込まれた細いリボンが編み込まれていた。

「ああ、サラ」レディ・ウェブが言った。「まさにわたしが望んで夢見た娘そのものだわ。あなたの人生で最も大切な今日という日に、お母さまがこの場にいてくれたら、どんなによかったことか。本当にきれいよ」

着替え室の姿見の前に立って自分の姿を難しい顔つきで点検していたジェーンは、レディ・ウェブのほうを振り向いて言った。

「昨日女王陛下の客間に通されるために着せられた、あのとんでもなく重くて古くさい衣装を身につけたときも、まったく同じことを言ったわよ、ハリエットおばさま。わたしは今夜の衣装のほうが間違いなくいいと思うわ」

「宮廷拝謁はお務めですからね。でもお披露目の舞踏会は、あなたの社交界での華々しい門出を祝うための私的な催しよ」

「本当に華々しい門出になるかしら？」

ジェーンは化粧台から扇を取った。今夜のことが急に心配になってきた。今日は朝から舞踏会のための準備で、屋敷内は目のまわる忙しさだ。メイドと朝の外出から戻ってきたとき、舞踏室はすっかり様変わりしていた。どこもかしこも純白と銀色のリボンで飾りつけられ、唯一の彩りとして青々とした植物やシダの葉があしらわれていた。巨大なシャンデリアが天井から吊るされ、きれいに掃除されて、何百本もの新しいろうそくが取りつけられている。午後遅くには楽団が到着し、高座で楽器の準備に取りかかった。食堂では、深夜に出される豪華な晩餐のためにいちばん上等な磁器とガラス器と銀のカトラリーが用意されていた。

「もちろんそうなるに決まっていますよ」レディ・ウェブが歩み寄ってジェーンを抱いた。ただし互いの衣装がしわにならないよう、少し距離を保って。「ならないわけがないでしょう？　あなたは故ダーバリー伯爵の娘にして遺産相続人のレディ・サラ・イリングワースなのよ。しかも、おとぎばなしのお姫さまのように美しくて。信奉者だって何人もいるじゃないの」

ジェーンは力なく微笑んだ。

「結婚相手はまさによりどりみどりだわ」レディ・ウェブは言った。「たとえばキンブル子爵は明らかにあなたにご執心だから、難なく落とせるでしょう。別にトレシャム公爵に求愛し続けてもらわないと困るわけでもなんでもない――もちろん、向こうがそのつもりだとすればだけれど。あの人はまっとうな求婚をしたんでしょうね？　少なくともそう信じたいものだわ。ともかくあなたは気にせず好きに決めればいいの」

「ハリエットおばさま」ジェーンはなかばたしなめるように言った。

「けれど、もうこれ以上は言わないことにしましょう。言いたいことは言わせてもらったから。ちょっとおせっかいがすぎたかもしれないわね。さあ、行きましょう。一階におりなくては。そろそろお客さまがいらっしゃる時間だもの。シリルとドロシーが待っているわよ」

シリル・ランズダウン卿はレディ・ウェブの実弟だ。レディ・ウェブは弟とその妻に今夜の舞踏会の手伝いを頼んだのだった。ランズダウン卿は、ジェーンの最初のダンスの相手を務めることになっている。

遅い午後の光に照らされた舞踏室は豪華そのものだった。まさに息をのむばかりだ。すでにすべてのろうそくに火が灯されている。頭上に張りめぐらされた白と銀色の飾りリボンの上で輝くシャンデリアの光は、壁に取りつけられた背の高い鏡に映り込んで数倍ものまばゆさを放っている。

ジェーンの目には、それはまるで婚礼を祝う舞踏室のように映った。だが人々が今夜集うのは、彼女の社交界デビューを祝うためだ。ここはなんとしても成功させなければいけない。

くれぐれも間違いがあってはならないのだ。昨日と今日の行事が完璧に執り行われるよう、レディ・ウェブは名付け娘の自分のために、とても多くの時間と労力を――そしてもちろん費用を――注ぎ込んでくれたのだから。

「緊張しているの、サラ?」レディ・ランズダウンが言った。

振り向いたとき、ジェーンはつい涙ぐんでしまった。

「ハリエットおばさまのために成功させなければと思ってしまって」

「きみは五ペンス硬貨みたいにぴかぴかに輝いているよ」ランズダウン卿が言った。「あとは私が自分の下手なダンスをうまくごまかせればいいが……」愉快そうに笑う。

ジェーンは母親のまなざしで自分を見つめるレディ・ウェブのほうを振り返った。

「本当にありがとう、ハリエットおばさま。たとえ母が生きていたとしても、これ以上の支度はしてもらえなかったはずよ」

「そんなふうに言われると言葉もないわ」レディ・ウェブが目を潤ませる。

幸い、早いお客が到着したようだった。四人は急いで舞踏室の扉の外に並んだ。

それからの時間は、二〇歳という遅咲きの社交界デビューを飾ることになったジェーンにとってめくるめくひとときだった。はじめて紹介される客の中には見覚えのある顔もあった。もちろん、もうすっかり慣れ親しんだ人もいる。レディ・ウェブから花婿候補として目をつけられたハンサムなキンブル子爵。親しみやすいサー・コナン・ブルーム。そのほか、ジェーンがダドリー・ハウスにいたときにジョスリンの見舞いに来てくれた仲間たち。フェルディナンド卿も現れ、ジェーンの手を取ってお辞儀をし、手の甲にキスをして少年のようないたずらっぽい笑みを浮かべた。ヘイワード夫妻もやってきた。夫のほうは礼儀正しくお辞儀をし、模範的な挨拶を述べてそのまま舞踏室に向かおうとしたが、妻のほうは黙っていなかった。

「ああ、サラ」お互いの衣装に被害が出るのもかまわず、レディ・ヘイワードはジェーンを強く抱きしめた。「本当にきれいだわ。白を着こなせるあなたがうらやましい。わたしの場合は幽霊みたいになってしまうから、もっと明るい色を選ぶしかないの。でも、お兄さまたちからいつも衣装の趣味をけなされてばかりいるのよ。まったくいやな人たち。ところで今夜、トレシャムお兄さまは来るの？　今日の午後ハイドパークで会ったときは、なんだかはっきりしない返事だったわ。最近、兄とは話しているの？　あの人と喧嘩できるなんて、あなたはたいした女性よ。これまで兄に立ち向かえる人なんていなかったんだもの。どうか兄を簡単に許さないで、うんと苦しめてやってほしいわ。でもね、明日には――」

ヘイワード卿が妻の肘をつかんだ。「さあ、おいで。われわれがここでこれ以上しゃべっていたら、招待客の列が階段の下までのびて、玄関を出て、しまいに表通りとつながってしまうよ」

「サラ、あなた、トレシャム公爵と喧嘩をしたの？」ヘイワード夫妻が行ってしまうと、レディ・ウェブが尋ねた。「先週彼が訪ねてきたあと、ほとんど何も話してくれなかったわね。

「今夜、公爵が来るかどうか知っているの？」

だが挨拶を待つ客の列ができていたので、それ以上話す時間はなかった。

当然ながら、ジョスリンはやってきた。大幅にではなく、少しだけ遅れて。ジェーンとレディ・ウェブはランズダウン夫妻とともにまだ廊下にいたが、ほかの客たちはすべて舞踏室に入り、楽団が楽器の調律をはじめた頃だった。ジョスリンはぴったりとした黒の燕尾服にシルクのグレーのブリーチズと銀糸の刺繍が入ったベストを合わせ、純白のシャツとレースのカフス、長靴下、黒のダンスシューズという非の打ちどころのない正装だった。並んでお辞儀をする招待側の四人に対し、彼はもったいぶったお辞儀を返した。

「レディ・サラ」ジョスリンがジェーンの前でささやいた。宝石をちりばめた片眼鏡の柄を手にしながらも顔の前にかざすことはせず、彼女を足の爪先から頭のてっぺんまでじっくりと眺める。「なんと。ほとんど花嫁だな」

ああ、なんて癪に障る人かしら！　レディのお披露目の衣装は原則として白というのが社交界のしきたりであることくらい、重々わかっているくせに。

「公爵さま」レディ・サラと呼びかけられたことへの仕返しとして、ジェーンはその呼称に力を込め、申し訳程度のお辞儀をした。

ジョスリンはそれ以上とどまらず、舞踏室に入っていった。ジェーンは別のことに頭を切り替えた。簡単ではないけれど、やるしかない。今夜の舞踏会は自分のためというよりレディ・ウェブのためのものだ。

五分後、ランズダウン卿がカントリーダンスを踊るため、ジェーンを舞踏室の中央に導いた。彼女は心ゆくまで楽しんだ。自分は今、生まれてはじめてロンドンの社交シーズンの舞台で踊っているのだ。しかも今夜の主役として。速く複雑な動きのダンスが終わる頃には、頬がすっかり上気し、笑いがこぼれた。ほかの客たちもすでにフロアに出て踊っていた。これなら今夜は大成功だったと、明日レディ・ウェブは人々に自慢できるに違いない。

ジョスリンは踊っていなかった。ジェーンは一度も目を向けなかったが、彼が部屋の隅にひとりで立ち、人々のダンスを見ていることはずっと気になっていた。カントリーダンスの最後の曲が終わると、ランズダウン卿はジェーンをレディ・ウェブのそばに導いた。やがてフェルディナンド卿を含む数人がダンスの申し込みにやってきた頃、ジョスリンが部屋から出ていくのが見えた。

ジョスリンはただ歩きまわっていた。そうとしか形容のしようがない。舞踏室からカード室、カード室から軽食室へと移動し、通路に出て、またもとの舞踏室に戻る。カード室ではポティエ男爵が一緒に遊ぼうと誘ってくれ、レディ・ウェブもダンスの相手を紹介しようとしてくれたが、どこにいても落ち着けなかった。また、案の定フェルディナンドとの会話を避けることは叶わなかった。それからアンジェリンとも。

「今夜はなぜわざわざ来たんだ、兄上?」軽食室に行こうとしていたフェルディナンドが、三度目にカード室に入ろうとしたジョスリンに声をかけてきた。「ここへ来てから、ずっと不機嫌そうにふんぞり返って歩いているだけじゃないか。彼女の大切なお披露目の夜を台なしにしないでもらいたいな」

ジョスリンは弟に笑顔を向け、片眼鏡をかざした。

「まだ同じ侍従を雇っているのか、フェルディナンド？　あいかわらず喉を切り裂かれる危険を冒して？　おまえのほうが、ぼくよりよほど勇気があるな」

フェルディナンドが眉根を寄せて顎の下の小さな切り傷に指先で触れているあいだに、ジョスリンはゆうゆうとカード室に入っていった。

アンジェリンの話は弟よりもとりとめがなかった。もっとも、これまでそうでなかったためしはないのだが。ジョスリンがジェーンと喧嘩をしたと思い込んでいるアンジェリンは、ジェーンが輝くばかりに楽しそうにしていることに賛意を禁じえないらしい。この先ずっとジョスリンがジェーンに振りまわされ、失礼な発言をして怒らせたことを一生許してもらえなければいい、などと言った。そのくせ、今すぐジェーンを抱きあげて情熱的に求婚し、イエスと言わせられないようなら自分の兄ではない、とも。

「わたしはヘイワードにそうさせたわよ」アンジェリンは言った。兄にうんざりした顔で見つめられているのもかまわず、扇で顔をあおぐ。

「ひょっとして」ジョスリンは言った。「おまえは視力が悪いんじゃないか、アンジェリン？　それなら頭の左右に赤とピンクの羽根をさしていることも理解できる」

彼女は兄の言葉を無視した。「社交シーズンが終わるまでに、ハノーヴァー・スクエアのセント・ジョージ教会でレディ・サラと結婚式を挙げてちょうだい。社交界の人間すべてに出席してもらって。絶対にそうしてよ、お兄さま。段取りはすべてわたしがするから」

「それだけは勘弁を」彼は妹に丁寧に頭をさげ、ゆったりと舞踏室に入っていった。

そろそろ時間だ。コティヨンが終わろうとしていた。次はワルツだ。ジョスリンは扉のそばに立ち、踊り終わったコナン・ブルームが顔を上気させて笑っているジェーンを連れてフロアを離れ、レディ・ウェブのところへ導くのを見守った。まわりには彼女にダンスを申し込もうとする男たちが群がっている。どうやらキンブル子爵が指名されたようだ。微笑みながら、何かジェーンに話しかけている。ジョスリンは歩きだした。

「このダンスだけは、ぼくが相手を務めさせてもらう」彼は近づいて言った。

「だめだ、遅いぞ」キンブルがからかうように応えた。「ぼくが先に申し込んだんだ、トレシャム」

ジョスリンは片眼鏡に手をかけ、尊大に眉をあげて友人を見つめた。

「よくやった、友よ。しかしたとえそうだとしても、彼女はこの曲をぼくと踊ることになっている。もちろん、そちらがあくまでも反対するのなら――」

「公爵さま」ジェーンが怒るというより、むしろきまり悪そうに言った。ジョスリンは片眼鏡を顔の前にかざして彼女のほうに向き直った。ダンスを申し込んでいたほかの紳士たちが凍りつく。今にも殴りあいの喧嘩がはじまり、自分たちまで巻き込まれるのではないかと恐れるように。

「決闘なら一〇年先の分まで経験済みだろう、トレッシュ」キンブルが言った。「それにぼくはきみから銃口を向けられたくはない。いくら最後はあらぬ方向に発砲するとわかっていても」

キンブルは頭をさげ、大胆にもジェーンにウインクをして去っていった。

「ここでワルツを踊るわけにはいかないわ」ジェーンは言った。「だって今夜はお披露目の舞踏会なのよ。公式な舞踏会でワルツを踊っていいという許しを、〈オールマックス〉の女性会員の誰からももらっていないわ」

「ばかばかしい！　今夜はきみが主役の舞踏会なんだぞ。踊りたいなら踊ればいいんだ。きみは踊りたいか？」

てっきり口出しをするかと思われたレディ・ウェブは意外にも黙っていた。すべてジェーンに任せているらしい。ジェーンに踊る勇気があるだろうか？　ジョスリンは彼女の瞳をまっすぐのぞき込んだ。

「ええ」ジェーンが彼の袖に手をかけた。「もちろん踊りたいわ」

ふたりは舞踏室の中央に出た。集まっていた客たちの全員ではないにせよ、大勢が注目しているのがわかる。どうやら自分たちは噂になっているのだ。そうならないよう極力努力したにもかかわらず。とはいえ、今から世間の慣習を無視してワルツを踊ろうとしているわけだが。

自分自身は人からどう思われようとかまわない。だが、ジェーンはそうもいくまい。何しろ、今夜はレディ・ウェブが情熱を注いで準備してくれたお披露目の舞踏会なのだ。ジョスリンはジェーンの瞳を見つめながら両腕に抱いた。彼女が自分にとって特別であることを隠し、ただ紳士的に接することなどできるはずがない。この女性に対する本当の気持ちをごまかすなど不可能だ。なぜなら、ただこんなふうに彼女に触れただけで……。それでも彼は互いの体が触れないよう距離を取り、まなざしに思いを込めた。

「本当にいやな人ね」ジェーンが言った。「着いて早々にあんな言い方をするなんて」

「レディ・サラと呼んだことか？　だが、実際そうだろう。それにぼくはとびきり行儀よくしたぞ。しかもきみは瞬きひとつせず、やり返してくれた」

「そのことではなくて、もうひとつのほうよ」

「ほとんど花嫁だと言ったことか？　しかし本当に花嫁のように見える。白いレースとサテンに、頬に浮かぶ恥じらいの色」

「暑くて赤くなっているだけよ。ずっと踊っていたんだもの」

「忠実でしつこい信奉者たちとね」

「妬《や》いているの？」

眉をあげたものの、ジョスリンは答えなかった。代わりにジェーンの体を引き寄せた。非常識なほど近くに。見ている人々の扇、柄付き眼鏡《ローネット》、手袋をはめた手の向こう側で、ひそひそとささやき声が飛び交っている。けれどもジェーンはまったく抵抗しなかった。

そのあとふたりは口をきかなかった。楽団が演奏しているのはテンポの速い華麗なワルツで、ダンスフロアは以前ふたりが踊ったダドリー・ハウスの居間より広い。ジョスリンはフロアの縁に沿ってジェーンをリードし、リズムに乗せて回転させた。彼女の瞳にぴたりと視線を合わせ、ほとんど密着しそうなほど体を寄せて。

そこに言葉は必要なかった。知りあってから数週間、すでにさんざん話をしてきたのだ。ときには唇からいっさい言葉を発せずに気持ちを伝えることがあってもいい。そんなつもりはなかったが、ジョスリンは人目もはばからず目で愛を交わそうとしていた。ジェーンは唇を引き結んでいるが、彼から目を離さなかった。そのまなざしは、お願いだから今夜を台なしにしないでと訴えている。レディ・ウェブのために行儀よくして、と。彼女が今夜ワルツを踊ったことは、たしかに波紋を呼ぶかもしれない。自分とワルツなど踊ればよからぬ噂を立てられかねないところだが、彼女はこちらと同じように情熱的に見つめ返そうとしない。喧嘩を仕掛ける気配もない。でも、別の何かを訴えている。

「ジェーン」そろそろワルツが終わりそうだとわかり、ジョスリンは言った。「きみの感想を聞かせてくれ。今日は人生で最も幸せな日か？」

「もちろんよ」彼女はゆっくりと微笑んだ。「そうに決まっているでしょう。あなたも幸せ？」

「まいったな」

ジェーンの腕を取ってレディ・ウェブのところへ導こうとしたとき、ジョスリンはそのそばに見知らぬ男性が立っているのを目にした。正式な装いの若い男だが、優美さやしゃれっ気はまるで感じられない。どうやらかなり遠方から来たようだ。自分の勘が外れていなければ、おそらく例の腰抜けの田舎者だろう。

誰かにすれ違いざまに声をかけられたジェーンが自分から注意をそらしたとたん、ジョスリンの疑念は確信に変わった。レディ・ウェブのほうを見た彼女がジョスリンの腕にかけた手に力を込め、先を急ごうとしたのだ。

「チャールズ！」ジェーンはその男に両腕を差し伸べた。相手はジョスリンをにらみつけている。八つ裂きにしてやりたいと思っているかのように。

「サラ」その腰抜け男は、将来を誓いあうほど愛しているはずの彼女に呼びかけられてようやく視線を移し、その手を握った。「今着いたよ。もう大丈夫だ」

「着いたよ」チャールズが繰り返した。「危なく手遅れになるところだった、サラ。あの男はひどく感じが悪いな」

ジェーンは彼の腕に自分の腕を絡めて軽食室に引っ張っていった。そう、たしかにジョスリンは感じが悪かった。ジェーンがふたりを引きあわせる前からすでに片眼鏡をかざし、いかにもお高くとまったトレシャム公爵の表情になっていた。彼女が実際にふたりを紹介したときは、相手を小ばかにしたような物言いさえした。

「ほう」ジョスリンはチャールズを見て言った。「そちらがレディ・サラの王子様だな？彼女がまさにドラゴンに食われようとしているときに馬で道をぱかぱか駆けていた、実に頼りがいのある英雄の」

チャールズは怒りで全身を震わせたものの、うまく言い返すことができなかった。そのときは遠方にいて状況を知らなかったし、戻ってからはボウ・ストリートの捕り手ですら彼女を見つけられないと聞いた、と言い訳をした。

「ああ、もちろんそうだろうとも」ジョスリンは大げさにため息をつき、ジェーンとレディ・ウェブにうなずきかけて、ぶらぶらと去っていった。

われながら情けないことに、ジェーンは声をあげて笑いそうになってしまった。レディ・ウェブの舞踏室でチャールズに再会することになったのが残念でならない。彼はコーンウォールを発つ前に手紙を受け取っているはずなのに。それでもとにかくやってきたのだろう。

「来てくれたのね」ジェーンは言った。「でも、なぜなの、チャールズ？　来なくていいと手紙を送ったのに」

「来るに決まっているだろう」

「だけど」チャールズがトレーから取ってくれたレモネードを受け取りながら、彼女は続けた。「あなたはわたしがいちばんいてほしいときにいてくれなかったわ。ええ、もちろんわかっているわよ」口を開こうとした彼を手をあげて制した。「どこを探せばいいかわからないのに来ても意味がないと思ったんでしょう。向こうに残ったのは、たしかに賢明な判断だわ」

「そのとおりだとも。だが、こうしてやってきたからには力になれる。レディ・ウェブがこれほど盛大な舞踏会を開いてくれたことがうれしいよ。レディ・サラ・イリングワースのお披露目にまさしくふさわしい。しかし、そのせいできみが大勢のろくでなしや財産目当ての男の目に留まってしまうのが不愉快だ」

「招待客はすべてハリエットおばさまが慎重に選んだのよ。それにわたしが今夜踊った相手は、彼女の許しを得た男性ばかり。そんな言い方をするのはおばさまに対して失礼だわ、チャールズ」

「しかし、きみはトレシャム公爵とワルツを踊っただろう、サラ。彼はきみのことをひどく無遠慮な目で見ていたぞ。そもそも、きみをワルツに誘うのがおかしいじゃないか。きみのほうがはしたないと噂を立てられるかもしれない。彼がきみを見つけだして屋敷に連れてきてくれたから、レディ・ウェブは招かないわけにはいかなかったんだろう。でも、あの男を調子に乗せてはいけない。ああいう男はまっとうな女性に対しても、つねに邪心を抱いているものだ」

ジェーンはため息をついて飲み物に口をつけた。

「チャールズ、あなたと言い争うつもりはないわ。あなたはいつもいい友人でいてくれたし、遠くからはるばる来てくれるほど、わたしのことを心配してくれた。そのことについては心から感謝しているわよ。でも、はじめて会う人をそんなふうに決めつけるのはよくないわ」

「彼のことなら世間の評判を聞くだけでじゅうぶんわかるさ。サラ、こう言ってはなんだが、きみはロンドンのような場所から遠く離れた土地で大切に育てられ、静かな暮らしを送ってきた。今夜みたいな経験は、きみにとってわくわくすることだろう。しかし自分の根っこを失ってはいけないよ。きみは田舎に生きる人間だ。ここでは永久に幸せにはなれない」

「そうね」自分のグラスに向かって微笑む。「あなたの言うとおりだわ」

「だったら、ぼくと一緒に帰ろう。明日でも、明後日でも、来週でもいい。とにかく帰るんだ」

「ああ、チャールズ」ジェーンは言った。「わたしの手紙を読んでくれたでしょう。コーンウォールには帰れないわ。わたしがあそこで暮らす時代はもう終わったの。あなたとはずっと友人でいたいけれど——」

「彼はきみの相手じゃない」チャールズがたまりかねたようにさえぎった。「本当だ。信じてくれ。彼はきみに不幸をもたらすだけだ」

「わたしこそ、あなたに不幸をもたらすわ」ジェーンはやさしく言った。「わたしはたしかにあなたに愛情を感じている。でも、愛してはいないの」

「愛は結婚したふたりが少しずつ育んでいくものだ。はじめに愛情があればうまくやっていけるよ」

ジェーンは彼の腕に手をかけた。「ここでこんな話をすべきではないわ。もうダンスを何曲も逃してしまっているみたい。戻らないと、もっと逃してしまうことになる。わたしはダンスがしたいの」

「明日、もう一度話そう」

ふたたび舞踏室に導かれながら、彼女は思った。チャールズが来さえしなければ、どんなによかっただろう。しかし、もう何も言わなかった。

夜もふけた頃、友人や知りあいに囲まれて食堂の長いテーブルについていたジェーンの向かいの席にチャールズが座った。彼女は微笑みかけ、まわりの人々に彼を紹介した。周囲がおしゃべりに興じるあいだ、チャールズはずっと黙りこくっていた。

ポティエ男爵が、シーズンが終わったら夏のあいだはずっとブライトンで過ごす予定だと言った。ブライトンには摂政王子がいて、社交界の半数もの人間がついていく。

「きみも行くのかい、レディ・サラ？」ポティエ男爵が問いかけた。

「いいえ、行かないわ。夏は田舎で過ごそうと思っているの」

隣に座っていたキンブル子爵が彼女の手を取ってキスをした。

「きみがいないことには、ブライトンは楽しくもなんともない」瞳をきらりと光らせる。「ぼくがきみをさらって連れていこう」

「あら、だめよ」レディ・ヘイワードが笑った。「誰かが彼女をさらうとしたら、それはわたしよ。もちろんヘイワードの手を借りてだけど。でも、この人はそんな危険ですてきな陰謀に賛同する人間ではないわね。いいわ、フェルディナンドお兄さまに手伝ってもらうから。レディ・サラとトレシャムお兄さまを誘拐してセント・ジョージ教会に放り込み、盛大な結婚式を開きましょうよ。どう思う、フェルディナンドお兄さま？」

テーブルの向かい側でチャールズの隣に座っていたフェルディナンド卿がにやりとした。

「兄上を誘拐しようと思ったら、屈強な陸軍兵の助けが必要だよ、アンジー」

キンブル子爵が深いため息をついた。「ああ、ぼくのことも考えてくれよ。悲しみで胸が張り裂けそうだ」ジェーンが笑ったところで、その場はほかの話題に移りかけた。しかし、軽妙な会話に水をさすようにチャールズが口を開いた。

「レディ・サラとも話しましたが、彼女は田舎で夏を過ごします。おそらく早い出発になるでしょう」

「そうそう」レディ・ヘイワードが笑いながら言う。「結婚式が終わったらすぐね。そのことだけど、フェルディ――」

「レディ・サラはコーンウォールに帰ります。ぼくと一緒に」チャールズはテーブルについているすべての人の注意を引くように大きな声で言った。「ぼくたちはかねてから約束しているのです」

「チャールズ！」ジェーンは鋭くとがめ、急いでみなに説明した。「わたしたちは昔から、ずっといい隣人同士でした」

「おそらくトレシャムが、そちらの言う約束とやらに口をはさむんじゃないかな？」ポティエ男爵が言った。「レディ・サラ、きみは本当にコーンウォールへ帰るつもりなのか？ 向こうにはシドニー・ジャーディンがいるというのに？」

「その件については、ぼくが婚約者を守ります」とチャールズ。

「チャールズ、お願いだから……」

「あなた、何か誤解をなさっているわよ」レディ・ヘイワードが朗らかに言う。「レディ・サラはわたしの兄と結婚するの。たとえふたりが会うたびに喧嘩ばかりして、今夜も一曲きりしか踊らなかったとしても——」

「よすんだ、アンジー」フェルディナンド卿が止めた。「彼女が恥ずかしがっているじゃないか。話題を変えよう。天気の話をしよう」

けれどもチャールズは引きさがらなかった。それどころか椅子を鳴らして立ちあがった。それが食堂にいるすべての人の注意を引くことになり、その場が急に静かになった。

「レディ・サラをこれ以上、ロンドンの軽薄な男たちに狙わせるわけにはいかない」彼は怒りに声を震わせた。「ぼくが彼女を、彼女のいるべき場所に連れて帰る。キャンドルフォードではなく、ぼくの家へ」

恥ずかしさのあまりジェーンは目をつぶりかけたが、黒い人影が食堂の入り口に立っているのが見えた。出ていこうとしていたジョスリンが、立ち止まって片眼鏡をかざしながらチャールズを見つめている。

「ミスター・フォーテスキュー」テーブルの端の席から、レディ・ランズダウンが問いかけた。「つまりあなたは、サラとの婚約をこの場で発表なさったということかしら?」

ジェーンは扉のところにいるジョスリンと見つめあった。

「そのとおりです、マダム」チャールズが答え、今夜の舞踏会に呼ばれたすべての客に聞こえるよう大声で言った。「ぼくはここでレディ・サラ・イリングワースとの婚約を宣言します。どうかぼくたちの幸せを祈ってください」

しんと静まり返っていた食堂にどよめきが走った。しかしジョスリンが一歩踏みだすと、人々はふたたび静かになった。

「まったく突拍子もないことを」彼はまさに一分の隙もなくトレシャム公爵になっていた。「レディ・サラは同意していないぞ。それにフォーテスキュー、未来の花嫁がイエスと言わないうちに、そんなことを公の場で言いだすものではない」

「彼女はもちろん同意している」チャールズがいまいましそうに応える。「ぼくたちはそう約束して――」

「そうなのか、ジェーン？」ジョスリンは片眼鏡をくるりと彼女に振り向けた。「なんて悪い女なんだ、愛する人よ」

女性の誰かが鋭く息をのむ音がした。この状況を大いに楽しんでいるジョスリンに対し、ジェーンはブラックホールにでものみ込まれてしまいたい気分だった。

「きみに彼女をそんなふうに呼ぶ権利はない」チャールズが言い返した。「早くここから出てい――」

「いや、ある」ジョスリンは片眼鏡をおろして前に進みでた。「それから、彼女と婚約したというきみの発言には断固抗議させてもらう。彼女の幸せを思うきみの気持ちはわかるが、だからといって、ぼくの妻との結婚を許すわけにはいかない」

ふたたびどよめきが起こったが、しいっと制する声がして、食堂はふたたび静かになった。

誰もがこのやりとりを聞き逃すまいと耳をそばだてている。この顛末はこれから何日も、何週間も、高貴な館の応接間や紳士クラブで繰り返し面白おかしく語られるのだろう。

「なんだって？」ジェーンがちらりと見ると、チャールズはすっかり青ざめ、テーブルの向かい側からじっと見つめていた。「本当なのか、サラ？」

彼女はかすかにうなずいた。

小さなざわめきとささやき声が広がる中、チャールズはしばらく呆然とジェーンを見つめていた。しかしやがて向きを変えると、言葉もなくジョスリンの脇をすり抜けて食堂を出ていった。

「おいで、ジェーン」ジョスリンに手を差し伸べられ、彼女は足元をふらつかせながら近づいた。彼は微笑んでいた。これまで見たこともないほど率直で温かな、まぶしい笑顔だ。

「ここにお集まりのみなさん」彼女の手に自分の手を重ねて、ジョスリンは言った。「ぼくの妻、トレシャム公爵夫人をご紹介しましょう」そう言いながら、レディ・ウェブにお辞儀をする。「マダム、邪魔が入ってしまったことをどうかお許しください。あなたがジェーンの宮廷拝謁とお披露目のために一生懸命準備してくださったので、ジェーンは昨日と今日の催しを絶対に台なしにしたくないと言いました。既婚女性になれば、もちろんどちらの行事も変更を余儀なくされます。なので、公表するのは明日にしようとふたりで決めていました」

ジョスリンはジェーンの手を自分の腕にかけさせ、その上に手を重ねた。そこに集う人々の顔を順に見渡し、弟と妹に目を留めながら言う。

「ぼくたちは特別許可を得て、今朝結婚しました。お互いの希望で小さな式にしました。ぼくの秘書と彼女のメイドを立会人にして」

彼は先ほどと同じ温かな笑みを浮かべてジェーンを見おろし、彼女の手を持ちあげてキスをした。人々がふたりを祝福しようと席を立ちはじめた。

「愛する人」周囲が次第に騒がしくなる中、ジョスリンが言った。「この舞踏会が終わったら、残る初夜のために、すぐさまきみをぼくの屋敷のぼくのベッドにさらっていこうと思っていた。知ってのとおり、ぼくは聖人からほど遠いからね」

「聖人なんて望んだことはないわ」ジェーンは応えた。「わたしが求めてきたのはいつもあなただけよ、ジョスリン」

彼は瞳を情熱に燃え立たせながら身をかがめ、ジェーンの耳元に熱くささやいた。

「きみはぼくの愛、ぼくの命だ。ぼくのジェーン。ようやく妻になってくれたんだね」

一瞬、時の流れが止まったように感じられた。その衝撃的な事実に胸を打たれ、彼女は輝くような笑みを浮かべてジョスリンを見た。そう、わたしは彼と結婚したのだ。心から求めてやまず、魂を分かちあうことのできる、この愛する男性と。世界じゅうの誰よりも幸せだった。ジョスリンが夫になったのだ。

そして、もうそのことを隠さなくていい。

レディ・ウェブがジェーンを抱きしめ、涙を流して笑いながら叱責の声をあげた。レディ・ヘイワードも彼女を抱きしめて祝福の言葉を述べた。フェルディナンド卿は笑顔でジェーンの頬にキスをし、〝義姉上《あねうえ》〟と呼びかけた。キンブル子爵は胸に手を当てて心臓が張り裂けたふりをし、同じく彼女の頬にキスをした。仲間の誰もがジョスリンと力強く握手をして、肩を叩いて祝福した。アンジェリンは兄が迷惑がるのもかまわず抱きつき、ベストを涙で濡らしながら訴えた。こんなに驚かされたらとても神経が持たない、人生でこれほどうれしいことはない、来週はとびきり盛大なお祝いの舞踏会を開きましょう、ヘイワードがいくら止めても無駄よ、と。

そのあとのことは興奮に包まれて、ジェーンはよく覚えていなかった。人々は舞踏室に戻りながら新婚のふたりに次々に祝いを述べ、お辞儀をし、握手や抱擁やキスをしたりした。ダンスはずいぶん遅れて再開した。

やがてふたりは、レディ・ウェブとランズダウン夫妻、ヘイワード夫妻、フェルディナンド卿と食堂に集った。ジョスリンはベストのポケットから光り輝く結婚指輪を取りだし、今朝のジェーンがわずかな時間だけはめていた左手の薬指に改めてはめ直した。

「愛する妻よ、どうかこの指輪をつけて――」彼は頭をさげ、周囲の目もはばからずにジェーンにキスをした。それから顔をあげてレディ・ウェブを見る。「マダム、楽団にもう一度ワルツを演奏してもらうことはできるでしょうか？」

「もちろんですよ」

こうしてふたりはふたたび踊った。最初の五分はまわりに見守られながら、ふたりきりで。

「もう一度言うが」先ほどとは異なり、まどろむようにゆったりとしたワルツのはじまりとともにジョスリンが言った。「きみはやはりほとんど花嫁に見えるよ、ジェーン。いや、まさに花嫁そのものだ。しかもぼくの」

「そしてあの舞踏室の飾りつけは、はじめから結婚祝いのようだったわね」彼女は見つめ返した。「わたしたちの」

するとジョスリンはけしからぬ行動に出た。頭をさげて、むさぼるようなキスをしたのだ。顔をあげて危険な笑みを浮かべると、今度はやさしいキスをした。さらにもう一度。彼の中のすべての憧れ、すべての希望、すべての愛がこもったキス――ジェーンと同じ思いが詰まったキスを。

「やれやれ、危険なトレシャム公爵を更生させるのは彼女にも無理だろうな」ジョスリンがジェーンをくるりと回転させてダンスにいざなったとき、誰かがそう言ったのが驚くほどはっきりと聞こえた。そして、それに言い返す女性の声も。

「あら、彼女がそんなことをしたいと思うはずがないじゃない？」

訳者あとがき

リージェンシー・ロマンスの女王として不動の地位にいるウェールズ出身のベストセラー作家、メアリ・バログ。日本でも紹介されている〈ハクスタブル家〉シリーズや、初期の傑作『秘密の真珠に』など、スケールの大きな作品を得意とし、その圧倒的な筆力で世界じゅうのファンを魅了し続けています。

まぶたを閉じれば鮮やかに浮かんでくるような、あまりにもみずみずしい情景描写。人間の内面を丹念にすくい取る繊細な心理描写。バログ作品を読んでいると、いつの間にか登場人物たちと意識が同化してしまい、夢の世界の住人であるはずの彼らと同じ時間を過ごしているような錯覚にとらわれてしまいます。しかも、そこで擬似体験するロマンスは、現実世界のままならない恋に似て、とにかく切なく、もどかしい。あまりのやるせなさにため息をつきたくなることもしばしばです。

けれど、悩みや欠点を抱えながらも少しずつ変化し成長していくヒロインとヒーローのロマンスは、派手さはなくとも匂い立つような魅力を秘めています。最後に霧が晴れていくように世界が開けていく、バログの真骨頂とも言うべき開放感、幸福感。あの深い感動を何度でも味わいたくて、わたしたちは彼女の新刊が出るたびに夢中で読むのではないでしょうか。

今回お届けするのは、『あやまちの恋に出逢って』。

物語は緊張感に満ちたハイドパークの一角からはじまります。破天荒なふるまいで知られるトレシャム公爵ことジョスリン・ダドリーが、既婚女性の夫に決闘を挑まれ、まさに対決に臨んでいる場面。決闘は慣れっこのジョスリンですが、今回はいつもと勝手が違いました。合図のハンカチが振りおろされた瞬間、〝やめて！〟という女性の悲鳴が聞こえたのです。つい気を取られたときに相手が発砲、ジョスリンは脚を撃たれてしまいます。

悲鳴をあげたのは粗末な身なりの若い女性でした。ところがこの彼女、〝決闘なんてくだらないことに体を張るなんてどうかしている〟とジョスリンに説教をします。しかもそのあと公爵家に乗り込んでいき、すったもんだの末に看護婦として雇われることに。なぜこれほど無茶なまねができたのかというと、彼女にはあるのっぴきならない事情があって――。

今回のヒロインはすらりとしたブロンド美人。ヒーローも皮肉屋ながら、たいそうな男ぶり。そろって〝超〟がつくほどプライドが高く、こうと思ったら絶対に退かないタイプです。これ以上ないほど険悪な雰囲気でスタートするふたりの関係がどう変化していくのか、どうぞ楽しみにお読みください。

日本で紹介されるバログの作品がまたひとつ増えたことを読者のみなさまとともに喜び、

本作の翻訳に携われたことに感謝したいと思います。

二〇一四年九月

ライムブックス

あやまちの恋《こい》に出逢《であ》って

著　者　メアリ・バログ
訳　者　島原里香《しまはらりか》

2014年10月20日　初版第一刷発行

発行人　成瀬雅人
発行所　株式会社原書房
〒160-0022東京都新宿区新宿1-25-13
電話・代表03-3354-0685　http://www.harashobo.co.jp
振替・00150-6-151594
カバーデザイン　松山はるみ
印刷所　図書印刷株式会社

落丁・乱丁本はお取替えいたします。
定価は、カバーに表示してあります。
 ISBN978-4-562-04463-4 Printed in Japan